本壘板

丁又培 著

　　《本壘板》一書的作者，丁又培先生與我相識逾廿年，當時他事業如日中天，在上海經營服裝生產與零售事業，所發展的品牌在大江南北家喻戶曉，其為人風趣豪爽，反應機敏，堪稱是一成功的創業家，相交多年卻不知他居然文筆流暢，膽敢創作小說，直到親眼閱讀該書手稿，才知丁兄的才華極為多元而令人佩服。

　　拜讀完本壘板，全書約廿二萬字，不勝唏噓，腦海中常常浮現當年台灣紅葉少棒隊擊敗世界少棒冠軍日本關東隊的那一幕，全台人人歡欣，萬家稱慶，這也是激發台灣各地如雨後春筍般發展少棒、青少棒、青棒的黃金歲月，猶記得約四十年前，當台灣小將在遠東區與各國代表隊競爭世界棒賽的代表權，台視、中視與華視分別派出轉播團隊，直至獲得遠東區冠軍赴美國賓夕法尼亞州威廉波特市參加世界少棒賽、印第安那州蓋瑞市世界青少棒賽或佛羅里達州勞德岱堡世界青棒賽，全台家家戶戶半夜起床觀看現場轉播之盛況，甚至有好幾年台灣獲得三冠王頭銜，冠軍隊的小將們頓時成為人人心目中的英雄，這也為台灣日後發展職業棒球奠下基礎。

　　時至今日，閱讀本壘板，安徽流口中學棒球隊在各項資源與條件欠缺的環境下，一步一步從縣級冠軍，進入市級、省級，再到全國冠軍，真的彷彿回到台灣當年，再看看今日的台灣棒球運動，總覺得似乎缺少了甚麼，當年台灣小將在極度缺乏資源與配備的惡劣條件下勤奮練球、揮棒、跑壘等，沒有標準球棒，就拿木棍練習，沒有專業手套，就隨地取材自作手套，這種案例在全台各地比比皆是，也就是在這樣的環境下，使棒球蓬勃發展，終於促成台灣成為當今全球的棒球重鎮；但是現代的台灣棒球界各項條件優渥，職業

棒球卻老是爆出醜聞，每一次均重重地打擊棒球發展，中小學校對於培育棒球隊的熱忱亦已大幅降低，特別是我們這些四、五年級的一輩，歷經台灣棒球從無到有，從少棒成長到青棒、成棒與職棒，心中感受特別深刻。希望《本壘板》出版後，能為台灣棒球運動發展帶起一些漣漪，讓曾經熱愛棒球的人重拾當年的點點滴滴。

黃偉基｜紡拓會秘書長

2018 年 1 月

　　看完《本壘版》這篇小說，才知道我所認識的 Jeff，除了是經營管理高手與品牌專家之外，原來他文字能力還這麼好。

　　Jeff 熱愛運動，我一直很欣賞他明快爽朗的活力風格！

　　看完這本小說，我最大的感受是，真像是棒球版的灌籃高手，如此激勵人心，又有畫面感！尤其我最喜歡的是結局（呵呵，應該不能先劇透……）

　　棒球風行於台灣，慢慢的推廣於大陸，這是一項需團隊合作高度契合的運動，其牽涉到的戰略邏輯和細膩思維，讓一場棒球賽，除了專業技術之外，更是鬥智、鬥氣勢的決勝舞臺，也是因為如此，這項運動才會這麼的引人入勝，讓人全心投入！

　　衷心的希望這本小說能夠喚醒更多人的棒球魂！讓大家喜歡棒球、熱愛棒球、進而支持棒球！

　　我想當你看完小說後，一定會感染到 Jeff 的熱血精神！

　　如同小說的內容，天賦異秉，也需要良師伯樂，也祝大家都能遇到自己的良師伯樂！

Sunny 黃冠華｜旭榮集團執行董事、Workface Taipei 召集人

因為工作關係，在大陸待了二十九年，遇上中國經濟起飛的同時認識了一些全國各地的朋友，親眼見證他們中大多數人生活的各個層面都從貧乏到富足，他們不是一夜暴富，而是憑著自己腳踏實地長期不懈的努力逐漸累積的成果。

相信世界上每一個角落有無數類似背景同樣努力的人，這些人永不放棄的決心和毅力都值得尊敬，希望本書能傳達這樣的精神，更希望每個人的生活中充滿正能量，活的更美好。

謝謝黃偉基先生和黃冠華先生百忙中為本書作序。

謝謝好友林春亭、朱寶和、李昂的協助，讓本書順利出版。

謝謝兒子Phil提供大量的棒球知識，他曾經是臺灣《美國職棒》雜誌的棒球專欄作者。

最感謝的，是結婚三十五年的太太潘美玲，沒有她，不會有今天的我。

2018 年 1 月於上海

目錄

contents

序幕

01

「哥,慢點!」

清晨的深山裡,王東平提心吊膽地看著在覆蓋露水的樹上越爬越高的堂哥,手裡麻袋不由自主捏得更緊了。

「好了,就停在這根樹叉上吧。」

看著堂哥自言自語把腰上系著的繩子緊緊綁在一根大腿粗的樹枝上,王東平終於喘了口大氣。

野生獼猴桃的蔓藤延著這棵高大的老榆樹往上一直爬到樹梢,乍看之下好像樹上長滿了密密麻麻的果實,王東平大略估計了一下,在這片荒僻山谷中生長的野生獼猴桃,應該足夠應付兩兄弟這學期學費和學校的其他費用了。

(趁這個週末把這區域解決了,下星期和周老妖到後山採山核桃⋯⋯)

「接著!」

堂哥的叫聲把王東平從秋收計畫中拉回來,一個飽滿的獼猴桃從天而降,王東平在陡峭的斜坡上敏捷的向左橫跨三步,左手一

伸，瀟灑地把果實穩穩接在手裡。

02
——

太陽還沒爬到樹梢，梨樹園裡的斑鳩們已經準備吃早飯了。

董陽看著昨天來不及給果實套上紙袋的果樹上，近百隻淺褐色的鳥，正打算笑納父子兩人這個夏天辛勤工作的成果。

董陽彎腰從地上破舊的蛇皮袋中掏出一顆董大俠特製的風火雷，左手食指和中指扣住獨門暗器上稍微凸起的部分，右腳很自然地輕輕抬起，右腳踏下同時，左臂迅速在空中劃一個優美的弧形，那顆黏土揉搓後風乾的圓形泥球，帶著輕微破風聲以快如閃電的速度向十五米外的老梨樹飛去……

吱……

鳥毛飛起，鳥身墜落，數十隻心不甘情不願的斑鳩，帶著鳥類的國罵騰空而起。

董大俠看著旁邊那棵樹上仍然無動於衷，不知死活的鳥群，轉身又拿起一顆風火雷：

（再打幾隻給爸爸下酒！）

03
——

在田裡捕捉麻雀，不僅僅是孩子們打發時間的遊戲，也是山區居民動物性蛋白質的重要來源之一，不但可減少麻雀群給稻米帶來的損害，還可鞏固鄰居之間的感情，真正是一舉數得的活動。

「狗子、小山、阿勇你們三個撐住竹竿，別讓網子鬆了，春蘭、小潔帶著籃子，聽到我喊收網就趕快過來收鳥，注意蓋子一定要蓋緊，阿六你還是在老地方，我和臭頭從山那邊把鳥趕過來，大家準備好。」

表叔邊說邊拿起一對銅鑼往稻田另一頭走去。

　　江正看著大家各自就位，趕緊左右兩手各拿起一支把竹竿鋸短的特製撈魚網，走到豎起來的那張二十米長、三米高的捕鳥網邊，蹲在網子下緣和地面一米左右的空隙裡，兩眼緊盯著逐漸走到稻田另一邊的表叔。

　　「表叔，我要和你們一起去抓麻雀。」江正還不滿七歲就想加入只有大孩子才能參加的活動了。

　　「阿六，你太小了，過兩年再帶你去。」

　　「哇……」

　　驚天動地的哀號聲讓表叔立刻投降：

　　「好好……可是你在旁邊看，不許亂跑。」

　　八年前，江正還靠這招眼淚攻勢闖蕩江湖的時候，就已經戰無不勝了。

　　「表叔，那些從網子下面飛過的鳥為啥不抓？」

　　第一次參加捕鳥活動當天晚上的餐桌上，這個反覆思考了一天的問題終於忍不住脫口而出。

　　「阿六，你想想看大部分被我們趕過來的鳥，都飛得多高？」

　　「嗯，從我的肩膀到門口那棵桃樹的樹頂吧！」

　　那時候阿六還小著呢，表叔的表達方式可就科學多了：

　　「就是在一米到四米的高度之間吧？」

　　阿六點點頭。

　　「從網子上面和下面飛過的鳥，大概不到兩成吧？」

　　阿六再點點頭，絲毫不浪費時間地迅速提出他的偉大發現：

　　「那您為啥不做個高一點的網子，從地面往上拉，那不全都抓住了嗎？」

　　「這話說得有點道理。」表叔也不知道是真的誇他還是逗他：

　　「這麼高的網子要幾個人才撐得住啊？」

阿六想想自己也笑了，不屈不撓的他馬上想出另一個解決方法：「那麼……如果有個人拿著撈魚的網子，等著撈從下面飛過的鳥兒不成嘛？」

此人從小就以勤學好問，鬼點子特多著名。

「行啊，你以後就幹這活吧！」

表叔再次投降，以便趕快把嘴巴空出來，好好享受這頓麻雀大餐。

就這樣，江正成了村中唯一的魚網小英雄。

隨著年齡和經驗的累積，江正練就一手左右開弓的高超本領，雙手各拿一個小撈魚網，能把這一米高度的空間守得滴水不漏，沒有麻雀能飛過他的雙網關。這兩年甚至練到空手也能把疾飛而至的小鳥手到擒來，五指關的功力已不在雙網之下。

現在再也沒有人敢嘲笑八年前那個蹲在網子下面，因為撈不到麻雀而急得大哭的小子了。

04

周老妖從小就比所有同年齡的人都高，隨著年齡增長，身高差距越來越大，這是老妖這個綽號的由來。幸好他肌肉發育的程度，基本上和身高成正比，看上去頗有高大威猛的感覺，至於大腦發育的狀況就不必深究了。

山核桃是這片山區裡最重要的野生植物，每年秋天的收成，是很多家庭冬天的重要經濟來源。窮困又缺乏資源的山區裡，村民們就地取材發展出一套安全有效率的採收方式：

為了避免在陡峭的山中爬上數十米大樹的風險，兩腳可伸縮調整的三角竹梯，和超長的竹竿就成了簡單又有效的工具。

周老妖的身體條件，使他成為站在竹梯上拿長竹竿打樹上成熟山核桃的當然人選，其他小朋友就負責揀拾滿地被擊落的果實。經

驗的累積，使周老妖的眼力、腕力、臂力、判斷力和對長竹竿的掌控能力越來越成熟，每次出動，成果特別豐碩，大家都搶著和他一起上山採收，加上他憨厚隨和的性格，使他成為這群孩子中最受歡迎的人之一。

「老妖，把河裡那團東西撈起來！」
一群人去採山核桃的路上，王東平一眼看到小溪裡漂著一團塑膠袋，這是環保主義者絕對無法忍受的事。周立群手中的長竹竿像長了眼睛似的伸到距離岸邊五米左右的小溪中，手腕輕輕一轉，把那團塑膠袋挑到岸上。
「老妖，有你的！」
周立群咧嘴一笑。
（還有比這更簡單的事嗎？）

05

「為了協助中國棒球運動發展，美國職業棒球聯盟將從明年，也就是二〇〇九年開始的未來十年內，每年對中國棒球協會提供以下援助……」
全國棒球協會發言人慎重的看了一眼手上講稿：
「第一，每年提供二百萬美元現金及價值三百萬美元的棒球器材，協助舉辦少年、青少年、青年、業餘成年等四個級別的全國性比賽。
第二，贊助以上各級別的全國冠軍球隊，出國參加各級別世界大賽的全部費用。
第三，每年從各級別比賽中各挑選二十名優秀選手到美國參加為期二個月的暑期訓練，並負擔所有費用。
第四，視訓練情況及選手未來發展潛力，安排值得長期培訓的選手留在美國就學及訓練，此專案目前不訂名額。」

在掌聲和閃光燈包圍下,全國棒球協會秘書長和美國職業棒球聯盟執行長,滿面笑容各自在協議書上簽下自己的名字,交換協議書簽字後,雙雙站起來握手及擁抱。

06
—

山區裡的孩子們,和他們父母輩一樣,在為各自家庭生計奮鬥著,完全不知道正在北京舉行的儀式。

通知

01

星期一傍晚，杜濟民和往常一樣，在最後一個學生離開後，檢查所有電源及門窗，然後換上短褲和跑鞋，開始每週三次五千米跑步中的第一次。

「杜老師，校長請您去他辦公室！」

剛跑到第五圈，遠方傳來教務主任的喊聲。

校長凝視著眼前這個滿頭大汗的小夥子，中等身高，黑得發亮的皮膚，協調的五官，結實的肌肉，偏僻山區的孩子，憑著努力苦讀拿到獎學金完成大學學業，畢業後回到這個山區中學擔任英語教師。

四年來幫助學校同學的英語程度有了跳躍式的進步，小夥子平時住在學校簡陋的宿舍裡，下班後就是鍛煉身體、改作業和看書，有時候在辦公室裡上網，吸收些新知識，順便和大學同學聯繫，

假日幾乎都回到二十多公里外的老家探望父母、幫忙家務，不吸煙，沒有娛樂，偶爾和同事喝一點酒，微薄的工資除了少數生活開銷外全都交給父母，還經常把有限的自留金拿出來幫助窮困學生。

（我說杜老師啊，您看看能不能等到佳佳長大，當我的女婿呢？）

校長又忍不住替十七歲女兒的終生大事做規劃了。

「我說杜老師啊，這是剛收到黃山市教育局的通知，您看看該怎麼辦呢？」

「為發展全國各級學校棒球運動……」

杜濟民的心一陣狂跳，縣內校際棒球比賽，冠軍隊可參加市級比賽，如果再拿冠軍……全省、全國、全亞洲、全世界……，

（想太多了吧？）

杜濟民趕快把自己拉回現實世界，但是自大學時代起對棒球的狂熱，不由自主地再度燃燒起來……

高中畢業之前從未離開過縣城的他，第一次接觸的大都市就是上海，在十里洋場，靠獎學金過日子的窮學生，除了讀書和做家教賺點生活費之外，就是參加最不需要花錢的學校運動社團，調劑一下規律的生活。

籃球、足球、網球、羽球、桌球……這些熱門社團的名額早就滿了，只有那個不知道是啥東西的棒球社還有空名額。

「學長，我想報名。」終於鼓足勇氣走進棒球社的小房間。

「請坐，請先填報名表。」

來到大都市短短幾個星期就已經飽嘗碰壁滋味的大學新鮮人，竟然在這個毫不起眼的破舊房間裡得到意想不到的熱烈歡迎，心裡的感激和溫暖，絕非任何沒有親身經歷的人能夠體會，就這樣，杜濟民生平第一次摸到了棒球和手套。

「小杜，你要不要試試當捕手，這個位置目前還沒有固定的球員。」

第一次參加訓練，一位學長主動指點一個新手上場機會最多的位置。

「好啊，我試試看！」

路邊沒人摘的果子果然是苦的，杜濟民練習第一天被球打中十多次，第二天在依然青紫的痕跡上加了更多戰果，但不服輸的精神讓他硬挺了下來，受傷次數也隨著技術進步日漸減少。

三個月後，他在無人反對的情況下入選學校代表隊。

……當然不會有人反對啦！

大學四年，他穩坐學校代表隊當家捕手位置，雖然學校出外比賽成績一直不理想，但他個人表現始終得到所有人肯定。他的無私及樂於助人，為他贏得最佳人緣，而永不放棄的奮鬥精神，也使他眾望所歸地在大學最後兩年都得到擔任隊長的榮譽。

棒球比賽中的捕手是不折不扣的場上指揮官，蹲在本壘板後的視野可涵蓋球場上每個角落，不但要協助投手針對對方打擊者的習慣配球，還要指揮內外野手變換防守位置，稱為場上教練也不為過。

他對棒球的熱愛和投入，以及深入的研究，深深得到教練肯定，大四那年在教練極力邀請下擔任了一年助理教練，棒球理所當然成為大學期間除了念書之外，唯一的精神寄託。

「我說杜老師啊，縣教育局特地來電話，希望所有基層學校都能參加這次比賽。這原來應該是體育組的工作，可是您看看今年初張老師退休後，體育組人手一直不夠，而且大家都不懂棒球，我從您的人事資料上看到您大學時候曾經是棒球選手，所以請您看看能不能擔任這個工作呢？」

（這還用問嗎？）

「校長，我非常樂意。」

「我說杜老師啊，現在離縣裡比賽只有兩個月，您看看我們來得及組織球隊嗎？」

（天下無難事，只怕有心人，您不會沒聽過這句老話吧？ ）

「校長，我們有經費買球具和一些必要的器材嗎？」

「我說杜老師啊，您看看學校的狀況，非常有限呢！」

「大概是多少？」

「我說杜老師啊，您看看不會超過三千塊錢吧！」

「呃……」

就算只買手套，練習用球和球棒，捕手護具，這些入門的練習器材，估計錢已經不夠用了，球衣，棒球球鞋，比賽用的球棒，打擊頭盔，打擊手套這些必備器材都還沒著落，更別提出外比賽的交通，食宿等費用呢！

「校長，我今晚列出一張球隊需要物品的清單，明天給您報告。」

對棒球的熱情，使杜濟民的腦筋立刻靈活起來。

經過一個晚上的短信和電話聯絡，第二天一早，杜濟民興致勃勃地把這張清單交到校長手裡。

器材名稱	需要數量	提供數量
(1) 上海對外貿易學院贊助：		
手套——捕手	3	2
手套——投手	6	2
手套——內野手	8	「共提供 11 個手套」
手套——外野手	6	
練習用球	30	10
練習用球棒	10	5
比賽用球棒	3	2
捕手護具	3	1
打擊頭盔	4	2
(2) 自行解決：		
球鞋	15	「以跑步鞋代替」
帽子	15	「以學校運動帽代替」
打擊用手套	10	「以一般手套代替」

注：若出外比賽交通及食宿費用另計。

大學時期的教練承諾，今天就把他能夠供應的器材寄過來，雖然提供的數量不夠，而且都是即將淘汰的舊品，但是對於黃山市休寧縣這個偏僻山區的窮困中學來說，這已經是天上掉下來的禮物了。

「我說杜老師啊，您辛苦了！這個任務就全權委託您了，別給自己太大壓力，您看看我們的目標是參與，成績是次要的。」

經過四年相處，校長非常瞭解杜濟民認真、努力、追求完美的態度。不論兩個月後的比賽結果如何，就憑他能在一夜之間擬出清單，又不用花錢便可張羅到大部分器材，這樣的態度和效率就不是一般人能夠做到的。

（我說女兒啊，妳看看真希望妳有這個福氣呢！）

……我說吳校長啊，您看看您可真是準老丈人看準女婿，那份滿意就甭提了呢！

02

以山區學校的標準衡量，還不算太狹小的運動場上，八九年級、六個班、一百多位男同學七嘴八舌地猜測這次臨時集合的原因，大家充滿期待的坐在地上。

「同學們，有沒有人知道棒球這個運動？」

杜濟民渾厚的嗓音把全場吵雜聲音壓了下去。

「有……」

「我知道……」

「老師，讓我說……」

大概有五分之一的小朋友舉起手。

「曾啟華你說。」

杜濟民指著一位平常從不主動開口的同學。

「就就就……是用棒棒棒……子把把把……球打打打……出

去，然然然……後跑跑跑……回來就就就……贏了。」

「很好，你肯定看過棒球比賽吧？」

不理會其他同學搶著發言的聲浪，杜濟民一定要給這位突破心理障礙，第一次站出來的同學一個最真誠的鼓勵。

看到這位因為結巴從來不敢在大庭廣眾下發言的小孩受到肯定的開心樣子，杜濟民對他豎起了大拇指。

「九個人在場上防守，對方九個人輪流上來打擊……」，小朋友們開始搶著發言：

「打出去的球落地前被接到就算出局……」

「他說的是高飛球，如果是滾地球被接到，打擊的人跑到一壘前，防守一壘的人接到隊友傳過來的球，就算出局。」

「如果三個壘都跑完回到本壘，就算得分。」

「如果一局裡有三個人出局，進攻的球隊就要去防守，換原來防守的隊進攻啦。」，……輪廓越來越清楚了。

「還有，如果打擊的人第三個好球沒打到，叫做三振出局，如果投手投四個壞球，打擊的人被保送到一壘。」

「老師，應該叫打擊者才對！」

……是啊，正確的術語很重要。

「打出去的球沒被接到，打擊者安全上壘叫安打，跑一個壘叫一壘安打，跑兩個壘叫二壘安打，跑三個壘叫三壘安打……」

「跑四個壘叫四壘安打！」旁邊有人搶著接下去。

「不是啦，那叫全壘打，壘上的人都可以回來得分。」立刻有人跳出來糾正錯誤，引起一陣哄堂大笑。

「不對啦，要打到牆外面才是全壘打！」

「對嘛，打在球場內跑完四個壘包，叫場內全壘打。」

「球場是扇形的，防守的九個人是投手、捕手、一壘手、二壘手、三壘手、遊擊手、左外野手、中外野手、右外野手，本壘兩邊

九十度延伸線以外叫界外，打到界外的球叫界外球，算一個好球，但是累積兩個好球後就不計球數，可以繼續打。兩邊延伸線之間以一道弧形的牆連接，叫全壘打牆，打出去超過牆的界內球叫全壘打。」

九年一班班長的威望確實不同凡響，全場安靜下來，他看看周圍聚精會神聽他講話的同學們，決定繼續把豐富的知識貢獻給大家：「四個壘包中間的正方形區域叫內野，一二三壘手和遊擊手通稱為內野手，內野到全壘打牆之間的界內區域叫外野，由左中右三個外野手負責防守。」

全校第一名的模範生，講話果然條理分明：

「比賽共打九局，得分多的球隊獲勝。」

「你知道好球帶和壞球帶的範圍嗎？」杜濟民以贊許的口氣問。

「投手投出的球進入本壘時，寬度在本壘板範圍內的垂直上空，高度在打擊者膝蓋以上腋部以下的立體空間內，都是好球，在這空間以外的就是壞球。」

「謝謝葛文化這麼詳細的說明，我們給他一點鼓勵。」

現場響起掌聲。

「葛文化說得非常好，只有一點需要補充，我們中學生這個階段叫做青少年棒球，打七局決定勝負，青年棒球和成人棒球才打九局。」

「本校要組織棒球隊，參加十二月縣裡舉辦的比賽，得到冠軍的球隊可參加明年三月在黃山市舉行的全市中學比賽。如果再贏，就是安徽省比賽，如果又拿冠軍，可以參加全國錦標賽⋯⋯」

「呀呼！」

「⋯⋯」

同學們對這位沒架子的老師，發出尖銳的口哨和怪叫聲。

「好啦，我希望，行嗎？」

「有興趣參加棒球隊的同學，明天下午三點，在運動場接受體能測試，總成績前二十五名的同學可以入選培訓隊，請大家注意測試項目和及格標準：

第一，把我手上這顆棒球投擲超過四十米。

第二，十五秒內跑完一百米。

第三，一分鐘內做六個單杠的引體向上。

第四，四十秒內完成四趟十米折返跑。

第五，八分鐘內跑完一千五百米。

測試總成績排在前二十五名的同學入選，各位同學明天見。」

03

　　四十多個人的總成績統計完畢，已經接近晚上九點了，這份五年前他當助理教練時期和教練共同研究制定的測試內容，包括棒球員最基本的幾項要求：投擲、速度、臂力、敏捷性、耐力。

　　杜濟民吃著午餐留下來的饅頭，左手把玩教練當做畢業禮物送給他的那顆簽滿了隊友名字的紀念棒球。回想下午測試過程中令他驚豔那幾個人的表現：

　　一百米跑最快的是袁興，只用十一點六秒，王東平比他慢零點三秒，大概是因為山區小孩勞動比較多的關係，前二十名同學的引體向上，折返跑，一千五百米跑步這三個項目都達到及格標準。

　　從今天下午的測試成績看來，不論未來兩個月球員們的技巧能進步多少，這支球隊的體能狀況，在同年齡小朋友中肯定是名列前茅的。

　　杜濟民未來十個星期的目標，就是把這些朝夕相處，早已熟悉得不行的山區孩子們從小勞動鍛煉出的良好體能，轉變成棒球場上的武器。

　　其中特別引起杜濟民注意的兩個人，都能輕易的把棒球投擲到六十米以外。

　　「周立群、董陽。」

　　杜濟民情不自禁地唸出這兩個人的名字。

啟蒙

01

「各位同學，歡迎加入棒球培訓隊。」

星期四下午，杜濟民面對體能測試綜合總成績前二十五名的同學：「球隊的器材已經從上海寄出，估計本週末能收到，所以我們正式訓練從十月十三號下星期一開始。從下週一算起，到十二月二十三號縣內比賽還有七十天，這十個星期的訓練計畫是：

前兩周基本動作訓練，第三四周不同防守位置的專業技術訓練，第五六周團隊配合及戰術演練，第七周體能測驗和分隊比賽，然後決定代表隊十五人名單，同時宣佈第八到十周的訓練內容。」

「訓練時間是每天下午兩點到五點，為了避免耽誤各位學業，學校同意利用午休時間和每個星期六上午為各位補課，星期六下午自由練習，各位可以利用時間加強個人技術。」

「各位以前都沒有接觸過棒球，要在這麼短的時間內使技術熟練，只靠球隊安排的練習時間是不夠的，各位必需儘量利用空閒時間自主訓練。」

「同時提醒各位，體能是一切運動的基礎，沒有良好的體能，所有技術都無法發揮。今天我們學習一些體能訓練的方法，請各位

利用時間持續自主練習，使大家在比賽中能有最好的發揮。

不論是因為家庭或個人因素不能配合球隊訓練時間，必需放棄培訓資格的同學，請於下週一早上通知我，以便安排其他同學遞補。」

「老師，練球還要補課嗎？以前田徑隊訓練的時候都不用補課。」立刻有人提出質疑，引起一陣附和聲。

「各位，我們是學生球隊。」杜濟民停了一會，用加重口氣吐出幾個字：

「請注意，學生在球隊前面！」

「在這個球隊，絕對不可以因為練球和比賽耽誤學業，如果任何參加球隊的同學下一次月考成績退步，無論你在球隊表現多好，球隊多麼需要你，都必需立刻退出球隊，這件事絕無妥協！請各位考慮清楚再決定是否參加！」

02

雖然早有心理準備，但是看到遠道而來的老舊器材，還是令杜濟民大吃一驚。

「濟民：抱歉只能提供給你這樣的球具，自從你們這批球員畢業後，球隊戰績每況愈下，去年學校決定削減棒球隊預算，無法補充新器材，我們只能把舊器材縫縫補補頂著用。寄給你的球具都是早該報廢的東西，因為新器材補充不上才留到現在，你就委屈點湊合著用吧。」

看到黃教練附在包裹中的信，杜濟民完全能感受到字裡行間隱藏的無奈和苦悶，更增加了他對這位亦師亦友啟蒙教練的懷念和感激。

03

整個週末，杜濟民在宿舍裡修補剛收到的器材。

他腦子的忙碌程度一點也不下於雙手，大學時期，剛進入球隊的彷徨，開始訓練的辛苦，第一次得到肯定的滿足，入選校隊的興奮，成為球隊主力的壓力，晉升隊長的責任，擔任助教的投入……

……這一切仿佛都是為了現在這一刻做的準備……

他相信只要有合理的計畫，適當的方法和足夠的時間，這群從來沒接觸過棒球的小朋友，絕對能像自己當年一樣，成為優秀的球員。

雖然已經擬定了計畫和進度，但是短短兩個月，夠嗎？

十五個手套，怎麼讓二十五個人同時使用？

十顆球遠遠不足以應付兩個月密集訓練的損耗，其他所有器材都要小心使用，一旦用壞就補充不上了。

更大的隱憂是：

明天開始的訓練，剛好和秋天的收穫季節重疊，農家子弟出身的他，當然瞭解這次收成對所有家庭的重要性，星期一早上，有多少同學會因為家庭反對而放棄加入球隊的機會？

正式訓練開始後，必定會有很多同學因為農忙不能每天參加訓練，勢必會耽誤球隊訓練計畫，對整體進度造成極大影響。

就算能克服家庭因素參加集訓，在這些嚴格訓練之下，還要求球員們學業成績不能退步，有多少人會因為不堪負荷而退出？

如果訓練過程中有人陸續退出，對球隊士氣和完整性都會有很大影響，甚至整個訓練計畫都可能泡湯……

04

「杜哥，你這星期沒回家？」

敲門聲伴隨著高永通驚訝的聲音，讓杜濟民暫時從雜亂思緒中解脫出來。

高永通是祁門縣人，去年從合肥的大學畢業來到學校教數學，瘦高身材配上一副黑框眼睛，頗有幾分書卷氣。

杜濟民喜歡阿通的直率和愛心，阿通對老大哥的引導和照顧也充滿感謝，加上年齡和背景相近，兩個人很快就成為好朋友。

通常兩個人週末都回老家看父母幫忙做些家務，星期日下午回學校後就在杜濟民的宿舍內分享父母準備的愛心食品。

「怎麼流這麼多血？」看到桌上那堆沾血的衛生紙，阿通嚇了一跳。

「縫手套被針刺的」杜濟民若無其事的說，同時放下縫了一半的手套。

「這些棒球器材那來的？你要組棒球隊啊？」

阿通上星期去參加一個數學教學研討會，不在學校，不知道上周發生的事。

杜濟民把組球隊的事說完，阿通問：

「為什麼要縫手套？」

「接球的時候，球進入虎口部位，連接手套拇指和食指中間這塊編織區域，如果有漏洞，球能接得穩嗎？」

「為什麼每個手指尖的部分也要縫起來？」

「球的速度很快，這是避免球從手套指縫中間漏掉。」

「球也要縫啊？」

「你看，球表面上的細皮繩都斷了，表皮都要脫落了。」

阿通把球拿起來，左看右看用手掂了掂重量說：

「這球比外表看起來重多了！」

「棒球分為軟式和硬式，這是硬式的比較重，而且這是舊球，表面的牛皮已經吸收很多汗水和灰塵了。」

「球表面上為什麼要縫成一條一條的，像外科手術的疤痕呢？」

「為了固定表面的牛皮啊！還有一個更重要原因是在投球的時候，投手的食指和中指要扣住這兩條疤痕，才能用不同旋轉方式投出各種變化球。」

「為什麼你縫手套用的是尼龍線，縫棒球用細皮繩？」

阿通素有「十萬個為什麼先生」之稱。

「尼龍繩比較堅韌，能承受球的衝擊力，但是太滑，手指無法產生摩擦力，投不出變化球，所以球的表面要用皮繩。」

「你這皮繩那裡找來的？」

「記得校長室裡的鎮校之寶吧？」

「啊！你不會把那張牛皮沙發給拆了吧？」阿通驚訝得嘴吧都合不攏。

「校長同意我從沙發背面割一大塊皮下來，用麻布把割下來的部分補上去，條件是正面看不出來。」

笑得前仰後合的阿通實在無法想像，向來以愛惜公物出名的吳校長竟然肯做出這麼大的犧牲。

「我說杜老師啊，您看看這幾個球用得了這麼大塊的皮嗎？」

模仿別人講話是阿通的看家本領之一。

「你看這些補好的手套。」

杜濟民忍住笑指著地上的竹籃子，阿通把籃子裡的手套全都拿到桌上，一個個仔細看，幾乎所有手套掌心部位都有幾塊大小不同的皮整整齊齊的縫在上面，從這些補丁的密集程度不難想像這些手套昨天剛到的時候有多麼清涼透氣。

「這些皮繩和補丁都是你一刀一刀割出來然後縫上去的？」

「你有更好的辦法？」

「大哥，請受小弟一拜！」

「先把大餅拿出來，我邊吃你邊拜！」

兩塊阿通媽媽的招牌大餅下肚，杜濟民導入正題了：

「阿通，我需要人幫忙訓練球隊。」

「我當然很樂意，可是我不懂棒球啊！」

「你先做球員狀態的記錄，同時自己也從基本動作學起，慢慢就能進入狀況。」

「你現在就先教我一些基本動作，我學會了才能幫更多忙！」

（此言正合我意！）

「走，到運動場去，趁天黑前我們先從傳接球開始。」

05

週一下午，杜濟民看著手上剛調整好的名單，苦笑著跟阿通說：「比我想像的情況還糟！」

一大早，就有同學在辦公室門口排隊要求退出，不出所料，幫忙家務和擔心影響學業是家人反對的兩個主要原因。

第一批入選的同學，只有九個人能留下來。杜濟民只好按照測試排名一一詢問其他同學加入的意願，直到全部參加測試的四十三個人都問過了，包括五名八年級同學的十八人名單終於完成。

更大的問題是：現在的球員名單中，排名從十到十八的同學，體能測試總成績都不合格……

「我們是不是把訓練和補課的時間都減少，參加的人就會多了？」

經過昨天一個多小時練習，四肢早已不聽使喚的阿通，貢獻出目前全身唯一還能發揮功能的大腦。

「首先，功課不能退步的原則絕對不能改變，此事沒有商量空間。其次，你要知道這些同學從沒接觸過棒球，十個星期的訓練時間是遠遠不夠的，如果再減少根本就不可能帶出個像樣的球隊。而且有九個人的體能狀態如果沒有大幅度進步，根本就上不了場。」

「校長不是說參加重於成績嗎？」

「既然參加，就要盡最大努力，這是運動精神，來吧，我們把

器材搬到運動場去！」

速度和臂力是棒球運動員最重要的兩項體能要求：

速度在防守時可以擴大移動範圍，減少對方擊出安打的機率。進攻時可以提高跑壘速度，增加對方防守壓力，創造得分機會。

臂力強的球員，防守時可以把球傳得既遠又準，降低對方得分機率。進攻時則比其他球員更有可能把球打得深遠，甚至擊出全壘打，給比賽帶來決定性的結果。

這就是杜濟民特別注意一百米跑步和棒球投擲這兩項成績名列前茅那四位同學的原因。

（幸好他們都留下來了，希望不會在訓練中途退出。）

06

學校面積不大的多功能長方形運動場中間有一圈還算平整的泥土田徑跑道，橢圓形跑道圈內外都是有專人照料的草地，在平地不多的山區，這已經算是相當豪華的場地了。

L形校舍另一邊的運動場外，是一片大約五百米長滿雜草和灌木緩緩向上延伸的坡地，坡地後就進入原生森林密佈的大山。

這裡的空間無論如何也不可能規劃出一個標準棒球場，杜濟民只能根據不同練習內容安排場地使用，首先要考慮的當然是怎麼避免失控的球打破學校寶貴的玻璃。

「各位，這是接球手套，功能是幫助把球接穩，同時保護手掌避免受傷。」

「手套分為左手和右手兩種，如果你習慣用右手丟球，就用左手接球，所以請選擇左手手套，相反的話，選擇右手的。」

杜濟民看著剛做完十五分鐘熱身操，圍成圓圈坐在地上的同學：

「我們只有一個右手手套，有兩位慣用左手的同學，所以董陽

和鄭士宏兩位暫時共用一個手套。」

擔任助理教練的經驗，讓杜濟民本能的看過一次測試就知道球員的基本習慣。

「今天第一個訓練內容是傳接球，包括三種主要形態：滾地球、平飛球、高飛球。這是棒球最重要的基本動作，我們先從平飛球開始。因為手套不夠，有三位同學先負責丟球，每三十球輪換一次。」

杜濟民和全身酸痛的阿通先示範了傳接球的基本要領，包括握球的方法，投擲的技巧，接球時手套的正確使用方式等，然後把同學們分成兩排，開始互相丟球和接球。

「老師，球掉到草堆裡了！」
「唉喲！小毛你又打到我啦！」
「老妖你別那麼用力，差點打到玻璃了！」
「老師，這球怎麼老是從手套裡滑出來？」
「鍋子，你不能把球丟準一點嗎？」
「老師，小毛的手指頭被球打腫了！」
「……」
「……」
「……」

應接不暇的精彩鏡頭，讓兩位老師疲於奔命，在一邊看熱鬧的同學們還不停的叫囂起哄：
「河馬，你順便把草割了帶回家餵羊啊！」
「小毛再丟用力點！」
「老妖，打中八年二班教室左邊第四塊玻璃，我請你吃冰棒！」
「馮志誠，手套不好，你就空手接球呀！」
「光光，撿球跑快點，不然等會兒罰你洗廁所！」
「小毛乖，別哭！」

「⋯⋯」
「⋯⋯」
「⋯⋯」

「老師，能不能叫他們回教室去，別在這裡吵？」江正終於忍不住了。

「大家要學習在吵雜的環境中打球，以後比賽時候才不會受外界影響。」杜濟民毫不在意地說：

「還有，阿六，你接球非常好！」

剛開始練習不久，杜濟民就注意到江正接球動作很協調，反應極快，只有剛開始還不習慣手套使用方式時候漏接了幾個球，以後每個球都穩穩接到。

「好，同學們集合，我們現在練習接滾地球。」

杜濟民邊解說邊示範，重複幾次後說：

「現在請大家在草地那邊排隊準備，一個一個來，我從這邊丟球過去，接到後傳給我旁邊的高老師，傳球以後到隊伍後面排隊，換第二個人接球。」

接滾地球對技巧和判斷力的要求遠遠高於接平飛球，第一次練習，果然球員的慘叫聲和觀眾的笑鬧聲此起彼落，好不熱鬧。

「杜哥，你有沒有注意徐俊，只漏過三個球。」

阿通的確很細心，休息時間一到，馬上提出他的觀察。

「有啊！而且他的腳步很靈活，不輸給我以前大學球隊那位游擊手。重點是：從他剛才第一次拿手套的樣子判斷，他以前肯定沒接觸過棒球。」

「等會我來問問他。」十萬個為什麼先生自言自語地說：

「難道他天生就會打棒球？」

短暫休息後，接高飛球訓練，經過詳細說明和示範，同學們再度兩人一組，分成兩邊練習。

　　王東平的表現立刻同時引起兩位老師注意，測試時候杜濟民就注意到冬瓜的速度，沒想到他判斷高飛球落點的準確度和接球的穩定性，一點都不像新手。

　　「我們還真是臥虎藏龍啊！」阿通興奮極了。

　　「嘿，同學，棒球是九個人的運動，而且除了防守，還有進攻呢！」杜濟民適時澆了阿通一桶冷水。

　　「你有沒有看到董陽和周立群那一組，球丟得又遠又準。」

　　（沒看到才怪咧！他們兩個人的臂力，那天測試時候就知道啦！）

　　「是啊，雖然常漏接，可是動作有模有樣，練一段時間就穩定了。」

　　誰說杜濟民不興奮？

　　「啊……」

　　一聲慘叫，又有人被高飛球打中了！

07

　　「杜哥，你知道徐俊為什麼滾地球接得那麼好嗎？」晚餐時間，阿通一臉神秘地問。

　　「手上長了吸盤？」

　　「杜哥英明，一猜就中！」

　　「快說！」

　　「嘿嘿！他家是馬鈴薯專業戶，收成時候把挖出來的馬鈴薯堆在路邊，等拖拉機載走，為了提高效率，他站在靠路邊的田裡，他爸媽在田裡各個角落把馬鈴薯拋過來，他接到以後一個一個堆起來。他媽媽力量不夠，拋過來的馬鈴薯大部分都沿著地面滾過來，他從小練到大，就替我們培養出一個接滾地球的好手啦！」

兩人擊掌大笑，一天的勞累似乎都消失在這一掌之中。

　　第二天中午，按照原定計劃，利用午休時間補課。阿通這兩天體力透支，中午回宿舍休息，先由杜濟民補英文課，簡陋的禮堂成為球隊臨時教室，看到同學們上課時聚精會神的模樣，杜濟民還真佩服這群小朋友的意志力。

　　「老師，我們想學一些有關棒球的英文。」

　　（呵！興趣來了！）

　　「我們正課的進度還沒跟上啊！」

　　「那您抓緊進度，每天教幾個單字，行嗎？」

　　（行！這有什麼不行的？）

　　「為什麼想學？」

　　「您不是說拿到全國冠軍可以出國比賽嗎？先把英文學好，碰到老外才能溝通呀！」

　　江正向來是同學中的發言人。

　　「學英文沒問題，可是如果球技沒練好，英文再好也沒用哦！」

　　「一定會好的！」

　　發言人一臉嚴肅的說，同學們都帶著認真的表情跟著點頭。

　　下午訓練重複昨天內容，同學們的體力和速度明顯不如前一天，有幾個人身上還貼著土制膏藥，可是大家學習興致依舊高昂，動作也比前一天熟練順暢，被球打中的次數明顯減少，到處追球場面出現的頻率也大幅降低。

　　「他們的運動細胞都比我好得多！」阿通感慨地說。

　　「可是你的音樂細胞比較好啊！」

　　「可惜打球不用吉他！」

　　「那你寫一首隊歌吧，用音樂凝聚士氣。」

　　「有用嗎？」阿通滿臉狐疑。

　　「相信我。」

（別忘了你大學時候是怎麼把青青騙來的！）

「行！」

「等會兒下班後，我們去找修摩托車的老蔡要幾條報廢的輪胎，後天練習打擊用。」

08

「今天開始練習打擊，好的防守可以保證不失分，立於不敗之地，但是只有好的打擊才能幫助球隊贏得比賽，二者缺一不可。」

第三天中午數學補課結束後，看著被數學公式折磨得頭暈腦漲的同學們，杜濟民立刻決定改變訓練內容，把打擊訓練提前一天。

「球棒分為木棒和鋁棒兩種，木棒的打擊技巧和擊球點不容易掌握，難度很高，是職業選手使用的，業餘選手用鋁棒。」

杜濟民把鋁棒傳遞給大家，每個人好奇的掂掂重量，敲敲棒頭。

「打擊分為兩種基本形態，揮擊和觸擊，揮擊是主要方式，觸擊是戰術運用，不是常態。」

打擊訓練提前果然奏效，同學們精神大振。

「我們先練習揮擊，我示範給大家看。」

杜濟民邊說邊示範，完成一個標準揮擊動作，重複幾次後，同學們排隊，每次五個人練習揮棒，每人揮棒十次，然後換人練習，其他同學一起幫忙指出揮棒者不正確的動作，這樣等於有很多個教練同時監督，揮棒人任何細微的錯誤動作都無所遁形。

每個人在糾正別人錯誤同時，會本能的對照自己揮棒動作，不知不覺中也修正了自己的錯誤，半個小時下來，效果出奇的好，大多數人揮擊動作都有模有樣。

杜濟民看大家揮棒的雛形出現了，拍拍手把同學們集合在面前，指著運動場另一邊說：

「有沒有看到辦公室前面那排樹上綁的摩托車輪胎？」

一大早，兩位老師帶著麻繩和粗鐵釘，把輪胎兩端綁上麻繩，上端的麻繩綁在距離地面兩米左右的粗樹枝上，下端的麻繩用粗鐵釘牢牢釘在地上，輪胎下緣距離地面四十公分左右。

　　「為什麼……」

　　十萬個為什麼先生手上忙個不停，嘴巴可沒忘記該執行的任務，剛開口，杜濟民就自發性的接話了：

　　「這算是土法煉鋼吧！練習揮棒一定要打實物，才能體會擊中的感覺，同時調整翻轉手腕的時機，輪胎柔軟又有彈性，不會造成手腕受傷。」

　　「那是給各位做打擊練習的，我們綁了五條輪胎，還是和剛才一樣，每人揮擊十次，然後換人，輪胎上的紅色記號是擊球點，球棒要擊中那個紅點。其他同學在旁邊糾正動作，剛開始別太用力，以免受傷。」

　　要在山區裡崎嶇的地面，站在三角竹梯上用超長竹竿，準確的把距離地面十多米的果實打落地面，需要的不僅是力量，全身各部位肌肉的協調性，平衡感和眼力都必須配合得很好。

　　周老妖是打山核桃的超級高手，那麼長的竹竿都能掌控得得心應手，眼前這一根短短的球棒，對他來說實在太容易了，經過短時間練習就能操控自如。

　　他第一次打輪胎，流暢的動作，準確的揮擊點和強勁的力道令兩位老師大吃一驚，其他同學揮空棒時看似沒有問題，開始打擊實物，姿勢就明顯走樣了，能準確用棒頭擊中紅點的次數更是少之又少，周老妖卻是毫無困難每次都命中。

　　「周立群，你跟大家說一下打擊的要領。」

　　老妖做了一個咧嘴傻笑的招牌動作，然後很仔細的把自己身體

如何旋轉，軸心腳如何用力，如何翻轉手腕，重心如何轉移……等技巧告訴隊友，老妖以初學者的立場現身說法，反而更能讓同學們理解。

「老妖，你今天講話很溜嘛！」冬瓜從不放棄取笑老妖的機會。

繼續練習後，杜濟民發現同學們打擊姿勢的穩定性和準確度都有提升：

「周立群，你可以當打擊助教了！」

又是咧嘴傻笑。

09

觸擊是一種戰術運用，主要作用是擾亂對方防守，達到幫助壘上隊友向下一個壘包推進，甚至得分的目的。如果觸擊的落點好配合快速跑壘，打擊者也能安全上壘。

打法是一手握住棒尾，另一手扶住球棒接近棒頭的位置，膝蓋彎曲壓低重心，看準來球，用棒頭輕輕把球點擊到捕手和內野手之間的內野。

通常根據場上狀況和戰術需求，把球點向一壘或三壘，使對方防守一壘或三壘的球員必需離開壘包，沖到內野接球，造成壘上無防守球員，使打擊者或跑壘者能安全抵達壘包。

執行的時候，最重要是掌控球滾動的方向和距離，配合跑壘速度，經常可以得到很好的效果。

星期四下午，每個人揮擊一百次輪胎後，進行觸擊講解和練習，然後杜濟民在近距離拋球，讓同學們體會球棒接觸到球的真實感覺，雖然只是輕輕觸擊，但是球棒撞擊時的震動，看到球滾出去的期待，都是大家從未有過的新鮮感覺。

「杜哥，我發現同學們好像對觸擊特別有天份。」

看到球員們一個個把球觸擊出去，阿通的樂觀天性又出現了。

「大哥！這是因為我在很近的距離拋出很慢的球，當然容易擊中，在比賽中對方投手怎麼可能給你這麼好打的球？」

唉！又是一盆冷水。

10

星期五晚上，杜濟民的宿舍裡，兩位老師討論阿通做的球員練習紀錄。

「阿通，這個紀錄只能當做參考，因為有很多內容無法用數據表現，印象分的佔比很高，下周我們必需觀察更仔細，瞭解每個人的強項，判斷未來可以擔任的位置，做為第三周個人專業訓練的分組依據。」

「你上次列的各個位置需要的人數清單呢？」

杜濟民遞上早就寫好的單子，阿通順口念了出來：

「投手六人，捕手三人，內野手七人，外野手五人，嗯……共是二十一人，你不是說每隊只能有十五名球員嗎？」

「我的名單是每個位置必需有的球員人數，有些人可以兼任兩個甚至更多防守位置。」

看到阿通似懂非懂的表情，杜濟民接著解釋：

「在青少年棒球這個階段，每隊只有十五名球員，投手又有隔場限制，投一場以後必需休息一場才能再出場投球，不能連續出賽，加上個人狀況的起伏和可能遭遇的傷病問題，勢必有人無法出賽，所以至少要有六個投手，否則在連續比賽的賽程中，一定會捉襟見肘。其他位置的球員雖然沒有隔場限制，但是同樣會面對狀態不好和傷病問題，所以我們必需在每個守備位置上多準備幾位球員。這就表示訓練時候，要下更大的功夫，讓球員具備至少兩種專業，未來比賽時候才好調度。」

11

星期六早上八點半，補課時間，只有十二個人到學校。

「有沒有人知道這六位同學沒來的原因？」

「老師，林威的爸媽去黃山市進貨，他要幫忙看店和結帳，我下課後去店裡教他功課。」

林威是鎮上超市老闆的兒子。

「董陽家裡的果園要剪枝準備過冬，他晚上會來我家溫習今天上的課。」

「方智的媽媽好像不准他參加球隊了！」

（唉！該來的總是跑不掉！）

「老妖要把山核桃運到縣城裡賣，他說下星期練完球會留在學校把課補好才回家。」

「袁興家在大山裡，每個週末都要上山砍柴，他說會找葛文化幫他補課。」

五個人有交待了。

「何虎呢？有人知道嗎？」

大家都搖頭。

「好吧，現在認真上課，中午高老師親自下廚，做午飯給大家吃！」

「Yeah……」

下午只有七個人能留下來自主練習，杜濟民不厭其煩糾正每個人的動作，江正和徐俊兩個人表現更是認真，動作要做到連杜濟民都無從挑剔才肯休息。

王東平經過這幾天練習，接高飛球已是十拿九穩，整個下午都練習打擊。

「冬瓜，今年野生獼猴桃長得好不好？」

王東平是阿通的得意門生，數學成績特優，兩個人相處很好，最近王東平還開始跟阿通學彈吉他，據阿通說此人的音樂天分不在接高飛球之下。

　　「還行，可是上山的人太多了，我和我哥只好往深山裡走，而且越爬越高，我哥前兩個星期差點從樹上摔下來，還好腰上綁了繩子，不然就糟啦！」

　　王東平可是出了名的健談。

　　「果實從那麼高的地方丟下來，就算接到恐怕也爛了吧？」

　　阿通小時候也採過獼猴桃，開口就是內行話。

　　「如果用正常方法接肯定會爛，所以我接到後都會像這樣把力量卸掉。」

　　王東平邊說邊舉起左手在空中劃了一個小弧形，同時身體向後稍微傾斜，的確是有效的緩衝動作。

　　「小子蠻靈的嘛！難怪能接高飛球！」

　　阿通由衷的誇獎，冬瓜毫不客氣地接受。

　　「阿六為啥球接得那麼穩？」

　　十萬個為什麼先生上工咯！

　　「我就知道你會問，所以第一天練球後我就問清楚了！」

　　王東平的表情帶著幾分得意，再加上幾分先知先覺的驕傲：

　　「他是村子裡抓麻雀的第一高手，你想想，連飛過來的麻雀都能捉到，接個棒球有什麼難？」

　　「董陽為啥球丟得那麼準，球速那麼快？」包打聽先生繼續大顯身手。

　　「你知道他爹平時的下酒菜是什麼？」

　　（我怎麼會知道？）

　　「我跟你說……」此人越來越得意了：

　　「……董大俠不幹農活的時候，就拿著他捏的泥球去果園裡打

斑鳩，一顆風火雷一隻鳥，彈無虛發，比起當年威震江湖的小李飛刀有過之而無不及……」

「……他爹晚上的下酒菜就解決啦！」

「袁興……」

阿通還沒說完，王東平立刻接上：

「如果你每天扛一百斤柴在山路上走兩個小時，你也能跑那麼快！」

「你們為啥叫他野狗？」

「除了野狗，還有什麼動物每天在深山老林裡跑來跑去？」

12

「杜哥，既然今天都不回家，我們就再練練基本功吧！」

星期天一早，阿通就把杜濟民從棉被裡挖起來。

好不容易熬了一個小時，終於到休息時間，阿通無奈的看著因為接球方法不對扭傷腫大青紫的手指關節，坐在地上喘氣。

「希望不會影響你彈吉他，否則青青不要你怎麼辦？」

杜哥悲天憫人的胸懷真令人敬佩！

「喂！我可是靠英俊的外表和淵博的學識哦！」

即使面對平時的偶像，在這問題上，阿通還是義正詞嚴地大聲訓斥。

「下午我想去何虎家看看，你去嗎？」

13

幸虧林威地圖畫得相當精確，兩個人才沒在錯綜複雜的山間小徑中迷路，剛開始幾公里還能騎自行車，後面三公里左右都是碎石子路面，自行車根本動彈不得，兩位老師只能把車子藏在草叢中，

背上背包，大步往前走去。

　　一個多小時後，通過崎嶇地形考驗的兩位老師，終於到達林威描述他們絕對不會錯過的目的地。

　　山區裡隨處可見的大樹，在這個地方像稀有裝飾品般點綴在佈滿岩石的山坡，山腳下僅有的一小片平地上，就地取材的簡陋土屋令人觸目驚心，灰色泥土牆裡的竹子，因為長期被風雨侵蝕而裸露出來，屋頂乾枯的茅草隨著晚秋的涼風起舞，下層破碎的防水油布清晰可見，一扇已看不出原本顏色的木門歪斜的靠在搖搖欲墜的門框上，杜濟民毫不費力打開這片聊勝於無的破舊木板。

　　首先進入視線是一個不知道是客廳還是工具房的狹小房間，裡面擺滿了明顯使用多年可是保養很好的原始農耕器具，整個房間裡最體面的陳設是兩張斑駁不堪的竹椅，左邊狹窄小門裡是整個建築物唯一的房間，裡面除了一張破碎木板拼湊的大床之外看不到任何可移動的傢俱。

　　（他們在那裡煮飯？）

　　兩個人走出房門，繞著建築物轉一圈，二加四隻眼睛同時向四處搜尋，找到了！

　　大門左側牆外，破爛竹片編成一人高的圍籬是廚房的牆壁，土塊砌起的爐子上放著一口冒著白煙的舊鐵鍋，地上破瓦罐水面上漂浮著幾片野菜，兩小段葛根和幾棵紅薯整齊排放在柴堆旁邊，土牆上風乾的玉米和辣椒是這片灰色世界裡最靚麗的顏色，就連蒼蠅都不願把尋找食物的寶貴時間浪費在這個孤零零的人類據點。

　　震驚不已的杜濟民默默看著這棟簡陋到無法想像的房子，他知道何虎是學校裡家庭狀況最貧困的學生之一，可是如果不是親眼看見，絕對不相信待人和氣個性獨立的何虎，家裡的生活條件竟然如此艱苦，這是一個只應該存在於上世紀六十年代的居住環境。

　　此刻沒人想說話，也沒人能說話，阿通在轉頭偷偷擦掉眼淚的

時候，眼角瞄到背對著他的杜濟民在衣服上把手背上的淚痕抹掉，兩個人像事先演練過似的同時往不同方向走去。

農村人的純樸和熱情在何虎媽媽身上表現得淋漓盡致，一看到兩位老師立刻打躬作揖感謝他們的教導，聽說他們在門外等了一個多小時，更是連連道歉，顧不得收拾剛從山上採回來的野生板栗，一邊生火燒水，一邊催促何虎把家裡僅有的一塊鹹肉拿到屋子後面小溪裡洗乾淨，無論如何都要留兩位老師吃晚飯。

「何伯母，晚上山路不好走，我們不吃飯了，今天是臨時決定來看看何虎，下回早點來再吃飯，好嗎？」

杜濟民在確定媽媽完全支持何虎參加球隊後，放下吊了兩天的心，客氣可是堅決地說。

滿臉風霜的瘦小婦人在何虎示意下，無奈接受了杜濟民的決定。

「杜老師，很抱歉，山上的野板栗再不採就不行了，我家太遠，沒辦法請同學幫我請假，下回一定事先向您請假。」

「好，一言為定！」杜濟民站起來，從背包裡拿出剛才在林威家超市買的日用品和食物：

「何虎，下星期是你父親的忌日，你幫我祭拜他。」

杜濟民最後一次回頭揮手，母子兩人單薄但是挺直的身影在昏暗的煤油燈光襯托下，像兩棵頑強的大樹屹立著，似乎人世間沒有任何力量能夠擊倒他們。

14

第二周開始，同學們明顯感受到杜濟民要求變嚴格了，任何一個傳球或接球動作，都要做到連續十次不失誤才算及格。

打擊練習時候，不但要求揮擊動作的協調和流暢，每兩次揮擊

中，棒頭至少要有一次擊中輪胎上紅點，才能過關。

「杜哥，同學們的體力能應付這樣強度的訓練嗎？」

看到同學們個個上氣不接下氣的樣子，阿通終於忍不住求情了。

杜濟民輕描淡寫地回答：

「他們要在十周內從學生變成球員，這種苦不得不忍受。」

「方智媽媽就是覺得他訓練太累，回到家裡根本沒法念書，週末又不能幫忙家務，才堅持要方智退出，如果其他人的父母也這樣，球隊不是組不成了嗎？」

「只要有九個人我們就練下去，少於九個我們就解散！」

第二周結束前，鄭士宏和曹康也退出了。

阿通神色自若地接受了這個事實：

「杜哥，好消息是右手手套夠了，呃……不對，是所有的手套都夠啦！」

人數減少並沒有影響留在球隊同學們的士氣和態度，第二周結束時，大部分同學的表現已經不像是剛接觸棒球只有兩周的人了。

15

星期五晚上，杜濟民和阿通經過三個小時分析和討論，把下周開始的專業訓練分組名單定下來，剛好夠組成一支球隊的十五個人分成四組：

投手（六人）：董陽、周立群、于順德、王東平、馮志誠、秦旭光。

捕手（三人）：江正、林威、呂勇。

內野手（七人）：徐俊、何虎、任剛、林威、蘇友鴻、于順德、袁興。

外野手（六人）：王東平、周立群、袁興、何虎、楊福生、任剛。

　　「杜哥，外野手比原來計畫多一個人。」阿通反覆計算人數後，按照慣例提出問題。
　　「從過去兩周表現看，周立群擔任二號投手的機會很大，但是我判斷他又會是先發外野手，所以要多訓練一名外野手。」
　　阿通點點頭，杜濟民繼續說：
　　「這個名單最大問題是幾個重要位置球員的重複性太高，臨場調度難度比較大，幸好這只是前兩周的狀況，未來幾周我們要觀察同學們的表現，盡可能做一些調整，分散個別球員的壓力。」

16

　　按照計畫，訓練日程中雙數周的星期六是球隊休息日，讓同學們調整體力放鬆心情，兩位老師也可趁這個機會處理私人的事情。

　　回家這條將近二十公里的山路，四年來一直是杜濟民另一個鍛鍊身體的場地，那輛老舊自行車更加大了訓練強度，儘管杜濟民的體能狀態遠比一般人好，但是一路上不停閃避坑洞爬坡拐彎，加上不斷的超越牛車驢車人力車，兩個小時全神貫注使盡全力的行程結束後，汗流浹背灰頭土臉氣喘如牛的杜濟民，每次都讓父母心疼不已：
　　「阿民，家裡現在已經不缺什麼了，你還是先買個摩托車吧。」
　　這是父子之間二十多年來唯一的爭執。
　　「我運動的機會太少了，趁這機會鍛鍊一下對身體好。」

　　四年來，杜濟民用大部分的收入，為家裡買了電視冰箱電鍋電爐等電器產品，整修老房子時候，又加蓋了一個小工具間和現代化

廁所，使室內空間和環境衛生都有大幅度的改善。

父親那會知道杜濟民下一步計畫是買一台能兼做拖拉機的耕耘機，好讓日漸年邁的父親和那頭辛苦多年的老牛不再每天精疲力竭地回家。

「阿民，你有和上個月見面那個姑娘聯繫嗎？戴伯伯問了好幾次。」

這是母子之間二十多年來唯一的爭執。

在早婚的山區，不滿二十八歲的杜濟民早已名列未婚老人名單榜首，抱孫心切的父母看不到當事人的努力，當然著急的四處打聽托人幫忙，一心只想趕快完成傳宗接代的心願，他們怎麼會知道每次提到這個話題都會觸動杜濟民內心深處的傷痛呢？

17

分組名單當然不可能符合每個人的期待，部分同學的抗議本來就在預料之中，杜濟民根據每個人過去兩周的訓練記錄和體能狀態，說明溝通疏導，終於讓同學們接受目前的安排。

第三周的星期一，專業訓練開始。

投手和捕手的技巧和搭配默契最花費時間，因此是最先開始練習的項目。

在投手和捕手的九人名單裡面，雖然有四個人同時名列其他位置，但是杜濟民還是要求他們先參加這個小組練習。

「投球是從雙腳延伸到指尖的全身動作，從抬腿、轉腰、跨步、揮臂到球出手，整個過程要流暢協調，所有力量由下往上傳

遞，最後從指尖釋放出來，絕對不是只有手臂出力。」

面對六個投手和三個捕手，杜濟民一語道破投球的關鍵技巧和正確觀念。

「整個過程中一定要保持身體平衡，軸心腳不可以移動。」

杜濟民做了幾次標準的分解動作，直到大家都看清楚後才停止：

「投手板到本壘板的距離是十六點四六米。」

杜濟民指著兩端白色石灰粉記號對六名投手和三名捕手說：

「練習時候兩名投手搭配一名捕手，先試著以正確動作，把球投到捕手的手套位置，不要追求速度，捕手的要求是每球都必須接住，不可以漏接。」

投手組開始練習，杜濟民走向另一組同學。

內野手名單有七個人，可是林威練捕手，于順德練投手，只剩下五個人練習。

外野手更精彩，王東平和周立群練投手，袁興、何虎、任剛在內野手訓練名單中，六個人裡面只有楊福生沒有兼任其他位置。

杜濟民的應變方法是把內野手和外野手剩下的六個人合成一組，輪流做滾地球和高飛球傳接練習，同時不忘替大家打氣：

「比賽時候，內野手接高飛球的機會非常多，外野手也經常要處理跑到外野的滾地球，所以千萬不要忽視你練習的每一個動作，每一個動作都可能對比賽結果造成決定性的影響。」

「老師，我不要接董陽的球，手好痛！」

練習投球沒多久，擔任捕手的呂勇捏著紅腫的左手哭喪著臉，對剛回到投手組的杜濟民訴苦，杜濟民還沒講話，江正的聲音傳來：

「我來！」

江正自告奮勇站出來，看來這個發言人倒不是只憑一張嘴。

董陽投球動作自然流暢，看起來毫不費力，可是球速快得驚

人，而且非常準確，江正幾乎不需要調整手套位置就能輕易接住。

「董陽，放心投球，我沒問題！」接了三個球以後，江正笑嘻嘻地說。

「這兩個人倒是絕配！」阿通小聲問杜濟民：

「你當年和投手配合有這麼好嗎？」

杜濟民心裡一陣難過，這是他二十多年生命裡的另一個傷痛，一時語塞，剛好看到周立群投了個捕手不可能接到的離譜暴投，趁機對老妖大喊：

「周立群，姿勢跑掉了，不要用力，先把球投準。」

老妖咧嘴傻笑，趕快跑去撿球，杜濟民走到投手中間說：

「好，集合，我教大家投最基本的直球。」

直球是最基本也最有效的武器，準確的直球能搶下對投手有利的好球數，打擊者很難擊中的快速直球更能在關鍵時刻給對方致命三振，決定比賽結果。

從直球演變出的各種小角度變化球都能迷惑打擊者，影響擊球準確度。直球可說是棒球場上的主角，其他各種變化球無論多麼精彩，都只能算是襯托紅花的綠葉。

四縫球和二縫球是直球的基礎，因為握球方式和持球位置的區別，形成不同球質，前者是最快速行進路線最直的球路，後者球速略慢，但是進入打擊區以前會稍微下墜，讓打擊者抓不到準確擊球點。

投直球是投手入門第一課。

18

第二天，杜濟民讓所有同學合成一組，練習接滾地球和高飛球。
只是這一次，接滾地球和高飛球的要求和前兩周不同。

接滾地球時，杜濟民要求大家接到球之前要做好傳球的準備動作，接到球同時伸手到手套中拿球，一個墊步就能把球傳出去。

接高飛球也是類似動作，剛開始，同學們老是顧此失彼，接到球後，腳步調整好就忘了手的配合，沒法立刻把球從手套裡拿出來，手準備好腳步又錯了，要多跑幾步才能把球傳出去，否則就是手腳都調整好，卻忽略球的落點，造成漏接。

同學們手忙腳亂的窘迫狀況完全在杜濟民意料之中。

「大家休息一下。」杜濟民適時給飽受挫折的同學們喘息機會：

「在任何情況下，首先考慮的一定是把球穩穩接住，如果為了準備傳球而漏接反而會造成更大的傷害，絕對得不償失。大家不要急，每一個動作確實做好，熟練以後就不會失誤了。」

剛才只有兩個人能達到杜濟民的要求，接球到以後迅速又準確的把球傳到阿通手套裡，動作乾淨俐落一氣呵成，杜濟民對著這兩個人說：

「徐俊，你來示範接滾地球的準備動作和腳步。冬瓜，高飛球你來示範。」

「現在我們練習擊球！」

短暫休息後，杜濟民的話立刻引起一陣歡呼。

「不是從投手的位置投過來，是我站在旁邊輕輕拋球給大家打。」

「噢……」

「還不會走就想跑啦？打擊的難度很高，拋球的目的是讓各位能夠找到準確擊球點，體會球棒擊中球的感覺，這對日後真正擊球有很大幫助，大家要有耐心。」

為了怕打破玻璃，杜濟民選擇從 L 型校舍這邊往空曠的山坡方向擊球，但是還有兩個必要措施：

「王東平和袁興帶著手套到校長室那邊準備接打歪的球，一定要把玻璃保護好，還要保證那些看熱鬧的同學不會被球打到。徐俊和何虎帶竹竿到山坡那邊，把打到草堆裡的球撿回來，先用竹竿在草堆裡敲一敲確定沒蛇才撿球，等一下換你們回來擊球。」

「老師，有人能把球打那麼遠？」江正一臉懷疑。

杜濟民看了周立群一眼，沒答腔。

周立群擊球果然帶來震撼，出棒必定打中球，擊出的球不斷成為草堆的常客，短短兩個星期練習，已經足夠讓他把那根長度不到九十公分的鋁棒操控的得心應手。

「老妖，再打到外面草堆你自己去撿哦！」徐俊在山坡邊大叫，他手上被雜草割出好幾個傷口。

「別把球打破啦！」閒得發慌的王東平在旁邊附和。

「棉花糖在看你噢，把球打過去啊！」應該是江正自己想表現給校花看吧！

周立群咧嘴傻笑，球還是一個接著一個向遠處飛去。

徐俊從草堆裡撿起剛被老妖打過去的球，高高舉起大叫：

「老師，這個球真的被老妖打破了！」

「老師。」杜濟民扛著剛收好的器材走回宿舍，江正從教室出來邊叫邊跑過來：

「今天冬瓜投了幾個離我兩米左右就落地的球我都沒接到，您能教我怎麼接這種球嗎？」

杜濟民知道從學校到江正的村子只有十五分鐘路程，再練半小時還能在天黑前到家，二話不說，從竹籃裡拿起捕手手套拋給阿六，兩個人回到運動場。

捕手本來就是杜濟民的專業，碰上勤學好問的阿六，一個會教，一個能學，收工的時候，江正已經學會了如何應付各種不同高度和角度來球，欠缺的只是熟練程度了。

「老妖真的把球打破了？」阿六拿起竹籃問，估計這是所有人今天晚餐的話題。

「球表面的皮繩斷了，縫上就好。」

「老師，以後這些保養器材的工作讓我們大家分擔一些好嗎？」

19

「誰把前天學的兩種直球投給我看？」杜濟民挑釁的面對六個投手。

「我來！」于順德代表大家接受挑戰。

第一球，江正奮力向右邊撲還是沒接到，引起一陣笑聲。

「你的軸心腳沒站穩，重心要跟著左腳往前移動！」杜濟民指出于順德最明顯的兩個缺點。

第二球，江正跳起來勉強接到球。

「手腕和手指要壓下去，軸心腳還是不穩！」

第三球，不出杜濟民所料在江正前方一米半落地……昨天特訓成果出現了……球穩穩進入阿六迅速調整位置的手套。

王東平、馮志誠、秦旭光、周立群陸續上來，同樣給了江正很多複習昨天特訓內容的機會。

垂頭喪氣的同學們不約而同轉向董陽，董陽一言不發走到投球位置對江正使個眼色，江正點點頭蹲下，董陽不疾不徐、節奏清楚的一個一個動作做好，球從指尖飛出。

……蹦！

球準確進入江正擺在胸口位置的手套，同學們發出一陣歡呼。

江正看杜濟民沒有任何表示，把球丟回給董陽，董陽接到球二話不說又投出一個同樣位置的直球，江正看杜濟民還是沒有反應，

再把球傳給董陽，董陽就這樣連續投了六個幾乎一模一樣的直球。

杜濟民舉起左手空手接住江正丟來的球，對著這一組九個同學說：

「大家有沒有看清楚董陽投球的動作？」

有人點頭，有人搖頭。

「我們先不談董陽。」杜濟民說：

「各位現在面臨所有初學者必經的過程，顧此失彼，我一再告訴大家不要急，把每一個動作確實完成，然後連貫起來，經過反復練習使動作流暢自然，一定能投出好球。」

「董大俠為什麼一學就會？」向來不服輸的于順德不認同老師的說法。

「大俠在深山裡苦練了六年才出關咧！」王東平搶先公佈答案，這的確是不爭的事實。

杜濟民延續這個話題：

「董陽投球動作連貫身體柔軟軸心腳穩定，重心移轉的時間點非常準確，力量從雙腳傳遞到指尖的過程中完全沒有浪費，雖然看起來不費力，實際上全身力量都從指尖釋放出來，才會有那麼快的球速。同時因為手臂放鬆力量恰到好處，所以控球穩定，不會出現暴投。」

「我們也要練六年才能跟他一樣嗎？」秦旭光的聲音有點氣餒。

「董陽是自己摸索出來的技巧，我相信這個過程中一定走了一些冤枉路，浪費不少時間。」

董陽不好意思的點點頭，杜濟民繼續說：

「各位已經知道正確的投球方式了，不必再走冤枉路，只要不斷練習，熟能生巧，進步的速度會很快。」

「這麼說，我們六個星期就可以超越董大俠六年的功力啦！」王東平興奮地大叫。

「冬瓜，你頭昏啦？」杜濟民還來不及澆他冷水，旁邊有人說

話了。

「為什麼董大俠土法煉鋼學會的方法，正好和老師教的一樣？」馮志誠想了半天沒搞懂。

「喂！同學，丟風火雷和投球的原理是一樣的啊！」王東平搶著替老師回答，順手給馮志誠腦袋一掌。

（嘿嘿……這麼說……只要我學會投球，也可以上山打斑鳩給老爸吃嘍！）

老妖情不自禁地咧嘴傻笑，露出一口白牙。

20

十一月上旬的山區，早晚氣溫已經有初冬的感覺了。

「阿通，那三位感冒的同學可以不來練球，但是課一定要上，如果考試成績退步，必需退出球隊。」

「我說杜老師啊，您就別那麼死板了！您看看同學們這三個多星期的付出，就算稍微退步一點，有什麼關係呢？」

阿通以校長的口氣，說出自己心裡的話。

第四周下半周是第二次月考，杜濟民從上周開始就不斷提醒大家要利用時間念書，又刻意延長補課時間，就是怕有人考不好，他又何嘗想看到有人被迫離開球隊呢？

「這件事剛開始組隊的時候就講清楚了，不必再討論。」

「我也贊成你的看法，棒球是運動，以學業為主，可是……」

杜濟民揮揮手，阻止阿通繼續說，轉到另一個話題：

「現在早晚溫差大，練完球一身汗，我們只有三個人感冒算是運氣好了，我跟林威買了十五條毛巾，下午練球時候你發給大家，每次休息都要先把汗擦乾。」

「毛巾早上林威拿來了，他爸爸堅持不收錢……我知道，等一

和壘包保持接觸狀態，如果衝刺速度控制不好，很可能沖過頭被刺殺，滑壘或撲壘能夠讓身體和壘包保持接觸，同時躲避防守球員觸殺。」

「是不是在任何情況下跑向二三壘都要用滑壘或撲壘的方式？」

「不是，在跑者到達壘包前，防守者有機會接到球觸殺跑者的時候，跑者才利用滑壘或撲壘的方式躲避觸殺，否則用正常方式上壘就可以了。」

「跑向本壘的時候呢？」

「和一壘一樣，只要觸碰到壘包就有效，可以沖過去。」

「滑壘和撲壘應該是在不同情況下使用吧？」阿六反應確實比較快。

「當然！有很多狀況在以後的練習中會碰上，到時候自然會告訴各位，大致來說如果防守者接到球的姿勢比較高，可以用滑壘的方式進壘，如果防守者蹲在地上接球，即使滑壘仍有可能被觸殺，就要用進壘位置更低的撲壘以躲避觸殺。」

「老師！我們開始練習好不好？」王東平終於忍不住了。

「再一個問題就好！」跑步速度最快的野狗捂住冬瓜的嘴。

「通常跑一個壘包的時間要多久？」

「美國職業棒球大聯盟中有一個日本籍選手叫做鈴木一朗，從本壘跑到一壘只要三點五秒，他保持美國職業棒球歷史上單一球季安打數最多的記錄，其中有很多安打都是靠速度跑出來的。」

「來吧，先練習滑壘和撲壘，然後練習打擊，今天由投手投球，讓大家練習打。」

「Yeah……」

「王東平，別叫那麼大聲，等會你先投球給大家打。」

冬瓜立刻變成苦瓜！

22

「棒球是所有運動中最講究團隊合作，分工最精密，技巧最細膩的團隊運動之一。」

在開始團隊配合練習之前，杜濟民異常嚴肅的對同學們說：

「棒球比賽，不可能靠一個人或少數幾個人贏得比賽，只有全體隊友緊密合作，團結一致才有可能贏球，球隊中沒有個人英雄主義，沒有我，只有我們！」

「是！」

內野防守球員之間的配合和傳球，是棒球比賽中最常見的鏡頭，據統計被打擊出去的球有六成左右是內野滾地球，要由一二三壘手和遊擊手合作處理，投手和捕手也經常要參與補位防守。

如果壘包上有跑壘者，內野手不但要處理對方擊出的內野滾地球，還要注意壘上跑者，預防盜壘，同時尋求製造雙殺的機會。

因此內野防守配合訓練不但是訓練重點，　還是所有同學都必需參與的。

「比賽中內野發生的各種不同狀況非常多，歸根結底有幾個原則：

第一，無論如何，一定要接住對方擊出的球，同時做好傳球準備動作。

第二，傳球方式多種多樣，不是只有我們以前練習的方式，在很多情況下必需在極短時間內，以不同方式近距離傳球，等會練習時候我會示範給大家看。

第三，阻止對方得分是防守的首要目標，因此通常最接近本壘的對方球員，是最優先阻殺的對象……當然有時侯必須根據球場上狀況改變阻殺的優先順序，詳細情況會在以後的訓練中說明。」

杜濟民順手接過林威的手套：

「任剛，你來防守一壘，徐俊當遊擊手，我守二壘，董陽在本壘那邊丟滾地球到二壘右邊二到三米位置，球速儘量快一些！」

杜濟民接著把一壘手和遊擊手的防守正確位置和補位方式詳細說明後，戴上手套走到二壘手防守位置。

棒球場上一二三壘成九十度直角排列，防守時一壘手在一壘左邊，二壘手在二壘右邊，遊擊手在二壘左邊，三壘手在三壘右邊，四個人裡二壘手和遊擊手最忙，相互之間配合及補位的機會也最多。

董陽丟出的滾地球向杜濟民指定位置快速前進，杜濟民迅速移動，接到球同時，右手握住手套中的球，在身體仍然快速往前移動狀況下，右手輕輕一拋，球準確進入補到二壘位置徐俊的手套中，徐俊右腳輕踩壘包，向前墊兩步，把球傳向已跑回一壘的任剛，任剛右腳踩在壘包上，左腳往前跨出左手伸長，球穩穩進入手套中。

同學們大聲喝彩，為三個人行雲流水般的配合感到興奮。

第一次團隊練習在亢奮中結束，杜濟民刻意多演練幾種內野防守的傳球模式和流轉順序，同時讓所有同學都練習不同防守位置，阿通則詳細記錄每位同學的表現。

晚餐時候阿通又興奮了：

「杜哥，你怎麼看出任剛能守一壘？」

「第一，身材高。第二，柔軟度好。第三，接平飛球和滾地球都很穩定。」

「大哥，解釋一下，行麼？」

「比賽中不能保證隊友傳給一壘手的球都準確，經常會有高低歪斜，身材高，柔軟度好可以加大接球範圍，平飛球和滾地球都接得好更是必備技巧。」

阿通感慨的歎口氣：

「我到今天才知道棒球是多麼複雜的運動！」

「兄弟，我們還沒開始呢！」

23

如果這世界上真有及時雨，門衛老張的叫聲應該就是芸芸眾生望眼欲穿的雷聲了。

「杜老師，請來收你的包裹！上海寄來的！」

「阿通，你來接手，現在練習三壘手接球後傳給補位二壘的遊擊手，再傳一壘。」

（還好球寄來了，否則下星期球就不夠用了，黃教練效率真高。）

杜濟民邊擦汗邊想，快速走進門衛室，地上放著兩個大紙箱。

「十顆球要兩個這麼大的箱子？」

杜濟民驚訝地自言自語。

寄件人：上海樂冬纖維科技有限公司。

（從沒聽過這個公司啊！）

收件人：安徽省黃山市休寧縣流口鎮流口中學，杜濟民老師。

（沒錯啊！）

杜濟民滿腹狐疑撕開紙箱上的膠帶，紙箱最上層是一個牛皮紙信封，寫著：

『杜濟民老師親啟』

好熟悉的字體！

一時之間卻想不起來是誰，他拆開信封：

「濟民：四年不見。上星期去看黃教練，聽說你在培訓學校棒球隊準備參加比賽，我確信你會帶出一支好球隊。我現在工作的公司專門研究製造冬天保暖內衣，特點是輕薄保暖不會影響運動員的靈活性，科技含量很高，寄上四十套最新產品，希望對你的球隊有

幫助。另外提醒你一件事：以你的訓練份量，買十顆練習球怎麼可能夠？寄上二十顆，用壞前通知我以便再寄。祝一切順利。文彥」

杜濟民眼眶濕了，顧文彥！

（我知道爲什麼認不出你的字跡了！因爲我們失聯四年了啊！）

大學時期最好的朋友，情同手足，公認的最佳投捕搭檔，學校棒球隊不可或缺的兩名超級主力，四年中幾乎形影不離。

畢業前最後一次錦標賽，兩個人誓言要打進前三名給大學四年劃下完美句點，兩個人拼盡全力，球隊一路挺進八強賽，在四分之一決賽中一個關鍵投球，讓對手擊出再見安打，球隊被逆轉淘汰，兩個人最後的願望破滅了。

兩人為這個球發生嚴重爭執，一個認為對方配球失當，另一個認為對方失投，雙方各持己見不肯讓步，最後變成意氣之爭，雖然隊友們不斷試圖緩和解套，可是兩個人都倔強的不肯妥協更不願先表達善意。

兩個人都沒有參加一個月後的畢業典禮，從此各奔東西，一晃眼就四年了。

四年來杜濟民無時無刻不惦記著這個昔日的死黨，無數次想要聯繫顧文彥，但是都被費盡心思找出來，連自己都説服不了的各種莫名其妙理由阻止了，這早已成為杜濟民心中最大的兩個痛之一。

翻到第二頁，一眼就看到一個杜濟民無法更熟悉的手繪握球圖形，當年顧文彥每次要練習一種新的變化球，兩個人就把教練傳授的技巧連寫帶畫記錄起來，有空就一起練習，兩個人為此還特別設計了一個他們稱為「九陽真經」的標準格式，表格中包括握球方式的圖形，詳細的文字説明……

現在這個格式又出現在杜濟民眼前了，不同的是，這是一種他沒見過的握球方法，他的眼光從寫得密密麻麻的投球技巧欄移到備註欄，果然找到答案：

「這是我們大學四年中一直對付不了的變速球，我找了些資料自己練習，按照老規矩，你必需自己揣摩體會，向我求救就算認輸，期限兩個星期。」

輕描淡寫幾句話，更加深杜濟民對昔日好友的感激。

曲球、滑球、伸卡球、切球這些變化球的投法和對應的打擊方法兩個人早就研究的非常清楚，變速球和指叉球則是他們一直沒有解決的兩種球路。

青少年還在發育階段，一般教練不會要求投手練習可能會造成手臂永久性傷害的指叉球，變速球就成為未來杜濟民的球員最可能面對的特殊變化球，也可能成為打擊者最大的死角。

只有一個辦法解決：先學會投變速球，然後找出對付這種球路的打擊方法，顧文彥要幫杜濟民彌補這個死角！

杜濟民可以想像顧文彥的用心，他在繁重工作壓力下，花大量時間和心血收集資料，自己摸索竅門，然後把成果貢獻給老搭檔。

這些付出只有一個原因：顧文彥是他最好的兄弟！

杜濟民四年來一直痛恨自己為了莫名其妙的面子，沒有鼓足勇氣主動聯絡顧文彥：

（文彥啊文彥，你的胸襟畢竟比我開闊！）

現在這個決定變得非常簡單：

（下星期就投降，向你認輸是應該的！）

24

「蘇友鴻的爸爸還是堅持要他退出？」看到杜濟民的臉色，阿通已經猜到結果了，杜濟民點點頭。

「他是我們心目中最好的三壘手人選啊！」阿通氣急敗壞的說：

「你還説他的打擊能力可以排在第一或第二棒！」

「他的家人看他腳踝腫的很大，擔心如果繼續練球，傷勢會加重。」

杜濟民不説還好，阿通一聽立刻激動起來，憤憤不平説：

「這一個多月來，那個人沒有受傷啊！徐俊右腳扭傷腫的可不比他小，林威左手只剩小指沒受傷了，袁興和王東平前幾天搶接高飛球頭上對撞的包還沒消，何虎……」

杜濟民搖搖手：

「他祖母看他走路一拐一拐的心疼了，又看他每天回家做功課熬到半夜，擔心身體吃不消，每個家庭有不同狀況，不必生氣。」

第六周的最後一天早上，蘇友鴻的爸爸專程來學校，談了半小時後，杜濟民只能接受這個事實。

「真的説服不了他爸爸？」

杜濟民搖搖頭。

「那麼球隊就少一個人了。」

「不愧是教數學的！」

杜濟民由衷的讚賞。

按照原訂計畫，第七周是體能測驗和分隊比賽，然後決定十五人名單，現在看來體能測驗和分隊比賽可以按計劃執行，可是不必傷腦筋去決定名單了，因為全隊只剩下十四個人。

「這星期再加強團隊防守，第八周我們還是要模擬正式比賽的進攻和防守，讓同學們適應比賽狀況。」

「可是我們的人數不夠分成兩隊啊。」

「防守九個人先排好，其他人進攻，每兩局替換三個防守的人，讓每個人都有機會練習不同位置的進攻和防守。」

阿通也想不出更好的辦法，只能點點頭，可是還有問題沒解決：

「體能測驗還做嗎？」

「當然做啊！」

「如果不及格呢？」

「還有四個星期，只要能在訓練結束前補考通過就行了。」

看來此人也不是完全不知變通！

「為什麼學業成績不能通融？」

阿通向來以自己的擇善固執自豪，這件事非糾纏到底不可。

「這是兩回事，學生最重要的是學業成績，如果因為練球影響學業，我們怎麼對得起學生和家長？」

「反正都是你的理！」

（現在不跟你吵，想說服本人才不是那麼容易的事呢！）

25

為了不耽誤練習進度，杜濟民把訓練分成兩部分，阿通負責內野手團隊防守練習，他自己負責投捕手個人技術指導，投捕之間的配合默契更是練習重點。

「董陽，你要不要試試看投變化球？」

董陽的直球已經相當夠火候，是到練習變化球的時候了。

「好！」

這位同學向來惜字如金。

杜濟民詳細說明投曲球的方法，董陽向江正示意後投出，球像循著一條隱形的彎曲軌道似的轉進阿六手套，董陽連投三球，那條看不見的軌道每次都很盡責的引導球到達目標。

驚訝的無法形容的杜濟民終於忍不住了：

「你以前練過這種投法？」

「打樹枝後的鳥。」只要能少說一個字，董大俠絕不浪費口舌。

「還有其他的變化嗎？」

董陽二話不說，投出一個快速下墜的球，差一點打中阿六小腿。

「喂，先告訴我球怎麼轉不行嗎？」阿六可不是惜字如金的人。

「這叫做伸卡球，是為了打躲在樹枝下方的鳥？」

既然大俠金口難開，杜濟民就連問代答的替他解決開口的難題。

董陽點點頭，這次投出一個反方向的曲球。

一般說的曲球是由投手的投球手臂向另一支手臂方向移動的不規則球路，屬於基本的變化球，反向移動的曲球稱為切球，練習難度比曲球大得多。如果一個投手會這兩種變化球交互使用，打擊者很難判斷球的飛行路線，不容易抓到正確擊球點。

杜濟民不禁由衷感謝樹枝和斑鳩之間錯綜複雜的關係位置，為了突破樹枝遮掩，逼得董大俠不得不讓風火雷向各種不同方向和角度轉彎，讓流口隊得到一個球路全面的投手。

「你能讓球向外角下墜嗎？」

董陽搖搖頭，杜濟民說明了滑球的投法，董陽立刻投出一個漂亮的快速滑球。

（真是天才！）

杜濟民心中大叫。

「董大俠，像這樣先讓我知道球怎麼轉就對了，絕對一個都漏不掉！」阿六得意的舉起手套。

杜濟民掏出上周才收到的武功秘笈：

「董陽，試試這種球路！」

26

杜濟民從校長室出來，差點撞上眉飛色舞急奔而來的阿通：

「杜哥，體能測驗只有一個人總分不及格！」

「馮志誠！」

「嘿，猜中了！他保證訓練結束前一定及格，住宿問題解決了嗎？」

「主辦單位會騰出一些教室給參賽球隊住，廚房可以輪流使用，但是棉被和鍋碗瓢盆要自己準備。」

「比賽那星期調課的事呢？」

「校長親自出面協調還會有問題？」

「自從收到顧文彥寄來的保暖內衣後，好像所有事情都變順利了！」

杜濟民還來不及答腔，阿通連珠炮似的接下去：

「這星期我負責訓練這部分的同學們表現好極了，他們一定能替我爭面子！」

杜濟民笑嘻嘻的說：

「你應該看看董大俠投變化球，我從沒見過這麼有天份的投手，顧文彥看到一定會大哭，這個自稱天才的傢伙從此再也不會摸棒球啦！」

「你不是說為了避免手臂受傷不能太早練變化球嗎？」

「如果在短時間內練的太急是會受傷，可是他自己摸索了六年，技巧早就成熟了，而且手臂已經成型，不太容易受傷，其實他早就會投好幾種變化球了！」

「他有練顧文彥的九陽真經嗎？」

「目前有三成左右的成功率，再練幾個月就穩定了。」

「校長有沒有說，出去比賽補助多少錢？」

「十六個名額，每人每天十二元，車費另計。」

「飯錢都不夠啊！」

「只能自己買菜燒飯咯！」

「誰負責……」

阿通話出口就看見杜濟民的詭異表情，立刻氣急敗壞的吼了

出來：

「又是我？」

27

第八周開始分隊練習賽，比起前幾周枯燥的基本動作訓練有趣太多了，每個人輪流上場防守和打擊，學習處理各種不同的攻防狀況。

複雜細膩的棒球比賽，給訓練增加更多挑戰和樂趣，同學們這時候才真正體會到過去幾周苦練基本動作的重要性，團隊默契也在汗水和灰塵交織下的相互鼓勵聲中慢慢培養出來了。

28

第九周加強捕手訓練，首先必需熟記各種不同球路和進壘位置的暗號，以便指揮投手針對不同打擊者配球，同時根據打擊者揮棒習慣判斷球擊出的可能方向，調整其他防守球員的守備位置。

捕手出身的教練加上腦筋靈活反應迅速的抓麻雀高手，兩人很快就把似乎天生存在的默契連結上了。

棒球比賽中一壘和三壘邊各有一名跑壘指導員，任務是告知跑壘者場上狀況，傳達教練指示，協助跑壘者在瞬息間做出繼續前進或停留在壘包上的正確判斷。

因為教練團人數不夠，這個工作必需由沒上場比賽的球員兼任，杜濟民利用練習賽的機會讓所有同學輪流擔任跑壘指導員，務必讓每個人都能勝任這個工作。

29

地球暖化的唯一好處是讓十二月中旬的天氣依然溫和，在暖冬太陽照射下，第十周的訓練異常順利，團隊默契和個人技術一天比一天純熟，流口中學棒球隊成型了。

顧文彥真的給老搭檔帶來了好運！

十周的訓練在星期四練習賽後結束，阿通宣佈星期天集合時間和同學們必需攜帶的物品及其他注意事項，最後加了一句話：

「今年第一個冷空氣這星期天到，星期二開始比賽的時候，氣溫會比今天低十二度左右，每個人一定要記得帶上那兩套保暖內衣，不要讓天氣影響大家這十個星期苦練的成果！」

杜濟民的總結只有一句話：

「各位球員，不論比賽結果如何，我以大家為榮！」

「杜老師第一次叫我們球員！」

細心的江正脫口而出，球員們像事先演練過似的異口同聲大聲說出心裡的話：

「謝謝教練！」

正在收拾球具的杜濟民被任剛的表情嚇了一跳：

「老師，星期天我不能去了。」

（誰說所有的事都變順利了？）

任剛是不可或缺的一壘手和第二棒打者，攻守都非常稱職，少了他攻防兩端都會出現漏洞，杜濟民詢問的眼神，讓任剛繼續說下去：

「明天起我要幫爸爸撈池子裡的魚，冷空氣來之前撈多少算多少，如果像去年一樣大部分被凍死，我們家今年就難過了。」

任剛的爸爸向村裡租了兩個天然水池養魚，去年冷空氣突然來

到，他們措手不及，大部分的魚被凍死在水塘裡，等於做了一年白工。

花錢雇人幫忙打撈的費用不是這個家庭能夠負擔的，如果今年再面臨同樣狀況，經濟肯定會立刻陷入困境。

「你們家有幾個人？估計幾天能撈完？」

「爸、媽、我、表姐、鄰居趙叔叔，一共五個人，大概要三到四天。」

「總共需要多少人才能在一天內撈完？」

「十五個人左右吧。」

「你先回家準備工具，明天早上六點我帶人來。」

「老師……」

「趕快回去，別忘了整理行李，星期天準時出發！」

30

黎明前的黑暗中，吵雜的人聲加上雜亂的腳步聲顯得特別刺耳，任剛開門一瞬間驚呆了，兩位教練十二名隊友，嘻嘻哈哈連蹦帶跳的從小路上走過來，除了楊福生以外，所有人都到了。

「鍋子，還在睡懶覺？」

「你們家撈魚也不說，怕我跟你要魚啊？」

「教練問誰要來，誰都不肯不來，所以都來了。」

發言人解開任剛的疑惑，同時決定不再浪費時間：

「今天本少爺教你們最有效率的撈魚方法！」

「阿六，你不是只會抓麻雀嗎？」立刻有人不服氣。

「你懂什麼？這叫做一通百通，武林高手都是這樣！」

「任伯伯，我把人分成兩組，每組由您指派一個有經驗的人帶頭，咱們今天把活做完。」

杜濟民的話簡單明瞭。

「你……你們先進來吃……吃早飯。」

手足無措的中年漢子也不知道家裡食物夠不夠，還是誠懇地邀請。

「我們吃過了，咱們幹活去！」

31

星期天下午一點，飄著細雨的冷風中，流口中學棒球隊兩位初出茅廬的教練，帶著十四名從沒見過標準棒球場地的菜鳥球員，和三大包身經百戰歷盡風霜的球具，扛著十六床棉被，擠上開往海陽鎮的客運班車，迎向他們第一個比賽。

初啼

01

　　海陽鎮是休寧縣最繁華的城鎮，也是人民政府所在地，縣內的重要活動大都在這裡舉行。

02

　　大多數球員都是第一次見到這麼氣派的學校，整齊的校舍，寬大的運動場，高聳的大樹和綿密的綠草讓乾淨的環境看起來舒適而寧靜。大門口遠方的角落，成排水泥籃球場和其他運動場地整齊排列在一起，籃球場旁邊的運動場上，四個壘包圍成一個正方形，本壘板兩側已畫好的白線向兩側延伸，一道弧型木制全壘打牆豎立在距離本壘板九十一點四四米的兩道延伸白線之間，一個完整的扇型棒球場！

　　做為臨時宿舍的教室在籃球場後面靠近圍牆的第二排校舍，為了避免球員們睡在冰冷的水泥地上，主辦單位很貼心的把平時學生們上課的桌椅移走，在教室內鋪滿了雙層木板，剛好給這群山區孩子一個做地板運動的絕佳場地。

「喂，現在雨停了，每個人先把自己的東西放在剛才教練分配的位置上，教練開會回來就去練球。」

阿六翻了幾個跟斗後，理智的制止了球員們越來越像體操選手的表演。

「我早放好了！」

「那就把自己的球具準備好，做做熱身運動，等會可以早點開始練球。」

善用比賽前有限的練習時間，絕對是聰明的做法。

「阿六，我們先去籃球場那邊練習投球。」于順德最後兩周進步神速和他每天拉著阿六多練一小時投球有絕對關係，煩人的雨一停立刻心癢難耐。

「同志們，大家五分鐘內整理好，一起去籃球場那邊練習！所有人行動一致，像個團隊的樣子！」

冬瓜附和，徹底打消了想改練體操那些同志的想法。

「杜哥你看！」開完領隊會議，阿通看到在籃球場上分組傳接球的隊員們。

杜濟民開心的笑了：

「這才是我們的球隊！」

休寧縣有二十一個鄉鎮，其中十六個鄉鎮派球隊參加這次比賽。

棒球向來不是國內的熱門運動，尤其是在相對窮困的皖南山區，大多數學校都是收到教育局通知後想辦法張羅器材組織球隊，多數球員也是從那時候才開始接觸棒球，基本上都還停留在初學者階段。

以棒球運動的技術含量和複雜程度，不可能在短短兩個月內訓練出夠水準的球隊，參加比賽的球隊水準肯定不高，這次能有十六隊參加已經令主辦單位興奮不已，比賽水準的提高只能冀望明年第

二屆比賽了。

賽程共四天，星期二到星期五，採單淘汰制，勝隊晉級敗隊回家，連勝四場才能奪冠。

十六隊分為八組，因為只有一個場地，所以每天排四場比賽。

八支勝隊星期四開始八晉四的比賽，四支晉級球隊星期五上午打半決賽，敗隊淘汰不爭三四名，兩支勝隊當天下午爭奪冠軍。

流口中學抽中的賽程是第一天第一場比賽，對手是休寧縣人口數排名第三的五城鎮代表隊。

重視紀律的杜濟民請阿通把球員分成廚務和清潔兩組，分別由江正和王東平擔任組長。

山區孩子因為經濟條件的關係，只有極少數人有去外地旅遊的經驗，能到縣城參加比賽已經很令人興奮了，團體生活的樂趣更令這群活潑好動的青少年個個情緒亢奮，打鬧不停。但是只要組長發話，大家就立刻收拾玩心認真幹活，充分表現出成熟的一面。

為了減少攜帶行李，馮志誠事先聯絡在海陽鎮開餐廳的叔叔，借來所有廚房用具，晚餐桌上，球員們對高大廚的手藝讚不絕口，任剛帶來的兩條大魚更是上桌就一掃而光，精力充沛的球員們飯後照例四處追打嬉鬧，直到七點鐘杜濟民規定的溫習功課時間才乖乖坐好。

海陽鎮的第一個晚上在此起彼落的輕微酣聲中結束了。

星期一，比賽前一晚。

阿通皺著眉頭問：

「杜哥，你確定秦旭光能扛起先發投手這個重任？ 輸一場我們過去兩個月就白忙了！」

杜濟民反問：「如果我們打進決賽，第四場冠軍戰應該排誰先發？」

　　「當然是董陽！」

　　「第三場呢？」

　　「董陽！」

　　「第二場？」

　　「董陽！」

　　「第一場？」

　　「董陽！」

　　「哦，麻煩您建議主辦單位取消限制投手隔場出賽的規定！」

　　「呃……我真的忘了！」阿通不好意思的摸摸頭，腦筋立刻動了起來：

　　「這是單淘汰賽，越到後面碰上的球隊越強，所以應該是一號投手排第二四場，二號投手排一三場。」

　　邏輯完全正確！

　　「周立群和于順德各擅勝場，從這兩周的情況看來是于順德稍強一些，應該算二號投手，所以，第一三場于順德，第二四場董大俠。」

　　言之有理！

　　「對了一半！」

　　太不給面子啦！阿通滿臉不服氣：

　　「願聞其詳！」

　　「秦旭光、馮志誠、于順德、董陽。」

　　「為什麼？」

　　「首先，盡可能讓每個人都有上場機會，這是我們早就達成的共識。」

　　阿通點點頭，杜濟民繼續說：

　　「我們比賽機會很少，培養投手群的實戰經驗對未來參加更高層級比賽有很大幫助。」

「那也要先打贏這次比賽才有更高層級的比賽啊！」

阿通特別加重了「更高層級的比賽」這幾個字的音調。

「我今天看了五城中學練球，秦旭光應該能應付四到五局，然後讓于順德上來熟悉狀況，為第三場暖身。」

「第二場的對手可能更強，馮志誠還不如秦旭光，能頂住嗎？」

「我希望他能撐二到三局，由老妖接手，這樣兩個人都不會太累，又吸收了實戰經驗。」

「第三場誰當于順德的替補？」

「王東平或董陽。」

「如果董陽上場，冠軍戰就不能投啦！」

「第三戰必需贏否則也沒冠軍戰了。」

「如果于順德壓不住對方打擊，冬瓜估計也不行，那只能讓董陽上，這樣第四場還有冬瓜和老妖能投。」

「你說的對，但是有時候不同球路會有不同效果，到時看對方的打擊方法和習慣決定，原則上只用一個投手救援，盡量多保留一個人應付冠軍戰。」

第一場比賽在星期二早上八點，沒有開幕儀式，抽籤後流口中學先防守。

五城中學的球員比較瘦高，穿著嶄新的棒球運動服，器材看起來也是剛使用不久的新品，估計學校經費應該比流口中學充裕不少，球員們個個精神抖擻，友善的和流口中學球員握手，有禮貌的向兩位教練鞠躬問好。

九名穿著臨時縫上背號的半舊田徑隊制服和高科技保暖內衣的球員快步跑到各自的防守位置，短暫暖身後，比賽開始。

五城中學第一棒打者揮動著發亮的鋁棒，走進本壘板邊用白色石灰粉畫出的長方形打擊區內，緊張得全身僵硬的秦旭光唯一記得

的事是上場前杜濟民的話：

「當作平常練習！」

　　第一球，球速不快的四縫線直球，打者沒有揮棒，球進入江正手套，裁判舉起右手，好球！

流口中學球員休息區爆出一陣叫好聲。

（這麼冷還流汗！）

阿通擦擦額頭，暗罵自己沒出息。

「光光加油！」外野傳來王東平的鼓勵。

　　秦旭光緊張的情緒在這一瞬間消失大半，這時才想起來剛才投球前竟然沒有看江正的暗號，似乎是本能的投出過去兩個月練得最純熟的球路，教練講的沒錯，平常的努力一定能在球場上得到回報！

　　這次仔細看清楚江正的暗號，右手在手套中摸索棒球表面上的縫線，食指和中指緊緊扣在正確位置，深深吸一口氣，舉手，抬腿，轉身，跨步，扭腰，揮臂，球筆直向本壘飛去，就在打擊者揮棒同時，球突然向打者的外角飄去，曲球，揮棒落空！第二個好球！

　　隊友的叫聲再度響起，秦旭光完全放鬆了，這輩子從來不曾像此刻對自己這麼有信心！

　　阿六笑嘻嘻的向光光眨了個眼，比出內角高位直球的暗號，秦旭光流暢的做完投球動作，球出手一剎那，仿佛看到一條紅線從自己指尖延伸到阿六指定的位置，球聽話的延著紅線飛過去，又一次揮棒落空，阿六靈活的配球果然奏效，三振出局！

　　阿通笑了，隊上第四號投手竟然能把球控制得如此精準，杜濟民的訓練方式確實有效！

　　二三棒分別擊出滾地球被封殺和高飛球被接殺，一局上半結束。

十六個人在休息區擊掌摸頭摟肩拍背，他們通過了第一次防守考驗，現在要看有沒有贏球的本事了。

　　打擊順序是：
　　第一棒：袁興（右外野）
　　第二棒：任剛（一壘手）
　　第三棒：王東平（中外野）
　　第四棒：周立群（左外野）
　　第五棒：徐俊（遊擊手）
　　第六棒：何虎（二壘手）
　　第七棒：江正（捕手）
　　第八棒：秦旭光（投手）
　　第九棒：林威（三壘手）

　　球員休息區外的打擊等待區，第一棒袁興揮棒暖身，緊盯著正在暖身投球的五城中學投手，這位投手瘦高身材看起來有點單薄，動作僵硬不太協調，重心不穩，球速不快，看不出有變化，練投時還投出幾個暴投，顯然也是這兩個月才開始接觸棒球。

　　袁興信心十足走進打擊區，第一球投出，在本壘板前三米處落地，捕手沒接到，壞球。
　　投手因為緊張而繃緊的臉漲得通紅，這次投了一個比袁興還高的球，兩個壞球。
　　投手甩甩手臂，試圖放鬆僵硬的肌肉，第三球，太靠外側，三個壞球。
　　捕手叫暫停，走到投手丘前小聲講幾句話，回到位置上蹲好，第四球明顯比前三球接近好球帶，可是還不夠，四壞球，保送一壘。

袁興小心翼翼把球棒和打擊頭盔交給第三棒王東平，慢慢跑到一壘，這可是全隊僅有的兩套比賽時才捨得用的器材，千萬不能像電視上那些職業球員一樣瀟灑的往旁邊一甩。

　　第二棒任剛配備另一套寶貴資產走進打擊區，袁興重心壓得很低，離開壘包三米左右，做出盜壘動作。

　　成功的盜壘能使壘上跑者更接近本壘，還能擾亂對方防守造成失誤，盜壘和反盜壘是棒球比賽中攻守雙方鬥智鬥力的焦點之一。
　　投手現在看起來更緊張了，連續回頭看袁興，還做出往一壘傳球牽制的假動作，袁興識相的往一壘移動幾步，投手喘一口氣終於投出他這場比賽的第五球。
　　球剛離開投手指尖，袁興拔腿往二壘跑，捕手接到這顆偏高的壞球還來不及站起來，袁興以一個漂亮的滑壘進佔二壘。
　　「野狗幹得好！」冬瓜叫完後自言自語地說：
　　「四條腿果然跑得比較快！」

　　青少年棒球規則允許跑壘者在投手投球之前可以先離開壘包，所以通常跑者會往下一個壘包方向移動一些距離，爭取跑壘先機。
　　二壘有跑者時，打者只要擊出一壘安打，速度快的跑者就能通過三壘跑回本壘得分。
　　因此跑者上二壘表示進攻方進入得分圈。

（一定要打出去！）
　　任剛揮了揮球棒，專注的看著投手的動作，抬腿，扭腰，揮臂，速度不快的直球向本壘板中間任剛腰部高度飛來，打擊者夢寐以求的正中直球。
　　任剛扭腰，旋轉身體，手臂順勢把球棒帶到身體正前方，棒頭和球接觸時順勢翻轉手腕，球棒跟著身體旋轉到左側，球從遊擊手

頭上飛過，在左外野手面前五米處落地，一壘安打！

袁興在投手的球出手前就離開二壘，外野手撿起球的時候已經踩過三壘往本壘狂奔，外野手眼看來不及阻止袁興，只能把球傳到二壘，以免任剛往前推進，正確的防守選擇。

袁興得到流口中學棒球隊正式比賽的第一分！

球員們跳躍歡呼，兩位教練也擊掌慶祝，阿通吊著的心終於放下了。

王東平趾高氣揚的上場，流口中學得分反而讓對方投手放鬆下來，投球動作明顯流暢多了，球速也比剛才快一點，好球帶外側的球，冬瓜沒有揮棒，第一球就給冬瓜一記下馬威，好球。

王東平準備好，飛過來一個他判斷是壞球的偏低直球，沒有揮棒，裁判舉起右手，兩個好球。

滿臉錯愕的冬瓜不服氣的在打擊區站好。

（哼！打出去給你瞧瞧！）

第三球偏外側，兩好一壞。

投手把球傳到一壘，給躍躍欲試的任剛一個警告，第四球來了，冬瓜看准來勢，全力扭腰旋轉，球棒快速迎向來球⋯⋯

（敲個全壘打！）

冬瓜心中大叫！

冬瓜手上棉質的克難打擊手套滑了一下，使得棒頭稍微往下傾斜，球從球棒上緣飛過「砰」進入捕手手套，揮棒落空，三振出局！

流口中學沒有具備防滑效果的打擊專用手套，球員手上便宜的全棉薄手套在乾冷的氣候中容易變滑，因此杜濟民在球員休息區旁邊放了一盆水，球員上場打擊前在代用手套上沾一點水避免手套打滑，自認打擊技巧高超的冬瓜不願把手套弄濕沒有沾水，果然吃

了虧。

冬瓜滿腹委屈，垂頭喪氣走向休息區，從身邊經過的周立群輕輕對他說：

「我替你報仇！」

身材高大均勻揮棒虎虎生風的老妖果然氣勢驚人，投手立刻氣餒，連續投四個壞球保送上一壘，任剛順理成章上二壘，又進入得分圈了。

第五棒徐俊沒有冬瓜的囂張，也缺少老妖的霸氣，揮棒動作中規中矩選球謹慎是他的特色。

前兩個壞球都按兵不動，第三球是略靠內側的好球，揮棒，球棒中段碰到球的上緣，球緩慢滾向三壘，三壘手接住，向右跑幾步踩壘包封殺跑向三壘的任剛，來不及傳二壘製造雙殺，老妖上二壘，徐俊上一壘，二人出局。

第六棒是身材瘦小怎麼看都不像運動員的何虎，八年級的他像是還沒開始發育，球棒似乎比他的手臂還粗一點，高瘦的投手站在投手丘上，兩個人身材的對比就像北京奧運開幕式上姚明和他牽著的那位災區小朋友，完全無法想像他能把從二樓投下來的球打出去。

似乎已經恢復信心的投手準備好，第一球，偏高壞球，第二球，還是一樣，矮小的何虎好球帶比其他球員足足少了三分之一，何虎也很聰明得蹲得比一般打擊者低，又大幅縮小了他的好球帶，練球時間不長的投手無法精確的把球投進好球帶，缺少實戰經驗的捕手也不知如何引導投手調整投球方式，何虎得到四個壞球，保送上一壘，原來在一二壘的徐俊和周立群被擠上二三壘，二人出局滿壘。

杜濟民在第七棒江正耳邊講幾句話，阿六表情嚴肅走進打擊區，防守球隊的投捕手和所有內野球員也開完會各自就位，第一球，內角偏低，壞球，第二球，內角偏高，兩個壞球。

（下一個該投好球了吧？）

阿六心裡咕噥著，第三球，果然是略偏外側的直球，阿六按照教練交待不求長打，對準來球揮棒，果然準確抓到擊球點，球從投手身體左側穿過二壘向中外野手滾去。

周立群和徐俊快速跑回本壘，何虎上二壘後看中外野手撿起球，不敢往三壘跑，阿六停在一壘，兩分打點一壘安打，三比零，休息區的球員們大聲叫好，阿六和擔任一壘跑壘指導員的董陽擊掌慶祝，只有王東平坐在長凳上還在和自己生氣。

第八棒秦旭光本來就不擅打擊，第一球出棒，一壘手輕易接殺這個內野高飛球，三人出局，留下一二壘的殘壘，第一局結束。

球員們開心的跑向各自防守位置，江正心裡盤算著該怎麼對付高大壯碩的第四棒，秦旭光能用的武器實在不多，兩種球速不快但是還算準確的基本直球，像段譽六脈神劍一樣偶爾發威的曲球，阿六可不敢期待秦旭光能一直保持第一局那種超水準發揮。

突然想到練球時指揮于順德用低位直球搭配內角高球把全隊打擊最好的周老妖三振出局的經驗，於是比了內角偏低二縫線直球的暗號，秦旭光點頭投出。

鋁棒清脆的擊球聲嚇得正在寫球員記錄的阿通猛抬頭，只見王東平和周立群都轉身往中左外野之間的全壘打牆跑，球在全壘打牆前不到十米處落地，一直滾到牆邊，冬瓜先一步撿到球，迅速站起轉身傳向二壘，打擊者已經到了，二壘安打。

秦旭光懊惱的站在投手丘，本來要壓到低位的直球因為控球失

敗變成正中好球，被逮個正著，阿六配球沒有錯，是他自己失投。

　　阿六比個沒關係的手勢，第五棒體形明顯小了一號，先投個靠內角的四縫線直球測試一下吧！

　　秦旭光投出，太靠內側，打者來不及閃避，一聲慘叫大腿中彈，觸身球保送一壘。

　　秦旭光脫帽向被球擊中的打者道歉，在情緒沒有調整好的情況下倉促投球，完全是自己的錯。

　　「杜哥，是不是該叫暫停，讓他緩和一下情緒？」阿通擔心地問。

　　「讓球員們自己調整。」

　　在領先三分的狀況下，杜濟民決定讓球員自己解決問題，鍛煉他們的應變能力。

　　無人出局，一二壘有跑者，進攻方有很多戰術可用，阿六在投手丘前召開簡短的會議後，比賽再度開始。

　　第六棒站上打擊區後還回頭看教練的暗號，阿六發了個預防觸擊的暗號，所有內野防守球員都把防守位置向前移動幾步，秦旭光按照阿六指揮故意投一個靠外側的球，打者稍一猶豫沒出棒觸擊，壞球，但是企圖已經很明顯了。

　　第二球投出，打者轉身正面對著來球，做出觸擊的準備動作，所有內野手向前跑，球被點往一壘，任剛沖上前接球取球往前墊幾步抬頭揮臂把球傳向三壘，先封殺靠近本壘的跑者，正確的防守選擇。

　　球出手一剎那，球鞋在泥土地上滑了一下，球離開失去重心的任剛往三壘的林威飛去。

　　如果任剛穿著棒球專用釘鞋絕對不會出現這個情況，鞋底快要磨平的普通布鞋造成不該出現的傳球失誤。

林威往右撲還是沒接到球，球一直滾到主辦單位為了避免球滾太遠，在籃球場上臨時擺上的木制矮牆邊，左外野過來補位的周立群拼命跑去撿球，傳回來時，二壘跑者已經通過三壘回本壘得分，一壘跑者也占上三壘，打者上二壘。

　　三比一，二三壘有跑者，無人出局，危機比剛才還嚴重。

　　阿通又開始流汗了。

　　第七棒揮棒動作不連貫，顯然練習不夠，阿六判斷投手和他硬拼勝算很大，秦旭光投一個內側直球，沒有揮棒，好球，第二球如法炮製，還是沒揮棒，兩個好球，沒經驗的打者果然很正常的追打下一個偏低的外角壞球，配球策略奏效，三振出局。

　　阿六猜第八棒會採取觸擊，打者果然在第三球出棒觸擊，這次球點往三壘，已有準備的林威快速沖向前接球，迅速從手套中取球傳向本壘，從三壘沖回來的跑者和球幾乎同時到達本壘，阿六接到球立刻轉身用手套觸殺跑者，晚了半步，跑者先踩到壘包，三比二，二壘跑者上三壘，打者趁機跑上二壘。

　　杜濟民還是穩如泰山的站在球員休息區邊，對回頭看他的阿六做繼續比賽的手勢，他的輕鬆自如似乎給球員吃了一顆定心丸。

　　秦旭光看好阿六的暗號後投出第一球，外側偏低，壞球。

　　阿六判斷最後一棒通常打擊能力比較差，而且對方兩次觸擊都有收穫，這次重施故技的機會很大，發出預防觸擊的暗號後指揮投手投一個高位的好球，打者果然出棒觸擊，球棒觸碰到球下緣，變成捕手前的緩慢高飛球，阿六快速把臉上護具甩掉沖上前，接到球時順勢往三壘看，配合戰術提早離壘的跑者已經往本壘方向跑了三分之二，阿六把煞車不及的跑者觸殺出局，正確的判斷和配球造成

幸運的雙殺，第二局終於結束。

「大家都達到了平時訓練的水準。」第九棒林威上場打擊前，杜濟民終於開口說話：

「我們目前的防守水準還無法不讓對方得分，放輕鬆好好處理每個球儘量減少失分。」

球員們沒想到教練竟然完全沒有責怪任何人：

「多打幾分回來就好了！」

林威滾地球被封殺。

袁興安打上一壘，然後輕鬆盜壘上二壘。

任剛擊出滾地球，野狗上三壘，自己被封殺在一壘，二人出局。

冬瓜這次不敢囂張了，杜濟民剛才講的話牢牢記住。

（不要全力揮棒，擊出安打就好。）

第一球又是正中直球，練習時擊出全壘打的美妙感覺立刻沖上腦袋，冬瓜用盡全身力氣揮棒，擊中了！

球向中外野飛去，很高很遠……中外野手快速往後跑，冬瓜心中替自己歡呼的聲音和隊友的叫好聲交織成一首熟悉的英雄跑壘進行曲！

「啊……」

隊友失望的聲音打斷了進行曲優美的旋律，還不夠遠！中外野手在全壘打牆前三步接到球，第二局結束，三比二。

三局上，三上三下。

三局下老妖又被四壞球保送，老妖不甘心的在一壘上和董陽小聲抱怨。

接下來徐俊、何虎、江正分別擊出高飛球、滾地球、滾地球，第三局結束。

杜濟民問：「你再投兩局行嗎？」
秦旭光答：「行！」

四局上對方積極出棒，紛紛擊出落點不好的滾地球和高飛球，三上三下，秦旭光沒有費太多力氣。

四局下，秦旭光被三振，林威和袁興都擊出高飛球被接殺，四局下結束。

五局上，七八棒都被迅速解決，第九棒擊出滾地球因為何虎失誤上一壘，接下來第一棒又擊出內野高飛球被徐俊接殺，秦旭光完成了教練指派的任務。

任剛又擊出安打上一壘，五局下好的開始。
冬瓜在喃喃自語中走進打擊區，連續兩個壞球，第三球又是正中直球，揮棒……「鏘」……強勁的左外野平飛球，左外野手拼命往右跑。
（一定接不到！）
這次冬瓜非常有把握。
冬瓜的判斷很正確，球落在外野手前方五米，但是在線外一米，界外球！性急的冬瓜出棒太早了！
投手大概被這一球嚇到了，又投兩個壞球，冬瓜這輩子第一次在正式比賽中踩到一壘壘包！

周立群等到第三球，速度不快的直球，穩穩出棒，準確擊中球心，球飛向左外野，比冬瓜剛才那一球更高更遠……飛過了木牆，

全壘打！先跑回本壘的任剛和冬瓜站在本壘後和從休息區裡出來的球員輪流和還在咧嘴傻笑的老妖擊掌，六比二。

對方教練把垂頭喪氣的投手換下去，新上來的投手身材更高球速更快，但是控球更不穩定，這大概是教練沒有派他先發的原因。

暖身練投後，第一球差點打中徐俊，第二球太高，投手緩了口氣，很快就調整過來，第三球快速進壘，好球！第四球被徐俊擊中，速度不快的平飛球，遊擊手退後兩步接殺。

何虎擊出高飛球沒能逃過中外野手手套。

江正又擊出一支滾地球，二壘手輕鬆傳一壘結束第五局。

第六局上半，于順德按照計畫上場擔任救援投手。

球隊集訓前半段于順德表現毫不出色，訓練後期他的努力苦練慢慢看到了效果，他在家門前的牆壁上畫一個和好球帶一樣大小的長方形區域，每天晚上在昏暗的路燈下練投，幾個星期下來，泥土牆被打得千瘡百孔，那顆杜濟民特別送他的球也面目全非。

技巧的進步加上從小到大劈材挑水打穀除草鍛煉出來的臂力，使他進步神速，直球投得得心應手，集訓最後兩周，每天拉著阿六練變化球，現在曲球和滑球都有相當火候了。

江正第一球配于順德最拿手的快速四縫線直球，第一棒打者來不及反應球就進了阿六手套，好球！

遠處又傳來冬瓜的叫好聲，第二球靠內角低球，還是沒出棒，兩好球。打者似乎完全無法適應這麼快速的球，阿六乾脆再配一個外角略高的直球，果然沒反應，三振出局。

阿六想測試于順德的變化球，第二棒打者看到這個球速不快的球過來，果斷揮棒，球往外角飄去進入捕手手套，成功的曲球。

聰明的打者有了準備，看到幾乎完全相同的第二球，身體稍微往前傾斜讓棒頭靠近外側，再次揮棒，球如預料的向外飄去，眼看就要擊中了，球突然向下滑了幾公分，錯愕的打者聽到球進入手套的聲音，揮棒落空，兩好球。從沒見過滑球的球員根本無法應付這種多變化的球路。

第三球壞球，第四球快速直球，揮棒打出高飛球被接殺，二人出局。

第三棒第一球出棒，棒頭勉強擊中滑球上緣，任剛輕鬆接起這個滾地球自己踩壘包封殺出局，第六局結束。

六局下打擊乏善可陳，七局上，五城中學最後的機會。

阿六決定要和剛才擊出二壘安打的第四棒硬拼，第一球滑球，沒有揮棒，壞球。

第二球從內側轉出來進入好球帶，又沒揮棒，一好一壞。

第三球略偏外側的快速直球，兩個好球。

打者放掉下一個曲球，球轉到外側，兩好兩壞。

（還真難騙到你！）

阿六有點不服氣，第五球進入好球帶外角偏低位置，揮棒，何虎快跑接住傳給任剛，一人出局。

第五棒打者也選中曲球出棒，這次是徐俊和任剛的配合順利封殺。

最後一名打者，兩好兩壞後，于順德以一個今天球速最快的四縫線直球將他三振出局。

領先的後攻球隊七局下不必再進攻，流口中學得到成軍後第一場勝利。

03

———

歷時兩天的第一輪比賽結束，八支球隊晉級第二輪。

星期四早上十點，流口中學第二場比賽的對手是溪口鎮代表隊。

星期二下午看過溪口中學比賽後，杜濟民決定維持原計劃，排出不同陣容，讓其他非主力球員也有上場培養實戰經驗的機會：

第一棒：袁興（二壘手）
第二棒：任剛（一壘手）
第三棒：楊福生（右外野）
第四棒：王東平（中外野）
第五棒：何虎（遊擊手）
第六棒：呂勇（捕手）
第七棒：馮志誠（投手）
第八棒：董陽（左外野）
第九棒：林威（三壘手）

04

———

比賽開始，流口中學先攻。

杜濟民的觀察很準確，溪口中學的實力比起五城中學有一段距離，這也只能說五城中學的籤運不好，第一場就碰上流口中學，否則應該有打進第二輪的機會。

一局上以三比零結束。

今天先發投手是馮志誠。

也許是父母過度的寵愛和保護，造成馮志誠膽小內向的性格，集訓第一周因為吃不了苦想打退堂鼓，在發現自己以往教育方式錯誤的爸爸威逼利誘下回來球隊，雖然有全隊最高大的身材，但是反應慢又不自主練習使他成為進步最慢的球員之一，也是全隊唯一非志願留下的球員。

專業訓練分組前阿通為他的角色傷透腦筋：
「杜哥，馮志誠速度慢，基本動作差，真想不出來能守那個位置！」
「是啊，幸好還有一個優點。」
「哦！說來聽聽。」
「他塊頭大，臂力不差，可以試試練習投球。」

一個多月的訓練馮志誠只學會最基本的直球，控球還算穩定，偶爾能飆出一兩個堪稱快速的球，變化球則跟他毫無關係，理所當然名列全隊第六號投手。
「杜哥，你看馮志誠的樣子還蠻能嚇唬人的！」
集訓最後一周打擊練習，輪到馮志誠投球給隊友打，明顯粗壯多了的身材站在投手丘上顯得更高大，不明底細的對手真是會先氣餒三分。
「如果第一球飆個快速球效果就更好了。」
話剛說完，馮志誠投出了一個少見的快速球。
鏘……冬瓜狠狠的擊中球，袁興跑到山坡邊還是沒接到，球直接飛進草堆，全壘打的距離。
「紙老虎，你還敢投好球給我打？」
冬瓜最喜歡捉弄馮志誠。
馮志誠決定跟冬瓜拼了，連續投三個好球，偏偏冬瓜打他的球特別有感覺，每球都打得又高又遠，得意洋洋的冬瓜連吼帶叫的示威，直到馮志誠認輸才甘休。

「難怪隊友叫他紙老虎！」
在一旁笑的合不攏嘴的阿通小聲地喃喃自語。

每個人都知道馮志誠會緊張怯場，隊友們賽前當然少不了鼓勵打氣，其中冬瓜的話最有效：
「紙老虎，你放心投好球給他們打，我們會用最好的防守支持你！」

呂勇是隊上第二號捕手，各方面能力和阿六都有不小的差距，接球還算穩定，有時候會搞錯暗號，打擊不出色，最讓杜濟民擔心的是他對球場上狀況的判斷能力較差，不足以擔當重任。

馮志誠腦袋一片空白，肌肉完全不聽使喚，明明面對身材高大的打者，可是怎麼都找不到好球帶，連續壞球和暴投，保送前兩名打者上壘，冬瓜的聲音適時傳來：
「紙老虎，我在這好無聊，投幾個好球給他們打啊！」
馮志誠擦擦汗，心想：
（你們總不會比冬瓜厲害吧！）
定下心來，終於投出一個好球。
第三棒很快就適應了馮志誠中等速度的直球，一好兩壞後，把球結結實實的打到左外野，董陽撿起球只能傳到二壘，溪口中學得一分，無人出局，一三壘有跑者。
第四棒擊出一二壘間強勁滾地安打，又得一分，還是一三壘有人。

「繼續投好球給他們打，不可能每一球落點都那麼好，相信你的隊友！」
杜濟民走上投手丘給馮志誠打氣穩定情緒，還是一點都不緊張。

第五棒打出高飛犧牲打，三壘跑者得分，三比三，一人出局，一壘有跑者。

　　第六棒上場第一球暴投，跑者上二壘，第二球打成內野高飛球接殺，二人出局。

　　第七棒擊出三壘邊滾地球，林威漏接，二壘跑者得分，一壘有跑者。

　　第八棒擊出遊擊區滾地球，何虎接住傳二壘封殺，一局結束，四比三，溪口中學領先。

　　比賽在暴投暴傳安打得分中進行，三局結束，十一比九，流口中學奪回領先優勢。

　　「杜哥，再這樣打下去，要變成籃球分數了！」
　　「大家都很開心啊！」杜濟民故意逗阿通。
　　「馮志誠快崩潰了！」
　　「好啦，換老妖吧！」

　　不知道是用力方式不對還是腦袋構造太過簡單，複雜的變化球和老妖毫無緣分，無計可施的杜濟民乾脆讓他專心練直球和從直球演變出來的小幅度變化球。

　　肌肉勻稱的老妖控球好球速快，直球家族中進入本壘會下墜的伸卡球和往內側橫向移動的切球都頗具水準，和以變化球為主的于順德可說是各擅勝場，實力在伯仲之間。

　　阿通說：
　　「我看對方打擊不好，冬瓜應該能對付，是不是該保留老妖下一場跟于順德搭配？」
　　杜濟民以贊許的口吻說：
　　「我也有這個想法，一直拿不定主意，就這麼辦，冬瓜投球，

老妖去守中外野。」

王東平的球速比不上周立群，可是比馮志誠快得多，雖然只會一種變化球，但是穩定的直球搭配移動角度相當大的曲球，投球威力遠遠超過馮志誠，面對打擊能力不強的對手綽綽有餘。

冬瓜從第四局投到七局，總共被擊出四支安打，加上守備失誤，讓對手拿下三分。

隊友的攻擊火力則大大發揮，又得了十分，七局結束，二十一比十二，流口中學二連勝。

05

杜濟民剛看完另一組的比賽回來。
「杜哥，明天早上的對手是海陽二中嗎？」
「對，他們比前面碰到的兩隊強多了，看得出來訓練時間蠻長的。」

海陽二中原名萬安中學，近年才改名叫海陽二中，學校位於萬安鎮，萬安鎮距離黃山市很近，經濟發達人口眾多，各種資源相對豐富，各方面優勢都很明顯，代表萬安鎮的海陽二中和代表海陽鎮的海陽中學是縣內僅有的兩支長期訓練的棒球隊。

06

星期五上午八點開始半決賽，第一場比賽海陽中學輕鬆擊敗對手晉級下午的決賽。

流口中學和海陽二中十點開賽，海陽二中先攻。

經過兩場比賽，球員們不再緊張了，阿六小聲的和于順德講話，冬瓜跟老妖比劃昨天打出二壘安打的過程，何虎和徐俊在場邊傳接球，裁判示意，球員們快速跑到自己位置，比賽開始。

海陽二中的球員們動作中規中矩，確實是支訓練有素的球隊，阿六不敢掉以輕心，謹慎配球，于順德也全神貫注做好每一個動作投出第一球，接近打者內側速度不快的曲球，打者身體向內縮了一點以免被球打中，球進入本壘板前突然向外彎進好球帶，好球。阿六贊許的向于順德點點頭，于順德第二球沒有控制好，偏低的壞球，一好一壞。

兩好兩壞後，于順德以一個滑球騙到打者揮棒落空，三振出局。

第二棒在一好兩壞後把下一個快速直球打成中外野高飛球，冬瓜笑嘻嘻的接殺出局。

第三棒選球非常精明，三度把投手的變化球打成界外球，纏鬥到第九個球終於累計到四壞球保送一壘。

體型和周立群很像可是足足大了一號的第四棒揮棒動作和老妖差不多，集訓期間老妖打于順德的球非常得心應手，把球打到山坡邊的草叢裡是家常便飯，看到站上打擊區的大號周老妖，于順德和江正交換了個眼神決定不要硬拼，連投四個壞球保送上一壘，一二壘有跑者。

阿六走過去和于順德討論幾句，于順德打起精神專心應付看起來沒那麼可怕的下一棒打者。經過長期訓練的球隊就是不一樣，第五棒也不好對付，一好一壞後準確的把一個沒控制好的失投滑球打到中右外野之間，二壘安打，一二壘上跑者快速各往前推進兩個壘包，一比零，二三壘有人。

第六棒擊出滾地球，何虎接住傳給補位二壘的徐俊封殺從一壘

跑過來的跑者，三人出局，一局上結束，流口中學零比一落後。

海陽二中的投手不但身材高大，投球動作也非常標準，快速直球很快很准，練球時沒有投過任何變化球，和周立群屬於同一種類型的投手。

袁興向來不怕快速球，看准第一個快速直球出棒，漂亮的平飛球，但是方向不好，二壘手移動兩步接殺。

任剛耐心的等到兩好兩壞後打出高飛球，被左外野手接殺。

經過兩場比賽，冬瓜急著想擊出全壘打的心態依然沒變，揮棒節奏還是太快，上一場對手比較弱被他擊出兩支安打，現在碰上訓練有素的對手就吃不開了，兩好一壞後被一個偏低的快速球吊中揮棒落空，三振出局，第一局結束，流口中學沒得分。

二局上，于順德輕鬆解決了七八九棒三名打者。

二局下周立群第一個上場打擊，兩壞球後把下一個快速球打向左中外野之間，二壘安打。

徐俊站進打擊區，投手球出手的一刹那突然快速轉身右手握住球棒上端，輕輕把球點向一壘，出其不意的觸擊，一壘手在沒有準備的情況下沖上前撿起球已經來不及，徐俊上一壘，老妖上三壘。

這種沒有準備動作的觸擊不容易控制擊出球的方向，難度很高，這是杜濟民球員時代的絕活之一，集訓期間傳授給流口隊的球員們，徐俊和袁興是學得最好的兩個人。

何虎瘦小的身材會讓人情不自禁和觸擊聯想在一起，對方防守圈明顯向內縮小，避免他如法炮製，何虎也理所當然的比劃出觸擊準備動作。

投手戰術性的投一個壞球，何虎沒有上當，第二球好球，何虎沒有出棒。

第三球又是正中好球，投手出手後判斷何虎應該會出棒觸擊，所有內野手往本壘方向移動，想快點接起這個觸擊球，阻止三壘上的周老妖沖回本壘。

　　何虎的確出棒了，不是觸擊，投手球出手時，他快速退回正常擊球位置，球被擊往二壘方向，二壘手已經跑到一壘去補防向本壘移動一壘手的位置，球從這個空檔飛到二壘後方落地，一壘安打，周老妖回本壘得分，徐俊上二壘，何虎上一壘，一比一，流口隊追平。

　　這也是杜濟民當年的招牌絕活之一，何虎算是嫡系傳人。

　　阿六打擊率一直不高，這時候繼續用觸擊讓壘上球員向前推進是合理的戰術，但是杜濟民決定讓他自由發揮沒有發出觸擊指令，阿六謹慎選球，第四球出棒，一壘手接起滾地球踩壘包封殺阿六，然後迅速傳二壘封殺還沒跑到的何虎造成雙殺，徐俊上三壘，二人出局。

　　于順德的臂力很好，打擊技巧也不差，練球時經常擊出長打，第二球猛力揮棒擊出左外野高飛球被接殺，二局結束，一比一。

　　第三四兩局雙方分別因為安打和失誤上壘，但是都無沒有得分。

　　五局上，海陽二中擊出一壘安打，利用袁興傳球失誤上二壘，接著一支成功觸擊，加上一支高飛犧牲打又得一分，比數二比一。

　　五局下流口中學沒有得分，仍然落後。

「杜哥，你看于順德還能投下去嗎？」

　　第六局開始，杜濟民完全沒有換投手的意思。

「我認為可以，你沒看見他眼裡的殺氣？這是我們需要的！」

阿通也覺得于順德的眼神和以前不太一樣：

「原來這就叫殺氣！」

于順德的父母都出身于山區的貧寒家庭，兩個人都不滿十五歲就離家出外打工，十八歲時在常州一家外銷服裝廠工作時認識，二十歲那年結婚，第二年于順德出世。

于順德出生時，父親只在老家待一星期就必需回到廠裡，剛滿月後母親也為了較高的收入離家到張家港另一個企業擔任車間主任，于順德留在父親老家和祖父母同住。

服裝廠超長的工作時間加上大都市昂貴的生活費用使得一家三口分居三地，他從小到大最盼望的日子是農曆春節，這是每年唯一一次的全家團聚。

他至今還記得五歲那年春節後，嚎啕大哭緊緊扯住母親褲管不讓她離家的情景，從那次以後，他再也沒有試圖阻止父母離家，每次都帶著懂事的微笑和父母道別，成年人讚許聲背後是從來沒有人看到的孤獨和淚水。父母長年在外地辛勤工作逐漸改善了家裡的經濟條件，年邁的祖父母不必再披星戴月下田耕作，他們把僅有的一小塊田地租給鄰居耕種，又用擴建後的老房子開設村裡唯一的小雜貨店，這兩樣收入足以維持山區裡簡樸的生活所需。

經濟條件的改善並沒有改變于順德五歲那年春節母親離家後立下的心願：

他要在未來成長的歲月裡用一切方法鍛煉自己，培養每一方面的能力，長大後努力賺錢，讓父母不需要再工作，大家住在一起，彌補從小沒有享受過全家人一起生活的缺憾。

于順德從來不花零用錢，每年的壓歲錢都交給祖母存起來，小學一年級到現在九年中，成績一直保持全年級前五名，八歲起就利用假日在村裡到處打工賺錢，十二歲開始所有的粗活重活也來者不

拒，他堅持三個自己摸索出來的信念：健康，學業，毅力。深信這六個字最終一定能讓他達成心願。

加入棒球隊是于順德接觸到的第一個機會，努力吸收各方面知識的他從一本破舊的體育雜誌上知道成功的職業運動員擁有天文數字般的收入和崇高的社會地位，也無數次夢想長大後成為體育明星，享受所有的榮耀和光環。

超出常人的體能使他順利入選培訓隊，他把握練球時間吸取杜濟民教的每一個技巧和觀念，同時推掉所有打零工的機會，利用做完功課的每一分鐘自主練習。他的努力逐漸出現效果，現在已成為球隊不可或缺的投手之一。

于順德很清楚的知道這場球失敗代表他棒球夢的破碎，他要盡一切力量阻止這件事發生。剛才失去的兩分使他自責不已，後面兩局，要全力投好每一個球不再讓對方得分，輪到自己打擊的時候，會仔細選球務必擊出安打，然後讓隊友接手幫助他得分。

（我們要贏球！）

他心中大喊。

六局上于順德投出的第一球讓阿六嚇了一大跳，這幾乎是董陽的球速！

阿六抬頭望向投手丘，眼中出現了從沒見過的于順德，專注的眼神冷靜而陌生，全身每一個細胞都散發出求勝的訊息，阿六喜歡這樣的于順德，他知道對手再也不可能得分了！

極愛喝水又極能喝水的于順德綽號河馬，他給阿六一個堅定的微笑，依照暗號投出一個快速滑球，揮棒落空，兩個好球。

六局上在于順德超水準的表現下迅速結束，無人上壘。

六局下，輪到第八棒于順德打擊，他走向林威輕輕說：

「我一定會想辦法上壘，你要支援我向前推進！」

于順德仔細選球，放過了兩個沒有把握的好球，兩好三壞後又等到一個壞球，保送上一壘。

林威跟杜濟民交換意見後走進打擊區，兩個人都知道面對這位投手，打擊能力不強的林威很難擊出安打，在落後一分的情況下先把跑者送上得分圈，後續打者只要擊出一壘安打就能追平比分，觸擊顯然是眼前最合理的選擇。

通常要護送一壘跑者上二壘，打者會把球點往一壘方向，一壘手接到球後必需在快速往前跑的情況下做出一百八十度大轉身才能把球傳向二壘，傳球成功的機率相對低得多，關鍵在於林威能否把球點到最有效的位置。

對方也很清楚場上狀況，機靈的把防守圈縮小準備應付觸擊，捕手發出暗號後，投手投出一個偏外側的壞球，如果進攻方事先已經下達觸擊指令，一壘跑者在投手球出手時就會起步往二壘跑，在打者沒出棒或出棒沒點擊到球的情況下，接到球的捕手可快速傳球到二壘觸殺跑者，這是一個標準的反打跑戰術，林威沒有出棒，誘餌無效。

第二球是個好球，準備好的林威輕輕觸到球，球沿著邊線慢慢滾向一壘，于順德早已執行暗號起步向二壘跑，一壘手接到球時于順德快到二壘了，一壘手只能把球傳給到一壘補位的二壘手封殺林威，成功的戰術執行。

今天還沒擊出安打的袁興，盯著投手的準備動作判斷這是快速直球，揮棒，又是平飛球，運氣還是不好，三壘手在原地跳起接殺，兩人出局，流口中學得分的機會越來越小了。

任剛緊張得手心冒汗，知道這一棒如果不能打回分數，今天就凶多吉少了。

壞球，好球，壞球，好球，壞球，兩好三壞。

第六球是快速直球，任剛揮棒，球應聲飛向左外野，越飛越偏左，界外球，兩好球後擊出界外球不計球數，還是兩好三壞。

第七球投出，快速直球，任剛沒有揮棒，偏低的壞球，保送上壘，一二壘有人，二人出局。

三場比賽中，遇強則弱，遇弱則強，關鍵時刻一直沒有表現的冬瓜上場，此人最大的優點是不知緊張為何物，若無其事的走進打擊區，還不忘跟二壘上心臟快跳出來的于順德擠眉弄眼。

對方投手似乎也有些緊張頻頻擦汗，不斷和捕手確認暗號，第一球，是冬瓜最不喜歡的內角略微偏高直球，當然不會揮棒，但是裁判喜歡，好球。

冬瓜做了個鬼臉，第二球貼著冬瓜的身體進入捕手手套，一好一壞。第三球外側偏低的壞球，第四球中間略低，但是裁判舉起手，兩好兩壞。

冬瓜還是一臉無所謂，第五球在本壘板前很遠的地方就往外側轉，捕手跳起來沖向右邊才接到球，失投的曲球，反應快的捕手救了這個暴投。

又是兩好三壞，休息區雙方教練和球員都坐不住了，捏手擦汗撫胸祈禱千姿百態無奇不有。

冬瓜腦袋快速轉一圈，如果現在保送自己上一壘，下一棒上場的是今天擊出兩支安打一次被保送，打擊率百分之百的周老妖，沒有投手想在滿壘狀況下面對這種打者，所以對方絕對不會再投壞球。一定是用最有把握的球和他對決。

剛才累計的三個壞球中有兩個是失投的曲球，變化球顯然不是這位投手的強項，所以下一球一定是投手最拿手的快速直球，剛好也是冬瓜最喜歡的。

（嘿嘿，終於輪到我表演了！）

投手調整呼吸，慎重地完成每一個動作，全力投出他最自豪的快速球，球筆直往好球帶飛來，球速很快。阿通覺得自己已經站不穩了，阿六兩手抱頭，何虎張大了嘴巴，袁興緊緊摟著徐俊肩膀……

冬瓜揮棒，感覺到棒頭擊中球的震動，身體轉向左前方完成收棒動作，眼角餘光瞄到球往左外野飛，很高很遠……

所有人都沖出休息區，近百雙眼睛盯著這顆越飛越遠的球……

（再演奏一次！）

冬瓜腦袋裡又響起了擊出全壘打後的英雄跑壘進行曲。

（好像不夠遠……）

現在連冬瓜都覺得不妙了。

左外野手邊跑邊回頭看球，左手高高舉起，手套張開，準備接球。

果然不夠遠，看來飛越不了全壘打牆……

阿通閉上眼睛不敢再看，阿六的指甲幾乎把頭皮抓破，何虎急得舌頭吐了出來，袁興快要把徐俊的肩膀捏碎了……

球飛得不夠遠，無法越過全壘打牆，但是飛行距離足以撞上全壘打牆！

跑得飛快的外野手利用衝力跳起，左手盡力舉高，球從外野手頭上飛過，手套離球還有半米左右，框……球打在木牆上往回彈，外野手為了接球快速奔跑又全力躍起，落地時重心不穩一跤摔在地上，球往回滾到內外野之間的草地上才停住，遊擊手快跑過來撿球轉身，于順德已經得分，任剛距離本壘剩不到十米，冬瓜剛通過二壘往三壘跑，遊擊手當機立斷把球傳往三壘，冬瓜在三壘前五米左右奮力往前撲，三壘手接到球手臂順勢往右旋轉，手套從冬瓜頭上滑過，沒有碰到身體，冬瓜右手同時觸到壘包，安全上壘，冬瓜漂

亮的撲壘形成三壘安打，三比二，流口隊反超。

于順德在本壘邊和任剛緊緊擁抱，阿通用盡全身力氣和杜濟民擊掌，阿六雙手把馮志誠的背拍得劈啪作響，袁興把徐俊一把推出去又叫又跳⋯⋯

每個人以不同方式慶祝艱苦得來的分數。

（這首英雄撲壘進行曲也不錯嘛！）

冬瓜站在壘包上拍去身上的泥土，盡情地自我陶醉⋯⋯

周老妖面對情緒不穩的投手擊出一壘安打，四比二。

徐俊以遊擊區滾地球結束了第六局。

七局上，情緒高亢的于順德不斷飆出快速球，搭配穩定的變化球，海陽二中三上三下，流口中學不必再進攻，比賽結束，兩個小時後流口中學將和海陽中學爭奪冠軍。

于順德的棒球夢還在繼續。

07

馮志誠的叔叔送來熱騰騰的飯菜，幾個餐廳裡的同事幫忙打飯添菜，大家吃得不亦樂乎，尤其是中午不必下廚的高大廚更是胃口大開，把每道菜都吃了個盤底朝天。

「杜老師，餐廳裡的老鄉們下午都要來替球隊加油，咱們拿到冠軍，晚上在咱家餐廳裡慶祝慶祝！」

馮志誠的叔叔興高采烈地説。

「馮大哥，中午來不及燒飯才麻煩您，晚上就不打擾了。」

「杜老師，您知道咱們流口鎮這麼多年來一直是縣裡最窮最落後的地方，這次您打出這樣的成績替老鄉們掙臉，您知道有多少人

感激您呢！吃頓飯算啥？」

杜濟民知道這頓晚宴推不掉了，豪氣地說：

「那就先謝謝您，我們拿到冠軍去您那兒慶祝！」

下午兩點，冠軍戰即將開始。

球場邊湧進了三、四百人，都是來替地主隊海陽中學加油的，觀眾們帶著彩帶校旗鑼鼓哨子，興高采烈的高喊加油口號，呼叫聲夾雜著鑼鼓和哨子聲，充分展現地主隊的人氣。

流口中學球員休息區旁邊的籃球場上來了三十多個人，大部分是馮志誠叔叔餐廳裡的員工，少數人是員工們的朋友或家屬，他們揮舞著餐廳裡的方形餐巾，用燒菜的鍋鏟敲打鐵鍋，人數雖少氣勢倒也不差，球賽還沒開始，雙方啦啦隊先較起勁了。

這場比賽的打擊順序是：

第一棒：袁興（右外野）

第二棒：任剛（一壘手）

第三棒：王東平（中外野）

第四棒：周立群（左外野）

第五棒：徐俊（遊擊手）

第六棒：何虎（二壘手）

第七棒：江正（捕手）

第八棒：董陽（投手）

第九棒：林威（三壘手）

球員們從來沒有見過杜濟民這麼慎重地講話：

「這會是一場持久戰，考驗每個人的耐力和毅力，大家要有打延長賽的準備，能堅持到最後的球隊才能獲勝！」

「是！」

球員們的回應自信而堅定。

流口隊又抽到先守後攻，球員們上場前杜濟民把董陽和阿六叫到面前：

「阿六仔細觀察對方每個球員的習慣動作，不要配沒把握的球，先保證不失分。」

「教練放心，我是你的關門弟子！」這是阿六最得意的身份。

「董陽，前三場不讓你上場是為了隱藏實力，現在第一次上場難免會放不開，只要放鬆心情和阿六好好配合正常發揮，對方很難打好你的球，其他的事交給隊友們處理。」

董陽用一個微笑回答教練。

「杜哥，你這樣會不會給他們太大的壓力？」

「這兩個人心態很成熟，會在適當的壓力下發揮潛能，要不要打個賭？」

「唉喲！聖人也會賭博啊？」

「不敢就算了！」

「好啦，如果你贏了我就叫青青幫你介紹女朋友。」

阿通早就盯著青青辦這件事了，從任何角度來說，他都希望今天賭輸。

如果流口中學第一場比賽遇到海陽中學，恐怕還沒開打就先輸一半了。

高大結實的身材配合純熟的動作，信心十足的表情加上洪亮的吼叫聲，氣勢之盛遠遠超過任何一支參賽球隊，對休寧縣這些成軍不久的球隊來說，這是一個看似不可能擊敗的對手。

過去三場比賽的鍛煉，讓流口中學這些沒有比賽經驗的初學

者，從茫然無知到融入比賽，從毫無自信到信心十足，他們現在面對比賽，以謹慎代替惶恐，面對對手，以尊重代替畏懼。

一群不一樣的球員讓流口隊變成了一支不一樣的球隊！

董陽和阿六確認暗號後投出他這輩子正式比賽的第一球，現場所有的球員和觀眾都驚訝的目瞪口呆……

其實只是一個最基本的快速直球，但是彷彿球才剛離手就進入阿六完全不需移動位置的手套，現場響起一片驚呼聲，這完全不像青少年選手能達到的球速，連裁判都呆了一下才舉起右手，好球。

董陽又投了兩個不同位置的快速球，三球解決第一棒。

董陽和阿六都很清楚，萬一比賽進入延長階段，體力將會成為勝負關鍵，兩個人心有靈犀的決定減少投球數，盡可能保留體力為可能發生的持久戰做準備，因此阿六配球大都以好球和打者對決，儘量少投引誘打者的壞球，阿六深信沒有打者能跟求勝意志強烈的董陽對抗！

第二棒連續兩次揮棒，沒打中董陽的曲球和伸卡球，第三球還來不及反應就進入好球帶，三振出局。

第三棒打者第一球出棒，球棒靠近握棒位置最細的部分勉強擊中這顆往打者內角下方轉彎的滑球，球軟弱無力的滾到徐俊面前，任剛穩穩接住徐俊準確的傳球，第一局結束。

滑球和曲球都是從投球手臂往另一個方向轉彎，右投手投的這兩種變化球會往右打者的外側飄，左手投球的董陽投出的滑球和曲球則是進入右打者內側，揮棒結果通常是球棒靠近身體最細的部分擊中球，因此出現內野滾地球的機率非常高，這是左投手的優勢之一。

流口中學的打擊同樣佔不到便宜。

海陽中學投手的表現不比董陽遜色，帶尾勁的快速直球搭配大角度曲球還有偶爾出現的下墜伸卡球，讓這群接觸棒球只有兩個月的球員吃足苦頭，連周老妖都沒能把球打到外野，其他球員更是灰頭土臉叫苦連天。

前三局結束，兩隊都是三上三下，各自打完一輪，兩位投手都表現的非常完美。

「杜哥，董陽實在太棒了！」
董陽的精彩表現早已轟動全場，其他觀戰球隊的教練和球員議論紛紛，所有人都搞不懂這個中等身材眉清目秀的斯文小孩怎麼能投出這麼快速的直球和大幅度的變化球，還能保持如此穩定的控球，讓前三場都秋風掃落葉擊敗對手的超級強隊打擊一籌莫展，三局打完竟然沒踏上過一壘，九個人打擊出現六次三振，到目前為止被擊中的球都是內野滾地球，外野手生意清淡門可羅雀。
「這本來就是董陽的水準，反倒是阿六的配球和指揮有大將之風，比我期待的還好！」

四局結束，兩隊還是三上三下。

球員休息區裡，杜濟民平靜的給球員們打氣：
「我們兩隊都是今天的第二場比賽，體力會影響移動速度使防守出現漏洞，有可能成為勝敗關鍵，體力方面我們明顯佔優勢。」
球員們猛點頭！
「對方投手已經有體力衰退的跡象，這是我們的機會，大家不要貪攻，穩紮穩打爭取上壘，讓下一棒的隊友幫你推進。」
「對啊！只要打個全壘打就贏了！」冬瓜當仁不讓地把他打算

幹的活説出來。

「全壘打可遇不可求，還是安打穩當點！」

海陽中學的實力畢竟不同凡響，球員的技巧和默契都很好，彌補了體力不足的缺點，流口中學的打者還是難越雷池一步，五六兩局，雙方仍然沒有球員能突破對方防守，都是三上三下，典型的投手戰。

企圖心強大的于順德一直對董陽有瑜亮情節，他自認付出的努力和苦練絕不在董陽之下，偶爾也會投出接近董陽水準的快速球和變化球，但是整體表現始終和董陽有一段差距，隊友老是把董陽當作頭號明星，在董陽面前他永遠是陪襯的綠葉，他下定決心要超越董陽，如果超越不了董陽，職業棒球夢如何實現？他要成為球隊的超級巨星，讓董陽變成第二男主角。

于順德仔細觀察海陽中學這群如狼似虎的打者，用心看董陽投的每一球，設想如果自己在投手丘，能不能滿足阿六絞盡腦汁的配球，他儘量客觀的評估每一球，發現原來集訓時候董陽沒有盡全力，今天才看到董陽的真正實力，他非常慶幸現在站在投手丘上的人不是自己，知道自己必定會成為對手棒下的另一個祭品，從開賽到現在，不滿兩個小時的六局比賽中，他對董陽從不服氣到心服口服，從心服口服到嫉妒，從嫉妒到尊敬，從尊敬到崇拜。董陽超過自己太多了，他要勇敢面對這個事實繼續努力，未來才有超越董陽的可能。

七局上董陽正準備走上投手丘，于順德拉住董陽，用平靜的音調説：

「董陽，我今天才知道我們兩個人的差距有多大，我為以前不好的態度向你道歉！我會更努力，你是我要超越的對象，我們良性競爭好嗎？」

董陽還是微笑，拍拍于順德的肩膀，于順德知道董陽接受了這個競爭夥伴，也接受了這個朋友。

七局上海陽中學輪回第三輪第一棒，也就是打擊高峰的開始，場邊啦啦隊努力敲鑼吹哨，現場氣氛熱烈，人人都情緒高昂。

從小到大在山裡幹粗重活的董陽，看不出有體力不繼的樣子，準確的快速球和捉摸不定的變化球仍然威力十足，海陽二中在二出局後，第三棒因為林威失誤上一壘，但是接下來的打者以一個高飛球留下殘壘。

七局上結束，流口中學七局下只要得一分就能結束比賽，否則將進入延長賽。

杜濟民和袁興說了幾句話，袁興這場比賽第三次走進打擊區。
對方教練也做了打延長賽的準備，交待投手少投壞球以保持體力。
袁興看准直奔好球帶而來的快速直球突然改變站姿出棒輕輕點到球，一天之內連打兩場比賽已略顯疲態的一壘手盡全力沖到，撿起球緊急煞車轉身傳球，動作仍然乾淨俐落，但是速度比平時慢了一點，到一壘補位的二壘手伸長左手接球，冬瓜口中的四條腿動物快半步踩到壘包，在防守球員移動速度變慢的情況下，出其不意的精准觸擊和快如閃電的跑壘，形成內野安打，這場比賽雙方加起來第四十人次的打擊，終於出現一支安打。

流口中學的啦啦隊猛敲鐵鍋，三十多條餐巾在半空中飛舞。

袁興知道面對這支球隊想要盜壘絕不是容易的事，但是好不容易上壘，不搗亂又不甘心。

對方投手不是省油的燈，野狗離壘稍遠就投過來一個牽制球，三次牽制，袁興三次急奔回壘包，看到袁興規矩了一點，投手終於要投球給躍躍欲試的任剛。經過前面兩次打擊，任剛已經有了心得，第二個略偏外側的好球揮棒，球飛過二壘手頭上落在內外野之間草地上，一壘安打，一二壘有跑者，這場比賽第一次有球員進入得分圈。

　　海陽中學的支持者鴉雀無聲，更襯托出流口中學觀眾區的喧鬧。

　　早上半決賽擊出逆轉三壘安打的冬瓜還是那付嬉皮笑臉的樣子，在打擊區不安分的等防守球隊開完會，第一球投出，看起來很像早上讓他得意到現在那球，冬瓜全力揮棒，球不聽話的在本壘前轉個彎，沒打中這個曲球。

（哼！我才不信！）

　　冬瓜面對飛過來看起來還是很像的第二球再次揮棒，擊中了！

　　不聽話的球在冬瓜揮棒時略微下墜了一點，球棒擊中球上緣，球滾到遊擊手面前被接起，先傳三壘再傳二壘，袁興和任剛都被封殺出局，兩人出局，冬瓜上一壘，絕佳的得分機會被這個雙殺打破壞了。

　　風水輪流轉，現在輪到流口中學的支持者安靜，眼睜睜看著海陽中學的支持者耀武揚威。

　　冬瓜懊惱的踢壘包，擔任跑壘指導員的于順德拍拍他肩膀，阿通頹喪地坐下，阿六氣得把手套摔到地上又趕快撿起來小心擦乾淨。

　　周老妖雖然什麼都沒說，但是早就憋了一肚子氣，他知道球隊需要他的球棒贏得這場比賽，前兩次打擊明明都覺得能把球轟到全壘打牆外，可惜就是無法扎實的打中移動弧度遠遠不如董陽的變

化球，每次都抓不到準確擊球點，第三次上場前他求助的看著杜濟民。

「打第一球！」

還是不緊張的教練只有一句話。

（本老妖一世英名就看這一擊了！）

雖然他不知道為什麼要打第一球，但是教練總是有道理的。

解除大半危機的投手穩穩投出第一球，略偏外側的直球，往好球帶快速飛來。

周老妖眼中出現一顆長在樹梢前所未見的超大山核桃……

（一定要把這個山核桃帶回去給大家看！）

周老妖如願打中了山核桃，山核桃彈向天空，又高又遠……

投手聽到鋁棒清脆的擊球聲，抬頭看一眼球飛行的弧度，一屁股坐在投手丘上，不必看結果，經驗告訴他這是一支從沒見過的超長距離全壘打，比賽結束了，他盡了全力，但是對方沒有放過這顆為了搶好球數投出太接近本壘中心的好球，認為對方不會打第一球的錯誤判斷造成不可挽回的結果！

全場唯一的錯誤決定了比賽結果！

08

阿通眼中看到的景物突然變模糊了，一切都像無聲電影中的慢動作：

他看見慢慢跑壘的周老妖在黃昏冬陽下閃閃發光的白牙……

他看見阿六把手套拋到空中，任剛在休息區外面翻跟斗，何虎跳到馮志誠背上，徐俊和林威連續擊掌……

他看見于順德從一壘旁邊衝到本壘一把抱住冬瓜⋯⋯

他看見觀眾區鍋鏟餐巾鐵鍋滿天飛舞,老鄉們嘴巴張得很大,但是聽不到聲音⋯⋯

他看見最令他驚訝的事:杜濟民緊握雙拳跳起來,好像也在大吼⋯⋯

阿通對接下來的頒獎儀式沒什麼印象:

好像是阿六上臺領獎杯,好像獎盃輪流傳遞給每個人,好像冬瓜把獎盃反過來當帽子戴在頭上⋯⋯

好像其他球隊的教練都過來和兩位教練握手道賀,好像海陽中學的教練也來了⋯⋯

好像有一群戴著棒球帽的小朋友找董陽簽名,好像周老妖也幫人簽了名⋯⋯

好像縣教育局的人跟兩位教練說了很多話,好像有人幫全隊拍了合照⋯⋯

阿通不記得什麼時候到馮志誠叔叔的餐廳了。

慶功宴變成流水席,似乎所有住在海陽鎮的老鄉都來了,情緒高亢的鄉親把包房擠得水泄不通。

馮老闆乾脆貼上暫停營業的海報,晚宴移到大堂。

阿通不記得到底吃了些什麼⋯⋯

他看著滿桌的佳餚乾瞪眼,根本沒機會動筷子,老鄉們放過了不能喝酒的球員和堅持不喝酒的杜濟民。

阿通自然成為喝酒代表隊的唯一成員。

阿通不記得喝了些什麼酒⋯⋯

剛開始是啤酒,然後有人拿來黃酒,後來有人覺得不過癮又拿來白酒⋯⋯

阿通不記得喝了多少酒⋯⋯

從隨意到乾杯,從一次一杯到一次兩杯,從一次兩杯到一次

三杯……

　　阿通只記得滿天都是五顏六色的彩帶，那是因為球員們把不同顏色的餐巾紙撕成細條，互相拋擲追打。

　　他昏迷前說的最後一句話是：
　　「杜哥……我欠……欠你一個女……女……女……」

磨合

01

元旦假期後，上課的第一天早上，學校特別開一個早會，全體師生聚集在運動場。

校長滿臉笑容的走上講臺：「我說……」
「……各位同學啊！」
全校同學異口同聲接話。
早已習慣的校長還是笑嘻嘻：
「我們學校的棒球隊經過艱苦的訓練和比賽，得到全縣冠軍，你們看看……」
「……這是多麼的光榮呢！」
校長和同學們接力完成了這句開場白。

早會後的校長室，兩位教練坐在背後有一大塊麻布補丁的鎮校之寶上。
杜濟民慎重的說：
「校長您的意思我理解，我也希望球員們的球衣整齊好看，但

是如果想打出好成績，專用球鞋和打擊手套比球衣更重要，我還是希望這筆補助款拿來買必備的器材。」

縣教育局撥了五千塊資助流口中學參加黃山市比賽。

「我說杜老師啊！縣裡認為穿上次那套球衣去參加比賽不好看，而且……」

「只有打出好成績才能給休寧縣增光彩！」杜濟民斬釘截鐵地打斷校長的話。

阿通偷偷扯了杜濟民的牛仔褲一下，免得氣氛太僵，校長倒是絲毫不以為意，語氣還是很溫和：

「我說杜老師啊！我再來協調吧，您看看可千萬別影響您的訓練計畫呢！」

「杜哥，你剛才會不會太強勢了？」阿通走出校長室的第一句話。

「我知道，可是如果不強勢，校長一定會依照縣裡意思做新球衣，我可不希望任剛滑倒的事重演！」

「今天下午開始新的訓練計畫嗎？」

放了幾天假，兩個人還沒討論這件事。

「一個星期沒練球，可能有點生疏，今明兩天練習基本動作，下週一開始訓練，晚上我們討論一下新計畫。」

「你讓他們把各自的手套和球帶回家，我敢打賭每個人都有練習，不會生疏。」

「馮志誠也會？」

「你沒發現後來幾天他有多融入球隊嗎？我看現在拿棍子也趕不走了！」

「希望如此。」

「我趁這幾天假日把四場比賽的記錄都整理好了，你什麼時候看？」

「哈！杜康兄酒醒啦？」

慶功宴第二天，幾個人合力把酒醉未醒的阿通抬上回流口鎮的班車，阿通幾乎把膽汁全都吐在顛簸的車上，在杜濟民和幾位球員輪流照顧下，阿通在宿舍昏睡兩天後才能勉強起床，接著而來的元旦假期回家休養了三天，終於神清氣爽地回到學校。

「你如果敢跟青青說，我就殺了你！」

青青計畫到阿通家裡過春節，順便拜見未來的公婆。

「這我可不能保證！那我不去你家過春節不就行了嗎？」

「這件事早就講好了絕對不能改，青青一定要見見我的偶像。」

「哼！命都沒了還能當偶像啊？」

「好啦，不殺你就是了。」

多麼仁慈的決定！

阿通突然想到一個好方法：

「為了小弟的終生幸福，您用膠布把嘴巴貼上行不？」

02

「想不想繼續贏球？」

星期一下午兩點，杜濟民大聲問。

「想！」

誰不喜歡這麼美好的感覺？

「能不能接受更嚴格的訓練？」

「能！」

「黃山市的比賽是三月九號到十四號，從今天算起還有九個星期，一月十九號到二十三號期末考只能算半周，二月九號到十五號春節休息一周，總共有七周半的訓練時間。」

杜濟民看著手中的統計資料，語氣嚴肅：

「這次四場比賽，我們總共出現十次失誤，分別是四，三，二，一，幸好是逐漸減少……」

球員們笑了出來，氣氛緩和了些。

「除了周立群和任剛，其他球員的打擊都沒有發揮……」

冬瓜不服氣的偷偷踢周老妖一腳。

「所以前四周半的重點還是加強打擊和防守的基本動作……」

球員們發出低沉的歎息聲。

「春節後的三周以團隊練習為主，希望能安排三到四場和其他球隊的練習賽……」

這回聽到的是高亢的歡呼聲。

「市里的比賽雖然只有七支球隊，但是每一隊都是各區縣冠軍，實力比這次縣裡比賽的球隊強得多，如果我們不能在未來八周內改善這次比賽中曝露出來的缺點，補強不足之處，以我們現在的實力只能陪其他球隊練練球，完全沒有贏球希望……」

有幾個球員臉上出現不服氣的表情……

同樣的傳接球練習，球員們明顯感覺比以前吃力，杜濟民要求加快球速，縮短接球後的出手時間，還把接球傳球補位踩壘包觸殺等動作融合在一起，球員們很快就跟不上節奏，人人氣喘如牛、失誤連連。

打擊練習時，杜濟民親自上場投球給球員打，雖然他不是專業投手，但是當年和顧文彥一起練的技巧加上超強臂力，這群初出茅廬的青少年球員怎麼也打不到他那高低內外搭配的快速球，連周老妖都連連揮棒落空。

「杜哥，你今天徹底打敗了他們！」

「我可不希望教出一批井底之蛙。」

「市里比賽的對手有這麼強？」

「你拿到黃山市冠軍就滿足了？」

03

低沉雄渾的汽車喇叭聲打破校園的寧靜。

「楊福生的爸爸來了！」

教室裡立刻引起一陣騷動。

「你怎麼知道？」

阿通停下在黑板上寫數學公式的手。

「全鎮只有一部寶馬啊！」

「我說杜老師啊！這位是楊老闆，他的公子在您的英文班又在棒球隊，和您可有緣了！您看看二位從沒見過面呢！」

楊老闆似乎對杜濟民不顧校長要求，堅持上完課才過來，讓他等了將近半小時非常不滿，大咧咧地坐在鎮校之寶上也不起身，隨意握一下手，又點上一根煙。

「我說……咳咳……杜老師……咳咳……！」

「吳兄，我來說吧。」楊老闆揮手打斷校長的話。

「學校沒有經費，以後棒球隊所有的服裝器材和比賽費用我負責，集訓期間另外提供營養費。」

這個人倒是開門見山，乾脆俐落，他那高傲無禮態度給杜濟民的惡劣印象稍微減少了一些：

「只有兩個條件，第一，球衣上要繡我公司的名字。第二，我兒子每場比賽都要先發上場。」

天下果然沒有白吃的午餐，杜濟民迅速恢復了對他的惡劣感覺。

校長巴不得立刻替杜濟民答應下來，耳中卻出現杜濟民平靜的聲音：

「第一，根據規定不允許在學生球隊的球衣上做商業廣告。第二，在我的球隊裡，鈔票不能決定先發名單。」

杜濟民沒有給校長室裡另外兩個人說話的機會：

「校長，如果沒有其他事，我要回去上課了。」

規律而嚴格的訓練使人感覺時間過的飛快，流口隊小球員們在汗水和讀書聲中慢慢扎下了堅實的棒球和學業兩方面的基礎。

第二周的星期五晚上，阿通扛著鋪蓋走進杜濟民宿舍。

「何虎媽媽來了？」

正在批改作業的杜濟民趁機站起來伸個懶腰。

「她帶了一大堆烙餅和板栗，還有一大堆對不起謝謝您。」

阿通毫不客氣的把棉被放在床上，順手把杜濟民的棉被卷起來。

「喂，不是講好你睡桌上嗎？」

「第一，是你請何虎媽媽來的。第二，主人睡書桌，客人睡床，這才是正確的待客之道。」

住在貧瘠山區裡的何虎母子，一年到頭做牛做馬、辛苦工作也只能勉強維持溫飽，連何虎上學的費用都是靠學校補貼和幾位老師資助，如果情況沒有改善，勢必無法繼續念高中。

杜濟民一直想幫何虎媽媽安排一個有固定收入的工作，避免何虎面臨無法升學的困境，他試過安排何虎媽媽到學校擔任雜工，也在鎮上到處打聽工作機會託人幫忙，但是都沒結果。

上星期聽說林威爸爸春節後要擴大超市規模，需要增加人手，經過林威爸爸同意後，杜濟民花了很大功夫才說服一直堅持守在山裡老家的何虎媽媽來看看新環境，希望事情有轉機。

「我猜她一定還沒吃晚飯，剛才特意留了一些飯菜，我們拿過去給她。」

經過一番客氣推辭，詳細說明了林威家的情況，再把第二天行程安排好以後，兩位老師回到杜濟民的宿舍。

「杜哥，你會開除楊福生嗎？」

「為什麼？這件事不是他的意思，他又沒犯錯！」

「其實這兩個星期楊福生練球非常認真，進步很快，讓他先發也不會說不過去。」

「如果他的能力夠，當然會先發，可是絕對不是在有交換條件的情況下！」

「好啦，別生氣！下星期的期末考球員們可認真了，我看好幾個人熬夜念書黑眼圈都出來了。」

「就是應該這樣！我剛才在網上查了一下，最便宜的棒球鞋要兩百四十塊一雙，買十四雙鞋六副打擊手套，加上運費將近四千塊！」

「六副手套夠嗎？上次比賽時候我看到海陽中學丟掉幾雙打擊手套，都是手掌部位磨破了，估計不怎麼耐用。」

「平時不用，比賽才戴啊！」

杜濟民語氣中充滿了無奈。

「說真的，校長冒著得罪縣教育局的風險，同意我們買器材不做新球衣，也算有魄力了。」

「所以一定要拿到冠軍回報他，同時證明我們的決定是對的，也可以避免他可能會面臨的困擾。」

阿通心領神會的笑了笑：

「補助款還剩一千塊，打算怎麼用？」

「留給酒仙喝酒啊！」

「杜教練，請嚴肅點！」

「顧文彥託朋友去做鋁棒外銷的工廠買稍有瑕疵不能出口，可是品質過關的出口剩餘產品，運氣好的話能買到四支。」

「哈！我正想建議你買球棒，那兩根比賽用球棒棒頭上都有凹洞了。」

「英雄所見略同！」

「其實如果有新球衣也很好！」阿通的語氣充滿惋惜。

「拿到冠軍等著黃山市的補助款吧！」

「那太久了，你要不要再考慮考慮楊老闆的提議？」

04

楊福生的爸爸生長在非常貧困的家庭，十歲那年小學沒畢業就輟學到鎮上唯一的貨運行打零工，勤奮禮貌加上謙虛隨和，年紀最小的他很快得到所有人喜愛，他也很努力的建立人際關係，學習相關技能和知識。剛滿十七歲就用省吃儉用辛苦存下的全部家當買了一輛拼裝車，開始在鎮上攬貨運貨，成了個體小老闆。

連駕駛證都沒有的楊老闆，經過幾年不眠不休工作，終於達成鳥槍換大炮的目標，二十三歲時買了一輛二手東風卡車雇用一個助手開始承攬大宗貨物，同時把生意範圍擴大到臨近鄉鎮，親切的服務合理的價格負責的態度，使客戶數迅速增加，三年後正式登記公司時已經擁有四輛新舊卡車組成的車隊了。

雖然受的教育不多，但是從基層幹起的楊老闆非常堅決的引進現代化營運模式，制度化加上標準化使得業務量迅速膨脹，以前工作的貨運行很快就感受到業務萎縮的壓力，有識人之明的老闆娘當機立斷託人撮合獨生女兒和楊老闆，受寵若驚的楊老闆半年後就和從小視若天仙夢寐以求的大小姐走入禮堂。

婚後合併的兩家公司讓實力大增的楊老闆很快就把觸角伸到臨近幾個省，靈活的頭腦加上擅長交際的性格使他逐漸在業內嶄露頭角，他以策略聯盟方式把幾個區域型的貨運公司整合成一個大型組織，以同樣的營運制度和服務標準共同攬貨，統一配送，不但大幅提高服務品質，更降低運輸成本，聯盟內的企業在獲利日增情況下自然把他奉若神明，領導地位穩如泰山。

在安徽江西河南湖北等地的成功使他順利和上海廣東的大型貨運公司結盟，業務量快速增加，逐漸成為一方之霸，財富當然也與日俱增。

事業有成的楊老闆志得意滿，當初賴以起家的謙沖隨和逐漸被霸道強勢取代，獨斷獨行不再傾聽，更沒耐性和其他人溝通，所有人在他面前只能奉命行事完全沒有參與意見的機會。

這個習慣慢慢從公司帶到家裡，溫柔體貼的小夥子變成了面目猙獰的土霸王，夫妻感情每況愈下，近幾年甚至幾天都講不了一句話，成了相敬如冰的典範。

楊福生在楊老闆二十九歲那年出生，正為擴充事業版圖忙得不可開交的楊老闆興奮之餘，把無暇照顧兒子的內疚轉變成更努力工作的動力，生意規模和楊福生的年齡一起增長，無法陪兒子成長的楊老闆只能用他能負擔得起的一切物質補償缺席的遺憾。

另一方面，被朋友們稱為現代文成公主的楊太太，在家庭生活不美滿的苦悶下只能把所有希望寄託在獨生兒子身上，母親無微不至的照顧和祖父母輩四個人爭先恐後的溺愛，加上父親源源不斷的金錢物質供應，楊福生驕縱性格的養成和價值觀念的扭曲，也就毫不令人意外了。

向來人緣不好的楊福生參加棒球隊測試讓同學們大感意外，體能測試不及格但是在人數不足情況下入選培訓隊是當時不得已的決定，可是他能熬過十周的艱苦訓練而且樂此不疲才真正讓人跌破眼鏡。雖然從小缺乏鍛煉和運動的他在球隊裡各方面表現都敬陪末座，但是認真的態度令人刮目相看，更值得肯定的是對球隊的投入和認同，以及團隊精神的表現都使人不得不對他重新評價。

這個重大轉變讓少數隊友開始願意和他接觸交流，雖然只是起步，但是已足以讓他體驗到這一生中從未有過的快樂了。

在休寧縣的比賽中，技術和體能皆差的楊福生只在第二場出賽

擔任外野手，雖然有一次接殺，但是全場比賽沒有擊出安打還包辦兩次失誤，稱之為全隊表現最差的球員毫不為過，原本以為會遭到教練和隊友責難的他沒想到反而因為拼盡全力得到所有人的鼓勵，開心之餘當然會利用和父親難得的晚餐機會把他的得意戰績大肆宣揚一番。

被六位長輩誇讚得暈糊糊的楊福生那會想到愛子心切的楊老闆，生怕向來對任何事情都只有三分鐘熱度的兒子，因為上場次數太少而任性的放棄這個大好的鍛鍊身體機會，同時失去享受團體生活的樂趣，因此透過校長和杜濟民談條件，沒想到碰了一鼻子灰。

杜濟民的判斷很正確，楊福生不知道這件事，這是楊老闆的個人行為，以為此事已經結束的杜濟民怎麼會知道意志堅定的楊老闆正在考慮採用什麼方法達成這個目標。

對於阿通半真半假的提議，杜濟民倒是很坦然：

「我何嘗不想讓球員用全套完整的新球具，穿整齊的新球衣，還可以增加營養？可是如果我們答應楊老闆，會給其他球員一個多麼惡劣的示範？教練的公正客觀何在？運動精神何在？這還算是支球隊嗎？」

「好啦，你的決定就是全隊的決定，我們就一路拿冠軍，一路領補助款吧！」

「不談這個了，分析一下球員現況和未來幾個星期的計畫吧。」

兩個星期前訓練開始時，兩位教練根據球員在比賽中表現出來的缺點，訂出了各別訓練計畫，希望能在未來七周半裡彌補每個人的死角，提高整體戰力。

「投手方面，咱們董大俠變速球的穩定性提高不少，估計到比賽時候能派上用場，他最不需要擔心。」

「于順德的曲球和滑球本來就比較穩定，這兩周勤練伸卡球和切球，進步很快。」

「周老妖還是投不好變化球，我建議他就專攻直球和相關球種吧！」

「冬瓜每種球都會，可是沒有一種真正拿手的，下星期你看看讓他專心練一兩種球路吧。」

「秦旭光的球路接近于順德，但是威力和穩定性差很多，你應該多輔導他，他如果能獨當一面對投手的調度幫助很大。」

「至於馮志誠，我只希望他能把直球穩穩投進好球帶就行了！」

「外野防守是我們的強項，只要三個人都不受傷就沒有問題，楊福生雖然進步不少，但是目前看來還不能讓人完全放心。」

「內野防守最大問題還是林威的傳球，他必需加強臂力，否則三壘會是我們最大的死角，其他位置的補位傳球防盜壘防觸擊都配合得很好。」

「捕手有阿六在可以放心，問題是一旦阿六不能上場，呂勇扛不住，所以這個階段的重點應該是把呂勇帶上來。」

「打擊還是我們的最大弱點，周老妖和任剛比較穩定，冬瓜技巧沒問題，但是太想揮長打，心態一定要調整，其他人時好時壞都不穩定，整體而言，我們的防守應該沒有大問題，打擊訓練是未來訓練的重中之重。」

05

星期六早上，阿通陪何虎母子去林威父親的超市看環境順便瞭解一些細節，杜濟民採納阿通的建議，分別指導幾位投手和打擊手的個人技巧。

快到中午休息時間，練球時候從不遲到的楊福生背著一個大背包跑進運動場：

「教練，可以和您談一下嗎？」

加入球隊後，他連講話都比以前有禮貌了。

「我昨晚逼問我爸，他告訴我前幾天來學校的目的了。」

從未踏進過學校大門的全鎮首富來學校，在同學中引起轟動揣測四起，包括楊福生自己都想知道以前連家長會都不參加的父親怎麼會突然現身，還把杜教練找到校長室祕談。

文成公主當然不會有任何內幕消息，三千寵愛集一身的楊福生毫不畏懼單刀直入找剛從廣東出差回來的楊老闆尋求答案，在全世界唯一剋星的連番追問下，楊老闆只能乖乖屈服和盤托出真相。

杜濟民來不及答話，楊福生接著說：

「我告訴他我會憑自己的實力爭取先發位置，用不著他幫忙！」

這小子雖然驕縱任性倒是蠻有骨氣，可是把收買當成幫忙就是價值觀有點偏差了。

「他還想解釋我都不聽，今天早上去領了錢才來學校，所以遲到了點，教練，您別拿我爸的錢，我用自己的錢買球隊的球衣和球具，錢不夠去找爺爺要，我也不回家了，就住您的宿舍吧！」

這位天之驕子連珠炮似地一口氣講了一大堆沒頭沒腦的話，十足大少爺派頭，哭笑不得的杜濟民只能先把他拉到一邊，免得其他球員斷章取義，流言傳了幾手以後就不知所云了。

「楊福生，你聽我說：第一，球隊不會在有附帶條件的情況下接受任何人捐款。第二，不會接受球員的錢。第三，我很歡迎你來我宿舍住，但是不能在這種狀況下。」

「教練，第一，我贊成。第二，為什麼球員不能捐錢？第三，何虎不是常常住在高教練的宿舍嗎？我為什麼不行？」

「第一，很好。第二，你們沒有能力賺錢，而且有人捐有人不捐，容易造成誤解和分歧。第三，那是因為練球太晚或集合太早或下大雨大雪，他回家走山路不安全。」

「第一，不談了。第二，我有錢捐給球隊，又不談條件，別人有啥好說的？第三，我現在離家出走無家可歸，教練當然應該收留我。」

杜濟民從不知道這個大家眼中的紈絝子弟，講起話來竟然頭頭是道，據歪理力爭，比起成年人毫不遜色，遺傳基因的影響可見一斑。

再換個角度一想，敢於表達自己意見，不正是現代教育的目標嗎？

杜濟民和楊福生相視一笑，拍拍他肩膀，溫和地說：

「你先把背包放到我宿舍裡，參加下午練球，等高教練回來，我們商量一下再說。」

「錢您先拿著吧！」

楊福生邊說邊從口袋裡掏出一疊厚厚的百元大鈔，估計不少於兩萬塊，看來長輩們對這位大少爺可真不小氣。

杜濟民看著他那頗有乃父風的大爺式掏錢動作，真是好氣又好笑：

「我沒答應收你的捐款，這是我宿舍衣櫃的鑰匙，你把錢放在背包裡鎖好以後到廚房吃午飯，準備下午練球。」

06

阿通笑得前仰後合，飯碗都拿不穩，好不容易喘過氣來，表情嚴肅地說：

「杜教練，恭喜您找到大金主，從此可以專心練球，努力爭取

全國冠軍！」

說完又開始大笑。

杜濟民瞪阿通一眼，順手給他腦袋一巴掌，站起身走出廚房邊的臨時餐廳，留下笑得快窒息的阿通。

走了沒幾步又折回來：

「早上的情況怎麼樣？」

「工作和住的環境都很好，林威的父母也都很和善，他們中午堅持留何虎母子吃飯，下午帶何虎媽媽在鎮裡轉轉，她將近十年沒到鎮上了。」

談到何虎的事，阿通倒是立刻正經了：

「她沒有馬上答應，可能是放不下老家，晚上再勸勸她吧！」

07

文成公主雖然年過四十，養尊處優的生活加上妥善的保養，外表看來就像三十左右，但是眉宇之間有一種說不出的憂鬱。

她的奧迪直接開到運動場旁邊，球員們都停下來看著司機幫她開門，隨行女助理扶她下車，見識到了通常只有影壇巨星才有的排場，阿六伸伸舌頭，冬瓜向于順德擠個鬼臉……

「杜老師，真不好意思給您添麻煩了。」文成公主講話比松贊干布有禮貌多了。

「您別客氣，這件事我不好處理，只能請您來一趟。」

杜濟民最不會和女性同胞溝通，這兩句客套話說得扭扭捏捏，毫無平日的男子氣概。

阿通在旁邊聽得可樂了：

（好個杜哥，原來你就怕女人跟你細聲細氣講話，等青青來看我怎麼整你！）

「我這兒子從小被寵壞了，家裡沒人管得了他，不懂事又愛闖

122

禍，您可要多擔待啊！」

此話一出，現場立刻發出一陣心有戚戚焉的讚賞聲，杜濟民回頭揮揮手，圍在旁邊湊熱鬧看現場直播的球員們只好心有不甘的回到運動場繼續練球。

「杜老師，我也覺得福生他爹不對，真對不起您。我看這樣吧，球隊的經費我來負責張羅，不會有任何附帶條件，您該怎麼辦就怎麼辦，千萬不要有壓力。」

阿通這下更樂了：

（老杜啊！來了個更大的金主，現在參加世界大賽的經費都不愁了！）

一時語塞的杜濟民求助的望向阿通，幸災樂禍的助理教練把臉轉開，假裝沒看見，恨得牙癢癢的教練只得硬著頭皮回答：

「這事我做不了主，還得向校長報告。」

「吳大哥啊？我跟他說一聲就成了！」

首富家庭和校長的關係果然不一般。

（嘿！有新球衣穿了！）

阿通再笨也不至於認為校長會拒絕熱心家長無條件的捐助。

「還是讓校長決定吧！您是不是先帶楊福生回家去？」

「等他練完球吧，我也順便看看什麼叫棒球。」

説完不等杜濟民回答走到運動場旁邊的大樹下，女助理趕快從行李箱拿出一張折疊椅放好，攙扶公主坐下，司機從車裡拿來一張很大的純白綿羊毛皮給公主蓋腿，免得陣陣冷風把公主凍著了，公主身上的純黑貂皮大衣和腿上的純白綿羊毛皮相映成趣煞是好看。

一眼瞄到杜濟民蓄勢踢出的腳，阿通做個鬼臉趕快跑到冬瓜旁邊逃過一腿之災。

阿通宿舍裡堆了好幾包林威媽媽送給何虎母子的日用品和食

品，瘦小婦人兩眼泛紅再三叮嚀兒子以後一定要報答林威父母的善心，何虎聽到阿通的敲門聲趕快跳起來開門。

「教練，這是林威媽媽帶給你們的晚餐。」

何虎指著桌上一大包還冒著熱氣的塑膠袋。

「你們吃了嗎？下午有沒有到處看看？喜歡這裡的環境嗎？」

餓壞了的阿通邊拆塑膠袋邊問，杜濟民打開抽屜拿出兩雙筷子，兩個人邊吃邊聽何虎回答：

「這裡條件當然比山上強多了，可是我媽捨不得離開老家，又擔心沒人給我爹上墳。」

「你最近練球經常沒法回家，還要考慮未來上高中的事，如果能搬來鎮上不是方便很多嗎？」

「我媽也有考慮這些問題，所以左右為難，下不了決心，林威爸爸希望我媽春節後回復他，我們回家再商量商量吧。」

不擅言辭的瘦小婦人在一邊猛點頭，雖然一句話都沒說，但是滿臉感激說明了一切。

星期天晚上的一場雪對第三個星期一的練球造成不小影響，球員們頻頻滑倒，冬瓜滑倒時用右手撐地身體幾乎橫貼在地面上接住一個高飛球，這個大聯盟水準表現的代價是右手腕立刻腫得像金華火腿。

杜濟民甘脆停止練球，讓大家回教室念書，準備星期三期末考。

「教練我能不能和您說一件事？」呂勇走到低頭看書的杜濟民面前輕聲問。

杜濟民看到呂勇的眼神就知道不會是令人愉快的事，兩個人走到走廊，呂勇用比平常低沉很多的聲音說：

「星期六晚上我爸打電話回來，要我們春節後搬去南通和他一起住。」

呂勇父親在南通的紡織機械廠工作多年，每年只能回來一次，母親在家裡照顧兒子和一小塊稻田，是另一個典型的山區家庭。因為工作努力，呂勇父親的職位和收入逐年提升，家裡經濟狀況不斷改善，屬於球隊裡相對富裕的家庭。

春節後呂勇父親將被提升為技術副廠長，收入大幅提高，更重要的是公司會配給他一套設備完善的宿舍，他當然希望把家人接去同住，同時讓呂勇到教育環境更好的南通上學。

「這對你的家庭和學業都是好事啊！」瞭解情況後，杜濟民發自內心替呂勇全家高興。

「可是我不想離開球隊！」呂勇哭喪著臉說：

「我爸下星期回來，您能不能和他談談，讓我媽先搬去，我留在這裡，最後半年念完，畢業後才去南通上高中。」

「你住那裡？誰照顧你？」

「住您的宿舍啊！我這麼大了那還需要別人照顧？」

（嘿！我們可以開青少年寄宿中心了！）

杜濟民這輩子第一次有生意頭腦。

「有些同學因為突發的特殊狀況才住我或高老師的宿舍，這不是常態。你的情況不一樣，必需得到你父母和學校的同意才行。」

「您想想辦法吧！我真的想留下來打完比賽！」

08

第四周，也是寒假第一周，杜濟民把練球時間改成上午九點到下午三點。

因為下雪和期末考悶了一個星期沒練球的球員們興奮的在運動場上宣洩累積一周的能量，略嫌生疏的動作很快就恢復了，由於不再需要擔心影響到上課的同學，大家放開喉嚨大聲喊叫，空蕩蕩的學校充滿了吼叫聲的回音。

「王東平，你的手腕好了沒？」杜濟民打算調整幾位球員打擊的姿勢和心態。

「沒有不能做的動作！」冬瓜舉起變成小號的金華火腿。

「我拋球給你打，前五球你全力揮棒，後五球放鬆別用力，我們看看有什麼不同。」

「您投球給我打吧！拋球不好玩！」

「別急，我們只是做測試。」

全力揮棒對冬瓜來說是再自然不過的事，放鬆則不太容易，杜濟民在旁邊不斷糾正，練了半個小時終於能稍微放鬆一點了。

「教練，真的是放鬆打的比較遠耶！」

「那以後就別那麼用力了！」

每個人的問題都不一樣，袁興擊中球後手腕不會翻轉，徐俊揮完棒太急著抬頭，江正每次都沒做完收棒動作，何虎揮棒時會習慣性眨眼，林威動作標準但臂力不夠……杜濟民只能耐心的一一糾正。

下午輪到投手群，董陽不用多說，讓他在一邊自主練習，江正和呂勇輪流接球。

于順德，周立群，秦旭光，王東平，馮志誠五個人一字排開，杜濟民一個一個的講解糾正。

另一邊，阿通美其名為了球隊的經費不惜親上火線和楊福生兩個人接傳高飛球。

其他球員有的對著綁在大樹上的輪胎練打擊，另外有幾個人自發性的練習內野接球傳球補位，每個人興致都很高，根本不需要教練安排訓練內容。

第四周在完全沒有干擾的狀況下渡過，呂勇的父親還沒回來，吐蕃國王和文成公主也音訊全無，就連以前每天都要來問上幾句表達關心的校長都不見蹤影。兩位教練很欣慰的看到每個人在汗水和歡樂中快速進步，不約而同衷心希望未來幾周也有這麼平靜的日子。

09

第五周是春節前練球的最後一周，每個人搶著找杜濟民個別指導，運動場的噪音分貝比起菜市場有過之而無不及，球員們自動延長練習時間，不到天黑絕不甘休。

星期三下午，兩位教練分頭辦事，讓球員自行練習，杜濟民將近九點才回到宿舍，自行車還沒停好，豎著耳朵等了一個晚上的阿通就衝出宿舍：

「跑那去混啦？」

「呂勇爸爸說他費了很大勁託人幫忙又送禮才爭取到這個市重點學校的入學許可，對呂勇考高中很有幫助，他不願意放棄，他媽媽也不贊成呂勇為了打球留在這裡。」

阿通一個下午和呂勇父母講得口乾舌燥還是鎩羽而歸。

「呂勇有講話嗎？」

「他幾乎聲淚俱下還是沒用，我看咱們還是趕快再訓練一個捕手吧！」

樂觀如阿通者也不抱任何希望了。

「校長帶我去楊老闆的辦公室。」輪到杜濟民報告了：

「那個房間大概有校長室的十倍大！」

「沙發比鎮校之寶大吧？」

「那還用說，辦公桌比你的床還大一倍，有一套專門泡功夫茶的根雕桌椅，有一塊地方是他練習高爾夫揮桿和推桿的，還有一個附浴室廁所和床的休息室，裡面有一台很大的液晶電視。」

阿通聽得瞠目結舌，無法接話。

「你別看楊老闆土頭土腦，他管理公司很有一套，完全電腦化作業，桌上三台電腦隨時能看到所有收貨轉運配送的流程和進度，還有衛星定位系統能知道每一輛卡車的位置，真的做到運籌帷幄之中決勝千里之外！」

阿通聽得津津有味，杜濟民當然不吝分享下午的所見所聞：

「另外有一台電腦專門和各地分公司還有其他聯盟公司連網，隨時可以開視訊會議，我們在辦公室待了三個小時，他有一半時間在開視訊會議。」

「你們就在旁邊等？」

「他處理事情真是明快果斷，值得學習。」杜濟民沒回答繼續說。

「你沒有被下蠱吧？怎麼去了一趟就變成他的粉絲了？」

「我不欣賞他的囂張霸道，但是他的效率和管理模式真的很行，就事論事，絕對客觀！」

「怎麼會這麼晚回來？」

「他堅持請我們吃晚飯，校長答應了我也沒辦法。」

「那不都是山珍海味嗎？」任何人都聽得出語氣中的羨慕。

「菜倒還好，酒可真棒！」

「少來！正經點！」阿通怎麼會聽不出來向來不愛喝酒的杜濟民的弦外之音。

「在馮志誠家的餐廳，鎮上有頭有臉的人都到了，校長跟他們蠻熟的，我就在旁邊裝啞巴，悶頭吃飯。」

「有那些人？」

「他們沒跟我介紹，我也懶得問。」

「贊助的事談好了嗎？」

「他先捐三萬塊，交給學校總務處成立一個專門帳戶，不夠再申請，所有開支都要有明細單據，每兩周和他的財務對一次帳。」

「哇！每一種支出有上限嗎？」阿通腦袋裡出現一群穿著光鮮亮麗球衣的人走進下塌的五星級賓館。

「他沒提，但是我們絕對不能亂花別人的錢！」

另一個鏡頭取代了前一個鏡頭：

一群穿著破舊球衣扛著棉被的人走進鋪滿木板的空蕩蕩教室。

「球衣去那做？」既然有預算，總不至於再穿田徑隊的舊制服了吧？

「春節後他安排專做運動服裝的廠商來量尺寸。」

「咱們鎮上那有這種廠商？再說時間也來不及了吧？」阿通有點急了。

「從黃山市來啊！對方保證一星期交貨，否則不收錢。」下午杜濟民親耳聽到楊老闆在電話中和對方談好細節。

「球衣上還做公司廣告嗎？」

「楊老闆保證無條件贊助！」

「真大方！你們很會談判啊！」阿通終於滿意了。

「不是我們會談判，是楊福生法力無邊！」

「那你是不是考慮讓他先發？」

10

星期四是春節前最後一次練球，星期五開始放假，讓球員在家幫忙家務，準備下週一的春節。球員們互相約定幾個人聚在一起自主練習的時間和地點，很多人從小學開始就認識，當了九年同學，但是從沒有像現在這樣依依不捨。

「青青幾點到？」在宿舍收拾東西，準備回家過年的杜濟民問坐立不安不停看表的阿通。

「應該是五點左右。」

「還有車回家嗎？」

「最晚一班七點。」

「我跟你一起去接她吧！」

「我想跟你說，又怕你急著回家，不好意思開口。」

「什麼時候學會客氣了？我今天來不及回去了。」

「講好了，你農曆初三早上到我家，初六送青青走，然後一起回學校。」

「我不是答應了嗎？如果顧文彥來，能不能一起去你家玩幾天？」

「當然歡迎，他決定後你馬上通知我，我很想看看你說的萬人迷長什麼樣子！」

杜濟民正要答腔，眼角瞄到董陽出現在門口，耳朵聽到董大俠字數最多的一句話：

「教練，跟我去流口賓館好嗎？我媽回來了。」

董陽媽媽是當年流口鎮出名的美人胚子，村裡有幾位老人家到現在還堅決認為，當年從鎮上通往村中的崎嶇小路是被無數追求者踏平踩寬後才鋪上柏油，成為現在的筆直公路。

一心嚮往大都市生活的她沒有被任何人綁住，十六歲隻身到上海闖蕩，從此音訊全無。

兩年後突然回到村裡，兩個星期後和鄰居的小學同學閃電結婚。

婚後六個多月生下董陽，三個月後又不辭而別，留下繈褓中的兒子和一頭霧水的老實丈夫，再次人間蒸發。

她再度出現在村裡是三年後的事，只待兩天，用一筆貧困山區少見的可觀金額換得一張離婚證明，留下董陽這輩子唯一的全家福照片後，又消失在茫茫人海中。

從剛懂事開始，董陽稚嫩的心靈就不斷被兩件事困擾：

第一，所有人都說他不是爸爸的親生兒子。

第二，家裡每隔幾個月就會收到媽媽從上海寄來的日用品和禮物，可是媽媽從不回來。

隨著年齡增長，董陽學會了恨，恨村裡那些沒有口德到處閒言閒語的人，恨學校那些罵他是私生子的人，恨爸爸不叫媽媽回家，更恨媽媽不回家。

董陽長得五官端正眉清目秀，身材均勻四肢細長，爸爸則是小眼塌鼻滿臉橫肉，五短身材粗壯矮胖，兩個人的膚色和皮膚細緻程度更有天壤之別，父子兩人橫看豎看左看右看就是找不到一點點相似之處。

慢慢的連董陽自己都懷疑和爸爸的血緣關係了。

小學四年級有一次午休時間，班上最高大，綽號王員外的同學走到講臺上高聲說：

「各位同學，我講一個笑話給你們聽好不好？」

「好！」

誰不想聽笑話？

「從前有一個小朋友去趕集，一個算命先生看到他就說：「小朋友，告訴你一個壞消息，今天晚上十二點你爸爸會死掉！」

小朋友半信半疑回家，晚上不敢睡覺，聽到牆上時鐘敲了十二下趕快跑到爸爸房間，爸爸睡得正香還打呼呢！」

聽得滿頭霧水的同學們勉強擠出諂媚的笑聲。

「這個小朋友心裡想這些跑江湖的人就是愛胡說八道，明天找他算帳！正打算睡覺，忽然聽到隔壁鄰居家裡傳來一陣哭聲，跑去一看，原來隔壁賣豆腐的老李死了！」

一時沒反應過來的同學們呆了一下，突然有人會過意大叫：

「老李才是他爸爸，他媽媽偷人！」

全班同學哄堂大笑，王員外大聲問：
「你們知道這個小朋友叫什麼名字嗎？」
「董陽！」

董陽二話不說拿起桌上鉛筆盒往王員外丟去，趁王員外閃躲一個箭步沖上講臺把比他高半個頭的班上小霸王撲倒在地，王員外的死黨立刻跳上講臺，幾個人合力把董陽壓在地上拳打腳踢，被打得暈頭轉向的董陽神智迷糊下，左手在地上一摸碰到了從鉛筆盒裡掉出來的鉛筆，毫不考慮順手撿起，往坐在身上得意洋洋的王員外右肩全力刺下去……

王員外的慘叫聲和鮮血同時噴出，剛削好的尖銳鉛筆斷在王員外肩膀裡，董陽丟掉手裡的半截鉛筆，順勢坐起一拳打在王員外右眼上……

站起身來的董陽看著滾地哀嚎的王員外和四散逃竄的狐群狗黨，鼻血和眼淚一起流下，不是因為痛，也不是因為怕，他感到孤立無助，他覺得無處容身，他不想待在這裡，他要離開，那怕餓死異鄉都無所謂。

這是董陽最後一次掉眼淚，接著而來的處罰根本不算一回事，反倒是爸爸把所剩無幾的積蓄都賠給王員外令他憤憤不平，事發後第五天晚上，在狹小的廚房裡，他用乾澀的聲音叫住了正在燒飯的爸爸：

「我明天要離開這裡，再也不回來了！」董陽很久沒有用爸爸這個稱呼了，爸爸也不勉強他。

「決定了？」爸爸口氣中沒有絲毫驚訝。

「你不意外？」爸爸的反應反倒讓董陽大吃一驚。

「你想不想聽一個故事？」

董陽從小到大沒聽過不擅言辭的爸爸講過任何一個故事，今天第二個驚奇。

「你媽是村裡，不，是全鎮最漂亮的女孩，從小就被所有男孩包圍。」

爸爸的眼神表情語氣是董陽從沒見過的，突然連講話都順暢了。

「雖然我家和她家的距離只有幾十米，可是我覺得比地球到月亮還遠，我們同年，念同一個小學和中學，我從來不敢跟她講話，她眼中好像也從來沒有我這個人。」

「從初中開始，我每天看著男同學陪她走回家，每隔一段時間就會換個不一樣的人，我只敢遠遠的跟著，生怕被她發現，可是又多麼希望能發生一些事情，像是男同學欺負她……哈……，我能英雄救美。」

（怕被發現又想去救她？多奇怪的想法？）

似懂非懂的十多歲小孩只知道一件事，這是此生第一次聽到爸爸講出四個字的成語。

「初中畢業那年夏天，一個熱得石頭冒油的晚上，我在家裡睡不著，躺在村子外那棵大樹上乘涼，估計總有十一二點了吧，剛睡著就被樹下的尖叫聲吵醒。」

爸爸的手開始在髒兮兮油膩膩的褲子上來回揉搓，董陽趕緊把他拉到稍微寬敞一點的客廳兼餐廳坐下，從地上的舊陶罐裡舀了半碗刺鼻的白酒遞給他，爸爸一口喝乾，喘了口大氣才繼續說：

「我看到你媽被一個男的壓在地上不停又踢又叫，可是就掙脫不了。」

董陽不由自主握緊了小小的拳頭。

「我從樹上跳下來，一腳踢翻那個男的，那個男的就跑了。」

雖然是多年前的事，董陽還是如釋重負的舒了口氣，爸爸那不大的眼睛發出燦爛的光芒：

「我不知道那來的膽子，竟然伸手把她扶起來，那是我這輩子最接近她的一次。」

「你們後來不是結婚了嗎？你怎麼會沒有更接近她？」

學校教育的好處之一就是能使小朋友早熟，提早很多年學會一些長大以後才該懂的事。

爸爸沒有回答，著了魔似的自言自語：
「她的衣服被撕破了，全身都是泥土，我把滿是汗臭味的衣服遞給她，她竟然穿上了！」
爸爸語氣中的興奮好像這是昨天才發生的事。
「她還是不和我說話，穿上衣服就跑回家了，我在樹下站了好久好久才想起來該回家了。」
興奮的口氣消失了，董陽適時加了半勺白酒在碗裡，爸爸又是一口喝掉：
「接下來幾天都沒見到她，第六天她媽媽把衣服拿來家裡還我，還有一封信。」

董陽對外祖母只有很淺的印象，依稀記得自己很小的時候外祖父過世時有很多儀式，外祖母忙進忙出的樣子，不久後外祖母就搬走了，從此再也沒見到她。

（原來你們也曾經有過寫情書的浪漫日子嘛！）
董陽不禁為他們高興。
「我兩手發抖把信封撕開，裡面只寫了三個字：謝謝你！」
發了一會呆，爸爸終於回過神來：
「從那天開始就沒有人見到她，後來聽說她到上海去了，那天晚上的事我從來沒跟任何人說過，把這事當成只有我們兩個人知道的秘密，不要有別人知道！」
董陽年紀雖小，也能感覺到爸爸對媽媽的感情有多深，雖然那只是一廂情願的暗戀。

「兩年後她回來了，剛到家就到梨樹園找我。」

董陽知道當時村裡大多數家庭的狀況不可能供子女繼續升學，初中畢業在家務農或到大都市打工是再自然不過的事。

「兩年不見，她變得更漂亮了，比所有的電影明星都漂亮！」

當然啦，情人眼裡出西施嘛！

……如果算是情人。

「我呆呆的站在園子裡看她，她問我成家沒有，我說沒有，她說我們結婚吧！」

「就這樣我們結婚了，所有的事都是她安排的，錢也是她出的，只請了兩桌，你也知道，這在咱們家鄉是很丟臉的，可是我說沒關係，只要能娶到她，那怕不請客都不要緊。我們拜了堂到洞房裡，她扳起臉告訴我說：『我們結婚是假的』，她不要肚子裡的孩子生下來沒有爸爸，將來被人欺負。她問我會不會後悔和她結婚，別說已經拜過堂了，就算沒拜堂我也不會後悔，永遠都不會！」

爸爸一口氣講這麼多話，又把碗舉起來要酒，半碗酒下肚後，精神好了一點：

「我們睡同一個房間，她睡床我睡地，人前她和我說話，進了房間從不講話，像她這樣天仙一般的人，我那敢冒犯她？我現在到下雨天就腰疼就是那時候睡地上受了風寒，再也治不好了！」

爸爸好像一瞬間蒼老了很多。

「後來的事你都知道了。」

爸爸又喝了半碗，已經有一點酒意了。

「我不恨她，我心甘情願照顧你，我知道總有一天你會知道，你會離開我，可是沒關係，只要你在我身邊，你就是我兒子，那怕你不在我身邊，我還是把你當兒子！」

董陽做了一件他從沒想過他會做的事……。

他拋掉手裡的勺子，抱住眼前這個矮胖的醜男人，董陽終於發現這個男人有多麼高大，有多麼帥氣，有多麼勇敢，他比任何人都偉大，他做了其他男人做不到的事！

「爸爸，我永遠不會離開你！」

董陽一年多來第一次叫出這兩個字，爸爸流下了眼淚。

董陽沒有流淚，他再也不會流淚了！

經過這次流血事件，再也沒有人敢在董陽面前嘲笑他的血緣，可是同學們都逐漸和他疏遠，本來就不多的朋友越來越少，不久後一個都沒有了。

自認是因禍得福的董陽也樂得獨來獨往，話越來越少，慢慢養成現在這金口難開的習慣。

有一次在果園裡丟石頭趕鳥，碰巧打死一隻斑鳩，一心帶回家向爸爸誇耀一番的董陽發現這竟然是爸爸最愛的美食，董陽從撿石頭打鳥演變成用自製的圓形泥球打，從打眼前的鳥演變成打樹枝後的鳥，從三四天打一隻演變成一天打一串，爸爸飽了口福，流口中學的超級投手也誕生了。

有一次在鎮上的書店裡偶爾翻到一本讓董陽愛不釋手的書，他立刻被裡面的人物和情節吸引，書中的人物個個性格鮮明大義凜然，行俠仗義快意恩仇，不受世俗約束，董陽對書中情景悠然神往，恨不得生在那個時代和那些人一起幹些轟轟烈烈的大事，從此自封為董大俠，希望能沾染到一些俠義英雄的氣息。

那本書的書名是《射雕英雄傳》。

11

以前杜濟民只知道董陽父母已離婚，他和父親一起生活，聽完董陽簡單扼要的敍述後，情不自禁摟住董陽肩膀說不出話來。

兩個人默默走到賓館前，杜濟民終於打破沉默：

「你多久沒見到媽媽了？」

「兩年。」

不知道是不是為了減輕自己的罪惡感，媽媽會每幾個月寄來一些日用品。董陽上小學後，還會在包裹中附一封問候加鼓勵的短信，即使董陽從來不回信，也沒有改變這個習慣。

董陽十二歲那年，終於回了一封簡短的信，一個月後欣喜若狂的媽媽帶著所有她能想到董陽可能需要的禮物和生活用品，回到老家看望懂事後從未過見面的兒子。

媽媽不想和爸爸見面，兩個人約在媽媽住的流口賓館碰面，忐忑不安的媽媽以最大的耐心面對董陽冰冷的態度，她一一回答董陽提出充滿怨恨和委屈的問題，母子之間的天性逐漸戰勝了隔閡及生疏，董陽終於投入渴望已久的媽媽懷抱。

三天後，媽媽帶著滿足的心情和母子之間僅存的兩個疑問返回上海：

第一，董陽不願意知道他的生父是誰。

第二，媽媽不願意談她在上海的生活狀況。

董陽今天講的話可能比過去五年的總和還多：

「我們有通信，她知道我參加棒球隊，我在信裡一直提到你，她一定要當面向你道謝。」

（董大俠辛苦了，說這麼多話！）

「不必道謝，我倒是想讓她多瞭解一些你的情形，她會很驕傲的！」

又一個看不出實際年齡的女人。

董陽爸爸説的很對，她是全鎮最漂亮的女人！

難怪董陽的五官和臉型這麼好看，完全是母親的基因，兩個人坐在一起就像一對姐弟。

杜濟民眼前的董陽不再是那個沉默寡言憤世嫉俗難以接近的早熟青少年，他和全世界所有的小孩一樣吃著媽媽帶來的零食，説個不停，燦爛的笑容，爽朗的笑聲，一個前所未見活潑開朗討人喜歡的董陽。

母子兩人一陣親情流露後，流口鎮第一美女用她那有磁性的聲音説：

「杜老師，我從董陽的信裡知道他加入棒球隊後交了很多朋友，性格也變開朗多了，現在才知道他變得比我想像的更好，真的謝謝您！」

女性同胞恐懼症再度發作的杜教練，突然變成大家熟悉的董大俠，點頭微笑沒有答話，剛才還説要多敍述一些董陽近況的豪情壯志瞬間消失的無影無蹤。

「董陽一直把您當成偶像，常説長大後要和您一樣多才多藝和藹可親，很想下課後和您多在一起可是不好意思開口，麻煩您有空的時候多開導開導他。」

「董陽是好孩子，您應該為他感到驕傲。」

杜大俠終於開口了，聲音語調倒像是杜女俠。

兩個人又談了幾句，杜濟民起身告辭，不願干擾母子兩人難得的快樂時光。

母子二人堅持送杜濟民到賓館門口，董陽拉住明顯輕鬆多了的杜濟民的手：

「教練，我會努力練球，希望能打贏每一場比賽！」

「過完春節會有一個真正的投手來教你投球！」

杜濟民笑著舉起手機，螢幕顯示剛收到的短信：

「請假獲准，農曆初四到，可停留七天，器材已買好，期待見到你的天才投手！」

12

歷史悠久馳名全國的祁門紅茶是祁門縣最重要的農產品和經濟支柱，住在這裡的人即使不喝茶，生活中也不能沒有茶。

阿通的父親不能免俗的擁有一塊不算小的茶園和一間不算小的茶葉加工廠，自產自銷還可收購一些小規模茶農的收成，加工後銷售，多年穩健踏實的經營也算小有名氣，經濟狀況頗佳。

阿通母親是虔誠的佛教徒，吃齋念佛樂善好施是生活兩大重心，在她堅持下，阿通父親總是以高於市場行情的價格向貧困的茶農買進新鮮茶葉，從不拖欠貨款也不偷斤減兩，在茶農之間廣受好評。

杜濟民農曆初三一早離家，轉了兩趟車花了兩個多小時才到祁門縣城所在的祁山鎮，一下車就看見神采飛揚的阿通牽著一個長頭髮的高瘦女孩走過來，眼前的青青和照片裡幾乎一模一樣，不算漂亮但是氣質很好，臉上隨時帶著淺淺的笑容，是那種一見面就能給人好感的類型。

青青大方的和杜濟民握手：

「杜哥，謝謝你照顧阿通！」

（喂！高教練，這是你女朋友還是你媽？）

阿通的家是一間獨棟四層樓建築靠近市區外圍，一樓店面零售

兼批發，中間擺一張超大的根雕茶桌和十多張配套園凳，二樓寬敞客廳一角放幾張辦公桌，旁邊是廚房和餐廳，三樓五個客房，給鄉下來的親戚朋友或來不及趕回家的茶農住。

四樓的四個房間分別是祖父母，父母和阿通的房間，空下一間是孝順的媽媽替偶爾來的外祖父母保留的。樓房後一大片土地上蓋了兩棟 L 型的矮房子是茶葉加工廠和倉庫，中間的水泥地可曬茶和讓卡車出入。

杜濟民只知道阿通父親經營茶葉生意，沒想到規模這麼大，家裡人來人往熱鬧的不得了，客人來了就自己泡茶抽煙，時間到了就上樓吃飯，阿通父親待人和氣出手大方，有點孟嘗君的味道。

經過幾天相處，青青已經完全融入這個家庭，阿通一家人也都接納了這位准兒媳婦，老中青三代其樂融融，杜濟民不禁由衷替阿通高興。

農曆初四傍晚，三個年輕人站在祁門縣人民政府門口，一輛嶄新的本田 CRV 帶著尖銳的煞車聲停在面前，從駕駛座跳下一個人沖過來一把抱住杜濟民，兩個人拍肩捶胸又跳又叫。

顧文彥攙扶著剛下車的女孩說：
「這是我的未婚妻小嵐，我們上個月剛訂婚。」

阿通仔細打量杜濟民口中的萬人迷，一米八八的身高，肩寬胸厚，肌肉均勻，濃眉大眼，五官端正，男子氣概十足，據杜濟民說他不但是學校棒球隊的一號投手，還是網球校隊，籃球足球都是系隊主力，唱歌跳舞電玩打牌無一不精，除了功課較差，經常在及格邊緣打轉外，可說是十項全能。

今天穿了一套剪裁合身的休閒西裝，更顯得高挑挺拔，玉樹臨風。

他的未婚妻打扮入時，身上衣服一看就知道不是便宜貨，臉上化的妝相對於她的年齡稍微濃了點，可是遮掩不住細緻的五官，她神色冷淡的和在寒風中等了半小時的三個人打招呼，臉上的笑容比身上的香水味還淡。

她伸了個懶腰，口氣不悅地對顧文彥說：

「還好跟Daddy借了GPS，否則真到不了這地方。」

晚餐後，五個年輕人聚在一樓大茶桌邊喝上等的祁門紅茶，顧文彥小心翼翼地跟小嵐說話，語氣中有一股隱藏不住的拍馬屁味道，小嵐面無表情地看他一眼，顧文彥趕快轉頭問阿通：

「晚上有地方逛逛嗎？小嵐不喜歡整晚待在家裡，順便嚐嚐祁門的小吃買點土特產回上海。」

「這幾天有夜市，我們可以去走走。」阿通雖然覺得小嵐太嬌氣，還是表現出身為主人的體貼。

從小嵐現身後就不斷在杜濟民臉上出現的那個奇怪表情又一閃而過，但他還是拿著那件歷史悠久的唯一羽絨服站起身來：

「走吧，我正好也想去逛逛。」

杜濟民帶頭走到門口，耳朵裡傳來小嵐的聲音：

「待會小心點，別把新西裝弄髒了！」

「你和小蕾怎麼了？」好不容易伺候小嵐先睡，顧文彥來到杜濟民房間，杜濟民劈頭就問。

「分手啦！」

杜濟民聽出顧文彥的語氣中有一些愧疚。

「誰先提出？」

「她！」

「你造成的？」

「大概吧。」

萬人迷顧文彥從高中時代開始，女朋友就沒斷過，每隔一段時間更新一次，大學前兩年還是保持這個習慣。大三那年見到剛進學校的新任校花小蕾立刻展開攻勢，結果當然是美人難過英雄關，大家都期待萬人迷從此收心，顧文彥也確實沒讓大家失望，大學的最後兩年，俊男美女如膠似漆，難分難捨，被隊友冠上「連體嬰」的封號。

　　小蕾和同學及隊友們相處非常隨和，對顧文彥也百依百順，和杜濟民更是無話不談，在杜濟民感情受挫折最痛苦那段時間，小蕾盡心盡力開導他陪伴他，幫助剛失戀的大捕手渡過最難熬的階段，令杜濟民打從心裡感激。

　　小蕾是到目前為止絕無僅有不會引起杜濟民女性同胞恐懼症的三個人之一，小蕾也是杜濟民和顧文彥發生誤解後，最積極最努力想打開這個死結的人。

　　為了避免引起顧文彥不愉快，杜濟民沒有告訴小蕾他在流口鎮的新手機號碼，他希望，也以為，王子和公主從此過著幸福快樂的日子。

　　「小嵐的爸爸是我現在的老闆，她從澳大利亞大學畢業回來上海才一年多，我曾經抗拒她的主動示好，但是沒多久我們還是在一起了。」

　　（你當我不認識你？你應該沒有這麼無辜吧？）

　　「小蕾現在還好嗎？在做什麼？」

　　杜濟民可以想像小蕾知道這件事以後痛不欲生的樣子，也毫不意外小蕾會主動提出分手。

　　「我不知道，小嵐不准我和小蕾聯絡。」

　　雖然四年不見，顧文彥還是很在意當年莫逆之交的想法，眼看杜濟民要開口罵人，趕快補上一句：

　　「我有發短信和郵件給她，她都不回，跟她那幾個死黨打聽，她們都不肯説。」

「廢話！是我也不說！」杜濟民還是忍不住發洩一下。

「濟民，你記不記得大二那年歡送球隊畢業學長聚會上，曹博士講的話？」

曹博士是顧文彥崛起前學校棒球隊的一號投手，因為能言善道、球技精湛所以被取了一個「博士」的綽號，顧文彥不但取代他在球隊的地位，同時成為新的白馬王子，但是兩個人的交情倒是蠻好。

「他講的可多了，你說那一段？」

「像我們這種家庭出身的人，再怎麼努力也只能在溫飽線上掙扎，永遠翻不了身，唯一的辦法就是找一個家裡有錢有勢的老婆，可以少奮鬥三十年。」

杜濟民當然記得這些話，當時曹博士講完他的理論後受到所有人圍剿，顧文彥是其中最慷慨激昂的人，還因為踢了學長一腳，得到在場女性推派出的代表親了一下。

「恭喜你挖到金礦了！」

顧文彥那會聽不出話中的挖苦味道，趕快解釋：

「其實小嵐是個很好的女孩，就是嬌生慣養了點！」

「您辛苦了！」

「我在公司本來就表現突出很受重視，有了這層關係後更是理所當然進入決策核心，可是我不會因為這樣就不努力，會盡心盡力把公司經營的更好。」

杜濟民對於顧文彥做事的專注和投入倒是非常肯定，更何況他是這個公司未來的接班人。

「老闆對我一直很好，這部車是我今年的年終獎金。」

（同學，你確定不是訂婚禮物？）

「你沒說小嵐要來。」

「臨時決定的，她本來要和父母去馬爾地夫度假，出發前一天才決定不去了。」

「怕你去找小蕾吧？」

顧文彥尷尬的笑了笑，把話題轉開：

「你能不能幫我打聽小蕾的情形，我很擔心她。」

杜濟民翻了個白眼：

「第一，她不會自殺。第二，我也想知道她的情況，不是幫你打聽。」

顧文彥和小嵐沒下來吃早飯，另外三個人在客廳裡聊天，短短兩天裡，青青的親切隨和完全消除了杜濟民的多年頑疾，連他自己都奇怪怎麼能和一個只認識兩天的女孩聊得如此開心。唯一的遺憾是阿通想看杜濟民在女性同胞面前手足無措的願望落空了。

顧文彥終於帶著很奇怪的表情和小嵐一起出現了：

「阿通，真不好意思，小嵐想今天回上海。」

「山上風景很漂亮，不去太可惜了。」身為主人當然要表現出熱情的留客態度。

「我在國外見多了漂亮風景。」小嵐搶著接話。

「吃完午飯再走吧。」杜濟民知道顧文彥一定努力過試圖勸小嵐留下，既然說出他們的決定就不會改變，他不想讓顧文彥難堪。

「我們吃過餅乾了，等一下到黃山市吃麥當勞。」小嵐生怕顧文彥答應留下，又搶著回答。

13

農曆初六早上，阿通爸爸包了一輛計程車，三個年輕人帶著新買的器材告別這個溫馨好客的家庭，先送青青到黃山市搭車回合肥上畢業前最後一個學期的課，然後阿通和杜濟民回到流口中學準備

球隊最後階段集訓。

「你以後還會跟顧文彥見面嗎？」回流口鎮路上，好不容易從離情依依中回過神來的阿通終於開口了。

「我很難原諒他和小蕾的事，也受不了他侍候小嵐的樣子，可是其他方面他沒有變，顧文彥還是顧文彥，我們還是最好的朋友。」

「你答應球員們有人會來教他們投球，這下你要食言了！」

「那也沒辦法，咱們就繼續土法煉鋼吧！」

14

寒假結束，星期一，開學第一天。

做棒球隊制服的廠商果然一大早來到學校，三個人幫全隊量尺碼，包括兩位教練都做了球衣，另一個人拿出一些制服的款式和顏色給兩位教練挑選，忙了一個早上，阿六突然發現少了一個人：

「教練，呂勇沒來！」

「他早上去辦戶籍遷出，下午來辦轉學手續。」

「他確定要去南通上學了？」

杜濟民做了一個莫可奈何的表情，阿通轉頭跟林威說：

「你要花一些時間練練捕手。」

林威點頭，阿六知道林威有點怕當捕手，拍拍他肩膀：

「放心，有我在，你只要練習就好，比賽你還是守三壘。」

兩位教練不約而同希望阿六說到做到，千萬別受傷。

15

令兩位教練欣慰的是大部分球員的動作沒有生疏，顯然寒假期間沒少練習。

傳接球後，進行打擊練習，一輪打下來還算差強人意。

冬瓜對自己的寒假自主練習非常得意，打算好好表現一下，看准秦旭光的直球猛力一揮，球往左邊遠處飛去，負責保護教室玻璃的周老妖和袁興快速退後還是追不到，球越飛越遠，眼看就要飛進最遠那間教室，阿通閉上眼睛準備聽玻璃碎裂的聲音，突然一個高大的人影從樹後竄出，左手一伸把球接進手套，動作乾淨俐落，瀟灑極了。

球員的喝彩聲結束後，杜濟民開心地說：

「投手教練來了！」

晚上，杜濟民宿舍裡，三個年輕人把酒言歡。

「你不怕准岳父回來和你翻臉？」阿通問。

「第一，他出國前批准了我的請假單。第二，我把他女兒送回上海才來。第三，他跟我翻臉我就不幹了，此處不留爺，自有留爺處。」

顧文彥完全沒有了在小嵐面前的小心翼翼，眉飛色舞高談闊論，杜濟民記憶中那個豪放不羈，豪爽囂張的顧文彥回來了。

「嘿！你們兩個講話可真像！」

杜濟民也是動不動就第一第二第三的以分析專家自居。

「不怕小嵐了？」杜濟民不會這麼容易放過顧文彥。

「反正我一定要來，她不高興，我也沒辦法！」顧文彥得意地說：

「我說完就走，回家換衣服拿了棒球手套就出門，連車都不開，自己搭車來的。」

「你穿牛仔褲和運動鞋更帥！」

阿通誠懇的誇獎把杜濟民心裡的話也說了出來。

三個人乾了一杯啤酒，顧文彥轉回正題：

「你們兩個真是教的不壞，這些小朋友打球有模有樣，不像才學了三四個月棒球。」

「別光説好話！」杜濟民接話。

「大體來説，每個人的防守動作都很扎實，打擊相對差一點，是守優於攻的球隊。」

「所以要請您這位打擊高手指點指點！」

顧文彥是少見投打俱佳的球員。

「你們叫老妖那個小朋友，揮擊非常完美，再加強推擊技巧，會是一個可怕的全面型強棒。」

下午顧文彥很快就發現了老妖的打擊天賦。

「至於投手嘛，一些小竅門改善以後應該會進步很多。」

「董陽怎麼樣？」阿通急著想知道顧文彥對天才投手的評價。

「只要不受傷，前途不可限量！」

「比當年的您怎麼樣？」

杜濟民故意氣顧文彥，沒想到顧文彥根本不理他，接著説：

「那個捕手最令我意外，接傳球技巧和指揮天賦都超好，尤其難得的是他對場上情況的掌握，比當年我的捕手好太多了！」

頓了一下，帶著挑釁的口氣説：

「你以前怎麼沒提到他？」

一看杜濟民也是毫無反應，只好停戰，改變話題説：

「真想不到二壘手和遊擊手都練到能直接空手接滾地球，傳球再准一點就更棒了。」

講到內野手，阿通突然想到下午和何虎的對話：

「杜哥，何虎媽媽還是放不下老家，決定不去林威家工作了，怎麼辦？」

「這個週末我們再去一趟試看吧！」

接著討論了未來幾天的訓練重點和分工後，已接近午夜，三個人都有幾分酒意，杜濟民看顧文彥欲言又止的樣子，主動開口：

「小蕾很高興我們和好，可是不願意跟你聯絡。」

「只要知道她沒事就好。」顧文彥不無遺憾的說。

「聽起來不怎麼好，如果她願意和我見面，我倒想去上海看看她。」

「那最好，以前你失戀的時候她也是每天陪你！」

包打聽先生一聽興趣來了：

「杜哥從來不肯說這件事，你講給我聽！」

「想當年杜大捕手痛不欲生，每天喝得酩酊大醉，不來上課，練球看不到人，家教課也不去上，眼看就要淹死在酒缸裡，幸好我們小蕾伸出援手，否則啊……」

「呸！你行！被三大美女逼著表態的時候是誰救你的？我想想看……那三大美女是……小惠、小芳、小莉，哈哈……阿通，我告訴你，咱們大情聖有一件事可是始終如一，嘿嘿……那就是：他所有的女朋友都是小字輩，還有小鳳、小珍……」

「阿通，你沒見過大捕手哭吧？哈！一把鼻涕一把淚，邊吐邊哭還吵著要喝酒……」

「哼！那麼大個子躲在放球具的小房間，被找出來的時候頭上身上都是蜘蛛網和灰塵，衣服都汗濕了，那才好看咧……」

阿通越聽越樂，忍不住插嘴：

「杜哥，我知道了，你不是不喝酒，是喝少了不過癮！」

「至少我不會喝醉了吵著要找青青！」阿通醉酒的醜態，杜濟民可是記憶猶新。

「你當然不找青青，你找小涵啊！」顧文彥立刻和阿通結盟。

「哈哈！杜哥，原來你也喜歡小字輩的啊？」

阿通趁火打劫的同時也在考慮是不是以後要改叫小青。

接下來三天，顧文彥使出渾身解數訓練投手群投球竅門和所有球員的打擊技巧，這兩樣是杜濟民遠遠不及他的。球員們個個如饑似渴努力學習，生怕學不到顧文彥的看家本領，每個人都像海綿吸

水似的拼命吸收，短短三天中人人進步神速。高昂的士氣沖淡了呂勇離去後人手短缺的陰影，就連安排熱身賽的請求被其他學校回絕都沒影響球員們情緒。

顧文彥旋風影響所及不僅僅是棒球隊，明星效應擴散到整個校園，包括學校老師都來看這位遠道而來會念經的帥和尚，高年級女生們更是無心上課，整天圍在運動場旁邊看大帥哥的一舉一動，表演欲超強的帥和尚當然樂得盡情表現，一夜之間棒球成為流口中學最熱門的話題。

顧文彥買了星期五中午的車票，臨走前和球員們一一告別，順便叮囑需要注意和加強的細節：

「老妖，適當時候用推打，一支安打就能贏球。」

「冬瓜，不是每一球都能打出有效的長打，落點好比打得遠有用，記得每天跟老妖一起練推打。」

「袁興，擊中球以後，記得手腕翻轉的時機。」

「徐俊，揮棒後別急著抬頭看球，有幾百個人會幫你看。」

「何虎，揮棒的時候眼睛盯著球，絕對不可眨眼。」

「……」

「……」

「……」

「阿六，要當球隊的領導者，在場上你就是杜教練的分身。」

只剩下兩個人還沒告別了：

「于順德，就像這樣投球，你會是最棒的投手之一。」

顧文彥非常欣賞于順德對棒球的激情和努力，這幾天進步的速度也令他驚訝。

對於董天才，顧文彥只有八個字：

「保護手臂，不要受傷。」

「顧教練，這是我們送給你的。」

球隊發言人手上拿著一個用香樟樹根雕刻的投球人像，這是家學淵源手藝靈巧的徐俊花了兩個晚上刻出來的，雖然說不上栩栩如生，倒也相當傳神，尤其是向上微翹帶著笑意的嘴角，像極了顧文彥投出一個好球後的得意表情。

顧文彥把玩著這個金錢價值不高，但是異常珍貴的禮物，那代表著十三個小朋友衷心的感激和不捨的感情，他那為了追逐地位和財富而逐漸麻木的心中突然出現一種幾年來不曾有過的奇異感覺，他知道他會再回來，再回來和這群小朋友一起打球一起打鬧，他會再回來這裡重溫失去已久，卻最珍貴的感覺。

不僅僅是因為杜濟民這個最瞭解自己的人，還有這群未曾被世俗污染的孩子們，他一定會再回來。

「拿到黃山市冠軍，我再來和大家一起準備打省裡的比賽！」

球員們用歡呼聲回答，顧文彥轉身走向車站，向曾經是他唯一牽掛的都市出發。

16

氣象預報的大雪提早來了，下午練球不久，零零落落的雪花開始飄下，不到半個小時就變成大雪，杜濟民提早結束訓練，讓球員和全校同學一樣，趁路還能走的時候趕快回家。

「何虎，你今天別走了，明早雪停了我們和你一起回去，順便再勸勸你媽。」

「這雪太大了，我擔心我媽。」

何虎的不安寫在臉上。

「路上肯定已經積雪了，而且天馬上就黑，這樣回去太危險，

我不能讓你走。」

何虎知道很難改變杜濟民有道理的決定，只能吊著一顆心和阿通回到宿舍裡做功課。

大概是因為前幾天陪顧文彥下午練球晚上討論太累，阿通晚飯後呵欠連連，九點不到就見周公去了。

很久沒做夢的阿通今晚的夢特別多：

第一個出現的當然是青青。

接著回到大學時期和幾個好朋友一起練吉他寫歌討論組合唱團的事。

下一個夢中流口中學竟然輸給了祁門縣代表隊，阿通氣得去找祁門隊的校長，也是自己的遠房親戚理論……

接著情勢大轉變，流口中學得到全國冠軍，賽後阿通又喝醉了……

……在美國打世界大賽感覺真好，天氣溫暖陽光普照，流口中學不斷得分，馬上就要拿下世界冠軍，突然狂風大作，氣溫急速降低，大雪打在頭上疼得不得了。

（美國的天氣怎麼說變就變？一點預兆都沒！）

阿通拉了件夾克衫擋風雪，可是冷風一直往身上鑽，阿通急忙跑向室內，不小心跌了一跤……

大雪真的打在阿通頭上，摔下床的他坐起身來，用沒帶眼鏡、睡眼惺忪的雙眼，困惑地看著被風吹開的房門，呆了一下終於回過神來：

（門怎麼會被吹開？檯燈怎麼亮了？何虎呢？）

阿通跳起來，戴上眼鏡，拿起桌上剛才何虎睡覺地方被茶杯壓住的紙條：

「教練，對不起，我不放心我媽，一定要回去，手電筒借我用星期一還您，我會小心，你們別擔心。」

阿通披上羽絨衣，看了手錶，十一點半，睡不到三個小時，何虎一定是看風雪越來越大決定冒險夜裡走山路趕回家，大風把何虎離開時小心帶上的房門吹開，吹醒了阿通的世界冠軍夢。

　　「我去找他！」被阿通叫醒的杜濟民邊說邊穿鞋，站起身來拿起桌上的手電筒：

　　「萬一他摔到山谷下面，很快就會凍死！」

　　「我也去！」

　　「你留在這裡，如果天亮我沒消息，立刻報警。」

　　杜濟民其實是擔心阿通的體力無法應付這段必定非常艱苦的路程。

　　「如果有事，你一個人救不了他，我能幫忙。」

　　阿通堅決的態度讓杜濟民不得不同意，兩個人帶著上次請林威畫的地圖和簡單的急救物品，阿通又抓了幾個冷饅頭塞在背包裡。

　　「杜老師，沒有人出去啊！」

　　睡眼惺忪的門衛老張遞上大型強力手電筒，還在為他的負責盡職辯護。

　　大雪覆蓋的路上早就沒了何虎的腳印，杜濟民憑著對周圍環境的熟悉，在少數還亮著的路燈照射下，兩個人跌跌撞撞地往何虎家方向走去。

　　「兩個手電筒輪流用，你走靠山壁這邊，小心山上掉下的東西，再檢查一下腰上的繩子。」

　　要進入山區了，從鎮上馬路走到山區小路這不到兩公里的路竟然花了將近兩個小時，接下來將要進入沒有路燈沒有標示，隨時會有鬆動的石頭和被積雪壓斷的樹枝滾下的狹窄山路，杜濟民知道真正的危險現在才開始，為了避免阿通凍得毫無知覺不聽使喚的手腳

讓他摔倒發生危險，他用繩子把兩個人牢牢綁在一起，準備妥當後杜濟民打開手電筒走進伸手不見五指的漆黑山路。

走在前面的杜濟民多次回頭拉起摔在雪地裡的阿通，聽到異常聲音就提醒阿通閃躲山壁上掉下的石頭和樹枝，還一路上不斷尋找何虎經過的痕跡，兩個人前進速度不到剛才一半，杜濟民看看手錶，三點一刻，在山路上走了一個半小時，沒有發現一絲絲何虎走過的跡象。

氣喘如牛的杜濟民看著精疲力竭，摔得鼻青臉腫的阿通，指著前面岔路口一個廢棄的巡山員小木屋：

「你在裡面待著，我繼續往前走，天一亮就打電話報警，記住，絕對不要離開這個地方！」

阿通舉起手機笑笑，摔腫的嘴唇特別醒目：

「這個山坳裡手機沒訊號，我想躲在這裡也不行，還是一起走吧，我能撐住！」

兩個人連滾帶爬地繼續前進，杜濟民越走越擔心：

（何虎會不會早就摔下山谷了？他會不會在黑暗的山中迷路了？他不會那麼巧被埋在剛才那片崩塌下來的石塊和泥土裡吧？……）

前方被泥石流和一棵連根倒下的大樹擋住，大雪造成山體滑坡徹底阻斷了他們前進的路，阿通絕望地看著杜濟民，後者堅定地說：

「翻過去！」

兩個人手腳並用、費盡九牛二虎之力爬上鬆垮的土堆，正要翻越橫躺在土堆頂上的大樹時，杜濟民突然興奮地大叫：

「何虎有經過這裡！」

快要虛脫的阿通彷彿打了一劑強心針：

「你怎麼知道？」

杜濟民的手電筒照著兩根明顯是被人力折斷的樹枝：

「他從這裡過去！」

這是過去幾個小時裡唯一發現的人類存在跡象，阿通不需要再問，除了掛念母親歸心似箭的何虎，這世界上沒有第二個人會冒著生命危險在這樣的大風雪中進入人煙絕跡的深山……除了另外兩個人……

精神大振的兩個人加快前進速度，體力快速消失的阿通當然付出更多代價，看著摔得頭暈腦漲的阿通，杜濟民停下腳步：

「休息一會兒，你吃幾口饅頭。」

阿通掏出硬如石塊的冰饅頭和著鼻血，用地上的積雪浸濕吞下，喘了幾口氣後站起身來：

「走吧！」

體力好如杜濟民者，也累得四肢發軟舉步維艱，真想挖個雪坑躲起來好好睡一覺，聽到阿通堅決的語氣，不禁豪興大發：

「走！沒找到何虎不休息！」

五點鐘，離天亮還有兩個小時，過去一個多小時裡沒有再發現何虎的蹤跡。

在微弱的手電筒光線下，杜濟民終於看到他印象深刻，一直搜尋的地標：

狹窄的山坡上一個巨大的橢圓形岩石，被排列成接近正三角形的六棵大樹包圍著，不知道是天然還是人為的奇妙景觀成為最佳路標！

離何虎家不到一公里了，這也是沿途最危險的一段路，勉強可容兩人並肩通行的山路在高低起伏的稜線上蜿蜒向前，路兩側都是深不見底的山谷，平時白天都要小心翼翼走的這段路，在狂風暴雪中更是危機四伏，隨時可能把人吞噬的屍骨無存。

「剩下最後兩個電池!」杜濟民拉上背包的拉鍊,再次檢查連接阿通的繩子,彎下腰準備出發。

「夠撐完這段路嗎?」阿通最擔心的事終於發生了。

「我看很難,我一直希望到這段路之前趕上何虎。」杜濟民無奈地說:

「何虎只有四個電池應該早就用完了,我不知道他要怎麼走這段路!」

兩個人在雪地裡爬行前進,實在爬不動了就趴在雪裡喘口氣,他們不願意停下來,他們知道每一秒鐘都可能是挽救何虎的關鍵。

手電筒的光線越來越微弱,離天亮還很久,似乎永遠沒有盡頭的小路在前方的黑暗中等他們……

杜濟民伸到前方探路的手突然摸空,人向前滑出,幸好他沒有用力加上阿通的身體重量在繩子另一頭支撐住,否則可能就滑下山谷了!

驚魂甫定的杜濟民在手電筒的光線下發現,剛才差點讓他蒙主寵召的陷阱是山谷裡一個凹陷的縫隙,把本來就夠狹窄的路面切掉三分之一,逐漸累積的雪花,在狹窄空隙上形成一道懸空的平面,像是造物者刻意用冰雪建造出來跨過縫隙的懸空橋樑。

杜濟民靈光一閃:

(就算何虎每天走這條路,在現在的情況下也不一定能躲過這個陷阱!)

他再次仔細看剛才被壓垮的殘存平面,果然很薄,不像累積了十幾個小時大雪的厚度,杜濟民心跳加速,急忙把手電筒對準山谷下照射,微弱的光線中隱隱約約看到距離路面不遠的峭壁上有一片密密麻麻的樹林,正要調整身體位置看另一個角度的時候手電筒突然熄滅。

電池用完了!

很少罵人的杜濟民正要把他知道的所有髒話一股腦傾瀉而出的時候，阿通突然說：

　　「我好像聽到有人叫喊！」

　　公平的造物者並沒有虧待阿通，視力不佳的他聽力和音感比大多數人都好，這也是他學吉他進步特別快的原因。

　　「我們一起向下喊何虎的名字！」

　　兩個人調整好位置，身體穩穩貼在雪地上，頭伸到縫隙中，數到三同時大喊：

　　「何虎！」

　　「教練！」

　　風中傳來微弱的叫聲。

　　這次杜濟民也聽到了，何虎在山谷下面！

　　擔心老房子被大雪壓垮造成危險的何虎輾轉反側無法入睡，趁阿通睡熟後留下紙條帶著手電筒和僅有的四個電池拉上房門，從學校圍牆最低的地方翻牆而出，熟悉地形的他一路上儘量節約電量連滾帶爬的趕到最後這段危機四伏的險路，剛好電池用完了。

　　心急如焚又精疲力竭的何虎在慌忙趕路的黑暗中忽略了這個平時瞭若指掌的天然陷阱，和杜濟民一樣都摸到這個懸空平面，不同的是阿通的重量拉住了杜濟民下滑的身體，孤零零的何虎滑下了山谷，若不是峭壁上這片樹林擋住他，媽媽可能永遠都不會知道，冒著罕見大風雪趕回家的兒子就躺在離她不遠的山谷裡！

　　幸運的是，求生意志堅強的何虎看到杜濟民手電筒的最後光線，用盡力氣發出喊聲，更幸運的是，聽力超強的阿通堅持撐到這裡，否則不但發現不了何虎，還可能賠上一個杜濟民！

杜濟民用盡眼力觀察，終於對周圍的情況有了一些概念：

救了何虎一命的樹林離路面大約有六米，他們帶來的繩子有二十米左右，長度沒有問題，最好的方法是把繩子垂下去，讓何虎把自己綁好後兩個人一起把他拉上來。不過問題是，他們喊了幾次都沒有聽到何虎回答，何虎是不是暈過去了？他還活著嗎？

杜濟民必需下去搞清楚狀況，但是阿通的臂力支撐杜濟民下降的重量都有問題，更別提拉上來了。

唯一方法是把繩子綁在路邊的樹上，杜濟民先下去把何虎綁好，阿通把體重較輕的何虎拉上來，然後兩個人一起把杜濟民拉上來。可是，萬一何虎受了重傷無法出力呢？

「管不了那麼多，我先下去再說！」焦急的杜濟民等不下去了。

「手機還是沒訊號，沒辦法求救。」

「就算現在馬上聯繫上救援人員，他們還要幾個小時才能趕到，到時候何虎早就凍成冰棒了！」

阿通聚集目光向四周看了一會，離兩位教練趴的地方大約三米多的斜坡上有一小片樹林，但是沒有一棵大到足以支撐兩個人的重量，阿通想了一下說：

「把繩子繞過整片樹林，力量分散掉就撐得住了！」

兩個人七手八腳把繩子繞過小樹林綁好、垂下縫隙，杜濟民用凍僵的雙手緊緊抓住繩子慢慢滑下去。

越來越接近樹林了，終於看到仰面躺在樹枝分叉上的何虎，忐忑不安的杜濟民加快速度降落在何虎身邊，何虎右手無力的揮動一下，杜濟民吊著的心放下一半，至少他還活著！

何虎掉在樹枝夾纏不清的茂密枝葉中間，厚厚的積雪和柔軟的

樹枝不但擋住他下墜的身體還減緩了下墜的力量，他的雙腿陷在樹枝中拔不出來，看到手電筒的燈光發出音量最大的一次喊聲，奇蹟似地被阿通聽到，杜濟民聽到的是最後一次喊聲，喉嚨嘶啞力氣耗盡的他再也發不出聲音了。

杜濟民把何虎從茂密的枝葉中拉出來仔細檢查一遍，何虎的左手軟綿綿的垂在身邊完全無法用力，看來不是骨折就是脫臼，兩隻鞋子都不知去向，左腳腳踝腫的比阿通背包中的饅頭還大，臉上被山壁和樹枝刮傷流出的血早已和積雪混在一起，樣子要多狼狽就有多狼狽，重要的是何虎明顯不會有生命危險。

掩不住興奮的杜濟民開心地說：

「小子蠻耐摔的嘛！」

虛弱的何虎勉強擠出一個滑稽又狼狽的笑容，這是杜濟民一生中見過最可愛的笑容。

以何虎現在的狀況不可能幫阿通把杜濟民拉上去，杜濟民決定用最辛苦也是最危險的方法：先把何虎綁好，自己攀繩子上去然後兩個人一起把何虎拉上來。

「我們很快就拉你上來！」

杜濟民再次檢查確定繩子綁得無懈可擊，替何虎穿上自己的羽絨衣，手腳並用，攀繩而上。

剛才下降時已經把手掌磨破的杜濟民強忍刺骨的疼痛和令人崩潰的疲憊，不顧手掌上不斷滲出的鮮血鼓足最後一絲力氣靠著意志力支撐，在上下兩個人的期待中慢慢往上爬。

他不停喘氣不時短暫休息不斷給自己打氣，他知道如果自己失敗就表示會有兩個人喪命在這個僻靜的斷崖上。不！可能是三個人！傷心欲絕氣力耗盡的阿通很可能會失去求生意志，步上他們的後塵。這個代價太大了，他輸不起！

（杜濟民！把你練這麼多年的力氣都拿出來！你一定得爬上去！）

此時此刻，杜濟民腦袋裡只有這句話。

終於爬上斷崖的杜濟民癱軟在雪地上，阿通掏出小刀從保暖內衣割下兩大塊布料包在杜濟民手掌上止血，勉強睜開雙眼奮力站起身來的杜濟民阻止了試圖脫下外套給自己穿的阿通：

「把何虎拉上來！」

不斷飄下的雪花越來越小，清晨第一道曙光落在劫後餘生，在斷崖上緊緊擁抱的三個人身上……

17

最後兩周集訓過得很快，經過顧文彥指點後球員們人人發奮苦練進步神速，流口中學棒球隊又一次脫胎換骨。

兩位教練決定星期五出發，保留兩天適應新環境，準備迎接星期一開始的比賽。

星期四晚上，左臂吊在脖子上，拄著拐杖的何虎，一瘸一拐地走進雙手纏滿紗布的杜濟民宿舍：

「教練，我媽媽已經安頓好了。」

「住的地方還好吧？」杜濟民揉搓著發癢的手掌。

「她很喜歡。」

「我怕她過不慣鎮上的生活，過幾天改變主意要回山上了。」在旁邊幫杜濟民整理行李的阿通接話。

「剛開始我也擔心她是因為那天看到我們三個人的樣子，一時衝動做出搬來鎮上的決定，後來我們談了兩次，我確定她不會改變主意。」何虎斬釘截鐵地回答，兩位教練開心地對望一眼。

「你的行李整理好了？」

「教練，我上不了場，你確定我能去嗎？」

「你想不想去？」阿通故意逗他。

「當然想啊！」

「那還不快去準備！」

試劍

Chapter 6

01

楊老闆安排的賓館不大，設備簡單但是還算乾淨，吃飯也由賓館負責，最重要的是距離比賽場地走路只要五分鐘。十五個人分住四個四人房，還沒傷癒的何虎和兩位教練同住，球員們最開心的是不必再每天整理房間、燒飯洗碗，大家可以專心打球。

比賽有三區四縣共七支球隊參加，預賽分成兩組，每組前兩名進行交叉半決賽，兩支勝隊爭奪冠軍。

一直跟著流口中學的好運還沒有離開的打算，流口中學抽到只有三支球隊的 B 組，而且同組是實力較弱的祁門縣和黟縣。

星期一到星期三是小組賽，星期四上午半決賽，下午進行決賽，流口中學預賽只要贏一場就幾乎確定能進入半決賽，星期三可休息一天，儲備體力面對星期四可能要打的兩場重要比賽，可算是個上上籤，尤其是在只有十二名球員可用的狀況下，這樣的賽程更為有利。

球員們終於親眼見到標準的棒球場了，沒有臨時設備沒有危險

區域，乾淨的球員休息室，不大但是整齊的觀眾席，鬆軟適中的內野地面和修剪得恰到好處的外野草皮，每個人都迫不及待想大顯身手。

星期六晚自習後，兩位教練在房間裡討論第一場比賽的先發陣容，急促的腳步聲打斷對話，阿六沒敲門沖進來：

「教練！徐俊的手割傷了！」

徐俊家族世代務農，但是有一項祖傳技藝：木雕。

徐俊從小耳濡目染不到五歲就擁有自己的雕刻刀和作品，隨著年齡增長技巧逐漸純熟，初中以後已經可以幫忙雕刻一些要求比較低或次要部位的作品，加快訂單交貨速度，對家裡經濟狀況不無小補。

顧文彥回上海前收到的禮物，就是徐俊的作品。

徐俊父親春節後接到一個價錢很好可是交貨期很短的訂單，徐俊練球之餘的時間全部投入幫忙生產，為了趕上月底的最後交貨期限，徐俊帶來兩塊原木打算利用球賽空檔趕工。

他利用自習和就寢中的空檔，在房間裡一邊動刀一邊聽隊友們吹牛聊天，冬瓜一個令人噴飯的笑話分了他的心，雕刻刀在他的大笑聲中切進左手食指。

深可見骨的傷口和狂噴而出的鮮血嚇壞了在場所有人，杜濟民一把抓起桌上的餐巾紙緊緊壓住傷口，扛起徐俊往外跑，口中還不忘大叫：

「叫出租車，到最近的醫院！」

黃山市人民醫院是當地最著名的醫院，吵雜的急診室裡擠滿了病人和家屬，滿頭大汗的杜濟民顧不得擦去衣服上的血跡，沖到橢圓形櫃檯前吼著：

「醫生呢？快幫他止血！」

滿臉疲憊的值班護士不耐煩地抬頭看他一眼：

「先去掛號！」

「先止血再去掛號！」杜濟民少見的高亢聲調。

「先掛號才能看診！」平靜又低沉地回答。

「先止血！」杜濟民從沒出現過的爆炸性聲調。

「你聽不懂普通話？」音量放大，一點都不平靜地回答。

整個急診室突然安靜下來，所有人的目光都轉向聲音來源，阿通急忙說：

「我去掛號！」

「先來這裡！」

一個清脆的聲音傳過來。

傷口共縫了十針，所有程序結束後杜濟民才抬頭打量這位適時伸出援手的人。

她的個子不高，梳得整整齊齊的馬尾綁在腦後襯托出清秀的五官，寬大的白色長袍遮掩不住苗條的身材，明亮的眼睛裡看不到整晚工作的疲憊和不耐，左胸口上繡著六個藍色的字：

實習醫生柯雲。

「我看你的手。」

第二次聽到這個清脆的聲音。

杜濟民低頭一看，兩隻手掌的紗布上都是血，一定是剛才扛徐俊的時候，情急之下用力太猛，把尚未復原的傷口崩裂了。

杜濟民咬緊牙根，強忍清理傷口的劇痛一聲不吭，清脆的聲音再次響起：

「發炎的地方清理好了，現在打一針抗生素，你最好每天來換藥免得傷口感染。」

（嘿！聲音真好聽！）

打針同時，女性同胞恐懼症又發作了：

「我……我……不一定有……有……時間。」這次病情好像特別嚴重。

「想保住你的手就要有時間！」語氣堅決，聲音還是很好聽。

一時之間兩個人都沉默下來，過了一會，清脆的聲音又響起：

「你的球員每天都要來換藥，你跟著來就行了。」

（你怎麼知道這是我的球員？你每天都在急診室嗎？）

那雙明亮的眼睛好像看穿了杜濟民的心思：

「這個月我上夜班，晚上八點到早上六點，你們不要掛號直接來找我。」頓了一下：

「剛才我聽到他說：教練，對不起！」

（看來她的頭腦和嗓音一樣好。）

杜濟民還在沉醉中，宛如天籟的聲音又響起了：

「還有……」

她看了一眼徐俊身上嶄新的漂亮棒球夾克：

「流口中學的球衣是我姨丈工廠做的。」

杜濟民不由自主和她相視一笑，緊繃的情緒放鬆了不少，突然想到一件事：

「我……我……還……沒掛號。」

柯醫生搖搖頭轉身走向另一個病人。

（她笑起來真好看！）

看來杜濟民的腦袋對「女性同胞恐懼症」是免疫的。

02

第一棒：袁興（三壘手）

第二棒：任剛（遊擊手）

第三棒：王東平（中外野）

第四棒：周立群（左外野）
第五棒：于順德（一壘手）
第六棒：江正（捕手）
第七棒：楊福生（右外野）
第八棒：馮志誠（投手）
第九棒：林威（二壘手）

阿通看完杜濟民忍痛寫好的出賽名單，皺著眉頭說：

「杜哥，這個組合行嗎？」

「任剛是能上場的球員中接滾地球最好的，沒有人比他更適合守遊擊區吧？」

阿通點點頭。

「袁興臂力好，從三壘傳球到一壘沒問題，林威接球好傳球臂力不足，守最忙的二壘，減短傳一壘的距離，是適合他的調整。」

有道理，阿通不得不同意。

「于順德內野防守一直不差，守一壘不會有問題，他的打擊可以和老妖連貫起來。」

「為什麼不讓秦旭光先發？」

「我今天看了祁門隊練習，實力平平……呃……您別介意，不是對您的家鄉不敬！」

「廢話少說！」

「馮志誠頂不住才換秦旭光，如果能撐完比賽，咱們投手調度就輕鬆一些啦。」

阿通想了一下，總共只有十一個能上場的人，似乎排不出更合理的名單了，杜濟民接著說：

「至於楊福生嗎……嘿嘿……您不是一直想讓他先發報答楊老闆嗎？」

阿通沒說話伸手跟杜濟民要名單，杜濟民把名單遞給阿通，阿通突然用力捏住杜濟民纏滿繃帶的手掌，杜濟民劇痛之下大叫一

聲，阿通瞄了一眼名單，充滿同情地說：

「杜哥，下次我寫名單，你手疼，寫字真難看！」

03

簡單的開幕式後，屯溪區和歙縣進行第一場比賽。

屯溪區陣容整齊攻守有序，毫無懸念以極大差距獲勝。

第二場比賽輪到流口中學。

祁門縣隊先攻，冬瓜拍拍馮志誠的肩膀：

「放心投球，他們沒有我厲害，一定打不到你的球！」

馮志誠看好暗號，投出一個快速球，壞球。

再來一個，還是壞球。

連續三個壞球，阿六叫暫停走到馮志誠面前：

「顧教練不是有教你怎麼放鬆肌肉和情緒嗎？」

馮志誠抱歉的拍拍阿六走回投手丘，甩甩手臂身體輕輕抖動，深深吸一口氣，腦中全無雜念，眼裡只有阿六放在打擊者後方的手套，速度不快的直球，終於投一個好球。

（紙老虎！學了半天還要我提醒你！）

阿六心裡嘀咕手上可沒閑著，馮志誠竟然很爭氣的又投了兩個好球，三振出局。

實力不強的祁門隊二三棒打者都沒能突破馮志誠的投球，一局上結束。

打擊能力大幅進步的流口中學，一局下就以安打和對手失誤得到四分。

這下樂壞了阿通：

（看這樣子，今天這場球應該十拿九穩了！）

他看著穿上嶄新球衣站在投手丘上，外表高大威猛的紙老虎，突然想起下大雪那晚被冷風吹醒前做的夢：

（有人說現實和做夢是相反的，果然沒錯！）

雖然隱隱覺得對手是老家的球隊自己好像有點不對，但是上了球場就是要求勝……

過去兩個月的苦練加上顧文彥重點式的指導，實力大增的流口中學雖然陣容不完整還是輕鬆獲勝，馮志誠投完整場比賽只丟三分，成為勝利投手。

阿六和馮志誠擊掌的時候說：

「紙老虎，多投幾場好球，以後叫你華南虎！」

04

晚自習時間，杜濟民正要帶徐俊去醫院換藥，冬瓜小聲地說：

「教練，我上次受傷的右手腕今天比賽時候又扭了一下，能去醫院看看嗎？」

阿六也湊過來說：

「我肚子疼，一起去行嗎？」

四個人走進病人明顯比前一天少的急診室，徐俊開心的跑向永遠都神采奕奕的實習醫生：

「醫生阿姨，我們來了！」

冬瓜和阿六對看一眼，冬瓜說：

「黑皮，明明是醫生姐姐，你怎麼叫阿姨？」

柯醫生剛好看完一個病人，微笑著指指身邊椅子示意徐俊坐下：

「今天打贏了嗎？」

「當然，我們成軍以來還沒輸過呢！」冬瓜搶著回答。

「以後也不打算輸！」阿六接話。

柯醫生邊拆徐俊手上的繃帶邊問：

「你們兩個看起來很好啊，是徐俊要你們陪他來？」

「我今天太拚命，右手腕舊傷復發！」冬瓜臉上表情痛苦的不得了。

「我肚子疼！」阿六彎腰抱著肚子，模樣確實令人同情。

「扭傷看骨科，肚子疼看內科，我是外科，等會我帶你們去。」

「不要！我們要你看！」兩個人同時說。

柯醫生抬頭看了一眼：

「我把你們治得更嚴重了怎麼辦？」

「你肯治已經好一半了！」冬瓜搶先回答。

「就算治不好，我們也心甘情願！」阿六視死如歸地接話。

「你們應該去唱二人轉！」

柯醫生臉上的笑容始終沒有消失。

反應比平時慢很多的杜濟民也聽出苗頭了：

「你們兩個真痛假痛？別在這裡胡鬧！」

「教練，如果不是人手不夠，我今天根本上不了場！」冬瓜幾乎聲淚俱下。

「教練，如果肚子治不好，明天只能讓林威當捕手了！」阿六的樣子實在不像是假裝的。

柯醫生看到杜濟民一籌莫展的樣子笑著說：

「既然他們不怕，我替他們看看也沒關係，可是你最好準備安排其他球員明天上場，我估計這兩個人短時間內上不了場。」

徐俊和杜濟民換好藥，冬瓜在椅子上坐好伸出右手，以大義凜然的嚴肅口氣說：

「醫生姐姐，你能不能告訴我們教練，這支手的傷真的很嚴

重，我是為了球隊榮譽忍痛作戰！」

「我看他挺相信你嘛，你自己說不行嗎？」

「有醫生證明更好！」

杜濟民無奈地笑了笑，眼神不由自主往柯醫生移動，兩個人四目交會，杜濟民心跳加速趕快轉向另一邊，阿六在旁邊看得一清二楚，笑嘻嘻地說：

「教練，你別那麼膽小，我從沒見過像醫生姐姐這麼好的人。」

杜濟民反應再慢也終於搞懂，這兩個小子絕對不是來看病的，瞪了阿六一眼：

「肚子不疼了？」

「疼啊！誰說不疼了？」

阿六抱著肚子疼得齜牙咧嘴。

回賓館路上，冬瓜搭著杜濟民肩膀，賊兮兮地說：

「教練，我覺得醫生姐姐人真好！」

阿六搭著另一邊肩膀說：

「對呀！否則為什麼我們來換藥看病都不收錢？」

徐俊接著說：

「是啊！不然我們那有錢每天來醫院？」

杜濟民想了一下說：

「我猜她知道我們從山區來比較窮，所以網開一面。」

冬瓜說：

「那從明天開始我們每天都來，徹底把病治好才回去。」

阿六接著說：

「對，叫全隊的人都來治病。」

徐俊繼續說：

「我問問我媽要不要來看病，反正不要錢。」

杜濟民不再講話，腦海裡又出現那雙明亮的眼睛。

第一棒：袁興（三壘手）

第二棒：任剛（遊擊手）

第三棒：王東平（中外野）

第四棒：周立群（一壘手）

第五棒：董陽（左外野）

第六棒：江正（捕手）

第七棒：楊福生（右外野）

第八棒：秦旭光（投手）

第九棒：林威（二壘手）

阿通實踐諾言，把杜濟民口述的先發名單寫好，再看一遍後滿意地說：

「我看沒問題，萬一秦旭光守不住，冬瓜和老妖都能替補，于順德和董陽留著後面兩場用。這樣大家都上場了，我覺得你讓老妖守一壘，董陽守左外野是高招。」

「多謝誇獎，重點在楊福生還是先發。」

「他今天其實表現不錯，漏接那一球的防守難度真的很高，我看全隊也只有冬瓜能接住，還打出一支高飛犧牲打，比起上次進步多了。」

「好啦，小心眼的傢伙！林威今天守二壘只有一次漏接，還算稱職，袁興三壘守的很好，何虎恢復前就固定讓他守三壘吧！」

「任剛臂力不是更好？不能守三壘嗎？」

「任剛臂力夠，可是傳球不夠准。」

「以後是不是就讓袁興守三壘？林威的位置另外安排。」

「可是袁興守右外野還是無可取代，除非楊福生能頂上袁興空出來的右外野。」

「冬瓜和阿六不嚴重吧？會不會影響明天比賽？」

「哪有什麼毛病？兩個小子窮極無聊，只是想去醫院混混。」

阿通轉身拿毛巾準備洗澡，杜濟民沒有看到他臉上詭異的笑容。

06

賓館狹小的大堂裡老舊的沙發上，五個穿著棒球夾克的人正在低聲講話。

冬瓜說：

「明天開始我們每天都去醫院，不達目的絕不甘休，可是不能老是我們兩個裝死……嗯……剛好何虎能當病人甲，如果病人不夠就把鍋子手扭傷當病人乙……」

「鍋子」是任剛的綽號。

任剛說：

「應該弄紙老虎才對，反正後面比賽他不會再上場了。」

何虎說：

「別鬧了，我們應該訂好策略，不能死纏爛打。」

阿六說：

「先瞭解醫生姐姐的背景和喜好，才能提高成功率，這叫知己知彼。」

徐俊突然想到一件事：

「我們第一次去醫院的時候，我聽到醫生姐姐說我們的球衣是她姨丈做的，包子的爸爸一定認識她姨丈，是不是請他爸爸去打聽打聽？」

楊福生參加球隊之前長得白白胖胖，綽號「包子」，經過這幾個月鍛鍊，現在比較像炸春捲。

阿六拍了徐俊腦袋一下，興奮的說：

「黑皮，這次你立大功了！」

　　黟縣隊和祁門縣隊一樣，都是接觸棒球不久的新球隊，實力比較弱，流口中學輕鬆獲勝，得到B組第一，休息一天后，將在星期四早上和A組第二名爭奪當天下午的決賽權。

　　眾人期待的看病時間終於到了，杜濟民穿好夾克走到大堂，被眼前的景象嚇了一跳：

　　冬瓜愁眉苦臉地扶著右手，何虎坐在沙發上不停揉著左手肘，任剛痛苦地捏著左膝，阿六一反常態地捧著臉頰不說話。

　　「怎麼回事？剛才不是還好好的？」

　　冬瓜強忍著痛說：

　　「我的手腕一到晚上就疼，不去看看不行。」

　　何虎說：

　　「脫臼的地方好像不大對勁。」

　　任剛說：

　　「今天接滾地球的時候腳步沒算好，膝蓋有點怪怪的。」

　　徐俊指著阿六：

　　「他牙齒疼得連話都說不出來了。」

　　杜濟民口氣嚴厲地說：

　　「你們別鬧，柯醫生違反醫院規定幫我們，沒病不要去增加她的麻煩。」

　　「真的有病啊！」

　　眾人異口同聲回答，當然包括阿六。

　　實習醫生今晚特別忙，六個人等了很久，終於看到那張令人愉快的笑臉向他們走來。

　　「你們教練是不是太凶了？怎麼有這麼多傷兵？」悅耳的聲音問徐俊。

冬瓜又搶先回答：

「教練對我們可好了！」

阿六説：

「你們兩個是全世界最好的兩個人！」

任剛説：

「所以我們打球特別賣力！」

何虎説：

「醫生姐姐你看我多拚命，才會傷得這麼嚴重！」

徐俊説：

「所以我們看病也特別賣力！」

悦耳的聲音中夾著笑意更好聽了：

「沒聽説過有五人轉嘛！」

「醫生姐姐，明天我們沒有比賽，你能不能帶我們到處看看，我們都是第一次來市裡。」

冬瓜看著實習醫生幫徐俊換藥，用他此生最無辜的腔調問。

「我白天要睡覺，不然晚上沒法上夜班。」

阿六説：

「那你後天來看我們比賽，我們一定拿冠軍，把獎盃送給你！」

「如果打進冠軍賽我一定來替你們加油，獎盃你們還是帶回去。」

「一言為定！」

眾人再次異口同聲地説。

還是賓館狹小的大堂裡老舊沙發上，這次有六個穿著棒球夾克的人低聲講話。

「教練，你來這裡，杜教練不會覺得奇怪嗎？」冬瓜問阿通。

「我叫林威和老妖去問他功課，夠他忙的了。」阿通得意地説。

「包子剛把情報交給我。」阿六看著手上的紙條，語氣比阿通更得意：

「柯雲，二十六歲，黃山市人，去年六月從安徽醫科大學畢業，主修外科。八月進入黃山市人民醫院急診室擔任實習醫生，父親是公務員，母親是老師，無兄弟姐妹……各位請注意重點……」

阿六故意停下來看看大家期待的眼神，滿意地繼續念：

「未婚！」

五個人發出讚歎聲，徐俊問：

「有沒有男朋友？」

阿六瞪他一眼：

「那有這麼詳細的情報？」

冬瓜說：

「管他有沒有都要搶過來！」

「對！」

這次是阿通搶先說。

08

星期三下午，杜濟民從球場回到賓館，自習時間剛結束，大家都圍過來，阿六先問：

「明天早上的對手是徽州隊？」

「對，他們雖然是A組第二，可是實力比屯溪隊差不了多少，今天只輸兩分。」

「我們誰都不怕，對不對？」冬瓜大聲問。

「對！」全隊一起回答。

「明天早上校長會和縣教育局的人一起來替我們加油，我們打兩場好球給他們瞧瞧，好不好？」阿通問。

「好！」聲音比前一次更響。

「明天我們拿冠軍杯送給醫生姐姐，好不好？」冬瓜又問。

「好！」聲音讓屋頂都震動了。

「明天的對手比上次縣裡比賽的對手更強，勢必會有苦戰，等會吃完晚飯自由活動，晚上早點睡覺。」

「那我們早點去醫院。」冬瓜的手痛準時發作。

「醫生姐姐八點上班，去早了也沒用。」徐俊提醒他。

「沒病不准去！」杜濟民扳起臉。

「對呀！沒病去醫院幹嘛？真的有病才能去！」阿六摸著昨天號稱牙痛的地方，諂媚地附和。

「你也一樣，不准再裝了！今天只有徐俊能去！」

杜濟民和徐俊走到醫院門口，看到一堆人早已先到了。

冬瓜說：

「呃，教練，真巧，我們吃完飯散步到這裡剛好碰到你們。」

阿六說：

「既然碰上了就一起進去吧。」

任剛說：

「大家都很關心黑皮的傷。」

何虎說：

「也很關心你的手。」

阿六說：

「我們今天不看病，在旁邊等你們，保證不影響醫生姐姐工作。」

實習醫生看著一堆球員，笑著問徐俊：

「這麼多傷兵，明天怎麼比賽？」

冬瓜替徐俊回答：

「你一定能治好他們，不會影響比賽。」

阿六接著說：

「就算治不好也要為你拿下冠軍。」

任剛說：

「全隊一致通過要把獎盃送給你。」

何虎說：

「所有人都會在上面簽名哦！」

杜濟民下令：

「剛才說好了，徐俊留在這裡，其他人到那邊長凳上坐著等。」

冬瓜指著周老妖：

「醫生姐姐，那個大個子傻頭傻腦，能不能替他治治？」

「他的傷口還要兩天才能拆線，你們什麼時候回去？」好聽的聲音傳到杜濟民耳裡。

「我……我們明……」

冬瓜說：

「我們不趕時間，多留兩天沒問題！」

阿六說：

「就算大家都走，他們兩個可以留下來把傷治好才走。」

任剛說：

「對呀，傷沒治好怎麼能走？」

何虎說：

「教練，你放心在這養傷，我們回去會自己安排練球。」

杜濟民眼睛一瞪，球員們乖乖走回長板凳，十幾隻眼睛滴溜溜轉，盯著實習醫生的動靜，豎起耳朵，沒有人肯坐下。

「我……我們星……星期五……」

「對，我們星期五不走。」冬瓜跳過來替教練講完這句話。

「看傷口的狀況再決定行程。」阿六當然會跟過來。

實習醫生笑了：

「你們兩個別搶著說話，讓教練講。」

杜濟民感激的偷瞄實習醫生一眼，還來不及開口，任剛說話了：

「醫生姐姐，你也別問了，反正他們兩個人一定會把手治好才走，明天的冠軍戰下午兩點開始，你一定要來！」

何虎説：

「我來接你！」

實習醫生又笑了：

「我家很遠，你撐個拐杖能走嗎？」

冬瓜説：

「沒問題，我們這顆鐵蛋耐摔耐打，你把地址告訴我們，他一定來接你。」

實習醫生説：

「你們專心打球，不必來接我，可是你們一定要打進冠軍賽，別讓我白跑一趟。」

「一定會！」幾個人同時説，急診室裡的其他人都轉過頭來。

杜濟民聽出來周老妖的聲音最大。

「小聲點！」

冬瓜敲了老妖腦袋一下，跟實習醫生説：

「醫生姐姐，他又發傻了，趕快幫他治治！」

09

第一棒：袁興（三壘手）

第二棒：任剛（遊擊手）

第三棒：王東平（中外野）

第四棒：周立群（一壘手）

第五棒：于順德（投手）

第六棒：江正（捕手）

第七棒：楊福生（右外野）

第八棒：馮志誠（左外野）

第九棒：林威（二壘手）

其實出賽名單很容易決定：

董陽必需保留體力應付下午冠軍戰，秦旭光的打擊不如楊福生和馮志誠，而且前一場比賽投了七局肌肉到現在還酸痛，不適合出賽，他們要做的只是把僅有的蘿蔔放在最適合的坑裡。

比賽八點開始，可能是因為太早，球場邊看臺上冷冷清清，校長和縣教育局的人都沒出現。

流口中學又抽到後攻，憋了很久的于順德早就結束暖身，迫不及待的催阿六開始練投，四個內野手互相丟球，遠處的冬瓜擺出先發球員的架勢和另外兩位外野手訓話：

「我們把外野區畫成四塊，你們每個人負責從邊線往內的四分之一空間，我速度快，負責一半的空間，如果對方打出外野高飛球，千萬記得聽我指揮跑的方向和位置，別自己悶著頭亂跑！」

兩個原先的替補球員點頭如搗蒜，在他們心目中冬瓜的確是不可超越的明星外野手。

認真努力的于順德經過顧文彥指點後進步很多，信心滿滿的想投一場漂亮的比賽，用球場上的表現和董陽一較長短，杜濟民怎麼會不知道于順德的心態，他不擔心于順德的球技，可是如果心態沒調整好急於表現，反而有可能出問題。

于順德走上投手丘前，杜濟民只有一句話：

「不要一直想和打者硬拚，按照阿六的配球一球一球好好投，讓對方出局更重要。」

于順德眼中除了「董陽障礙」之外，沒有其他值得關心的事，對方高大的打者根本不能對他造成壓力，第一局順利解決三名打者，帶著微笑回到球員休息室。

流口中學的進攻也很快被瓦解，三上三下，對方投手實力不在于順德之下。

前三局又是投手戰，雙方各打完一輪，沒有人佔上一壘。

第四局對方第一棒上場，看準于順德第一球揮棒，球從林威頭上飛過，第一支安打。

于順德追求的無安打比賽泡湯了，懊惱地踢地上的泥土出氣。

阿六叫暫停，過來安撫他幾句，于順德把一股怒氣全都發在下一個打者身上，又一個快速直球，揮棒落空，于順德很滿意自己的表現。

阿六比一個曲球的暗號，于順德做準備動作時突然改變主意：

（再來一個快速球吧！）

再次揮棒落空，阿六看他一眼。

于順德投第三球之前臨時決定再試一次打者的能耐，還是一個快速球，第三次揮棒落空，三振出局。

阿六不解的看著得意洋洋的投手，投手臉上帶著勝利的微笑。

面對第三棒，于順德沒有再自作主張，按照阿六的配球投了兩好兩壞，阿六判斷攻擊欲望強烈的打者會打下一球，比了外角滑球的暗號，于順德在球出手前一刹那改變了主意，決定用快速球和打者對決。

不充分的準備動作影響了球速，打者毫不客氣把這個不算快的直球打到中外野，幸虧冬瓜迅速撿起球傳到三壘阻止一壘跑者繼續往前推進，否則對方就得分了。

二三壘有人，一人出局。

阿六以為這是個失投的滑球，走上投手丘安慰投手幾句，于順德當然知道原因，不服輸的他決定用更快速的直球討回面子。

第四棒是徽州隊的打擊王，小組賽三場比賽打擊率高達六成，還擊出兩支全壘打，于順德按照阿六配球取得兩好一壞的有利局

面，第四球又是配曲球，于順德不屑的輕微撇一下嘴角，按照自己意思做好準備，投出一個他最拿手的四縫線直球，球以他預期的速度閃電般往好球帶飛去……

「我說局長啊！您慢慢走，您看看要注意樓梯呢！」

吳校長小心翼翼的引導縣教育局長走上樓梯，後面跟著五個大小官員，再後面，松贊干布和文成公主帶著四個隨從赫然出現。

「沒事，這種路對我來說像平地一樣。」局長的聲音溫和而不失威嚴。

「是啊，我們局長每天運動，身體可好了！」立刻有人附和。

「局長平常爬的山比這裡不知道難多少倍呢！」

「局長明年還打算參加馬拉松比賽呢！」周圍適時響起一陣笑聲。

「對對對！我說我們局長啊，肯定是所有領導裡身體最好的，您看看我老糊塗了呢！」

吳校長為自己的失言深深自責，又引起一陣笑聲。

「沒事，今天要感謝楊老闆安排車子，替大家節省不少時間。」畢竟是局長，果然面面俱到。

「那裡那裡！能替局長效棉薄之力是小弟的榮幸！」楊老闆快步上前謙卑的接話。

「我說局長啊！今天我們球隊一定要拿下冠軍，您看看這才能感謝局長您不遠千里來加油的辛勞呢！」

吳校長畢恭畢敬地說。

一行人說說笑笑走進球場，「鏘」的一聲嚇了大家一跳，局長抬起頭剛好看到一顆球飛得又高又遠……

飛過了遠處弧形的木牆，局長看到兩個球員站在木牆前發呆，從沒看過棒球比賽的局長回頭問吳校長：

「這是什麼情況？」

吳校長胸有成竹地回答：

「我說局長啊！這叫全壘打，打擊的球員和所有在壘包上的球員都能得分，我算算……一共是三分，我們的球員最會打全壘打了，您一來就帶給球隊好運，您看看這場比賽肯定是要大勝了呢！」

局長滿意的點點頭，大家七嘴八舌走進球場，局長秘書看了一眼遠方的記分牌說：

「不對啊！怎麼是徽州隊三分，我們零分呢？」

吳校長一驚，從不離手的筆記本「趴」的一聲掉在地上。

10

于順德不可置信地看著球飛過全壘打牆，想不通這個接近完美的得意之作怎麼會被擊中，又怎麼會飛出場外，看到冬瓜和馮志誠呆立在全壘打牆邊，于順德頹然坐在投手丘上，所有夢想一瞬間化為烏有……。

超級投手夢，職業球員夢，名利雙收夢，全家團圓夢…… 他沒有力氣站起來，也不想站起來，怕站起來就要面對失去所有夢想的殘酷，他寧願繼續留在夢境裡。

于順德被兩雙手扶起的同時回到了現實世界，杜濟民和阿六一人一邊攙著他，他一臉茫然，耳朵裡聽到對方啦啦隊的歡笑聲，恨不得立刻離開球場，找個沒有人的地方躲起來。

看著周圍隊友們關心的眼神，于順德在極短時間裡經歷了絕望，沮喪，悔恨，傷心，自責，愧疚，憤怒，反思，平靜……

他很快恢復了在逆境中養成的頑強，不服輸的精神回來了，他不會這麼容易被擊敗，要打贏這場比賽，不僅僅為自己，不僅僅為球隊，更是為了父母和家庭，于順德輕輕掙開攙扶他的手，低聲說：

「我會投好後面幾局，你們幫我把分數打回來！」

沒有人懷疑他的決心。

杜濟民沒有換投手，拍一下于順德肩膀，揮揮手示意大家回到自己防守位置，阿六走到他身邊，小聲說：「不要想你失掉幾分，只要記住你不會再失分！」

于順德會意地點點頭，他記得這是顧文彥最後一堂課的內容之一。

于順德謹慎的和阿六溝通，用心投每一球，阿六把快速球和變化球搭配的恰到好處，接下來第五棒擊出二壘前滾地球被封殺在一壘。

第六棒擊出三壘前滾地球，袁興穩穩接住傳向一壘，球偏了一點，老妖腳步離開壘包接住，打者安全上壘，袁興懊惱的走到投手丘前向于順德道歉。

于順德和袁興講了幾句話穩定住情緒，專心對付第七棒，一好一壞後對方擊出不遠的高飛球，冬瓜快步向前接殺，三人出局，袁興失誤沒有造成新的傷害。

四局上結束，流口中學零比三落後，這是成軍以來從沒遭遇過的逆境。

11

「我……我說杜……杜老師，不，杜……杜教練啊！您……看……看看……」

「校長您別擔心，我們還有四次進攻機會，您安心看球吧！」

杜濟民和看臺上的校長說完話，和楊老闆夫婦點點頭，又向他不認識但肯定是上級領導的人們打招呼後，對聚集的球員說：

「記不記得顧教練教過的水平揮棒方式？」

「記得！」球員們回答。

「這位投手的球尾勁很強，用水平揮棒方法推打，一定能打出安打，袁興，你示範給大家看！」

教練的信任給了袁興無比信心，他把重心壓低穩穩站在打擊區，一好一壞，袁興很有耐心的等待，第三球是投手最拿手的帶尾勁快速球，袁興心裡重複了無數次的口訣轉變成流暢的揮棒動作，沒盡全力的揮擊足以把球送到內外野之間的草地上，流口中學本場比賽的第一支安打。

流口中學球員休息室上方看臺上稀稀落落的觀眾鼓掌叫好，幾位領導皺著的眉頭放鬆了些，吳校長像小孩似的手舞足蹈，阿六看了冬瓜一眼正要說話，一個熟悉的笑臉突然出現，阿六興奮大叫：

「醫生姐姐來了！」

上完大夜班的柯雲為了替小朋友們加油，犧牲早上睡眠時間提早來到球場，一夜沒睡的她還是精神奕奕神采飛揚，臉上帶著令人愉快的笑容。

吳校長高興的站起來向球員們揮手，回過頭來打算向領導們誇耀一下球員們球技精湛禮貌周到。

（怎麼大家都往右邊看？）

吳校長看向右邊，一個衣著普通，相貌還算不錯的女孩子，正在向場內球員們揮手。

（他們不會是跟她揮手吧？）

吳校長的腦袋沒有口頭禪。

吳校長左看看右看看，球員們的確是跟她揮手，大家興奮的就像剛拿下世界冠軍一樣，吳校長搖搖頭：

（這些小朋友真不懂事，不跟領導們打招呼就算了，怎麼對一個不相干的女孩子這麼熱情？）

杜濟民看著一直保持微笑和球員們揮手的實習醫生，仍然纏滿繃帶的右手想揮又不敢揮的停在半空中，阿通實在看不下去這幅可笑的尷尬模樣，從後面抓住那支僵硬的手用力揮動，實習醫生笑得開心極了，整齊的牙齒在陽光照射下閃閃發光，更襯托出棒球教練的膽怯和呆滯。

任剛看著實習醫生，右手握拳用力拍打左胸兩下，轉身走進打擊區，剛才看到袁興正確的示範，他一點都不著急，知道只要耐心等待，一定會等到有把握的球，他會抓住機會，他要冠軍杯！

任剛等到了有把握的球，第二支安打出現，速度可比美四條腿動物的袁興輕易跑上三壘，一三壘有人，冬瓜夢寐以求的表現機會來了。

冬瓜對著看臺上的實習醫生微微一笑，轉頭跟杜濟民眨眨眼，帶著自信的笑容走進打擊區，阿六的聲音進入他耳中：
「冬瓜，你不打出安打就不要待在球隊裡了！」

冬瓜保住了在球隊裡的位置，他一改猛力揮棒的習慣，標準的推打把袁興送回本壘扳回一分，一二壘有人，無人出局，一比三。

周老妖走進打擊區，被連續擊出三支安打的投手似乎有點膽怯，四個壞球讓周老妖心有不甘的上一壘，無人出局滿壘。

于順德有機會檢驗苦練多時的打擊了，他專注的在腦袋裡重複幾遍揮棒動作，做幾個深呼吸，舒展四肢讓肌肉完全放鬆。
防守隊員擴大防守圈，準備對付頻頻出現的推打。
孔武有力心高氣傲的于順德做了連隊友都想不到的事：

沒有任何準備動作，球棒輕輕點擊到球，球沿著一壘邊線緩慢滾動，措手不及的投手和一壘手急忙往前衝，投手早一步撿起球，任剛已經得分，投手把球傳向一壘試圖封殺于順德，慌亂中失控的球飛向看臺邊，一壘手撿到球的時候速度超快的冬瓜也得分了，老妖上三壘，于順德上二壘。

　　令人意外的觸擊造成失誤，流口中學連得兩分扳平比分，于順德用球棒彌補了剛才自大造成的傷害，也讓他的棒球夢有延續下去的機會。

　　阿六耐心等自己中意的球，一好兩壞後揮棒，準確的推打擊出往二壘後方飛去的平飛球，二三壘上的跑者興奮的往本壘跑，球員休息室裡的人都衝出來準備迎接得分的隊友……

　　二壘手以不可思議的速度往後跑，球即將從他頭上飛過一瞬間高高跳起，準確的把球收進手套中，快要跑到本壘的老妖驚訝的看見所有人都揮手大叫指著三壘方向，他轉頭一看，二壘手高舉右手準備把球傳向二壘給補位的遊擊手，老妖立刻回頭往三壘狂奔，遊擊手接到球把來不及回到二壘的于順德封殺出局然後快速把球傳向三壘試圖製造三殺，老妖在距離壘包還有五步的距離奮不顧身撲向三壘，人和球幾乎同時到……

　　于順德的經驗告訴自己，阿六擊出的球一定會在二壘手和中外野手之間落地，肯定是一支安打！

　　他開心地往三壘跑，心裡想著：

　　（阿六就是阿六，從來不讓大家失望，這支安打來的真是時候！）

　　快到三壘的時候，突然看見老妖掉頭往回跑，反應極快的他立刻知道發生了什麼事，緊急煞車回頭跑向二壘，剛跑幾步就知道來不及了……

阿通幾乎忘了呼吸，全場的人都停在原地等待三壘裁判判決，裁判比出安全的手勢，阿通喘了口氣，低頭看著手掌心指甲捏出來的痕跡。

　　兩人出局，老妖在三壘，這一局還沒結束。

　　根據規則，進攻方擊出飛球的時候，壘上球員必需回到原來停留的壘包，等到防守方接到球才可以開始跑壘，如果跑壘者已經先離壘，必需回到壘包，如果防守球員接到球之前來不及回到原壘包，會被判出局，這是為了避免過早離壘造成頻頻盜壘所制定的規則。

　　阿六站在一壘邊，幾乎不敢相信自己的眼睛，落點這麼好的推打竟然被接殺，不但自己出局還差點造成三殺，剛才警告冬瓜的話居然發生在自己身上……

　　原先一直是替補的楊福生緊張得手腳發抖，戰戰兢兢地戴上頭盔準備走上打擊區，腦中一片空白，連看臺上父母的加油聲都沒聽到。

　　他只打過幾場實力懸殊的比賽，而且沒有擊出過安打，從沒有在這麼重要的比賽上過場，連練習都不常擊出安打的他根本不知道怎麼應付眼前的情況，阿通走過來摟著他的肩膀，楊福生用失去焦距的眼睛茫然看著阿通，嘴唇蠕動幾下沒有發出聲音，阿通輕聲問：

　　「記不記得我們一起打輪胎的時候？」

　　楊福生點點頭。

　　「記不記得我拋球給你打？」

　　楊福生又點點頭。

　　「記不記得我投球給你打？」

　　楊福生再點點頭。

「記不記得有一次你打出去的球把八年一班教室的玻璃打破？」

楊福生還是點頭。

「去吧！只要記住那一次！」

阿通的話像是溺水的人抓到浮木，填滿了楊福生空白的腦袋，楊福生忘了緊張忘了恐懼，兩眼緊緊盯著投手，就像練習時候盯著阿通一樣，眼裡看到的不是對方投手，而是盡心盡力陪自己練球的高教練。

楊福生記得高教練都會儘量把球投進好球帶正中間讓他打，他看投手第一個球往正中間飛來，像平常一樣揮棒，可是對方投手的球速比高教練快多了，眼睛一花球進了捕手手套，揮棒落空，好球。

第二球還是相同球路，楊福生再揮棒，還是慢了一點，兩個好球。

楊福生叫暫停，走出打擊區，想了一會，走回打擊區，臉上表情明顯和剛才不一樣。

連續兩次揮棒落空讓投手戒心完全消除，他知道打者根本不是他的對手，不需要在這個打者身上浪費寶貴的時間和體力，只要再投一個快速直球就能解決他，趕快結束討厭的這一局，讓隊友多打幾分，彌補剛才失誤造成的傷害。

一樣的球路第三次出現，調整好心態有了準備的楊福生加快揮棒速度，球棒準確擊中這個快速直球，球從遊擊手和三壘手中間穿過滾向外野，老妖輕鬆跑回本壘得分，四比三。

楊福生在一壘上偷偷捏自己大腿一下。

（好痛！）

沒錯！不是作夢！真的在球隊需要的時候做出了貢獻！平時幻

想無數次的情景竟然實現了！

　　他的頭腦清醒了，對著鼓掌雀躍的阿通豎起大拇指，又向看臺上起立歡呼的父母揮手，再對跳躍慶祝的隊友們握拳曲臂做出健美先生的姿勢，他突然發現隊友們和自己不再有任何距離，他們真心的為他歡呼慶祝，他知道他們以自己為榮，知道自己終於真正融入了球隊。

　　對方教練走進球場，全隊在投手丘上開了很久的會，結果還是沒有換投手。

　　情緒穩定下來的投手恢復了投球威力，馮志誠連續揮棒落空，結束了第四局。

　　于順德開心得和每一位隊友擊掌慶祝，楊福生抱著阿通激動得說不出話，冬瓜摟著阿六以過來人的經驗安慰他，流口中學的球員們在短短一局內經歷了極大起伏，大家更體會到團隊力量和求勝意志有多麼重要，也更珍惜辛苦取得的領先優勢。

　　于順德精神抖擻繼續投球，第八，九兩棒分別被三振和高飛球接殺，兩人出局。

　　第一棒精明的選球，壞球絕不揮棒，好球頻頻被打成界外球，纏鬥了九個球終於被四壞球保送上一壘。

　　第二棒也是極難纏的打者，又纏鬥了很久還是被四壞球保送，一二壘有人，對方又出現得分機會。

　　阿六發現于順德面對粘性強的打者很容易失去耐心，連續被擊出幾個界外球後就心浮氣躁，控球能力大幅下降，叫了暫停走到于順德面前，輕聲說：

　　「河馬，他們沒辦法把你的球打出去就用破壞性打法，把球打成界外球，你如果沉不住氣就輸了。」

于順德不是傻瓜，是得失心太重影響控球，阿六的話讓他的腦筋立刻恢復正常，不好意思的苦笑搖搖頭，又點點頭，阿六也點點頭回到本壘後蹲好，做出暗號。

　　前一次打出安打的第三棒是攻擊欲望強烈的打者，信心極強的他毫不畏懼看著投手，連續做幾次試揮，一付打算再來一支安打的樣子。

　　于順德集中精神確實做好每一個動作，一個角度很大的曲球騙了打者出棒，揮棒落空。

　　第二球往內角偏高的位置飛來，打者錯愕的看著球轉進好球帶，成功的滑球，兩個好球。

　　第三球還是一樣位置，打者沒上當，球沒有轉出去，偏高的壞球，兩好一壞。

　　第四球還是往一樣位置飛來，打者看出球有轉彎的趨勢，壓低棒頭對著預期的滑球進壘位置出棒，球果然轉向外側，但是沒有下墜，曲球，棒頭擊中球下緣，擊成一個遊擊手上方的內野高飛球，任剛穩穩的接殺出局，五局上結束。

　　阿六的適時提醒讓于順德恢復冷靜，以準確的控球壓制住了對方的進攻。

　　五局下林威出局後，袁興擊出一支安打，但是任剛和冬瓜連續擊出高飛球被接殺，結束進攻。

　　六局上又輪到第四棒打擊，阿六謹慎配球，于順德認真投球，還是在一好兩壞後被擊出一壘安打，果然實力超強，于順德又輸給他一次。

　　第五棒擊出滾地球，袁興接球傳向二壘封殺跑向二壘的跑者，來不及傳向一壘，一人出局，一壘上有跑者。

　　第六棒第一球就出其不意觸擊，球在三壘前五六米的地方停

住，袁興衝上前撿起球後發現來不及封殺任何一個跑者，一二壘有人，對方又站上得分圈。

阿六對于順德笑了笑，一付胸有成竹的樣子，沒有叫暫停，指揮大家往前站縮小防守圈。

打擊不強的第七棒果然用觸擊，球的落點不好，往投手滾去，于順德撿起球傳往一壘，兩人出局，二三壘有人，危機還在。

對方換上代打，打者身材不高但是肌肉發達，揮棒虎虎生風，阿六走上前和于順德小聲商量一會回到捕手位置蹲好，于順德投一個內角偏低的球，沒騙到打者，壞球。

第二球外角偏高球，還是沒騙到打者，兩個壞球。

第三球是正中直球，打者揮棒，球突然轉向外角下方，棒頭擊中球上緣往一壘滾，老妖接球踩壘包，封殺出局，六局上結束。

六局下三上三下。

七局上只要不失分就贏了。

兵多將廣的對手再度派出代打，阿六不敢掉以輕心，先讓于順德投兩個邊邊角角的球測試對方，機靈的打者都放過了，兩個壞球，看來能派上來擔任代打的都不是省油的燈。

雖然沒有騙打者出棒，但是于順德準確的投球讓阿六信心大增，連續配了兩個好球帶邊緣的球，于順德都準確投到指定位置，兩個好球。

第五球兩個人心有靈犀決定用滑球對付打者，打者對著這個往好球帶中間飛來的球出棒，揮棒落空，三振，絕妙的配球加上精准的投球，兩人相視一笑。

第一棒再次擊敗于順德，又擊出一壘安打。

第二棒兩好三壞後連續擊出兩個界外球，求好心切的于順德在

肌肉繃緊的情況下出手，過低的壞球，保送上壘，一二壘有人，一人出局。

輪到打擊最強的三四兩棒，只要擊出一支飛到外野的安打，二壘上的跑者就有可能回來得分，情勢再度對流口中學不利。

阿六趕快叫暫停，內野手圍上來一起安撫于順德不穩定的情緒……

打擊很好的第三棒對上次打擊的結果非常不服氣，下定決心要用球棒討回面子。

一好兩壞，于順德再次出手，打者揮棒，強勁的滾地球往二壘快速滾去，眼看就要穿過二壘滾向外野，任剛沖上前來不及做接球動作，毫不考慮以跳水的姿勢全力往前撲，身體在地上向前滑行雙手伸長，左手腕碰到球，被擋住的球往回彈了一米多停住，他忍住劇痛起身撿球，用側拋方式把球傳給補位到二壘的林威，球比對方跑者早半步進入手套，剛好來得及封殺一壘往二壘奔來的跑者，原來二壘上的跑者看到球進了林威手套，停下往本壘跑的腳步，兩人出局，一三壘有人。

奮不顧身的任剛用身體擋下這個在正常情況下一定是安打的滾地球，阻止對方得分，還封殺一個跑者，居功厥偉。

于順德跑上前一把抱住不斷揉搓手腕的任剛，剛完成一個幾乎是不可能任務的遊擊手左手痛的舉不起來，用右手抱住于順德，喘著氣說：

「河馬，再堅持一個出局數就贏了！」

于順德再一次面對今天給他造成嚴重傷害的第四棒，阿六投來

一個詢問的眼神，于順德想了幾秒鐘，點點頭，阿六笑了，他知道于順德終於有勇氣以務實的態度面對難題，終於克服心裡障礙不再意氣用事，終於跨出了邁向成熟的第一步。

　　第四棒非常不滿意于順德故意投四壞球保送他上壘，嘴裡念念有詞走上一壘，滿壘兩人出局，第五棒成為徽州隊的勝利希望。
　　第一球，快速直球，好球。
　　第二球，偏高，壞球。
　　第三球，偏低，壞球。
　　第四球，揮棒，界外球，好球。
　　第五球，太靠內側，壞球。
　　兩好三壞，兩人出局滿壘，全場球員和觀眾都坐不住了……

　　于順德知道這是他此生最重要的一次投球，腦袋裡瞬間像快動作影片似的把所有學過練習過的投球動作播放一輪，他知道這是一次絕對不能失手的投球……

　　阿六想了一會，現在的情況下寧願讓對方打，由隊友用防守阻止對方得分，絕對不能投壞球讓對方得分：
　　（快速直球跟他對決！）

　　于順德完全同意阿六的想法，深呼吸放鬆肌肉，投出……

　　打者揮棒，清脆的擊球聲又響起……

　　打者感覺棒頭扎實地擊中球心，完成收棒動作後抬頭往球飛行方向望去，球朝右外野遠方飛去，球沒有旋轉，一定不會飛到界外，落點應該是在全壘打牆前面距離邊線不遠的界內，外野手不可能跑那麼快，距離夠遠落點超棒，應該是二壘安打，至少能得兩

分，說不定能得三分……

徽州隊休息區的球員興奮地衝出來又叫又跳，大家準備迎接回來得分的球員……

球飛出來，冬瓜就知道他不可能接到這個球，張大喉嚨喊：

「包子，往後跑！」

楊福生毫不考慮轉身全力往後方沖，他從來不知道自己竟然能跑這麼快，全壘打牆飛速迎面而來，再跑十幾步就要撞到木牆了，耳朵裡傳來冬瓜的聲音：

「左邊！」

楊福生調整方向往左跑，冬瓜的聲音又到了：

「再跑兩步……回頭……張開手套……跳！」

楊福生又沖兩步，上身往後旋轉抬頭看球，用盡全身力量加上衝力跳起來高舉左手，他感覺到從高處落下的球撞擊手套的震動和疼痛，左手緊緊抓住球，生怕球不聽使喚彈出手套……

衝力加高度讓他完全失去重心，整個人以側躺的姿勢橫摔在地上，楊福生顧不得身體疼痛，一個翻滾右手順勢伸出緊緊握住手套，仰面朝天躺在地上一時站不起來，但是雙手高高舉起，讓全場球員和觀眾清楚地看到球在手套裡，沒有掉出來……

裁判當然也看到了……

12

比賽結束五分鐘了，流口中學的球員和教練還沒有離開球場的打算，大家圍成一個圓圈吼叫跳躍，第一時間從看臺上沖下來的校長教育局長和領導們也加入這個瘋狂的行列和球員們勾肩搭背，連吐蕃國王夫婦也擠了進來，此刻沒有階級沒有貧富，所有人都為這得來不易的艱苦勝利盡情慶祝。

直到工作人員再次催促，大家方才意猶未盡地開始收拾球具，把球員休息區讓給下一場比賽的球隊。

「醫生姐姐呢？」整理好球具的阿六第一個發現實習醫生不在球場裡。

眾人四處找了半天，最後冬瓜無奈地說：

「可能回去補睡眠了吧！反正她答應了，下午一定會來！」

休息區角落，杜濟民檢查任剛和楊福生的狀況：

任剛的左手腕一片青紫，腫的像個小饅頭，剛才那個滾地球的力道可想而知，左臉頰在地上滑行時候擦破了一大塊皮，血已經凝固了，汗水和泥土沾滿了半邊臉。

全身疼痛的楊福生表面上看不到傷口，衣服脫下才發現，左肩和左大腿外側因為落在地上的強大衝力磨破了皮，青紫面積比任剛的左手腕大了不止一倍，文成公主心疼地蹲在身邊，一邊替他擦汗一邊細聲安慰，松贊干布則是滿臉得意地對著吳校長和教育局長吹噓楊福生的精彩表現。

「楊老闆！能不能請司機去買一些藥品和紗布。」杜濟民顧不得禮貌大喊，打斷正在神采飛揚、高談闊論的松贊干布。

「行行行！你說買些什麼東西？」平日頤指氣使慣了的吐蕃國王欣然接受棒球教練的指使。

「消毒藥水、消炎粉、繃帶……」

杜濟民話沒說完，實習醫生手上提著一個急救包快步跑進休息區，不停喘氣的她無法開口說話，右手指指兩個傷兵，又指指球場入口左邊掛著「醫務室」牌子但卻沒有任何藥品的房間，反應迅速的阿六踢了冬瓜一腳，兩個人一起扶起任剛，吐蕃國王夫婦也立刻會意地伸手扶起楊福生，幾個人連拖帶拉地走進小房間在長凳坐下，等著實習醫生再次為這個球隊貢獻她的專業和愛心。

「他們下午能上場嗎？」阿通在實習醫生旁邊終於忍不住了。

「從醫生的角度，當然不可以！」實習醫生臉上還是帶著令人愉快的微笑。

「從隊醫的角度呢？」阿六當然忍不住要插嘴。

「還是不行！」

「從朋友的角度呢？」冬瓜當然不會缺席。

「最好不要！」

「從球員的角度呢？」何虎一直沒有離開。

「這你要問問他們兩個人。」

「從教練的角度呢？」這次是徐俊。

「我不是教練，怎麼會知道？」

「你問問他嘛！」阿六嘴角撇向站在一旁的教練。

「那是你們教練，你怎麼不問他？」

「我們不敢問！」冬瓜的聲音和表情都充滿了畏懼。

「你們好像從來都不怕他嘛！」

「怕！怕死了！」幾個人異口同聲。

「您是柯醫生吧？」早就搞清楚狀況，在一旁觀察了很久的文成公主終於開口了。

「您是這位小朋友的媽媽吧？」雖然沒有人介紹，細心的實習醫生早就從文成公主對楊福生的態度判斷出他們的關係了。

「是啊！真是謝謝您這幾天的幫忙。」

公主駕到，球員們當然只好讓開，按照慣例在旁邊閉上嘴巴豎起耳朵。

「小事，您別放在心上。」

「小朋友們都說如果不是您幫忙，恐怕上場的人數都湊不齊。」

何虎一把摀住冬瓜嘴巴，冬瓜到了嘴邊的話硬生生變成沉悶的唔唔聲。

「其實都是小朋友們自己的意志力支撐著，他們真是一群懂事又可愛的孩子！」

「對啊！其實我們教練……唔唔……」

徐俊動作慢了一點，阿六還是插嘴成功。

文成公主倒是毫不在意看了阿六一眼笑了笑，對著實習醫生說：

「待會我們一起吃午飯吧，順便聊聊。」

「謝謝您，改天吧，我……」

「醫生姐姐，請你不要拒絕，我媽媽很需要朋友。」

一直沒開過口的楊福生語氣中的無奈和疼惜讓心地善良的實習醫生無法拒絕，只能點點頭，文成公主開心的轉頭對助理說：

「叫小張把車開到門口！」

13

為了讓球員們有充分的休息，杜濟民決定讓大家回賓館，自己留在球場看下一場比賽，增加對下午對手的瞭解，所有領導和吐蕃國王及隨從們陪著全體隊員嘻嘻哈哈拉拉扯扯走回賓館，球員們心不甘情不願的各自回房間休息，楊老闆則陪著領導們在簡陋的大堂裡吹牛聊天。

屯溪隊毫無懸念擊敗對手晉級決賽，杜濟民看完比賽，回到賓館和大堂裡的領導們打個招呼後，便回到房間和阿通討論下午的比賽陣容。

第一棒：袁興（三壘手）

第二棒：任剛（遊擊手）

第三棒：王東平（中外野）

第四棒：周立群（一壘手）

第五棒：江正（捕手）

第六棒：秦旭光（右外野）
第七棒：董陽（投手）
第八棒：馮志誠（左外野）
第九棒：林威（二壘手）

「杜哥，于順德不是一直吵著要上場嗎？他打擊比秦旭光好，體力也沒問題，為什麼不讓他上？」阿通看著剛寫好的出賽名單不解的問。

「任何人像剛才那樣全力投了七局都會累，而且我想保留他必要時上場代打。」

「任剛的手沒問題吧？遊擊手這個位置可不是開玩笑的！楊福生的骨頭都摔散了肯定上不了場，秦旭光頂得住吧？」阿通擔心地問。

真是十年河東十年河西，曾經是大家最不放心的楊福生，竟然成了右外野手的不二人選！

「我估計沒有大問題，就算有問題也只能賭一把！」

阿通話題一轉：

「喂！你跟柯醫生講過話沒有？人家可是打車趕去醫院拿急救包再趕回來，忙了大半天！」

顯然非常不滿意杜濟民的表現。

「她不是和楊太太去吃飯了嗎？」

杜濟民一臉無辜。

「呸！人家這幾天分文不取，義務幫忙，今天犧牲睡眠來加油，還自己花錢跑來跑去替球員治療，楊太太和她吃頓飯就沒事了嗎？你是死人啊？」

阿通一臉不滿，口不擇言地開罵。

杜濟民低著頭想了一會：

「等會比賽完了我去當面謝她。」

阿通瞪了杜濟民一眼：

「你不去就死定了！」

午餐時間，教育局長和領導們都不願意去楊老闆安排的餐廳吃飯，寧願和球員們一起擠在賓館狹小的餐廳裡，吳校長和吐蕃國王當然樂意加入大家，將近三十個人把小餐廳擠得水洩不通，站的站，坐的坐，興高采烈地邊講邊吃，在高昂的情緒下，誰會在意餐廳的簡陋和吵雜？

比賽前抽籤，流口中學先攻。
冠軍賽即將開始，傷兵成群但是士氣高昂的球員們在休息室圍成一圈，杜濟民平靜地說：
「不失誤，不貪功，沒有不能擊敗的對手！」
「流口中學！」
阿六喊！
「加油！」
球員們一起大喊。

杜濟民心裡很清楚早上那場球贏得非常僥倖，對手的攻守數據都比流口隊好，整體表現也比較出色，如果不是七局上，任剛和楊福生拚了小命的超水準表現，現在自己應該只有在場邊觀戰的份。
這場冠軍賽因為董陽上場當然會有所不同，只要董陽正常發揮，隊友防守不失誤，以董陽的投球水準，至少可以立於不敗之地，再伺機靠打擊和戰術運用取分，因此，他特別提出「不失誤、不貪功」這個指導原則，就是先求不敗再求勝利。

看臺上的教育局長和領導們一陣交頭接耳後，對吳校長說了一些話，吳校長走到看臺欄杆邊彎腰低頭對杜濟民說：
「我說杜老師啊，局長說咱們拿下冠軍就再補助球隊一萬塊去參加省裡的比賽，而且您和高老師各記一個大功，您看看這可是多

麼的光彩呢！」

杜濟民笑了笑沒有答話，松贊干布也走過來說：

「杜老師，我以前對您不大禮貌，您千萬別介意。今天我看了比賽才知道您有多麼辛苦，我已經決定了，從現在開始，我會贊助球隊長期培訓下去，希望我們流口中學成為全國的棒球重點學校。」

領導們旁邊觀眾席的座椅上，文成公主拉著實習醫生小聲說話，看兩個人有說有笑其樂融融的樣子，簡直像一對老朋友，阿通看了搖搖頭對杜濟民說：

「咱們這位醫生姐姐真是華佗再世！不但能治身體病痛，還能治心理疾病！剛把兒子治好，現在把兒子的娘也治好了！」

14

流口隊先攻，第一個上場的袁興面對投手第一球出其不意觸擊，球沿著邊線往三壘滾，沒有縮小防守圈的三壘手反應極快，毫不耽擱快步上前左手接球右手取球抬頭傳球，動作一氣呵成，球準確飛進一壘手手套。

但是沒有人想到袁興還是比球先到一步，投手不可置信的看著和跑壘指導員擊掌慶祝的袁興，他不敢相信竟然有人能跑這麼快！

在幾乎完美的防守下跑出內野安打，這就是速度的可怕。

左手腕包著繃帶的任剛甩甩左手，揮棒沒有原來順暢，管他的，拚了！

投手沒有因為袁興上壘而沮喪，信心十足的投了兩好一壞，第四球往好球帶中間飛來，任剛猛力揮棒，球在本壘板上方突然大幅度下墜，揮棒落空，三振出局。

「他的伸卡球很厲害！」任剛走回球員休息室途中和冬瓜擦身而過，小聲的告訴冬瓜。

「看我的！」冬瓜信心滿滿地回答。

經過顧文彥調教後的冬瓜不但打擊技巧更好，連心態都成熟了，他在場邊觀察屯溪隊投手練投和剛才對付任剛的投球，知道這是一個球速不快以變化球為主的技巧型投手，兩位教練教過很多打變化球的方法，所以打擊不是問題，目前狀況，野狗最好能先盜上二壘，然後自己來一支安打，憑野狗的速度，絕對能回來得分。

冬瓜看著一壘上的野狗，野狗也正盯著自己，冬瓜眨眨眼，野狗點點頭。

投手轉頭看看一壘上的野狗，確定跑者沒有離壘太遠，第一球，轉到外側的曲球，冬瓜沒揮棒，壞球。

第二球往正中飛來，冬瓜判斷這是下墜伸卡球，而且會以非常低的位置進壘，如果能干擾捕手一下，一定能影響捕手接球傳球的速度，給野狗爭取寶貴的時間。

冬瓜右腳迅速往捕手方向移動，球果然在本壘板前下墜，冬瓜身體重心往前壓低揮棒，球棒緩慢的在捕手面前晃了晃，捕手沒見過這樣的揮棒動作稍微遲疑一下，影響手套伸出接球的速度，球打在張開的手套邊緣落在地上，捕手迅速撿球起身傳球，球進入二壘手手套時，野狗已經安全上壘了。

冬瓜移動位置接近捕手是為了縮短自己和捕手之間的距離，減少捕手反應時間，犧牲一個好球數緩慢揮棒則是為了干擾捕手視線，影響捕手接球傳球，替袁興多爭取一點時間，他順利達成這個目標，再下來要靠打擊了。

投手對冬瓜的伎倆有點不爽，投一個很接近身體的壞球，一好兩壞。

第四球往中間飛來，冬瓜再一次壓低重心，球棒由下往上揮

擊，擊中球後立刻拉平往前推出，球從遊擊手頭上飛過落地，一壘安打，野狗毫不猶豫連跑兩個壘包得到本場比賽第一分。

冬瓜站在一壘上耀武揚威地叫：

「老妖！學會沒？」

投手對冬瓜更不爽了，連續三次牽制，逼得離開壘包的冬瓜連續三次連滾帶爬回到一壘才沒被牽制出局，這下冬瓜也不爽了，離開壘包又遠了一步，不停來回移動干擾投手，投手第四次牽制，早有準備的冬瓜當然安全回壘。

投手不再理他，仔細看捕手暗號，兩個人溝通好開始做投球準備動作，冬瓜迅速拔腿往二壘跑，捕手抬起右手指向二壘，投手一個大轉身球往二壘飛，二壘手接球笑嘻嘻的看著煞車不及衝到面前的冬瓜觸殺出局，冬瓜輸掉了和投手鬥智的第一回合。

老妖面對專心對付自己的投手，一好兩壞，選中一個速度不快的曲球轟到左外野，二壘安打，如果剛才冬瓜不要貪功亂盜壘，現在比分就是二比零。

第五棒阿六把下墜伸卡球打成二壘前滾地球封殺出局，留下一個殘壘，一比零。

流口中學球員走上防守位置前，冬瓜對著秦旭光和馮志誠說：

「上一場比賽第七局，我指揮包子那個再見接殺如何？」

兩個外野手以崇拜的眼光看他，點頭如搗蒜。

「咱們如法炮製，你們聽我指揮跑位，我保證外野防線滴水不漏！」

董陽此生的第二場正式比賽，但是完全看不出緊張和生澀，過去兩個月的密集訓練加上顧文彥的畫龍點睛使他成為同年齡球員中

罕見的成熟投手，不論直球的球速尾勁或是變化球的幅度角度都有相當威力，更重要的是，他穩健的控球和從容的態度，根本不像是正式練習投球還不滿五個月的青少年。

第一棒，兩好一壞，一個滑球揮棒落空，三振。

第二棒擊出滾地球，林威傳給老妖封殺出局。

第三棒擊出強勁滾地球，三壘手袁興接到球又掉下來再度失誤，打者上一壘。

第四棒是屯溪隊的打擊王，臂力超強，兩好兩壞後把董陽的曲球打到左外野，馮志誠慢跑兩步接殺。

第二三局，雙方各有球員因為安打或防守失誤上壘，但是投手都能有效壓制後續打者，三局結束，還是一比零。

第四局雙方還是難越雷池一步。

五局上袁興第三次上場打擊，他牢牢記住杜濟民的交待，減慢揮棒速度，擊中球後把球棒推出去，果然擊出一壘安打。

屯溪隊換投手，新上場的投手身材高大肌肉結實，和前一位投手的球路完全不同，是以快速球為主的剛猛型投手。

任剛平常打快速球非常有心得，第二球出棒擊中球，但是手腕受傷後影響了揮棒的速度和節奏，球飛到右外野被接殺，一人出局。

冬瓜平常最愛打快速球，看到新上場的投手早就心癢難耐，第一球猛力一揮，界外球，好球。

第二球壞球，第三球再次揮棒，球往中外野飛，可惜不夠遠被

接殺，兩人出局。

冬瓜不服氣的走回球員休息室，跟錯身而過的老妖說：
「敲個全壘打，以後就不打你腦袋了！」
老妖用一口白牙答覆。

周老妖放過前兩個壞球，沒放過第三球，是好球帶外側的快速
直球，球棒扎實擊中球心，球飛得又高又遠，中外野手轉身快跑，
球在全壘打牆前一米落地，一壘上的野狗一路狂奔回到本壘，得到
第二分，老妖上二壘。

第五棒阿六擊出滾地球被封殺，五局上結束，二比零。

五局下，六局，七局上，雙方都沒有得分，七局下，屯溪隊最
後進攻機會。

流口中學球員們全都站在休息室邊，沒有人肯坐下，人人都期
待勝利到來。
看臺上的領導們個個興奮的不得了，局長更是笑的合不攏嘴，
第一次看棒球就看到自己家鄉球隊得到冠軍，看來當初給球隊補助
款是對的，提倡體育的功勞是少不了的，以後在市里多有面子……

松贊干布更是得意，剛才那場比賽兒子不但先發，還是球隊獲
勝的功臣之一，雖然受傷不能打冠軍賽，勉強還算是功成身退吧！
這個杜教練雖然對自己愛理不理，態度也不恭謹，畢竟還是給
兒子先發的機會，球隊也即將拿到全市冠軍，這是流口鎮這個窮鄉
僻壤前所未有的榮耀，自己對球隊的贊助肯定會被記上一筆，這對
自己形象的提升大有幫助，估計以前綁在身上的：暴發戶、一身銅
臭、為富不仁、沒有文化……，這些標籤應該會少一些吧！花這麼

一點錢得到這麼大收穫真是始料未及，這個投資值得！以後就繼續玩下去吧……

還有……這個杜教練的態度如果好一些就更好了……

細心世故的文成公主早上看到球員們對實習醫生的熱情態度，判斷她在球員心目中的份量絕對不輕，趁實習醫生替楊福生和任剛治療的時候，仔細打聽情況、全盤瞭解後，便在心裡盤算了一會兒：

自己兒子的性格孤僻任性和同學不相往來，從小人緣不好沒有任何貼心的朋友，自己為這個問題不知道傷了多少腦筋，費了多少心思都幫不上忙，解決不了這個困擾自己多年的問題。

沒想到兒子加入棒球隊後竟然有了改變，不僅性格開朗很多，還會主動關心別人，和同學間的互動交流也大幅增加，自己多年努力沒有效果，竟然在短短幾個月裡有了戲劇性的變化。

這段時間自己苦思很久，想著如何幫兒子鞏固在球隊裡的地位，如何讓兒子和隊友們相處更融洽，一直找不到有效又不著痕跡的方法，現在解決方案就在眼前：

只要能和這個在球隊中人緣奇佳人氣超強的陽光女孩多接近，讓她和自己一家人水乳交融，楊福生肯定能沾光，以後藉這個女孩的名義讓球員們和自己一家人多接觸，一定能讓楊福生和隊友間的關係更融洽……

午餐時兩個人聊天，令她意外的是：

自己原來的目的只是想拉攏這個女孩，沒想到越聊越投緣，她發現這個女孩有許多讓人不得不喜歡的優點和特質，性格樂觀開朗，待人親切體貼，談吐自然誠懇，那隨時掛在臉上的笑容更令人如沐春風，經過一個多小時接觸，她真心喜歡這個女孩，不僅僅是為了兒子在球隊的地位才想和她結交，自己也由衷的希望能有這麼一個朋友，她為自己起初的想法感到羞愧，她知道自己該怎麼做了……

七局下，屯溪隊換代打，阿六從他揮棒動作看出這是技巧型打者，決定用快速球對付他。

董陽準確的快速直球搶到兩個好球數，阿六決定第三球用董陽與眾不同的快速滑球解決打者，董陽的快速滑球威力依舊，打者把球打向遊擊手，任剛調整腳步準備接這個軟弱無力的滾地球，受傷的左手腕因為突然的大幅度擺動一陣劇痛，球進入手套又掉出來，打者上一壘。

董陽對滿臉愧疚的任剛笑了笑，轉頭看阿六的暗號。

屯溪隊再換代打，這回是一個孔武有力的球員，阿六改變配球，以變化球為主，果然順利把打者三振，一人出局。

輪到第一棒，這是屯溪隊強打群的開始，屯溪隊教練把打者叫到一邊講了幾句話，打者走進打擊區，阿六判斷對方這時會用觸擊掩護一壘上球員跑向二壘，董陽球出手打者果然轉身握棒準備觸擊，董陽的伸卡球在打者面前大幅度下墜，沒有觸到球，阿六接到球迅速起身把球傳向二壘，匆忙中球不聽話的提早離開阿六指尖一直飛過補位的任剛頭上往外野滾，冬瓜沖上前撿起球時跑者上三壘，連續兩次失誤讓對方站上三壘，屯溪隊的球員和啦啦隊歡欣鼓舞，叫個不停。

流口中學球員們聚集在投手丘前，互相打氣後繼續比賽。

第一棒打者選中董陽的曲球出棒，球滾向二三壘之間，袁興向左跑了幾步接到球，因為球滾的不遠，三壘上跑者停在離壘包五六步的地方，擺出往本壘跑的樣子觀察情況，袁興做出往本壘傳球的架勢，跑者站在原地不動，完全沒有回壘包的打算，袁興腦中飛快轉了一下：

自己離三壘有點遠，沒有絕對把握在跑者回三壘前先跑到壘包觸殺跑者，如果選擇傳向一壘封殺打者，三壘跑者一定會趁機沖回本壘得分，何況速度奇快的打者已經離一壘不遠了，即使傳到一壘

也不一定來得及封殺，這肯定得不償失，他決定放棄傳一壘，全力衝向三壘，跑者也拔腿往三壘跑，袁興離壘包還有五六步突然魚躍撲向壘包，跑者也幾乎同時做出撲壘動作，袁興手套觸到跑者肩膀的時候，跑者的右手快一步按在壘包上，安全回壘，打者上一壘。還是一人出局，一三壘有人。

這不算失誤，是內野選擇，選擇是否正確，只能以球賽的結果下定論了。

第二棒一好一壞後出棒，球往左外野飛去，很高但是不遠，緊張得手心冒汗的馮志誠呆站在原地沒動，冬瓜大叫：

「紙老虎！往前跑！」

馮志誠大夢初醒般地趕快向前跑，自己也不知道跑了幾步，聽到冬瓜大叫：

「停下！抬頭！」

馮志誠立刻停止，還沒消失的衝力讓顫抖的雙腿完全不聽使喚，他雙膝一曲跪了下去，球同時落在身後，幸好冬瓜邊喊邊往球落點跑來，冬瓜撿起球抬頭一看，三壘的跑者早就得分了，一壘的跑者也即將跑到三壘，打者快到二壘了。

一人出局，二三壘有人，二比一，接著輪到打擊最好的三四兩棒，流口中學面臨重大危機，另一方面，屯溪隊士氣大振，勝利的天平似乎往屯溪隊傾斜了。

屯溪隊在沒有擊出安打情況下，因為流口隊連續三次失誤得到一分，還站上二三壘，追根究底還是因為流口中學的球員比賽經驗太少，關鍵時刻太緊張。

看臺上吳校長站起來又坐下，再度站起來走到看臺欄杆邊又走回座位，剛才還興高采烈的局長和領導們個個緊閉嘴唇一語不發，

松贊干布則匆匆掛斷手機，轉頭和走回座位的校長低聲說話。

　　過去一個多小時沒有停止交談的文成公主和實習醫生也不再說話，神色緊張的看著場內，文成公主緊緊握住實習醫生的手，連實習醫生臉上的笑容都不見了。

　　流口中學沒上場的球員們站在休息室邊，歡樂氣氛消失了，阿通不停擦汗，何虎拄著拐杖、扶著阿通左肩，楊福生齜牙咧嘴地靠在他身上，徐俊和于順德一人一邊、搭著杜濟民肩膀，兩個人的手都在微微顫抖……

　　杜濟民腦筋不停轉動：

　　對方現在只有一個人出局，如果擊出高飛犧牲打就扳平分數，如果擊出內野滾地球即使封殺一個人出局，對方還是能得分，最好的情況當然是讓對方擊出滾地球造成雙殺，結束比賽。

　　現在一壘空著，就算對方擊出落點很不好的滾地球，二三壘上的跑者只要按兵不動，也只會造成一個人出局，不能徹底解決危機，所以應該讓對方滿壘，球打出去後壘上每一個跑者都必需往前推進，這樣就容易造成雙殺了。

　　杜濟民和球員們溝通後說：

　　「冬瓜，你往前站在二壘後面大約十步的距離，我們用五個人守內野！」

　　球員們瞠目結舌，這是做夢都想不到的防守隊形，杜濟民開始指揮球員：

　　「秦旭光和馮志誠兩個人守外野，往前站一些，如果接到球就往距離最近的壘包傳。」

　　「老妖、林威往一二壘中間方向移動一點，任剛，袁興往二三壘中間移動一點，按照平常練習的方法補位。」

　　七個人各自回到自己防守位置，杜濟民對董陽和阿六說：

「保送第三棒，全力對付第四棒，這個戰術的關鍵在於能不能讓他打出內野滾地球，多用伸卡球和滑球，儘量把球壓低。」

董陽和阿六都謹慎點頭，杜濟民又說：

「董陽，第四棒是目前我們碰到過最強的打者，把看家本領拿出來！」

董大俠笑了笑，竟然開了金口：

「我媽下個月要來看我們拿安徽省冠軍！」

　

第三棒被四個明顯的壞球保送上壘，滿壘，一人出局，流口中學領先一分，可是所有在場邊觀戰的人都不認為這個優勢會保持太久。

　

第一球，往好球帶正中飛來，打者稍微猶豫沒有揮棒，球轉出去，沒有騙到打者的曲球，壞球。

第二球還是往好球帶正中飛來，打者沉住氣不動，球大幅度向外轉彎還帶點下墜，是個漂亮但是沒騙到打者的滑球，兩個壞球。

　

所有人都知道董陽沒有再投壞球的本錢了，如果投出四壞球，三壘上的跑者會被擠回本壘得分，比數變成二比二，屯溪隊還是滿壘一人出局，這將是流口隊的大災難。

　

打者做了兩次深呼吸讓心情平靜下來，他知道董陽剛才那兩個壞球都不是失投，是自己選球仔細同時猜中對方配球策略，接下來一定是好球，而且應該是投手拿手的快速直球，投手必需要搶好球數！

董陽果然投一個往正中位置飛來的快速球，早有準備的打者對付快速球太有把握了，他緊盯著飛過來的球，流暢的揮棒，球棒出乎意料之外沒有觸碰到任何東西……

他期待擊中球後扎實的手感和震動的喜悅沒有出現，這是怎麼

回事？

　　董陽投出此生比賽中第一個變速球，打者從沒見過這種到本
壘前會減速的直球，他用正常的揮棒速度當然打不到球，但如果不
打，這又是一個好球。董陽苦練多時，顧文彥的秘密武器在關鍵時
候發揮了作用。

　　一好兩壞，第四球，還是一個往正中位置飛來的快速球。
（沒這麼邪門吧？）
打者再次揮棒，又是完美但是落空的揮棒，兩好兩壞。
屯溪隊教練叫暫停，對打者說幾句話，打者回到打擊區。

　　董陽和阿六來回溝通幾個暗號，做準備動作，全場鴉雀無聲人
人全神貫注看這關鍵的一球，球快速往打者內側飛來，打者在百分
之一秒內做了決定，球棒穩穩握在手中沒有揮動，球沒有轉進好球
帶，兩好三壞，屯溪隊的球員和啦啦隊爆出歡呼聲，打者長長呼一
口氣，他不知道這是故意吊球還是失投，不過這已經不重要了，無
論如何他選對了。

　　阿六只比一次暗號董陽就點頭同意，兩隊教練球員全場觀眾都
站起來，這是決定兩隊命運的時刻，董陽腦中一片平和，沒有任何
雜念，他眼中看到的景象和其他人不一樣，打者手上不停揮動的球
棒像梨樹的粗樹枝，阿六的手套像一隻肥美的斑鳩，他要把這只斑
鳩帶回家給終年辛勞的爸爸下酒，他不能讓它飛掉！

　　球還是往好球帶正中飛來，經過教練耳提面命的屯溪隊超級強
打者再把重心壓低一點，這次揮棒的速度稍微放慢了一點點，就這
麼一點點已經足夠，球棒如願擊中了球……
打者感覺到棒頭和球的接觸，他按照練習過千萬次有十足把握

的方法翻轉手腕把球棒往前推出，他不求全壘打只想擊出安打，他渴望勝利，他也有棒球夢要延續……

球棒接觸球的同時，球往下沉了一點，就這麼一點已經足夠讓打者無法準確擊中球心，棒頭擊中球上緣，球從董陽身邊滾過，速度快得董陽根本來不及反應……

打者興奮的拋掉球棒往一壘跑，他打了六年棒球，知道這個強勁滾地球將會穿越投手和二壘滾到外野，外野手會撿起這個球，但是來不及阻止二壘和三壘的跑者得分，他擊出了再見安打，再次成為球隊的英雄，他的棒球夢還繼續著……

董陽和阿六一致同意用伸卡球對付打者，希望他能擊出滾地球造成雙殺，董陽的確投出一個漂亮的伸卡球，球在打者揮棒同時往下掉，但是打擊技巧超好的打者還是準確擊中下墜中的球，雖然不能如願打出平飛球，可是還是利用超強臂力把球拉回正中間，形成落點極好的滾地球……

屯溪隊球員都沖出休息室準備迎接勝利，啦啦隊把鑼鼓敲得震天價響，可是他們都忘了剛才杜濟民做了匪夷所思的調度……

任剛看到球快速往二壘滾，心中大叫不好，這是內野防守的最大漏洞，正常情況下沒有人能接到這個球，只能拚了！他盡全力往球跑去，來不及了，根本沒有機會攔下這個球，球穿過二壘滾向外野……

冬瓜一直在原地甩手跳躍保持活動狀態避免身體僵硬，他相信董陽會讓打者擊出滾地球，腦中演練了好幾種不同狀況發生時候自己的處理方式，他希望球能滾到他面前。

球一打出來，冬瓜就知道這是他的球，為了節省時間，他往前狂奔，迎向快速滾過來的球，同時大叫：

「鍋子，補二壘！」

他知道遊擊手任剛傳球比二壘手林威快而且準，這個決定勝負的雙殺絕對不能搞砸！

任剛看到球在面前五六步穿過壘包，他和林威都沒趕上，絕望的他心灰意冷的呆立在原地，突然聽到冬瓜的聲音，轉頭一看冬瓜蹲下準備接球，立刻跑向二壘，站上壘包同時看見冬瓜把球拋向自己，任剛不用手套右手空手接球，踩在壘包上的右腳順勢跨出，右手在空中畫出一個圓弧，球畢直往回到一壘的老妖飛去……

一壘跑向二壘的跑者被封殺，目前是兩人出局，如果能封殺跑向一壘的打者就造成三人出局，結束屯溪隊進攻，同時結束這場比賽，三壘跑者即使回本壘得分也無效；如果打者安全上壘，得分有效，兩隊戰平。

打者拚盡全力往一壘奔去，瞬息之間的變化讓他從天堂回到人間，他必需在一壘手接到球之前踩到壘包，否則就要落到地獄了……

看見強勁的滾地球進入冬瓜手套，周老妖從地獄回到人間，立刻跑回一壘，他對冬瓜有無比的信心，知道冬瓜一定能封殺跑向二壘的跑者，他看見任剛踩壘包後把球往自己傳來，瞄一眼向一壘快速跑來的打者，焦急的等，球來了，打者也快到了……

在球場裡所有人的眼中，打者和球同時到達一壘，全場的人像雕像似的站在原地等候裁判判決，除了兩個人……

老妖感覺到球進入手套的震動，眼角瞄到打者的腳還在半空中，從最高點往下踩，但是還沒踏下來……

打者看見球在眼前一晃而過，進入一壘手的手套，自己最後這一步還沒完成，腳還沒踩上壘包……

一壘裁判做出了公正的判決……

15

阿通又進入夢遊狀態，眼中看到的一切又變成無聲電影的慢動作，他在休息室外面和見到的每一個人擁抱，不論認不認識，連從看臺上跑下來的局長和領導們都不放過，他仰天高聲吼叫，不停地在原地跳躍直到力竭摔倒在地上……

閉關

01

晃動的車子搖不醒宿醉的阿通，也搖不昏思潮起伏的杜濟民。

黃山市的冠軍如願到手，但是過程卻充滿艱苦和驚險，防守失誤連連，打擊不時熄火，投手群起伏不定，都在這次比賽中曝露無遺，一個月後的安徽省比賽將會面對更強更有經驗的對手，運氣不可能永遠都在自己這一邊。

人手不足是另一個心頭大患，如果不是幾個先發球員受傷，失誤的情況會好一些，可是他們的傷什麼時候會好？就算好了，這麼久沒練習身手肯定生疏，能上得了場嗎？誰能保證不再有傷兵出現？即使所有人都健康，隊中只有十三個球員，球員們的體力足夠支撐未來省裡漫長的比賽過程嗎？

目前球隊最讓人放心的投手只有董陽，在強敵如林的多場比賽中，不可能永遠把他當作伏兵只投冠軍戰，如果任何投手壓制不了對手，董陽只能披掛上陣，那麼接下來的比賽呢？在未來的一個月

內，如何才能讓于順德、秦旭光、老妖、冬瓜變成可應付大場面的投手？

這次冠軍戰說明一件事：

即使是董陽也不可能完全封鎖對手打擊，若非自己福至心靈，把冬瓜拉上來防守二壘後方，最後那支穿越二壘的安打就會成為終結這群山區小孩棒球夢的利刃。

如果對方擊出平飛安打或是高飛犧牲打，這個事後人人誇獎讚歎的神奇調度不也是白搭嗎？

沒有球隊能永遠靠戰術和調度取勝，堅強的防守，強力的攻擊才是最可靠也是唯一的贏球保證。

可是如何才能維持穩定的防守和打擊呢？

另一個馬上就要面臨的問題是：

春耕即將開始，這是一年中最重要最忙的時期，球隊中可能有一半球員必需在家幫忙，為家庭生計努力，如果集訓時有一半球員不能來，這個訓練還有意義嗎？

下週一開始的集訓，到四月二十號安徽省比賽總共只有五周，要在五周裡解決這麼多難題，杜濟民想得頭都痛了，突然一個陽光般燦爛的笑容浮上腦海……

比賽結束後，實習醫生沒有進入球場和大家一起慶祝勝利，帶著招牌笑容站在看臺欄杆邊替隊員們鼓掌，看著球員教練領導校長贊助人瘋狂的吼叫跳躍擊掌擁抱，她打算親口向杜濟民道賀後就離開，她晚上還要上夜班，她知道球員們等一下一定會把她拉到慶祝隊伍中，他們會以她為核心發起另一次慶祝儀式，知道他們會讓自己成為下一波慶祝的焦點，她不想搶走任何人的光芒，要趕快離開這裡。

　　柯雲從小就是一個有愛心的人，家境普通的她省下自己有限的零用錢幫助家境更困難的同學，也會替功課不好的同學義務補課。看到無家可歸的流浪動物會帶回家餵食，還用自己極為有限的醫學常識替它們治療，直到家裡貓狗小鳥氾濫成災，才在父母的再三懇求下一一送走。

　　她在成長過程中看到太多被疾病困擾的人，其中很多人因為經濟條件不好耽誤就醫時機，造成不可彌補的後果，她立誓要學醫，不是為了賺更多錢，而是為了幫助更多人。

　　上醫科大學後，她的用功和友善很快就贏得同學的敬重和喜愛，她快樂的讀書快樂的交朋友，單純的日子讓她無憂無慮的享受大學生活，直到有一次和另一個大學的交流活動中認識一個讀電腦的男孩，這個男孩發動綿綿不斷的攻勢，長期體貼又密集的追求終於打動她，兩個人交往也的確帶來一段快樂又充滿憧憬的時光，直到在偶然狀況下發現這個男孩同時還和其他女孩交往，傷心欲絕的她毅然結束了這段戀情。

　　心靈受創的她不再接受任何感情，專心學業，以全校第三名完成學業，畢業後放棄合肥幾個醫院提供的優厚待遇，回到黃山市人民醫院工作，一則可就近照顧父母，二則可為家鄉更多窮困的人服務。

　　徐俊受傷到急診室，她擔心掛號手續拖延太久影響救治時間，因此在阿通去掛號的同時先替徐俊縫合傷口。後來看到杜濟民雙手繃帶都有血滲出，基於醫生的本能主動替他治療。治療過程中看到他們穿著姨丈承接的流口中學棒球隊制服，知道他們來自窮困山

區，因此開了後門替他們免費治療。

這種做法違反醫院規定，當然會承擔風險，幸好姨丈平日廣結善緣上上下下朋友眾多，又和醫院院長私交甚篤，自己人緣也很好，所以沒有人認真追究此事，否則難保不受到處罰。

她的出發點很單純，起初是因為急於救人，然後是為了幫助窮人，經過幾天相處，逐漸被這群小朋友的純樸真誠打動，她喜歡他們的直率友善，也喜歡他們的活潑開朗，更喜歡他們的活力熱情，她以大姐姐的心態幫助他們照顧他們，希望他們健康的打好比賽，健康的回到家鄉，健康的準備下一階段比賽，健康的求學，健康的成長。

自認做了應該做的事，不求回報，希望把榮耀留給努力打球的球員和教練，希望讓局長領導校長贊助人分享榮耀，她只想默默的支持他們。

03

他們當然不會讓她離開，出乎意料的是，第一個跑上看臺邀請她進入球場一起慶祝接受球員們歡呼的，竟然是那個一見到自己就口齒不清、舌頭打結的杜濟民。雖然還是有嚴重的表達障礙，但是他的誠意和勇氣令人無法拒絕，只好勉為其難加入慶祝行列。

她堅決不參加晚上由松贊干布舉辦的慶功宴，也不接受冠軍獎盃。最後在球員們再三懇求下接受了全體球員和兩位教練簽名的「最佳教練」獎盃，這是所有參賽球隊教練們一致投票通過頒給杜濟民的榮耀。

當天晚上，杜濟民和幾位有傷在身的球員去急診室做最後一次換藥，柯雲幫大家處理傷口後拿出一個大包，裡面是以後幾天換

藥所需的材料和一些處理緊急外傷的藥品。待她和球員們一一告別後，杜濟民走到她面前：

「柯⋯⋯柯醫生，我⋯⋯我⋯⋯」

實習醫生微笑地打斷他：

「不必多說，何虎告訴過我，你們兩個人受傷的原因和經過，比起你做的事，我做的根本不值一提。」

實習醫生轉身走向下一個病人，臉上的笑容始終沒有消失。

那個燦爛的笑容讓杜濟民也帶著笑容進入夢鄉。

04

「臺上一分鐘，台下十年功。」集訓第一天的開場白。

「平時練習的時候每個人都攻守俱佳，為什麼到了比賽就發揮不出來？」

球員們低頭不回答。

「只有一個原因⋯⋯」杜濟民打破沉默。

「練習不夠！」

球員們很快就知道了解決「練習不夠」這個問題的唯一方法：多練習！

如果有人說過去幾個月的練習份量太輕，這個人腦袋肯定有毛病！

杜濟民向來是「勤能補拙」理論的忠實支持者，而且身體力行多年如一日，成軍只有五個多月的流口中學棒球隊能連連擊敗經過長期集訓的強隊，跟杜濟民嚴格的訓練和要求有密不可分的關係。

但是比起這一階段的集訓，以前的訓練只能算是小打小鬧！

第一天練習結束，所有球員都癱倒在運動場邊的草地上，大家橫七豎八躺了一地，杜濟民交待幾句話後到教務處開會，阿六躺了幾分鐘勉強翻了個身，趴在地上對阿通說：

「教練，今晚我住你那，我沒力氣走回家了！」

「我剛才就先和教練講好了，你別插隊！」冬瓜立刻翻身，作勢要撲過去教訓阿六。

「喂！大家打地鋪一起住，我也走不動了！」任剛插嘴。

「你們睡那裡我不管，反正桌子是我的！」昨天才脫離拐杖族行列的何虎加入戰團。

「大家不要吵！」徐俊舉起剛拆線，還包著繃帶的左手：

「教練，我們是不是應該集中住宿，把路上的時間省下來專心練球。」

「對！」

「贊成！」

「黑皮，有你的！」

「我早想到了！」

「沒說不算！」

「……」

「……」

　　不必投票，全體球員一致通過，支持率百分之百。

「把體育組的大帳篷借來！」

「對！就搭在山坡邊上。」

「河馬最有經驗，負責把地整平！」

「大家自己帶棉被來！」

「旁邊灑一些石灰粉，防蛇！」

「……」

「……」

「接下來是農忙期，家長們同意嗎？而且這種天氣睡帳篷很容易感冒。」杜濟民的反應不出阿通預料。

「住沒問題，九年二班旁邊那間空教室鋪上木板就能住人。」阿通胸有成竹地説：

「至於農忙的問題嗎……嘿嘿……如果家長們花錢雇臨時工幹農活，球員們就不必在家幫忙了。」

「哈！英明英明！佩服佩服！如果我們的家長們花得起錢雇人，我們也不用整天等著楊老闆贊助了！」

「所以説嘛…… 解鈴還需繫鈴人！」阿通臉上的笑容有點詭異。

「少賣關子！」

阿通看了一下手錶説：

「楊老闆現在應該已經答應了！」

杜濟民還來不及回答，阿通手機響了，阿通看著螢幕説：

「楊福生打來的！」

晚餐桌上，松贊干布非常爽快地答應了楊福生的要求，務農的家庭共有八戶，每戶一千二總共九千六百塊，對他來説根本就是九牛一毛，但是能夠讓球隊沒有後顧之憂專心訓練，這個價值就難以衡量了。

經過現場觀戰後的吐蕃國王對棒球產生了興趣，不僅僅是因為寶貝兒子離不開這個運動，自己也從比賽過程中感受到這項運動的迷人之處，現在對球隊的支持不完全是為了提高自己在鎮上的形象，他衷心希望球隊繼續前進，未來不但會在財務上支持球隊，還會到現場加油，要看到球隊打贏每一場比賽。

杜濟民雖然不贊成讓松贊干布付這筆費用，但這的確是解決問題的唯一方法。

（至少能增加訓練時間吧！）
他只能這樣說服自己。

「明天早上六點起床，六點一刻在運動場邊集合跑五千米……」
「啊……」
「不要啦………」
「太殘忍了吧……」

果真是有錢好辦事，星期一晚上決定的事，星期三下午就全部安排妥當，晚餐前球員們興奮的整理自己鋪位，一陣忙亂後，阿通走進臨時宿舍對著球員們宣佈集中住宿的作息時間表，立刻引起一陣哀嚎。

「七點半吃早飯，早上正常上課，中午十二點半到一點一刻午睡……」
「可以不睡嗎？」
「我從來不午睡的！」
「……」

阿通不為所動，繼續講下去：
「一點半到五點半練球，六點吃晚飯，七點到九點晚自習……」
「……」
「……」
「……」

「九點半就寢，每週六早上練球，午飯後放假回家，星期天晚上八點半在寢室集合點名……」
「教練！這像當兵嘛！」
「週末可以不回家嗎？」

「我也不回家，學校有飯吃嗎？」

「……」

「星期六一定要回家看看家人，星期天可以提早回來，可是不能早於下午兩點，到了學校先去廚房登記，好準備晚餐，還有問題嗎？」

冬瓜正要開口，阿通立刻說：

「不准有意見，先試幾天，不行再改，現在準備吃晚飯。」

集中住宿確實能增加練球時間，提高練球效果，早上五千米跑步對體能提升有明顯幫助。每天晚上在教練督導下自習兼顧了學業，球員們朝夕相處不但感情更好，閒暇時候談的都是棒球，無形中增加了球員之間的默契，眼前看來對球隊的確有百利而無一害。

05

星期天晚上收假時間，每個人都準時回到宿舍，除了野狗以外。

星期一上午，野狗沒有來上課。

中午杜濟民正要吃午飯，校長秘書匆匆跑到餐廳：

「杜老師！請您去校長室一下！」

杜濟民只見過鎮公安局長一次，就是楊老闆請吃飯那次，沒有人替他們介紹，兩個人也沒有交談。

「我說杜老師啊！這是邱局長，您看看他有事找您呢！」

「杜老師，袁興是不是你的學生？」沒有客套話，開門見山。

杜濟民從昨晚就不斷向隊員們打聽野狗的行蹤，得不到消息，整個早上一直擔著心，剛才還在考慮是否該去野狗家一趟，現在公

安局長找上門來，不祥的感覺立刻湧上來。

「是，他沒事吧？」

「我們昨天破獲一個盜賣野生動物的集團，逮了四個人，跑了三個，袁興是其中一個。」

杜濟民大驚之下脫口而出：

「跑那去了？」

「我知道還來問你？」局長脾氣有點上來了。

「你怎麼知道他是一夥的？」杜濟民心存僥倖。

「被抓到的一個是袁興的表舅，還有一個同村的人，他們總不會認錯人吧！」局長語氣恢復了平靜。

「另外兩個被抓的是誰？」

「來接貨的，還有兩個接貨的跟袁興一起跑了。」局長回答。

「這個盜賣集團是這個地區最活躍的，袁興的表舅是他們這個地區的負責人，今年春天從他們手上收購轉賣的畫眉鳥超過一千隻，我們從去年冬天開始監控，昨天終於確定他們交貨時間和路線，只可惜沒能一網打盡！」局長接著說：

「本來可以全部抓住，就是那個袁興路熟跑的又快，帶著盜賣集團的頭溜了，害我們這個案子破的不夠漂亮。」

「我說杜老師啊！這個袁興就是跑的最快的那個球員嗎？您看看能不能想辦法策動他投案，局長一定能從輕發落呢！」校長趕快先用話套死局長，他當然不希望有學生被法辦。

杜濟民哪能不瞭解這件事的嚴重性，立刻接著說：

「當然，局長您別擔心，我會叫他出來配合您辦案，請您務必考慮學生的前途，給他一個自新的機會。」

「人先出來再說，袁興只是負責運貨的外圍份子，只要他配合，我們一定會考慮的！」局長回答：「可是一定要把另外兩個人一起帶出來，其中一個可是頭頭呢！」

「野狗跑那麼快大概跟他在山上搬運畫眉鳥有關係吧！」阿通

聽完的第一個反應。

「你能不能想點正經的？要趕快把他找回來，免得事情搞到不可收拾。」

「冬瓜最清楚野狗的事，我去找他。」阿通胸有成竹。

「我早就跟他說過要小心，果然出事了吧！」冬瓜一副幸災樂禍的樣子。

「你本來就知道？」阿通驚訝地問。

「球隊裡什麼事我不知道？」冬瓜又得意了：

「野狗的表舅一直都靠抓鳥和野生動物賺錢，春天抓畫眉鳥，夏天抓蛇，秋天抓老鷹和一些我看不懂可是很漂亮的鳥，冬天就抓穿山甲和其他動物，你看他家的樓是全村最高最漂亮的！」

「你知道的比公安局還多嘛！」

被阿通一誇，冬瓜正要乘勝追擊繼續吹牛，杜濟民扳著臉說：

「別吹牛了，去那裡找野狗？」

冬瓜吐了吐舌頭：

「野狗在山上有一個秘密基地，我帶你們去。」

阿通心不甘情不願地留在學校帶球隊練球，杜濟民和冬瓜還有自告奮勇的任剛，帶著乾糧水壺手電筒往山裡出發，三個人全力趕路，希望能在天黑前找到野狗帶他下山，沒有人想在深山裡過夜。

冬瓜帶著杜濟民和任剛走捷徑，從野狗的村子外翻過山頭往深山一路走去，陰暗大樹下高低不平的荒僻小徑崎嶇難行，三個人氣喘如牛汗如雨下，一個多小時後終於來到一片林木茂密地形開闊的山谷，冬瓜喘著氣指著對面：

「野狗的秘密基地就在山腰上。」

穿越山谷，上山的路比前面的路更難走，三個人手腳並用沿著

陡峭的小路往上爬，在前面帶路的冬瓜突然說：

「教練！這裡有兩根煙頭，他們一定在這裡！」

杜濟民精神大振，超越冬瓜快速往上爬，漫長的半小時後，杜濟民終於看到山腰上一片稍微平坦的地面上有一塊被人鏟除野草的空地，空地中間有一個用石塊堆起很簡陋的灶，石頭上有火燒過的痕跡，灶邊地上有幾個烤焦的野山芋，冬瓜這時也趕上來了，指著空地後的大香樟樹說：

「野狗的窩在樹上！」

杜濟民抬頭看，這棵巨大的香樟樹至少有二十米高，超過一米直徑的樹幹支撐著茂密的枝葉往天空伸展，距離地面大約四五米的樹上，有一個用舊木板搭建橫跨三根粗大樹枝的小木屋……

一個樹屋。

杜濟民沿著從樹屋垂下的繩梯搖搖晃晃爬上去，樹屋的面積只有六平方米左右，地板和牆壁都是用舊木板拼湊的，屋頂用細樹枝編織而成，上面鋪乾稻草，屋子裡沒有傢俱，只有牆角的破舊棉被和一堆乾稻草，屋子中間有兩個空香煙盒，證明除了野狗還有別人來過。

「野狗花了半年才蓋好，只有我和阿六來過。」冬瓜站在繩梯上，把頭伸進屋裡。

「他們昨天晚上應該住在這裡，還有另外的路下山嗎？」杜濟民問。

「山谷那一邊有路回他們村子。」冬瓜爬上來。

「這個地方很棒嘛！」任剛從入口冒出頭。

「我覺得他們不會回村子，否則就不用千辛萬苦的逃到這裡來了！」冬瓜補上一句。

「有其他路往別的方向嗎？」杜濟民又問。

「聽野狗說往北走能到祁門縣，路遠又不好走，要翻過好多個

山頭，至少要走兩天。」冬瓜接著說：「野狗只是利用假日從山裡幫忙運東西下山賺點零用錢，他的罪有那麼重嗎？有必要逃那麼遠嗎？」

杜濟民說：

「我擔心那兩個盜賣集團的人逼野狗帶他們逃，尤其是那個頭頭，他的罪可重了！」

「既然野狗罪不重，為什麼要逃？　給公安抓去不也比被壞人抓去好一點？」任剛問。

「還不是看到公安怕了，腦袋一糊塗顧不了後果就跑！野狗現在一定後悔死了！」冬瓜的語氣非常肯定。

杜濟民點頭，以冬瓜對野狗的瞭解，這個推測應該八九不離十。

「我們再走一段路，看看他們是不是往祁門縣去了。」

杜濟民邊說邊踩上繩梯。

不必走遠就確定野狗的去向了，往北的山路上荒草被踩的亂七八糟，路邊還不時看煙頭，三個人對看一眼，停下腳步。

「教練，要不要通知公安局在祁門縣那邊攔住他們？」任剛說。

「手機沒訊號，打不出去。」杜濟民無奈的說。

「我們追下去吧！」冬瓜和野狗交情深厚，擔心野狗安危。

「馬上就天黑了，走山路不安全。」杜濟民說。

「他們晚上會休息，我們利用晚上趕路，才能追上啊！」任剛也是野狗的死黨。

「第一，晚上趕路容易被蟲蛇攻擊。第二，我們的食物不夠在山上耗兩天。第三，我們不回去隊友們會擔心。」杜濟民又搬出他的「一二三邏輯」。

冬瓜對教練的習慣性論述早就瞭若指掌，立刻回敬：

「第一，現在是早春，蟲蛇還不太活躍，我們小心點就行。第二，山上到處都是食物，只怕你吃不完。第三，我們今天沒回去，

明天一早阿六就帶人來，我們留個紙條在樹屋裡就行了。」

任剛也幫腔：

「教練，今天是農曆十六，月光最亮，我們連手電筒都不必用，真是天助我也！」

杜濟民看了手錶，剛過四點，離天黑還有兩個小時，他當機立斷：

「冬瓜去樹屋裡留紙條，鍋子去後面小溪把水壺裝滿，我們馬上出發！」

野狗對這條路的形容太不傳神了，他說不好走，其實是難如登天，蔓延的雜草把長年沒人使用狹窄崎嶇的路面掩蓋住，走在路上不但要防止被濕滑的長草絆倒，還要提防長草下松動的石塊泥土共同布下的陷阱。沿途高大茂密的樹木擋住了大部分光線進入這個植物世界，相對於在這個陰暗潮濕的天然隧道中翻山越嶺，不時出現的大樹根和坍塌路面只能算是排遣寂寞的小插曲。

三個人費盡千辛萬苦好不容易翻過三個山頭，精疲力竭的杜濟民示意大家休息，冬瓜靠在大樹上喝了幾大口水、喘著氣說：

「教練，我不相信那兩個賣畫眉鳥的人能走多遠，咱們別停，很快就能追上他們！」

任剛掙扎著站起身領頭往前走，杜濟民收起水壺跟上任剛，他比冬瓜還急，他判斷以盜賣集團那兩個人的體能狀況，絕對不可能平安走完這條路，萬一他們出了事拖累野狗，甚至……

森林中的天黑來得比杜濟民估計的早，不到五點半就看不見了，在日光都無法穿透的天然屏障下，任剛等待的月光怎麼可能進來呢？

杜濟民用繩子把三個人的腰牢牢綁在一起，以免在黑暗中失足

滑落山谷，每個人間隔一米，自己走在最前面拿手電筒開路，還要不斷用手中竹竿敲打地面趕走可能躲在草叢中的蛇。

他們前進速度更慢了，但是迫切要追上野狗的心情逼得他們除了停下來草草吞兩個饅頭以外，連休息的時間都不願浪費，三個人低頭趕路，朝著越來越暗的深山走去。

「教練，前面有人！」

剛爬上一個山頭，停下喘氣的杜濟民順著任剛手指方向往隔著山谷的另一邊山腰看，距離他們立腳地大約一百米，對面山腰樹林裡隱隱約約透出一團火光，還可依稀看到火堆邊的一個人影。

「一定是野狗！」任剛興奮的說。

「這還用說，誰會到這種地方來露營？」冬瓜氣喘吁吁地頂了一句。

杜濟民看一眼手錶，晚上八點，他們花四個小時就趕上比他們早出發十多個小時的另外三個人。

「別出聲音，我們先搞清楚狀況再說！」

杜濟民立刻制止想大叫的任剛。

深山裡的蟲鳴鳥叫加上風聲提供最好的掩護，三個人花了很長時間才溜到距離另外三個人二十米左右的山坡上，他們利用夜色和樹林的遮掩看清楚了一點都不複雜的狀況：

樹木間空地上有一個和樹屋下一模一樣的火堆，一個人在火堆邊走來走去，嘴裡焦躁的念念有詞。

旁邊大樹下坐了另一個人，右手拿一把刀不停的削左手上的樹枝，身邊地上放了幾根一米多長，已經削尖，可以當做長矛的樹枝。

另一棵大樹下坐著低頭閉目的野狗。杜濟民看到了他最擔心的情況：

野狗雙手被反綁在背後，雙腳也被綁起來，腰上還有一根繩子把他和削樹枝那個人綁在一起！

三個人慢慢離開，到安全距離後，冬瓜小聲說：

　　「野狗被挾持了，他們有武器，不能硬來。」

　　杜濟民說：

　　「他們總要睡覺的，趁他們睡著溜過去用這把美工刀割斷繩子，野狗就能逃了。」

　　「有道理，我先通知野狗……」冬瓜一興奮音量就大了，任剛趕快伸手遮住他的嘴：

　　「你一通知那兩個人不就知道了嗎？」

　　冬瓜得意的說：

　　「讓他們知道就不是英雄好漢了！」

　　三個人又溜回到離野狗三四十米的樹林中躲好，冬瓜嘴唇一噘，發出嘹亮的鳥叫聲，這個聲音和杜濟民聽過的任何鳥叫聲都不一樣，壓過黑暗森林中所有聲音在山谷中回響，野狗沒有抬頭，但是杜濟民清楚的看到野狗眼睛睜開一下又很快閉上，野狗收到冬瓜的信號了！

　　「這只臭鳥吵死人了！」

　　剛停下腳步的人彎腰揀起一棵石頭往三個人躲的地方丟來。

　　三個人回到安全距離外休息，杜濟民堅持自己守夜讓兩個球員睡覺，儲備體力應付等一下的行動。

　　半小時後遠方傳來陣陣鼾聲，杜濟民耐心等待，又等半個小時搖醒兩個球員：

　　「記不記得剛才我們過來那個山腰上有很多倒下的樹？」

　　兩個人點頭，杜濟民繼續說：

　　「你們去把那些樹搬到路中間當障礙物，留一條小通道，等會我帶野狗過來，你們用手電筒幫我們照路，我們通過就關掉手電

筒，把障礙物堆滿，拖延他們的時間。」

任剛點點頭，冬瓜搖搖頭：

「對了一半！」

杜濟民和任剛不解地看著冬瓜，他說：

「我過去救野狗，你們兩個去那邊準備接應。」

「什麼……」

杜濟民的話立刻被冬瓜打斷：

「教練，我沒有阻止野狗幫他們運貨是我不對，應該讓我來彌補！」

杜濟民還要接話，冬瓜搖搖手：

「教練，讓我堅持一次好嗎？」

杜濟民想了一下說：

「不許冒險，救不成就回來，讓我跟他們談判！」

冬瓜笑了笑，檢查口袋中的美工刀和手電筒轉身往山坡走去，頗有風蕭蕭兮易水寒的味道……

冬瓜慢慢朝野狗被綁的山坡爬去，去年看的一部電影情節不斷在腦中重播：

英勇的男主角深夜潛入敵營，神不知鬼不覺的救出被俘虜的戰友們，然後大開殺戒，殲滅所有敵人……，

（除了我冬瓜，還有誰有這個能耐？）

全身大汗衣服濕透的冬瓜終於爬到離野狗不到十米的地方，在地上躺了幾分鐘，調整好呼吸，掏出美工刀往野狗身後的大樹接近……，野狗身邊那兩個人的鼾聲沒有中斷過，冬瓜想好後面所有步驟，最後得到一個結論：

（這個任務對本公子來說，實在太容易了！）

冬瓜到野狗靠著的大樹後面，利用大樹掩護，美工刀伸出去

頂野狗肩膀一下，等得心急如焚的野狗身體往美工刀方向稍微移動一點，看看削樹枝那個人沒有反應，再移動一點……那個人繼續打鼾，野狗又小心往外移動一點，仍然沒有驚動那個人……

野狗膽子大了起來，把被反綁的雙手移到冬瓜能看到的地方，鼾聲似乎更大了……

冬瓜趴在地上一點一點移向野狗伸出被反綁的雙手，美工刀終于碰到繩子，冬瓜小心翼翼開始割，一點聲音都沒發出……

野狗焦急的感覺美工刀一點一點解除他手上的束縛，不斷抬頭看那兩個熟睡的人，巴不得有三把刀同時割斷身上所有繩子……

手上繩子割斷了！

野狗看著在山路上折騰一天，沒有醒來跡象的兩個人，慢慢轉動身體，把被綁著的雙腳移向左側，冬瓜往前爬一點，開始割腳上的繩子……

削樹枝那個人突然停止打鼾，野狗馬上低頭閉眼裝睡，冬瓜縮手趴在地上，那個人翻個身又開始打鼾，野狗等了一會才抬起頭，冬瓜繼續割……

漫長的幾分鐘後，腳上繩子也割斷了！

野狗伸手把腳上被割斷的繩子理好，斷的部分夾在腳中間，從正面看起來像是完好無缺，然後把雙腳移回原來位置，雙手回到背後，轉頭示意冬瓜動手清理最後一道束縛……

冬瓜往右邊移動一點，整個人躲在野狗背後，開始割野狗腰上連結野狗和削樹枝那個人的繩子，野狗放在背後的手輕輕扶住繩子，以免割繩子的振動驚醒那個人，他們兩個都知道絕不能功虧一簣！

割斷一半了！

冬瓜手不停的上下擺動，同時想：

（野狗這小子倒機靈，很有默契，沒辜負本公子調教！）

削樹枝那個人又翻了個身，這次冬瓜沒有停止，他知道那個人即使抬頭也看不到躲在野狗背後的他⋯⋯

全部割斷了！

那兩個人繼續發出驚天動地的鼾聲。

冬瓜輕拍野狗肩膀，往路的方向指了指，兩個人同時慢慢站起來，小心往山路移動，兩個人的腳步都很輕，生怕吵醒熟睡中的人⋯⋯

走在前面的野狗小心繞過火堆和削樹枝的人之間的空地，距離山路還有兩米左右，另一個人就在山路前的大樹下，野狗強忍興奮再跨出一步，離自由只剩一米多了⋯⋯

火堆突然發出爆裂聲，是燃燒後樹枝中的空氣被釋放出來，削樹枝的人被爆裂聲驚動又翻個身，野狗和冬瓜嚇得屏住呼吸，一動不動站在原地，幸好他沒有睜開眼睛，又開始打鼾。

野狗輕輕跨出一小步，停下來看一眼，兩個人都沒有動靜，再走兩步就自由了⋯⋯

尖銳的鳥叫聲在暗夜中顯得特別刺耳，聲音來自距離他們五米左右的樹林，叫聲中幾隻烏鴉突然疾飛到火堆上一米左右的空中，削樹枝的人驚覺的從地上坐起來，第一眼就看到冬瓜的背影，發出一聲大吼，右手順勢拿起身邊的長矛往正慢慢往山路移動的冬瓜刺去⋯⋯

被突然而來的烏鴉嚇一跳的冬瓜還沒回過神，突然一陣劇痛傳來……

長矛準確刺中冬瓜左腿，銳利的矛尖毫不留情刺進肌肉，冬瓜膝蓋一軟在慘叫聲中跪倒在地，在前面兩步的野狗聽到聲音回頭一看，伸手想拉跪在地上的冬瓜，這時候另一個人也被驚醒了，他迅速拿起身邊的長矛一躍而起，把長矛當木棍對著野狗腦袋砸下……

「啊！」
令人毛骨悚然的慘叫聲再次響起……

……慘叫聲是企圖打野狗的那個人發出的。
他的長矛剛揮出，右手臂突然痛徹心肺，長矛無力地掉落地上，他痛得眼淚鼻涕一起流下，淚眼模糊地轉頭一看，一個中等身材、壯碩結實的人，雙手握住一根手臂粗細的樹枝，目露兇光瞪著自己，他再也無法支撐，扶著右臂倒在地上。

揮棒的人除了杜濟民還會有誰？

冬瓜出發救野狗同時，杜濟民和任剛到山腰上佈置障礙物，兩個人同心協力下不到半小時就佈置好兩道障礙物，忙完後杜濟民左思右想放心不下，再三叮嚀任剛後，找了一根和球棒差不多長短粗細的樹枝往野狗被綁的地方前進，準備支援兩個球員。

他到距離火堆十米左右的地方不敢再前進，躲在樹後聚精會神的觀察動靜，發現烏鴉被半夜來偷鳥蛋的蛇驚飛起來，知道不妙，快速跑到火堆前剛好看到冬瓜跪倒在地，還有一根木棍高舉在半空中往野狗腦袋砸下，他本能地一個箭步衝上前，舉起樹枝往拿木棍的手臂砸去，血肉之軀怎麼可能承受棒球好手全力揮出的球棒？拿

木棍的右手臂骨應聲而斷，野狗的腦袋保住了。

杜濟民轉身面對削長矛的人，那個人到了冬瓜身邊，右手握著長矛，左手彈簧刀對著跪在地上冬瓜的頸部，刀刃在火光照射下發出寒光……

野狗拿起臂骨折斷昏迷倒地那個人掉在地上的長矛站在教練左邊，眼冒怒火瞪著對方。

三個人對看一會，拿長矛的人輕蔑地問：
「你打算如何？」
「跟我們下山。」杜濟民回答。
「你是不是電影看多了？」那個人鼻孔哼了兩聲：
「我手上也有你的人！」

任剛出現在杜濟民右側，手上也拿著一根像球棒的樹枝。

「局長答應如果你們主動投案會從寬處理。」
「哈哈哈……」那個人大笑了幾聲：
「你當我白癡啊？」
「你的同伴受傷，你們不可能走到祁門縣！」
那個人想了一下説：
「我們交換人質，大家一起下山，然後分道揚鑣。」
「可以，但是你把刀交給我！」
那個人用很奇怪的眼光看了杜濟民一會：
「你是老師？」
「是」
「我相信你，到山下就還我！」
「一言為定！」

野狗拿著手電筒走在最前面，兩個盜賣集團的人在中間，杜濟民和任剛輪流扶著冬瓜殿后，精疲力竭還有兩個傷患，一行人停停走走，從三更半夜走到旭日初升，竟然還沒到樹屋。

「教練，我真的走不動了！」休息時候，頑強如冬瓜者也垮了。

杜濟民一邊重新包紮冬瓜腿上被血水浸濕的布條，一邊觀察另外兩個人的狀況：

臂骨折斷的人每走幾步就哼哼唧唧叫疼，現在躺在地上動也不動，連叫疼的力氣都沒了。

沒受傷的人坐在地上不停喘氣，眼神犀利的打量四周，一看就知道不是輕易認輸放棄的人。

「我們在這裡等支援的人好嗎？」杜濟民知道冬瓜撐不下去，低聲和對方商量。

「你怎麼知道會有人來？」他立刻警覺，講話的口氣都不一樣了。

「我們昨晚沒回去，學校所有老師和同學今天一早就會上山找我們。」

杜濟民有點虛張聲勢，他確信會有人來，但是有多少人心裡實在沒底。

「沒有公安吧？」語氣充滿了敵意。

「沒有！」

「你知道騙我的後果吧？」口氣令人不寒而慄。

「不知道，可是我不會騙你！」杜濟民的口氣和眼神一樣堅決，一點都不畏縮。

那個人又盯著杜濟民看了一會，口氣明顯緩和許多：

「我相信你！」

阿六的聲音隔著一個山頭就傳過來了：

「大家加把勁，我看到冬瓜留下的暗號了！」

躺在地上虛弱不堪的冬瓜露出得意的笑容：

「本公子的嫡系弟子還是不錯吧！野狗叫他跑快點！」

　　杜濟民沒想到他剛才虛張聲勢的話這麼快就應驗了，阿六聽到野狗叫聲帶頭翻過山頭沖過來，後面陸續出現一個兩個三個……所有球員都來了！最後才是跑得上氣不接下氣的阿通，阿六一把抱住迎上來的野狗大叫：

「你這條臭狗就會闖禍！」

　　冬瓜和臂骨折斷的人躺在樹枝和蔓藤做的擔架上由球員們輪流抬下山，冬瓜充滿了劫後餘生的幸福感，巴不得立刻把全體隊友集合起來，好好講一講他英勇救人掩護逃跑光榮負傷的經過，可惜山路太窄，還要顧慮另外兩個人的感受，只好閉上嘴巴轉動腦筋添加材料重新編排過程，何時該賣關子何處該加重語氣都考慮清楚後，又在腦袋裡演練兩遍，發現內容精彩的連自己都感動不已，他不得不佩服自己說故事的天分：

（明天就按照這個版本說！）

　　傍晚時分，一行人終於跌跌撞撞翻過最後一個山頭，能看見平地上的人和車了，杜濟民加快速度趕上那個沒受傷的人把彈簧刀遞給他，那個人伸手接住，扶起擔架上的同伴，往另外一條岔路走去！

　　走了幾步回過頭，又看了杜濟民一眼：

「如果沒被關，會來找你喝兩杯，我交了你這個朋友！」

　　「你說沒有治療傷口感染的藥是什麼意思？難道他就躺在那邊等死？」杜濟民的吼聲連玻璃都震動了。

「我們跟黃山市的醫院調貨，最慢後天到。」

「萬一這兩天傷口惡化怎麼辦？」

「我們用藥物控制，不會惡化。」

「不能派人去拿回來？」

「沒有預算也沒有人手。」

「告訴我去那裡拿藥，我們派人去！」

「申請審批核准領藥都是有程序的，不是任何人都能去拿藥！」

老醫生脾氣還真好，耐著性子跟火冒三丈、吼聲震天的杜濟民說話。

「官僚！官僚！官僚！」

杜濟民氣得連罵三次。

「杜教練，一大早別亂發脾氣！」

溫柔好聽的聲音鑽進耳朵，杜濟民心跳加速猛轉頭，那個幾乎每天都在夢裡見到的笑容就在眼前！

07

昨晚下山後，冬瓜被直接送來鎮上唯一的醫院，靠著楊老闆的關係，順利拿下一個四人病房，剛好讓在山上折騰了一晚的四個人住，杜濟民他們三個人其實只要休息一晚就行，冬瓜可不一樣啦，進入病房後立刻輸血清理傷口，享受貴賓級的醫療服務，主治醫生也從家裡過來看診。

把冬瓜刺傷的長矛本身就不乾淨，受傷後又在山上從半夜折騰到傍晚，傷口已經嚴重感染，醫生對症下藥開出藥單，但是小醫院藥品不足，只能連夜向黃山市的醫院調貨，沒想到因為作業流程冗長，引起杜濟民不滿，一大早就和醫生吵了起來。

昨晚也趕來醫院的文成公主，在現場聽到要跟黃山市的醫院調

貨，立刻靈機一動……

黃山市比賽結束後，文成公主經常和柯雲通電話聊天，還去黃山市看過她一次，兩個人的交情不能和幾個星期前同日而語，但是她多次邀請柯雲來流口鎮，都被柯雲找盡理由，禮貌又技巧的回絕了，她分析很久終於找到答案：

只有那個不解風情病情嚴重的杜教練開口，柯雲才會來！

她不方便自己跟杜濟民說，只能要求楊福生透過阿通鼓勵杜濟民打電話邀請柯雲，那知道這位沒出息的大教練竟然抵死不從，畏縮又堅決的躲在「我沒空」這個又老又爛的保護傘後面，至今沒打過電話給柯雲，更別提邀請的事了。

文成公主除了繼續苦思尋求突破之外，也只能大嘆此人實在已經到病入膏肓的程度了！

昨晚文成公主瞭解情況後，立刻打電話給柯雲，電話中當然是添油加醋地把情況敍述一遍，讓在電話另一頭的柯雲，醫生本能瞬間直衝腦袋。文成公主趁機再誇大一下冬瓜的傷勢，這也讓和冬瓜交情深厚的柯雲心急如焚。待文成公主最後報上醫院需要的藥名，電話掛斷後，便立刻派司機往黃山市疾駛而去。

果然不到十分鐘，文成公主的手機響起，柯雲找到藥了，但這屬於管制藥品，一定要等到早上醫院的藥庫上班後才能拿到：

「請司機明早七點到醫院門口等，我把藥交給他帶來，千萬別遲到！」

柯雲再三叮嚀。

手機還沒掛斷，文成公主的笑容就浮在臉上了：

（我就不信妳會不跟著來！）

放心不下的柯雲當然跟著來了，她踏進住院部就看見暴跳如雷的杜濟民……

杜濟民腦袋一熱：

「柯……柯……」

剛才的滔滔雄辯瞬間消失不見。

柯雲舉起手上的小袋子：

「帶我去找冬瓜，救難隊長！」

08

杜濟民剛走進住院部，就聽到從冬瓜病房裡傳來的爆笑聲，他皺皺眉頭、加快腳步推開病房的門…… 整屋子的人，又是全體隊員到齊，還加上一個阿通，大家圍成一個圓圈，圓圈中間是躺在床上的冬瓜和坐在椅子上的柯雲。

「野狗呢？」

阿通回過頭問。

09

杜濟民帶柯雲到冬瓜的病房後，立刻藉著要去公安局做筆錄的理由帶野狗落荒而逃。

他其實打心底想留在病房裡，即使不敢開口說話，只要能遠遠看著柯雲的笑容，聽著柯雲的聲音，都無比滿足，可是為了某些自己說不出來又毫無邏輯的原因，他還是選擇了離開病房。

他一路上罵了自己千千萬萬次，恨自己在感情前的懦弱畏縮，恨自己沒有追求幸福的勇氣……

公安局長根本就不相信杜濟民的故事：

我們三個人花了一天一夜時間才在深山裡找到畏罪躲藏的野狗，費盡唇舌又再三保證局長一定會從輕處理才說動他下山投案……

……盜捕集團那兩個人？

噢！我差點忘了，他們一進山區就從另外的路逃走了，面都沒見到，怎麼策動他們投案呢……？

局長不用大腦都能從這個故事裡挑出二十個不能自圓其說的破綻，可是有件事必須要考慮：

（楊老闆特別交代了，這個面子總是要賣的，就這麼交差了吧！）

念頭一轉：

（雖然頭頭跑了，可是還算是人贓俱獲，勉強稱得上成果豐碩了！）

「還在公安局？」看到大家的表情，杜濟民趕快補上一句：

「下午筆錄做完就回來！」

病房裡爆出歡呼聲，冬瓜説：

「我不是早説了嘛？不會有事的！」

「少胡説！他是運氣好，大家絕對不能心存僥倖！」

「是！」

杜濟民嚴厲的口氣讓病房裡的氣氛立刻冷下來。

（怎麼柯醫生一來，幽默感就沒了？）

阿通心裡暗罵。

冬瓜講完以他為核心的冒險故事，逐一回答隊友們的提問，看到大家崇拜的眼神，龍心大悅，臨機應變加入一些更精彩刺激的情節，隊友們聽得樂不可支，冬瓜陶醉之餘，腦袋一片清明：

（本公子這下穩坐全隊第一把交椅啦！受這點小傷實在太值得了！）

冬瓜怎麼會允許他故事中的二號英雄一進門就破壞病房裡的和樂氣氛，立刻改變話題：

「教練，等會兒吃完午飯我們回學校去，醫生姐姐想看我們練球。」

「好啊！你可要跑快一點給她瞧瞧！」

（哈！活過來了！）

阿通總算給了杜濟民一點掌聲。

（哈！又是我主導場面了！）

冬瓜越來越崇拜自己了。

「我現在升格成助理教練，怎麼可以跟他們一起練球？」

冬瓜話聲剛落，數不清的拳腳便已招呼到身上。

10

晚上楊老闆做東在馮志誠家的餐廳席開兩桌，全體球員坐一桌，主人夫婦、兩位教練、吳校長、鎮上的領導和一些有頭有臉的人坐一桌，柯雲被奉為主客坐在文成公主左邊，杜濟民在推不掉的情況下紅著臉坐在柯雲左邊。

大部分球員何時見過這麼豐盛的晚宴？人人開懷大嚼，連冬瓜都顧不得吹噓，埋頭猛吃。

主桌上的文成公主展現出她的家學淵源大將之風，左右逢源談笑風生，頻頻勸酒勸菜，還不忘給那個目不斜視的杜教練製造和柯雲之間的話題，無奈杜大教練三棒子打不出個屁，完全漠視中華文字的優美精深，運用能力退化到初生嬰兒的程度，除了「哼哈、是不是」之外，甚至連周老妖的招牌傻笑都拿出來應付場面，阿通暗自嘆息之餘只能悲呼：

（傻人再傻下去，恐怕連傻福都跑咯！）

飯桌上另一個忘記語言功能的人是松贊干布……

平時在飯局上他都是當然的主角，他也扮演的非常稱職，每次都能賓主盡歡，這樣的場面對他來說根本就是小菜一碟。

文成公主婚後從不參加松贊干布的酒宴，平常在家裡也不多話，在松贊干布心裡，她就是一個典型的家庭主婦，相夫教子之餘，最多就是和姐妹淘們做做護膚、喝喝咖啡，今天竟然遊刃有餘、輕易掌控場面，他簡直不敢相信坐在自己左邊這位雍容華貴、落落大方的女主人，竟然是和自己結婚快二十年的女人！

　　他顧不得說話，其實也不需要他說話，回想從小把文成公主當成高不可攀的夢中情人，逐漸長大歷經奮鬥事業小成後終於抱得美人歸，新婚的甜蜜，得子的喜悅，事業的突破，財富的累積，性情的轉變，家庭的裂痕……，

　　（我真的沒有錯嗎？）

　　他開始懷疑自己過去的想法：

　　（男人只要多賺錢，給家人富足的生活就是成功。）

　　他的記憶慢慢恢復了：

　　自己的妻子婚前在岳父公司裡其實是獨當一面的大將，那時候自己經常為了業務和她交手，而且是敗多勝少，後來雖然情勢逐漸逆轉，那也是因為時勢所趨自己因勢利導的成果，並非自己能力更強，自己從小到大對她的愛慕之心從來不曾消失，只是自覺高攀不上不敢有非分之想……

　　（原來她是為了家庭才放棄事業，她是最棒的生意人才！）

　　恍然大悟之下，他開始面對自己過去這些年的所作所為……

　　他更沉默了……

　　酒酣耳熱下，眾人放起卡拉OK，吳校長先以一首激昂高亢的革命歌曲博得滿堂彩，阿通再以當年打動青青芳心的拿手情歌讓人餘音繞梁，一輪下來每個人風格各異各擅勝場，尤其是野狗清唱那首不知名的山歌更是動人心弦……

　　文成公主唱出第一句就令大家驚異不已，松贊干布更是瞠目結舌地呆坐在椅子上，今晚的另一個驚奇！

大家很有默契地把柯雲和杜濟民留在最後，在場所有人都堅持兩人必須合唱，平日歌喉不算差的杜大教練表現得荒腔走板、五音不全，只好在眾人的嘲笑聲中謝幕下臺。

　　「各位！我和高教練要獻給大家一首歌！」
　　不甘寂寞的冬瓜大聲宣佈，阿通的寶貝吉他不知道什麼時候到了主人手上。
　　噓聲和掌聲交錯中，冬瓜繼續說：
　　「高教練作詞作曲，歌名是『你們』……」
　　看在阿通的面子上，這次只有掌聲。
　　冬瓜今天講上癮了，還不肯結束演說：
　　「我們希望這首歌成為我們的隊歌！」
　　掌聲加口哨聲。
　　阿通手指撥動鋼弦，流暢的音符清亮的吉他聲令人心神舒暢，前奏過後，阿通輕柔的嗓音配上冬瓜雄渾的歌喉，把這首旋律優美、曲調溫和的慢歌詮釋得恰到好處……

　　我曾經迷路，黑暗的森林令我恐懼。
　　我曾經跌倒，尖銳的石頭使我流血。
　　因為路上我一人獨行。

　　我曾經孤獨，雖然停靠熟悉的港灣。
　　我曾經害怕，不敢面對陌生的未來。
　　因為一路上無人相隨。

　　我還會迷路，我還會跌倒，可是我不再彷徨無助。
　　我不會孤獨，我不會害怕，因為身邊有你們陪伴。

最後一個音符結束，全場爆出如雷的口哨聲歡呼聲掌聲，吳校長和幾位領導嘉賓們用力鼓掌，球員們吹口哨拋球帽上下跳躍大聲嘶吼……

阿通和冬瓜擊掌擁抱……

松贊干布情不自禁，做了一件自己將近十年沒做過的事：

一直放在腿上的左手從桌面下伸出，輕輕握住文成公主的右手，文成公主身體抖了一下，緩慢但是堅定地握住丈夫的手……

杜濟民鼓掌同時轉頭偷看柯雲，柯雲面帶微笑看著自己，他突然醒悟：

這個讓自己傾心的女孩是如此的令自己想接近她！

緊繃多年的防線出現了縫隙……

11

顧文彥像極了夏日午後的雷陣雨，來的快去的也快。

他星期天傍晚離開上海，一路上車子開的飛快，邊開車邊吃麵包。

晚上十點到流口中學，把車停在學校外面，門衛老張看到會念經的帥和尚又來了，興奮的趕快開門，顧文彥一路飛奔撞開滿腦子還是柯雲離開時情景的杜濟民的房門。

一番打鬧後，顧文彥無奈的說：

「我明晚就要走，星期二晚上的飛機去美國拜訪客戶，這一天還是我想盡辦法爭取到的。」

「顧公子真乃信人也！」阿通吊起古文。

「正是！唯對待女子除外也！」杜濟民以不倫不類的古文強調

大情聖的花心。

「放屁！臭而不可聞也！」顧文彥的古文就更上不了枱面了。

「只有一天，還不好好討論一下？」杜濟民首先停火。

「我們現在就開始練球！」阿通倒是應變神速。

「別鬧，明天早上的課改到後天下午，明天一整天都交給大情聖吧！」

顧文彥和阿通對望一眼說：

「先談談這次華佗小姐來的情況。」

投手群看來很正常，大部分投球動作堪稱中規中矩，不同球路球速的掌控也差強人意，投手們進步的幅度大致都在顧文彥意料中，把一些小毛病調整好，還有進步空間。

輪到最頭痛的打擊了，打擊群在比賽中除了老妖和任剛以外，其他人都像段譽的六脈神劍一樣時靈時不靈。

（這個問題得趕快解決才行！）

顧文彥給自己下達指令。

顧文彥再仔細看了一會，每個球員的揮棒動作都存在一些個別問題，尤其是節奏快慢的控制和擊球點的掌握更是亟待改進。

（此事別無良策，唯苦練矣！）

球員們捨不得放棄和顧文彥相處的分分秒秒，一直練到伸手不見五指才收工，晚餐後又聚在寢室裡比劃，大家搶著提出疑難雜癥，得到解藥後就到一邊反復練習。

晚上十點，杜濟民不得不制止大家繼續發問：

「顧教練必須要趕回上海，我們祝他一路平安！」

顧文彥和上次一樣，不捨的和球員們頻頻叮嚀一一道別，獲益最大的于順德突然問：

「顧教練，如果我們打進全國大賽，你來陪我們練球嗎？」

「這還要問？」

顧文彥發動引擎，心裡有數不清的牽掛，覺得還有好多事沒交代清楚，覺得自己可以做的更多更好，他覺得這一次的告別比上一次更難受⋯⋯

12

顧文彥走後，這周的訓練沒有新內容，球員們反覆練習顧文彥交代每個人需要調整的技巧，希望能把顧文彥的心血融入自己動作中，杜濟民在旁邊協助，經由每分每秒的努力和點點滴滴的汗水讓每個球員的動作更完美成熟。

四月中旬的春雨破壞了杜濟民原定最後一周加強團隊配合訓練的計劃，淅淅瀝瀝、晝夜不停的雨滴讓運動場變得泥濘不堪，令人寸步難行的爛泥逼得球員們只能在室內進行短距離傳接球和揮棒。

精力充沛的球員們連續幾天不能跑跳，個個悶得難受，只好自行加強體能訓練，仰臥起坐、俯臥撐、跳繩、舉啞鈴、折返跑、負重跑⋯⋯

凡是能增強爆發力和肌耐力的項目無一不練⋯⋯

最後一周的星期四下午，球隊出發前一天，吳校長召集全體球員和兩位教練在學校大會議室集合，校長拿出嶄新的「流口中學棒球隊」隊旗，授予負責掌旗的周老妖，儀式後校長照例發表演說：

「我説⋯⋯」

「各位同學啊⋯⋯」

整齊一致的應答聲，看來這幾個月的團隊練習真沒白費。

「⋯⋯因此，我會和鎮上及縣裡的領導們陪同市級領導參加這

個盛大的開幕儀式，所有領導們也都會觀看我們球隊的比賽，你們
看看……」

「這是多麼的光榮呢！」

球員們接話。

杜濟民和阿通對看一眼，腦袋裡想的倒是一樣：

（如果比賽中有這種默契我們就所向無敵了！）

柳暗

這是大多數球員們這輩子最輕鬆舒服的一次旅程，楊老闆安排一輛大巴從流口中學直接開到合肥的賓館，節省了寶貴的時間，還省掉轉車時搬運行李和球具的麻煩。球員們興高采烈地在車上聊天唱歌笑罵打鬧。阿通低頭寫譜還不時拿起吉他試曲。杜濟民閉目養神，心情卻無論如何也靜不下來。

星期五中午，大巴就在杜濟民波濤洶湧般激蕩的雜亂思緒中開進合肥市區。

在國內只能算二三線都市的合肥已經足以令球員們瞠目結舌了，寬闊筆直車水馬龍的整齊街道，不時映入眼簾高聳入雲的摩天大樓，滿街私家車高檔餐廳娛樂場所，現代化的百貨公司和各種建築物，看得這群小孩眼花繚亂，受沖擊的程度遠遠超過當年大觀園帶給劉姥姥的震撼。

賓館規模比上回在黃山市大多了，有空調、衛浴設備的寬敞房間，加上一張床後還不覺得擁擠，三個人一間，五個相連的房間讓

球員們感覺舒適又安全。

星期六午餐後杜濟民跟大家說明賽程：

「這次全省十七個市都派隊參加，分成四個小組，星期一到星期三是小組賽，每個小組前兩名共八隊參加星期四開始的淘汰賽，輸一場就回家，星期五剩四隊打半決賽，星期六上午十點冠軍賽，希望我們能參加這一場比賽」

「一定會！」不論球場上的默契如何，球員們回答問題的整齊一致真夠水準。

「我們抽到 B 組，這個小組有四隊，星期一到三每天打一場。」

杜濟民緩一下說：

「聽其他隊教練說我們這一組是死亡之組！」

眾人發出不服氣的聲音，杜濟民說：

「同組的三隊是蚌埠、安慶、馬鞍山，都是安徽省的強隊，以前都曾經大比分打敗過黃山市代表隊。」

眾人頓時住口了，因為大家都知道，上個月黃山市的比賽其實贏得驚險又僥倖，即使以流口中學現在的實力，最多也只是和屯溪隊在伯仲之間，如果這三隊都能輕易擊敗過去幾年黃山市的霸主，自己的勝算就可想而知了。

隊員們各個面色凝重……

「這反而是我們的優勢。」杜濟民打破沉默：

「因為這三隊會全力投入對彼此的比賽中，沒有人會注意我們，大家抱著哀兵的心情認真處理好每一個球，誰說我們沒有贏的機會？」

「大家記住『驕兵必敗』的道理，我們不怕任何強隊，也不輕視任何對手，堅持每一分鐘的每一個細節，沒有不能擊敗的對手！」

02

「我們的對手順序是蚌埠、安慶、馬鞍山，這三隊的實力不相上下，只能贏一場算一場。」

晚上自習時間，兩位教練在房間討論小組賽的出賽陣容。

「董陽、于順德、董陽。」阿通的回答簡單扼要。

「如果我們打到冠軍賽一共有六場比賽，如果倒算回來，董陽應該是投二、四、六這三場球。」

「對啊！我沒想到，那就董陽二、四、六，于順德一、三、五。」

「每一場比賽的強度都很大，這種安排只怕投手體力吃不消。」

「您就別賣關子啦！」阿通相信杜濟民應該胸有成竹。

「把投手分成三組，董陽一組，于順德一組，秦旭光和老妖一組，冬瓜和馮志誠機動調度。」

「于順德投一、四場；秦旭光和老妖投二、五場；董陽投三、六場。」

星期一早上九點的開幕典禮在比賽主場地中國科學技術大學舉行，所有球隊都參加這個簡單隆重的儀式，阿通仔細觀察其他參賽隊伍的球員後，很感慨地跟杜濟民說：

「杜哥，我們的球員這幾個月都長高長壯了，可是怎麼還是最瘦小的？」

「那也沒辦法，至少現在球衣和器材不輸別隊了！」

小組賽分別在中國科學技術大學和距離不遠的安徽大學舉行，每個學校有兩個場地給不同的小組，B組排在中國科學技術大學的二號場地。

流口中學抽到先攻，今天的打擊順序是：

第一棒：袁興（中外野）

第二棒：于順德（投手）

第三棒：任剛（一壘手）

第四棒：周立群（左外野）

第五棒：徐俊（遊擊手）

第六棒：何虎（二壘手）

第七棒：江正（捕手）

第八棒：楊福生（右外野）

第九棒：林威（三壘手）

冬瓜腿傷剛好，雖然他主動請纓要求上場，但是杜濟民堅持要他再休養幾天。缺了冬瓜，速度最快的野狗調到防守區域最大的中外野，右外野交給速度和技巧都比較差的楊福生。

打擊順序則是根據這幾周練習的狀況安排，其中最穩定的還是三，四棒的任剛和老妖。

一心一意想在比賽中好好表現戴罪立功的野狗走進打擊區，再三交代自己不可貪功要仔細選球，第一球快速直球，沒有揮棒，好球

第二球又沒揮棒，略偏內側的球，兩個好球。

這位投手體型極好，投球動作非常協調，不但球速快，而且控球很穩，看他輕描淡寫的兩個球就知道今天這場球不好打。

第三球在野狗揮棒的一剎那往下墜落，三振出局。

直球準，變化球犀利。

二、三棒于順德和任剛分別被三振和擊出滾地球被封殺，一局上結束。

一局下，于順德信心滿滿投出第一球，第一棒毫不猶豫揮棒，

球往外野飛，周老妖向左移動幾步接殺，流口中學球員休息區上方的各級領導們大聲鼓掌叫好。

杜濟民的眉頭卻皺了起來，他看出于順德這一球投的非常好，是漂亮的偏內角伸卡下墜球，對方打者竟然能改變揮棒方向擊中球，而且還用強勁臂力把球拉到外野，這種打擊技巧和體能絕對是長期而有效率的訓練才能形成，第一棒已如此，其他的強棒還得了嗎？

還有一個人也暗自心驚膽跳，那就是于順德，經過最近一個多月苦練，他的伸卡球投的得心應手，練球時隊友們面對他的伸卡球大都揮棒落空，即使擊中也是以滾地球和界外球為多，連周老妖都很少把球打到外野，沒想到對方不但擊中還送到外野，這個震撼讓他不知所措，不知道該怎麼投下面的比賽，幾個月來對棒球的憧憬和幻想突然間消失了，他站在原地，第二球遲遲沒有投出……

黃山市比賽結束後，于順德還在為被擊出全壘打懊惱自責，下定決心以後再也不讓對手擊出全壘打……不對，連安打都不行！

每次練球前，都會在腦海裡重播一次被擊出全壘打的過程，他從失敗中找到避免再次失敗的方法，從痛苦中找到不再痛苦的藥方，失敗和痛苦成為追求完美的最大動力！

他不斷鞭策自己，修正每一個投球動作，所有細節都要求完美，日以繼夜苦練，有疑惑立刻找杜濟民求教，顧文彥在球隊的時候，他不斷提出問題，顧文彥指導別的球員時，他在一邊聽，有時候提出的問題比被指導的人還多。

疑惑減少，技巧增加，經驗累積，體能進步，他的球技突飛猛進，投球威力不可同日而語，和董陽的距離越來越近，在教練心目中已經是可以獨當一面的主力投手了。

隊友們的肯定和鼓勵給了他極大信心，相信自己終有一天能超

越董陽成為球隊第一號投手，一定能在棒球路上繼續前進，直到達成目標。

來合肥前，于順德在腦海裡模擬了無數次比賽情境，面對不同對手的配球方式，面對不同戰況的處理方法……

他有十足把握能封鎖對手打擊，他要一戰成名，他要出頭！

沙盤推演中缺少一個情節：他克敵制勝的最大法寶一出場就被對手破解了！

阿六發現不對勁，叫暫停走到投手丘，于順德兩眼無神看著阿六，阿六摟著他肩膀：

「河馬，打出去沒關係，我們一定守得住！」

于順德點點頭，阿六再拍拍他肩膀走回本壘後蹲下。

第二棒打者等得有點不耐煩，頻頻看主審裁判，裁判跟阿六講了幾句話，比賽繼續。

于順德看阿六比一個曲球的暗號，他正要準備投球，腦袋一轉：

（剛才那麼難打的伸卡球都被打出去了，曲球會不會太危險？）

靈機一動：

（投外面一點不容易被打中！）

這個曲球很漂亮，球速也控制的很好，但是太靠外側，壞球。

接下來的三個球都投的很好，但是有一個共同點：都沒有投進好球帶。

第二棒四壞球保送一壘。

于順德又投了四個壞球，第三棒打者也被保送，一二壘有人。

杜濟民跟阿通說：

「叫董陽，秦旭光，馮志誠都去熱身！」

說完後不給驚訝萬分的阿通發問機會，快步走進球場。

剛才于順德發呆的時候杜濟民就提高警覺了，現在球場上情況證明他的擔心並非多慮，于順德太在意自己的表現是否完美，期待過高，得失心太重，造成自己壓力太大。

　　對方打擊確實有獨到之處，但是也不足以一棒就把投球已頗具水準的于順德打垮，真正原因是于順德比賽經驗太少，抗壓性不夠，自己最拿手的武器一旦失靈，心裡無法適應而手足無措。

　　如果他能穩定情緒和阿六好好搭配，表現出自己真正實力，以他目前的水準絕對能和對手一拼。

　　于順德是被自己打敗的！

　　「教練，對不起，我就是投不進好球帶。」坦白不做作是于順德的優點之一。

　　杜濟民摸摸他的頭，這是于順德最喜歡的溝通方式：

　　「不要怕他們打，按照你自己的節奏投，有這麼多隊友幫你防守！」

　　于順德深深吸幾口氣，對杜濟民點點頭。

　　每一個球隊的第四棒都是打擊威力最強長打能力最好的打者，蚌埠隊當然不例外，第四棒打者站在打擊區的架勢就令人畏懼三分，于順德好不容易凝聚起來的氣勢又縮了回去，戰戰兢兢的投出，球在打擊區外落地，阿六撲在地上還是沒攔住，球滾到本壘後方，暴投，壘上跑者各自推進一壘，二三壘有人。

　　下一球太偏內側，差一點打到打者，兩個壞球。

　　阿六配的第三球是伸卡球，于順德不聽使喚的手指沒能把球壓下去，打者怎麼會放過這個大好機會猛力一揮，球往右外野飛去，楊福生拼命往後跑沒趕上，球在全壘打牆前落地，楊福生跑到牆邊撿球轉身往二壘傳，無奈臂力不夠，球飛一半就落地滾到二壘邊，何虎撿到球後打者上了三壘，深遠的三壘安打，蚌埠隊二比零領先。

于順德的身體還沒轉回來，一直盯著右外野剛才球落地的地方，思緒回到家門口前的空地，在昏暗的燈光下獨自一人對著土牆練投，祖母呼喚他吃晚飯，祖父催促他去睡覺，家裡的小黃狗搖著尾巴追球，隊友睡覺後在宿舍外修正投球姿勢，杜濟民和顧文彥的諄諄教導……

自己的苦練和努力在對手面前竟然如此不堪一擊……

他的意志力完全被擊潰了。

黃山市比賽時，于順德也經歷類似過程，可是很快就恢復，因為他知道自己的球技還沒成熟，未來只要繼續練習就不會出現這種情況。

這次的情況卻大大不同，經過過去兩個月苦練加上顧文彥悉心教導，自認為現在已能夠對付任何打擊者，沒想到還是……

兩次的心態不同，因此造成的傷害有天壤之別。

杜濟民再次走到投手丘，低聲安慰于順德幾句，于順德低頭走向球員休息區，馮志誠跑向投手丘……

杜濟民內心的掙扎絕非任何人能體會，他很懊惱自己剛才一念之差沒有換下于順德，造成目前的兩分落後。現在，球隊處於絕對劣勢，更糟糕的是把于順德打崩潰了，如何才能喚回他的自信心？

勢必要換投手，但換誰好呢？

看看小組賽情勢：

四隊循環賽兩隊晉級，即使輸掉一場，只要後面連勝兩場，晉級機會還是非常大，既然已經落後，乾脆放棄這場球，全力對付後

面兩個對手。

從這個邏輯看，派馮志誠上場渡過這場比賽是最合理的調度，但是如果輸分太多，萬一有兩隊戰績相同要比勝負分時就吃虧了，另一個顧慮是如果這一場被對手打爆，有可能嚴重打擊球員自信心，以後的比賽就難打了⋯⋯

杜濟民在極短的時間裡，腦袋裡翻來覆去考慮了幾次，最後一咬牙：

（放棄這一場，全力打後面兩場，也給馮志誠一個磨煉的機會！）

球技遠不如于順德，生性又膽小的馮志誠當然阻止不了蚌埠隊攻勢，安打，保送，加上隊友失誤，又被攻下五分，漫長又煎熬的第一局終於結束，七比零。

這是流口中學棒球隊成軍以來最大的比分落後，垂頭喪氣的球員們聚集在杜濟民四周，他神色輕鬆、輕描淡寫地說：

「大家不要難過，當作熱身賽打，別在乎輸贏，先找回球感，後面兩場球打好我們還是能進入下一階段比賽。」

看臺上的吳校長可就沒辦法像杜濟民一樣假裝沒事了，額頭上的汗水跟著流口中學的失分一起增加，第一局沒打完襯衣已經濕透，面對臉色越來越難看的各級領導，剛開始還找些話調劑氣氛，也替球隊找些暫時落後的藉口，隨著失分累積，領導們的眉頭越鎖越緊，對他插科打諢的反應也越來越冷淡，他識趣地坐到最偏遠的角落，滿腹委屈地看著蚌埠隊又得了一分：

（這個杜老師也太不識大體了，好不容易請到這些領導來看球，怎麼會打的這麼糟糕？）

楊老闆夫婦和幾個同行的朋友坐在比較遠的看臺上，他當然不

需要承擔吳校長那種壓力，可是大老遠請朋友們來看球順便替兒子加油，看到流口中學被打的落花流水總不是什麼光彩的事：

（我花了這麼多錢支持球隊，怎麼會越打越糟呢？）

二局上，周老妖第一個上場，第三球擊出一壘安打，可是後面的隊友陸續出局，留下殘壘。

終於沉不住氣的吳校長走到球員休息區正上方欄桿邊，把杜濟民叫過來：

「我說杜老師啊，有這麼多領導來看球，絕對不可以讓他們失望，您看看該怎麼辦呢？」

腦筋一刻都沒閒過的杜濟民一下楞住，他只知道怎麼訓練球員怎麼打好比賽，還真不知道怎麼應付領導，他呆呆的答不出話。

楊老闆也走過來說：

「杜教練，球隊怎麼越訓練表現越糟，是不是訓練方法不對？」

「這只是一場比賽，請您不要這麼快下結論！」

「一場比賽就能看出問題……」

楊老闆的話被阿通在休息區裡的大叫聲打斷：

「杜教練，有球員受傷了！」

杜濟民快步跑回休息區，阿通捏著于順德的右手，手中的衛生紙被血染的通紅，冬瓜和阿六一人一邊抓住于順德肩膀，于順德眼睛紅腫滿臉淚痕……

于順德被換下後一句話都不說，一個人坐在牆角發呆，杜濟民叫大家不要打擾他，讓他冷靜一會，恢復後再慢慢開導他，沒想到于順德呆坐一陣子突然放聲大哭，跳起來用力捶打牆壁，待眾人趕過來拉住他的時候已經滿手鮮血了。

「于順德！答應我不再捶牆壁！」

杜濟民嚴厲的語氣讓于順德不由自主地點頭，杜濟民指了指角落的長板凳對阿通說：

「讓他躺一會！」

同時心裡想：

（發泄出來總比悶住好！）

過來人的經驗談。

二局下，輪到流口中學防守，剛受過蚌埠隊強大打擊群震撼教育的馮志誠恨不得告訴裁判流口中學決定投降，比賽就此結束，可以不用再上場遭受折磨，他左看看右看看，似乎沒有人打算做這件事，無奈之下只好慢吞吞地起身，準備出場，冬瓜拍拍他腦袋說：

「紙老虎，債多不愁，你放心投吧！」

冬瓜倒是一語驚醒夢中人，馮志誠心想，連于順德都頂不住了，我怎麼可能擋得住對方攻勢？既然如此就當做打擊練習餵球給他們打吧！

緊繃的情緒霎時放鬆，投手丘到本壘板的距離好像突然變短了，連好球帶也跟著變大。他心無雜念，一心一意把球投到阿六指定位置，身體變得柔軟，動作變得協調，姿勢變得標準……。

阿六驚訝地看著自己手套，馮志誠的球速比練習時候快多了，更神奇的是，球竟然直接進入阿六擺在定位的手套，這種球速和準確度簡直就是于順德附身！

馮志誠自己倒沒特別感覺，只覺得這個球投得很順手，也進了阿六手套，更重要的是：肯定不會被阿六訓話了！

阿六抬起頭看看馮志誠，本想誇他兩句，突然發現馮志誠還是那付茫然無知的樣子，腦筋一轉：

（他可能根本不知道自己的變化，讓他這樣投更好！）

阿六的判斷很正確，膽小的馮志誠每次站上投手丘就擔心投不出捕手要的球，更擔心球被打者轟出去，緊張加上胡思亂想，投起球來總是綁手綁腳、動作僵硬不協調，投球表現和高大威武的身材完全相反。

　　現在，馮志誠拋掉心理負擔，反而走出過去壓得他喘不過氣，綁得他放不開手腳的束縛，第一次把過去所學發揮得如此淋漓盡致。

　　阿六接著試了馮志誠好球帶邊緣的快速直球，雖然沒能投進好球帶，但是極有限的差距已經讓阿六非常滿意了。

　　接下來，馮志誠僅有的兩種威力不大的變化球都上場，曲球，滑球和快速直球交互使用，令人驚艷的成功率雖然不足以完全封鎖對手進攻，失分卻遠遠低於第一局。

　　第二局結束，蚌埠隊再得到兩分，九比零。

　　三局上流口隊還是無功而還。

　　三局下，漸入佳境的馮志誠被對方擊出兩支不連貫的安打，沒有失分。

　　第四局，蚌埠隊可能是為了給板凳球員練習機會，大幅度調整球員，投手捕手都下場休息，遊擊手和中外野手也都換人，周老妖終於擊出一支安打，護送壘上的野狗和任剛跑回本壘，扳回兩分，但是後面的打者無法提供支援，留下殘壘，九比二。

　　打擊不連貫一直是流口隊的罩門，也是流口隊想取得好戰績的最大障礙。

　　後面幾局的比賽完全變調，大幅領先無心戀戰的蚌埠隊球員們選球明顯草率很多，看到差不多的球就出棒，當然揮出一些安打，

可是也增加出局機率，恰好給馮志誠和阿六一個絕佳的練習機會，阿六大膽配球，馮志誠盡情發揮，幾局下來雖然又丟五分，但是阿六有幾次對打者心理的準確判斷，給了自己極強的信心，馮志誠也飆出此生最快的球速，投出最恰到好處的變化球。

其他球員也趁這個機會演練防守陣勢，這場一面倒的比賽，頓時變成了練習賽。

杜濟民期待已久的練習賽竟以這種方式舉行！

最後比數是十四比三，流口中學遭遇了成軍以來最大的挫敗。

吳校長對著臉罩寒霜的領導們打躬作揖，連珠炮似地陪不是，領導們一言不發，陸續離開球場，留下兀自念念有詞的吳校長站在看臺上。

楊老闆則是顧左右而言他，風花雪月天南地北胡扯，就是不提球場上的事，應邀來看球的朋友們當然很識趣地附和，大家談笑風生，好像球場上發生的事跟所有人都毫不相干。

球員休息區內的氣氛則是非常兩極，有人為自己的收獲喜不自勝，有人為自己的挫敗低頭不語，大多數球員則是憂心忡忡，擔心球隊晉級的機會。

杜濟民看完B組另外兩支球隊比賽，回到賓館，阿通劈頭就問：
「安慶和馬鞍山那一隊比較強？」
「差不多，馬鞍山的球運比較好，四比二贏了。」
「明天誰先投？」
「我認為應該贏一場算一場，你覺得呢？」
「贊成！董陽上！」
阿通興奮的說，現在全隊都把贏球的希望寄託在董陽一人身上了！

于順德手背上指關節的皮膚雖算不上體無完膚，但傷勢的確很嚴重，他握拳用力捶打堅硬的水泥牆，這兩拳打得手背皮開肉綻、鮮血直流，但是滿肚子的悶氣也得到了宣洩。

　　劇痛讓他清醒過來，他雖然沒有能力打開自己的心結，但是至少不再鑽牛角尖了。

　　雖然他對自己的球技失去了信心，可是頑強的他已經醞釀好改造自己球技的決心，同時開始尋找自己技不如人的原因。

　　杜濟民用柯雲給他們的藥品幫于順德清洗傷口，一邊包紮一邊問：

　　「你覺得今天自己最大的問題在那裡？」

　　于順德想了一會說：

　　「比賽開始前我感覺狀況很好，信心十足。第一個球也投的很好，沒想到會被打成外野飛球，這種情形以前只有過一次，周老妖還承認那一球是運氣好矇到的，我從來不相信有人能把我的伸卡球打出去！」

　　「後來的狀況呢？」杜濟民要于順德多講話。

　　「我很想把球投進好球帶，自己也覺得投的不錯，可是球就是進不去！」口氣中充滿了委屈和無奈。

　　「被打成三壘安打那球呢？」

　　「那時候我已經越來越沒信心了，本來看到阿六叫我投最拿手的伸卡球很高興，準備要投出的時候突然想到被打出去那一球，怕再被打，那麼一猶豫球沒壓下去，就被打出去了。」

　　「然後就徹底沒信心了？」

　　「對！」

　　于順德的聲音低得幾乎聽不見。

　　「你的問題不是球技，是心態。」杜濟民說出早就知道的結

論，于順德沒有回答，杜濟民繼續説：

「沒有投手能完全封鎖對手，被打出去很正常，你求好心切一心一意想投出完美的內容，一旦出現期待外的狀況就不能承受，才會有今天的結果。」

杜濟民的棒球路上發生過類似情形，很清楚于順德現在的心態，于順德近期的大幅度進步得到太多讚許，從最初懷疑自己到肯定自己，到後來給自己設定太高標準，這個過程很短，他的信心一點都不踏實，他其實對自己的能力一直半信半疑，同時又給自己太高的期望和壓力，一旦發現自己沒有隊友和自己認定的這麼好，立刻信心大減開始懷疑自己的能力，惡性循環的結果讓他的表現荒腔走板，比賽經驗不足又無法適時調整心態，終於造成情緒大崩盤。

于順德低頭不語，過了很久才抬起頭，堅決地説：
「教練，我會恢復的，我會一直打下去。」

晚飯後，兩位教練在房間裡討論隔天的陣容，楊福生門都沒敲就衝進來大叫：
「野狗和何虎拉肚子！」

第一棒：江正（捕手）
第二棒：徐俊（遊擊手）
第三棒：任剛（一壘手）
第四棒：周立群（中外野）
第五棒：楊福生（右外野）
第六棒：秦旭光（三壘手）
第七棒：林威（二壘手）
第八棒：董陽（投手）
第九棒：馮志誠（左外野）

「排這個陣容一點都不費腦筋嘛！」阿通的語氣充滿無奈。

總共十三個球員，兩個受傷，兩個拉肚子，剩下九個人中有三個不是先發主力，憑這個陣容想打贏明天的比賽簡直就是癡人說夢，除非……

先攻的安慶隊也是兵強馬壯，球員們高大壯碩揮棒虎虎生風，站在投手丘上的董陽還是不溫不火的樣子，第一球，打擊者全力揮棒，球從球棒底下飛進阿六手套，成功的伸卡球。

看臺上該來的都來了，吳校長陪著領導們坐在昨天的位置上，氣氛明顯有點沉悶。

楊老闆的朋友們都沒來，只有文成公主陪他坐著，隨從們散坐在四周，各個無精打采。

好像大家都沒看到董陽精彩的變化球，看臺上一點反應都沒有，聊天的，打盹的，發呆的，發短信的……各忙各的。

阿六滿意地對董陽點點頭，董陽回報一個微笑，第二球快的不得了，打者根本連揮棒的意圖都沒有，球就進了阿六的手套，裁判舉起右手，兩個好球。

第三球往好球帶正中飛來，打者看準來球大力揮棒，球往棒頭的內側一飄，揮棒落空，成功的曲球，三振出局。

這次看臺上傳來了零零落落的叫好聲，和球員休息區裡的歡呼聲相呼應，至少看臺上有人開始注意場內的情況了。

第二三棒的情況好不到那去，陸續被董陽三振出局，一局上三個打者沒有人能碰到董陽的球。

球員休息區裡人人興高采烈的誇贊董陽，好像已經贏下比賽了。

「大家不要太興奮，這只是第一局！」
杜濟民適時澆了一盆冷水。

第一棒阿六的打擊本來就不穩定，三個球就被三振出局。
第二棒徐俊擊出遊擊區滾地球被封殺。
第三棒任剛擊出內野高飛球被接殺，一局結束，雙方都沒有人上壘。

二三局是投手戰，安慶隊九個人打完一輪，無人上過一壘。
流口隊只有林威被四壞球保送上壘，但是後續隊友無法擊出安打，留下殘壘。

看臺上的領導們本來就對棒球興趣不大，每個人來合肥看球的目的也不盡相同，三局下來雖然流口隊沒有失分，但是這麼沉悶的比賽實在提不起他們的興趣，好不容易撐到三局結束，有人終於忍不住找藉口離開球場。大領導一走，中領導當然也坐不住了紛紛腳底抹油，小領導們失去了核心自然也不願在此浪費時間。沒多久，楊老闆和楊太太也離開了，只剩下吳校長一個人孤零零坐在看臺上，他倒是不受影響，堅持在看臺上專心看球。

安慶隊四五六局對董陽變化多端搭配靈活的各種球路還是一籌莫展，又是三個三上三下，九個人無人上壘，董陽面對十八人次的打擊竟然投出了十二次三振，完全封鎖對手攻勢。

流口隊進攻也好不到那去，三局裡只有兩支零星安打，無法造成任何威脅，六局結束，零比零。

七局上安慶隊輪回第一棒打擊，董陽第一球是個快速直球，好球。

第二球偏外側的曲球，打者很機靈沒出棒，一好一壞。

第三球揮棒，往外飄略帶下墜的滑球，揮棒落空，兩好一壞。

阿六配一個伸卡球，董陽投出，打者突然側身握住棒頭輕輕點到球，球緩慢往三壘滾，秦旭光完全沒有意料到對方會在兩好球後觸擊，速度本來就不快的他呆了一下沖上前接球，撿起球後已經來不及了，速度超快的打者上一壘。

兩好球後的觸擊，如果點成界外球打者算出局，因此很少有人會在兩好球後冒險觸擊，安慶隊第一棒藝高人膽大，出其不意的嘗試果然達到上壘的目的。

第二棒先擺出觸擊的樣子，又認真的用力試揮球棒，干擾投手的目的非常明顯，兩好兩壞後，董陽投一個速度極快的直球，打者一猶豫，球進了阿六手套，三振出局。

第三棒前兩次打擊，一次三振，一次滾地球被封殺，他很不服氣的走進打擊區，董陽第一球快速直球，稍偏內側，壞球。

第二球往正中飛來，沒揮棒，球到打擊區下墜變成偏低的壞球，兩個壞球

面對這麼精明的打者，阿六想了一下，配了一個變速球，目的是逼打者非出棒不可。

球按照阿六的想法往好球帶正中飛來，打者果然揮棒，球突然減速變慢，打者揮棒勉強擊中減速後的球，球軟弱無力往左外野飛去，一個高飛必死球。

馮志誠往前跑準備接球，昨天操勞過度的雙腿因為站太久而僵硬，冰冷的大腿肌肉在無預警情況下突然啟動，在無法承受的壓力下只能用抽筋向主人表達不滿，劇痛讓馮志誠跪倒在地，球在面前落地，原本不敢往二壘跑的一壘跑者迅速拔腿飛奔，游擊手徐俊趕過來撿起球，對方球員分別站上一三壘。

應該是兩人出局一壘有人的情況竟然變成一人出局，一三壘有人，差距實在太大了。

　　流口隊球員們懊惱的在投手丘前聚集，本來可以輕易控制的場面因為一個失誤而變得危機重重，馮志誠一拐一拐的走過來，兩眼泛著淚光的向隊友們道歉。

　　接下來是第四棒，他前兩次都擊出高飛球被接殺，如果現在被他擊出高飛球就變成高飛犧牲打，對方就要得分了，大家都很清楚嚴重性。

　　「教練，紙老虎不行了，讓我上好嗎？」冬瓜著急地跟杜濟民說。
　　「你的情況比他好嗎？」
　　「絕對！」
　　「好！阿通去要求暫停和換人。」

　　安慶隊的觀眾席和球員休息區傳來陣陣加油聲，流口隊稀稀落落的觀眾席沒有任何反應，只有從球員休息區裡發出的微弱的鼓勵聲……，那是野狗和何虎的聲音。

　　董陽和阿六謹慎交換暗號後投出，速度極快的直球，球準確飛向打者內側好球帶邊緣，打者揮棒，球棒最細的部分擊中球，球往左側的界外飛去上了看臺，好球。

　　這一球的目的就是搶好球數，因此投快速直球誘使打者出棒，可是因為球速太快而且靠內側，打者很難擊中球心，通常結果都是擊出左邊界外球，這一球成功的達到阿六的目標。

　　第二球是正中的球，打者揮棒，球不聽話的在球棒擊中前往下墜了一點，揮棒落空，兩個好球。
　　第三球壞球，兩好一壞。

第四球又往中間飛來，打者揮棒，球往打者身體方向轉彎，又是球棒最細的部分擊中球，球還是往左外野界外飛去，冬瓜快步往球的方向跑，起步就感到傷口的刺痛，每一步都比前一步更痛，他咬緊牙強忍疼痛，兩眼盯著球的落點，因為受傷而變慢的腳步沒有因為疼痛而放棄，他沖過三壘的延伸線繼續往前跑，飛行緩慢的球開始往下落，冬瓜知道來不及像平常一樣帥氣又瀟灑的接殺，看準球的落點一個魚躍，左手手套向前盡量伸展，眼睛緊緊盯著球，整個人撲出去，球落了下來，在距離手套不到十公分的地方落地，冬瓜盡力了，還是沒趕上。

　　兩好球後的界外球不計球數，還是兩好一壞。

　　死裡逃生的打者呼了一口氣，董陽再投出，速度超快的直球，打者全力揮棒，還是慢一點，揮棒落空，三振出局，兩人出局，現在不怕高飛犧牲打了。

　　第五棒剛才一次滾地球封殺，一次高飛球接殺。

　　第一球，略偏外側的直球，壞球。

　　第二球偏內側，沒出棒，兩個壞球。

　　第三球往正中飛來，打者揮棒了，球往內側飄了一點，揮棒落空，一好兩壞。

　　第四球還是往正中飛來，打者揮棒，球往下墜落，球棒下緣擦到球上緣，球軟弱無力的往二壘方向滾，二壘手林威移動腳步，蹲下身體準備接這個他練習過幾千遍，萬無一失的緩慢滾地球，一壘手任剛退回一壘準備接林威傳來，過去千百次練習都不曾失誤的球。

　　可是任剛根本沒機會接這個球。

　　球距離手套不遠了，林威全神貫注準備接球。

　　一壘上跑者看見隊友把球擊出去立刻拔腿往二壘跑，速度極

快的他和滾動緩慢的球幾乎同時到達林威面前，蹲在地上的林威看到快速接近的跑者突然偏離原本筆直前進的路線往自己衝過來，似乎要撞到自己，身體本能地往後頓一下，球剛好滾到面前，重心往後移動的他來不及接，立刻用身體擋住球，球打中林威肩膀後往左彈，林威跨步撿球準備傳球，跑者的腳踩過壘包，三壘上的跑者當然早就回本壘了。

安慶隊看臺歡聲雷動，球員沖出來和回本壘得分的球員擊掌慶祝，流口隊球員們呆若木雞，看臺和休息區一片死寂。

杜濟民快速跑到主審面前大叫：
「妨礙防守！得分不算！」
主審立刻召集三位內野裁判到本壘前開會，安慶隊球員聚集在球員休息區，流口隊的球員聚集在投手丘前，全場鴉雀無聲人人懸著一顆心等待裁判決定⋯⋯
漫長的幾分鐘後，主審揮手把兩隊教練叫到本壘邊，清了清喉嚨說：
「進攻球員在正常的跑壘路線上，沒有妨礙防守的意圖和動作，得分有效！」

安慶隊教練振臂握拳，安慶隊看臺和球員休息區爆出歡呼聲。
杜濟民嘴巴張開動了一下，沒有發出聲音，向裁判點點頭轉身走回球員休息區，他無意抗議，因為抗議也不會有效，裁判們從他們的角度做出判決。

跑壘者跑到林威面前時腳步和身體往距離本來就很近的林威的方向移動了一點，這個小動作讓林威分心，同時縮小林威的防守空間減少他的反應時間造成失誤，讓安慶隊在沒有安打情況下得到寶貴的一分。

董陽沒有給下一棒打者任何機會，連續兩個變化球讓打者揮棒落空，第三球是今天見到最快的直球，打者連球都沒看清楚就被三振出局，七局上結束，流口隊落後一分。

　　董陽用最後這一球替隊友們發洩了一些情緒。

　　七局下，流口隊最後進攻機會，第一個打擊是四棒周老妖，他今天還沒上過壘包，隊友們大聲替他加油，大家都希望打擊最好的他發揮水準，為最後的反攻帶來好的開始。

　　其實老妖前兩次打擊都打的不差，兩次都擊出落點相當好的高飛球，但是球運似乎不在他這邊，兩次都被對方有驚無險的接殺，老妖下定決心要爭一口氣，一好兩壞後看準第四球揮棒，球往左中外野之間飛去，在兩個外野手的面前落地，一壘安打。

　　最近攻守兩端都進步很快的楊福生聽完杜濟民的叮嚀後走進打擊區，這是他夢寐以求為球隊貢獻的大好機會，沒戴手套的右手因為球棒握的太緊而泛白，手心滲出的汗沾濕了球棒的握把，他把球棒夾在兩腿中間調整一下左手打擊手套，然後在球衣上擦乾右手心的汗。

　　第一球，沒有揮棒，壞球。
　　第二球揮棒落空，一好一壞。
　　第三球，靠近內側，沒有揮棒，球轉進好球帶，兩好一壞
　　楊福生的汗又把球棒的握把弄濕了，他又在衣服上擦了擦右手心，第四球，偏外側，沒有揮棒，兩好兩壞。
　　楊福生越來越緊張了，眼睛有點模糊不清，投手看完捕手的暗號投出，楊福生模糊的雙眼只看見一顆白色的球往中間飛來，他憑直覺揮棒，擊中了！
　　球棒擊中正要下墜的球，球撞擊地面後往三壘滾，三壘手接到

球往二壘傳，封殺跑向二壘的周老妖，二壘手再傳一壘企圖雙殺，楊福生比球快半步到達一壘，一人出局。

接下來是緊張程度絲毫不下於楊福生的秦旭光，猶豫不決的放過第一個直球，好球。

第二球偏低，沒有揮棒，一好一壞。

秦旭光也擦了右手心的汗，第三球揮棒落空，兩好一壞。

第四球還是正中的快速直球，揮棒落空，三振出局。

兩人出局，看來周老妖的安打沒有給流口隊帶來好運。

林威從對方得分後就不斷自責，雖然隊友們不但沒有責怪反而不停安慰他，但是他還是認為自己必須對那個失分負責，告訴自己一定要用平常不太拿手的打擊彌補剛才的失誤。

林威上場，他強迫自己什麼都不想，全神貫注在對方投手的動作和球路上，第一球，沒有揮棒，壞球。

第二球揮棒，球棒擊中球，球飛過二壘手頭上落在中外野手面前，一壘的楊福生拼命往前跑，踩過二壘繼續往三壘衝，中外野手撿起球往三壘傳，楊福生快一步，安全上壘。

一三壘有人，兩人出局，輪到第八棒董陽打擊，局面對流口隊算不上有利。

董陽在大家的加油聲中走進打擊區，向來只愛投球對打擊興趣缺缺的他，當然知道這次打擊有多重要，在腦袋裡搜尋很久，終於找到了儲存在最偏遠區域的打擊程式，他在腦中演練了幾次，左思右想之後還是沒把握，他開始後悔以前對打擊練習的漫不經心，下定決心如果還有機會，一定會認真投入練習……

當然必須要有機會才行。

董陽試揮幾次球棒，總覺得有些不對勁，回頭看看杜濟民，

教練臉上看不出任何表情，董陽那會知道杜濟民正面臨一個困難的抉擇……

杜濟民當然知道董陽可憐的打擊本事，讓他難以決定的是：

第一：如果換人代打，萬一得分不能超過對方只是把比分追平，就要進入延長賽，可是董陽已經被換下去了，接下來誰投？

第二：有人可換嗎？

杜濟民腦筋飛快轉了幾圈，下定決心，勝負是一時的，球員的教育是永久的……

不換人！

杜濟民對董陽點點頭，董陽轉身面對投手，一點把握都沒有，但是決心放手一搏。

第一球，沒揮棒，球在本壘前轉出去，壞球。

第二球，揮棒，球棒擦到球，本壘後方界外球，一好一壞。

第三球，沒揮棒，偏內側，一好兩壞。

第四球，揮棒，球轉了出去，揮棒落空，兩好兩壞。

第五球，沒揮棒，球在本壘前下墜，捕手用身體擋住球，差一點造成暴投，兩好三壞。

流口隊的球員休息區傳來一陣惋惜的聲音，捕手如果沒有擋住球，三壘上的楊福生就有可能沖回來得到追平分。

兩好三壞兩人出局，三壘上有楊福生，下一球將會決定流口隊的命運……

第六球，董陽揮棒……

這個球速度不快，到本壘板勉強往外轉了一點，明顯的失投，

像冬瓜或者任剛這種等級的打者，都會很有把握的把球敲到外野，如果碰到周老妖，這個球恐怕球就要飛過全壘打牆了。

可惜不是冬瓜，不是任剛，更不是周老妖，打擊的是向來不愛打擊的董陽！

棒頭勉強碰到球，球往一壘滾，一壘手往前跑兩步，穩穩接到球，轉身慢跑踩壘，封殺出局，三人出局，比賽結束，安慶隊一比零擊敗流口隊。

流口隊留下了殘壘……和遺憾。

董陽為他的輕忽打擊付出代價，流口隊和他一起承受了這個代價！

二連敗的流口隊幾乎可以準備打包回家了。

03

前所未有的沉悶氣氛籠罩著流口隊休息區，球員們低頭默默整理球具，沒有人開口講話，杜濟民乾澀的聲音打破沉默：

「大家到看臺上集合，看下一場蚌埠隊和馬鞍山隊比賽。」

吳校長和大家打個招呼後匆匆離去。

杜濟民轉頭看遠方的記分板，第一局剛結束，昨天把流口隊打得落花流水的蚌埠隊一局上被流口隊明天的對手馬鞍山隊攻下兩分，以零比二落後。

二連敗的流口隊現在僅有一個微乎其微的晉級機會：

蚌埠隊擊敗馬鞍山隊，在小組賽中三戰全勝，流口隊明天也擊敗馬鞍山隊，這樣除蚌埠隊以外的三隊都是一勝一負，比較這三隊

的勝負分，勝分最多的球隊晉級。

現在這三隊之間的情況是：
馬鞍山隊四比二擊敗安慶隊，正兩分。
安慶隊一比零擊敗流口隊勝一分，抵掉對馬鞍山的負分後，負一分。
流口隊以零比一敗給安慶隊，負一分。

因此流口隊明天對馬鞍山隊不但要贏，勝分還必須不低於兩分，同時還有一個大前提：
蚌埠隊今明兩天的兩場比賽都必須要贏。
馬鞍山隊第一局打的得心應手，看來勝算遠在蚌埠隊之上，蚌埠隊能否過關都很難說，更別提慘敗給蚌埠隊的流口隊了。

二局上，馬鞍山隊又得一分，一人出局，二三壘有跑者，繼續得分的可能性很大，蚌埠隊換投手，馬鞍山隊的形勢一片大好。

杜濟民轉頭面向看臺另一邊的球員，這群平日一分鐘都安靜不了的青少年們，個個安安靜靜坐在長凳上，默默看著比賽，他們知道如果今天馬鞍山隊獲勝，即使明天獲勝還是會被淘汰，現在馬鞍山隊占盡優勢，實在看不出有輸球的可能……

從目前的情況看來他們的賽程到明天就結束了，大部分即將畢業的球員不會再有機會打棒球，還沒畢業的人不知道球隊是否還會繼續訓練，他們之中大多數人的棒球生涯即將結束，有些人會再念三年書，然後開始工作，有些人會和他們上一代一樣，中學畢業就離鄉背井到大都市打工，永遠在尋找工作機會，永遠在經濟鏈底層掙扎……
他們曾經以為這就是他們的宿命，但是過去六個月的棒球訓練

打開了他們的視野，讓他們看到了希望，也給了他們通往夢想的鑰匙，可是這一切即將遠去⋯⋯

　　從來沒有做過夢的人，不會因為夢醒而失望⋯⋯

　　失去自己曾經以為有機會得到的東西，更令人難以忍受⋯⋯

　　杜濟民無法再想下去，把頭轉向另一邊，偷偷擦去即將滴下的淚水⋯⋯

花明

01

杜濟民很多年沒有喝咖啡了。

這是學校旁邊一間小型咖啡廳,面積不大,簡單的原木色系裝潢,牆壁上掛滿了風格不同但是很有個性的畫,每一個架子上都有一些特殊的擺飾,雖然一看就知道不是很值錢的物品,但可以看出是店主花了很大心思和功夫去規劃、蒐集的。

下午三點多,店裡滿滿的學生,聊天的,看書的,打電腦的⋯⋯低沉的講話聲和輕柔的音樂聲交織成一首生機盎然令人愉悅的午後交響曲。

杜濟民對面坐著一個四十歲左右,皮膚很黑,身材略胖的人,左手不停轉動一個表皮已經泛黃的舊棒球,喝了一口咖啡放下杯子說:

「這個問題應該不難解決。」

第二局結束，馬鞍山隊四比零領先蚌埠隊，眼看大勢已去的杜濟民開始回想這半年來的點點滴滴：

收到通知的喜悅，組隊的困難，啟蒙的艱辛，初次勝利的興奮，與顧文彥久別重逢的激動，大風雪中的驚險，柯雲的笑容，深山裡的危機……

他突然發現自己從球隊得到太多的東西，師生之情，兄弟之情，未知但是值得期待的男女之情……

他同時很愧疚的發現自己以前對學生的瞭解實在太少了，經過在球隊的朝夕相處，他才知道每一個人的處境和困難，經過練習棒球的過程，他才知道自己除了教他們英文之外，還可以為他們打開一扇窗，讓他們有新的目標和夢想，這個球隊曾經是如此充滿活力和希望，球員是如此努力和上進，但是這一切可能永遠不再回來了，如果學校決定解散球隊……如果沒有人繼續贊助球隊……

「可以跟你聊一聊嗎？」

一個陌生又有點奇怪的口音打斷杜濟民的思緒，他抬起頭，看臺邊站著一個從沒見過的人，四十歲左右，皮膚很黑，身材略胖。

「我姓孫，這兩天看了你們的比賽很欣賞你們球員的天分和訓練，我有一些建議可能對你有幫助。」

和陌生人一見如故迅速混熟稱兄道弟是顧文彥的拿手好戲，杜濟民向來不擅此道，猶豫一下沒有回答，那個人說：

「我們到學校對面喝杯咖啡，用不了太多時間。」

「我叫孫瑞河，瑞士的瑞，河流的河，朋友都叫我大水，原因以後有機會再告訴你，我是臺灣的原住民，年輕時候也打棒球，後來發現天分不夠打不出名堂，就改念運動心理學，後來發現這條路也走不出名堂，就改回我祖傳的老本行種水果，後來發現在臺灣種

不出名堂，就來大陸找機會，去年發現祁門縣附近山區適合栽培一種新品種的蜜柚，就在祁門縣山裡租了一塊地，現在剛把地整好，下個月要種樹苗了，前兩天來合肥買一些生活上和果園裡的必需品，剛好看到電視說有棒球比賽，就來看了。」

點完咖啡，大水迫不及待、連珠炮似地一口氣講完，不時穿插幾聲爽朗的大笑，他的豪邁和坦白讓杜濟民降低了一點自我保護式的戒心，大水不讓杜濟民接話，繼續說：

「每一隊的比賽我都看了一點，我現在住在黃山市，當然黃山市隊的每一場比賽我都要看啦！哈哈哈！」

大水的獨白解答了好幾個疑惑：

他特殊的口音，他的膚色和體型，他對棒球的愛好，他會在這裡出現，他愛喝咖啡的習慣……。

「你認為那幾個球員比較有天分？」

既然大水提到天分，杜濟民當然毫不客氣開始考試，他要確定眼前這個人不是來尋開心的，他不想把時間浪費在胡說八道的人身上，雖然對大水還蠻有好感。

大水從口袋裡掏出一個已經泛黃的舊棒球在左手裡慢慢轉動：

「今天那個投手就不用說了，如果有計劃的培養又不受傷，將來一定是亞洲第一流的投手。」

（這個誰看不出來？）

「第七局才換上來那個外野手，就是跑步一拐一拐那個，他的防守絕對一流。」

（嗯，有點眼光！）

「那個遊擊手，防守沒有問題，如果打擊好一些，可算是這個年齡的明星球員。」

（沒錯，本山人也這麼認為！）

「那個第四棒的打擊手，防守一般，打擊太有天分了！」

（喂！這可不算什麼了不起的眼光噢！）

「昨天先上場那個投手其實投的很好，可是心裡素質太差，如果不改善，成不了大器！」

（于順德才投那麼幾球你就看出來了，算你懂棒球！）

「其他幾個內野手都是守優於攻，其中一壘手最好，攻守都夠水準，如果穩定性再加強就很棒了。」

（你觀察的很仔細嘛！）

「我最欣賞那個捕手，他的天分是所有球員裡面最高的，不僅僅是防守動作，對球場上情況的判斷掌握和指揮的沉穩鎮定，還有配球的功力，都不是這個年齡的正常水準，絕對是與生俱來的！如果能提高打擊技巧，將來可能有進大聯盟的實力！」

（嘿嘿！大哥，你也不看看是誰教出來的！）

現在連杜濟民這麼謹慎的人都能確定，眼前這個毛遂自薦的人不是來尋開心的，他問：

「我們現在最迫切需要解決的問題是什麼？」

「第一：打擊不連貫，強弱棒落差太大。第二：人手不足，無法應付連續比賽。第三：比賽經驗太少，表現起伏不定。」

（嘿！這傢伙也會「一二三邏輯」……）

杜濟民的武裝又解除了一點：

「短時間內有可能改善嗎？」

「只要肯做，一定會有進步。」話倒說得不滿。

「你為什麼要幫我們？」

「我剛才不是說過了嗎？」

「收費嗎？」杜濟民試探地問出這個打從開始就一直存在心裡的疑問。

「你覺得呢？」聽不出口氣裡的涵意。

「不知道。」

「你覺得我的方法有效就陪我喝酒，其他什麼都不談！」講完

又配上他的招牌笑聲。

杜濟民終於放下心，突然想到一個問題：

「昨天那個投手的心病能治好嗎？」

大水右手端起咖啡杯想了一下，左手還是不停轉動那個表皮已經泛黃的舊棒球，喝了一口咖啡放下杯子說：

「這個問題應該不難解決。」

杜濟民突然沉默下來，他想到明天就是本賽季最後一場比賽，明天過後這個球隊是否存在都不知道，現在談這些不都是白搭嗎？

「你還有什麼問題都提出來啊！」

大水看杜濟民不講話，以為他還有關於球員的問題要跟自己討論。

「我是擔心……」

手機鈴聲響了，阿通的號碼。

杜濟民和大水離開球場的時候，交代阿通看完比賽帶球員們回賓館洗澡休息，準備晚上自習，出發前發個短信告訴自己一下就行了。

（不是說好發短信嗎？不會有什麼急事吧？）

電話裡傳來的音量足以把咖啡廳的玻璃震碎：

「杜哥！蚌埠隊逆轉贏了，我們還有機會！」

03

比賽結束後空曠的球場上，流口隊球員圍成一個圓圈，大家聚精會神地聽那個四十歲左右、皮膚很黑、身材略胖的人講話：

「打擊的時候經常會發生一種情形：打擊者在投手球出手瞬間就做出判斷，憑這個判斷決定揮棒角度，忽略了球在飛行過程中發生的變化，都是憑直覺揮棒，像這樣眼睛不看球、盲目揮棒，當然

無法有效擊中球。」

他停下來看看球員們的反應，看大家都同意地點了點頭，接著以那特殊的口音繼續說：

「正確的方式應該是全伸貫注在球飛行的過程和結果，等球飛行一半以後才決定揮棒的方式和角度，然後快速轉動身體和手腕，這樣有效擊中球的機會大很多。」

大家又表示同意，他接著說：

「這件事說來容易，關鍵在於對注意力的集中和揮棒的速度要求很高，所以大家必須加強身體和手臂的力量，更重要的是要練習集中注意力，不可分心。」

這次連旁邊的阿通都點頭了。

「我看過各位的比賽，大家的體能和技巧都很好，揮棒速度不是問題，最大的障礙是揮棒前注意力不集中，眼睛不看球，所以打不到球。」

大水邊說邊拿起球棒示範一次揮棒動作，他的姿勢節奏和杜濟民很像，可是比杜濟民和顧文彥都熟練流暢，他再做一次後對著全神貫注的球員們說：

「打擊的時候應該把每一個動作都視為前一個動作的延續，也是下一個動作的前奏，不要去想動作做完的結果，而是全神貫注在每一個動作上，確實而精準的完成每一個細節，這樣就能做好一個完整的揮棒，增加擊出好球的機會。」

大水指指老妖說：

「你來示範慢動作給大家看看。」

老妖示範過無數次揮棒動作，熟練的拿起球棒走進圓圈中間，大水點點頭，他開始做一個完整的揮棒動作，做完收棒，大水說：「大家注意他的手腕還沒有移動到正前方，還沒完成翻轉動作的時候，眼睛就瞄向前方了，這是他唯一的問題，如果能把這個缺點改掉，可以稱為『打擊教科書』！」

口哨聲，怪叫聲同時響起，老妖不好意思的咧嘴傻笑，大水說：

「現在每個人都拿起球棒練習，請兩位教練和我一起糾正大家，記住！不必急著完成動作，一定要注意眼睛盯住球！」

「杜哥，你從那裡找來這個傢伙？」
阿通趁著空檔走到杜濟民身邊，小聲的問。
「蠻內行的吧？」
「嗯，可是有點喧賓奪主！」阿通帶點不滿的口氣。
「那有什麼關係？重要的是他能幫助我們解決問題。」
「可是你才是教練啊！」
「棒球這麼細膩，精密程度這麼高的運動，需要幾個教練分工合作才能教出好球隊，我們的球隊如果想要再進步，一定需要更多專業的人幫忙，只要是有本事的人，讓他主導訓練有什麼關係？」
阿通聳聳肩不再講話，但是杜濟民看得出來阿通不太認同這個義務教練的加入。

晚自習的時候，青青帶來了球員們愛吃的炸雞，杜濟民看大家聞到香味都無心念書，乾脆提早半小時下課，讓青青陪球員們吃炸雞聊天，和阿通討論明天這場生死之戰的名單。

第一棒：袁興（右外野）
第二棒：任剛（一壘手）
第三棒：王東平（中外野）
第四棒：周立群（左外野）
第五棒：徐俊（遊擊手）
第六棒：何虎（二壘手）
第七棒：江正（捕手）
第八棒：秦旭光（投手）
第九棒：林威（三壘手）

這個陣容冬瓜帶傷，秦旭光實力不如董陽和于順德，是目前流口隊能排出來的最佳陣容，阿通問：

　　「于順德這兩天情緒還算好，手傷也不影響投球，你覺得他能上場嗎？」

　　「問題不是手傷，心裡的傷沒治好之前，我不認為能上場。」

　　「你打算請你剛得到的『水』替于順德治療嗎？嘿嘿！水療倒是蠻時髦的！」

　　杜濟民知道阿通是借用《三國演義》的典故來表達對大水的不滿，他很清楚這不是三言兩語能解決的問題，而且必須由大水自己來化解，淡淡地說：

　　「海納百川，故成其大。」

　　阿通當然知道流口隊教練團需要更多更專業的人加入，但是他就是覺得大水出現的時機和方式不對勁，也看不慣大水玩世不恭的樣子，更不喜歡大水嘴巴裡嚼個不停經常吐出紅色汁液那種噁心的東西，可是真要講大水有什麼大毛病也說不出來，他想了一會說：

　　「明天你的『水』會來滋潤我們這塊渴望勝利的荒田嗎？」

　　「不會介入球員調度，負責指點球員打擊該注意的細節，戰術方面則是我們要求他才提建議。」

　　「當打擊教練？希望他本分一點，別管不該管的事！」

　　杜濟民正要回話，手機響了，是短信，他打開一看，皺緊的眉頭立刻鬆了一大半，他反覆看了幾次，臉上出現了久違的笑容，阿通實在忍不住，一把搶過手機：

　　「能夠在這麼短的時間達到這種成績已經很值得驕傲了，把目標放在明年，相信球隊不會解散。柯雲」

　　「哈！兩個人早就暗通款曲了，還裝呢！」阿通對於杜濟民沒有告訴自己實情非常不爽。

　　「這是我第一次收到她的短信，我們根本沒有對方的手機號碼，你看我連她的號碼都沒儲存！」

杜濟民的語氣和手機上的顯示讓阿通不得不信。

「好，相信你一次，你們要對方的號碼其實很簡單。」阿通改變話題：

「我覺得她講這話是有根據的。」

「什麼根據？」

「你想想看，她和楊太太這麼要好，她們一定談了球隊的戰績和未來的規劃，是楊太太告訴她楊老闆會繼續支持球隊，否則她怎麼會憑空想出球隊不會解散這種事？」

杜濟民想了想，阿通的話確實有些道理，可是眼前最重要是打好最後一場比賽：

「先不想這麼多，明天打完回學校再說吧！」

「你怎麼知道我們明天打完就要回去？如果晉級呢？」

04

杜濟民本來希望球員們早上好好休息，晚一點到球場，可是球員們都渴望知道早上前一場蚌埠隊和安慶隊比賽的結果，如果安慶隊獲勝，流口隊即使擊敗馬鞍山隊也無法晉級。大家都希望蚌埠隊不但實力強，還要有爭取勝利的運動精神，不會故意放水讓安慶隊晉級。

蚌埠隊和安慶隊也是一場實力相當的比賽，流口隊球員們擔心的事沒有發生，兩隊打的難分難解，互有領先，打到七局下半，後攻的蚌埠隊才以一支再見安打擊敗安慶隊。

在看臺上不停的幫蚌埠隊加油的流口隊員們開心的擊掌歡呼，好像自己贏了比賽一樣，靠著蚌埠隊不放棄的鬥志，替流口隊保住了最後一線晉級機會，接下來就要靠自己了，不但要贏，而且至少要贏兩分才能以比勝負分的方式晉級。

如果以前兩場比賽馬鞍山隊和流口隊的表現來看，流口隊獲勝

的機會比中運動彩券的機率大不了多少！

比賽即將開始，杜濟民看一眼四周空蕩蕩的看臺，不論流口隊和馬鞍山隊比賽結果如何已經註定被淘汰的安慶隊沒有留下來看球，除了比賽雙方外，沒有人會關心這一場實力不強，即使晉級後前途也不被看好的兩隊的比賽，吳校長和楊老闆都沒出現，更別提那些有更重要工作的領導們了。

問題是大水也沒出現！

（他記錯了比賽時間嗎？）

這是杜濟民能找到的唯一答案。

抽到先攻的馬鞍山隊第一棒走進打擊區，秦旭光投出第一球，打者毫不猶豫揮棒，球從任剛和何虎中間穿過，一壘安打。

集訓過程中秦旭光球技進步的程度不如于順德，可是心裡素質遠遠超過于順德，這也許是因為他的球技不如于順德，對自己的棒球生涯不像于順德抱著那麼高的期望，勝負的得失心沒有于順德那麼重吧。

第二棒也是第一球揮棒，球棒擦到往外側飄去的球，界外球，好球。

第二球，第三球都是壞球，一好兩壞。

第四球投滑球，球沒有按照秦旭光的意思飄向外側下方，打者把球打到右外野在野狗面前落地，又是一壘安打，腳程很快的跑者快速通過二壘上三壘，無人出局，一三壘有人，很好的得分機會。

杜濟民罕見的第一局就叫暫停，走到投手丘輕輕拍了拍秦旭光的肩膀：

「你今天怎麼變化球都投不出來？」

秦旭光很困惑的說：

「好像手指使不上力球轉不動，可是我一點都不緊張啊！」

「你像我這樣活動肩膀手臂手腕手指，我看還是肌肉僵硬了些。」杜濟民邊說邊示範。

秦旭光照做了幾次，覺得肌肉鬆了一些，對教練點點頭，杜濟民回到球員休息區，比賽繼續。

第三棒昨天對蚌埠隊擊出一支全壘打，阿六非常小心的配球，即使好球也不會投到好球帶中間，肌肉活動開後的秦旭光控球明顯好了一些，一好兩壞後，第四球揮棒，球打到中外野，冬瓜接到球後無法阻止三壘上跑者回本壘，高飛犧牲打，一比零，一人出局，一壘上有跑者。

外野傳來冬瓜的叫聲：

「光光，這樣就對了，丟一分沒關係！」

秦旭光靜下心來，看清楚阿六的暗號，給第四棒投出第一球，偏內側的壞球。

第二球被擊成三壘外界外球，第三球第四球都是壞球，一好三壞。

第五球轉到外側，打者全力揮棒，球飛到一壘外的看臺上，幾乎到了全壘打的距離，兩好三壞。

現在阿六大概能猜到打者的心態了：

打擊最強的第四棒本來就沒把流口隊這個實力不強的投手放在眼裡，加上看到前兩棒都很輕鬆地擊出安打，更降低了他對秦旭光的戒心，一心一意只想把球轟到全壘打牆外。

阿六決定賭一球。

秦旭光面有難色地對阿六搖搖頭，伸卡球是他最沒把握的變化球，阿六竟然要他給對方最強的打者送禮？

阿六很堅決地再比一次暗號，秦旭光只好同意，把投伸卡球的所有過程在腦袋裡走一次，深呼吸後投出。

　　球有點靠外側，還在好球帶範圍內，打者判斷這是一個稍微偏外側的直球，心裡暗笑，全力揮棒，球棒勉強擊中開始下墜的球，球往徐俊滾去，徐俊往前小跑彎腰屈膝接球轉身輕輕一拋，回二壘補位的何虎接球踩壘包轉身把球傳向一壘，任剛右腳穩穩踩在壘包上，球準確進入伸長的左手手套中，一氣呵成的雙殺，三人出局，馬鞍山隊一比零領先。

　　阿六笑著對秦旭光說：
　　「不要懷疑我的配球！」
　　秦旭光很服氣的摸摸阿六的頭，兩個人一起走回球員休息區。

　　杜濟民對圍成一圈的球員們說：
　　「秦旭光表現很好，大家打擊的時候記住昨天孫教練講的細節，我們把分數打回來！」

　　那個四十歲左右、皮膚很黑、身材略胖的人還是沒有出現。

　　馬鞍山隊可能是輕敵，也可能是為明天的晉級賽保留實力，派出的投手實力平平。

　　第一棒野狗一好兩壞後擊出一壘安打，站在一壘上對走進打擊區的任剛大叫：
　　「鍋子，按照昨天下午練習的方法就對了！」

　　打擊本來就很好的任剛對大水的教導深有體會，第三球揮棒，球從二壘手頭上飛過，中外野手快步上前撿起，野狗不敢往三壘跑，一二壘有人，無人出局。

摩拳擦掌很久的冬瓜不像任剛那麼有耐性，第一球就揮棒，球飛到三壘後方的界外，一個好球。

第二三球都是明顯的壞球，第四球對著中間飛來，冬瓜眼睛盯著球全力揮棒，所有的動作都正確，球棒準確擊中球，球往左外野飛去。

因為過度用力而僵硬的手臂和肩膀無法把球送到足夠的距離，左外野手退後兩步接到球，二壘上的野狗不敢輕舉妄動，一人出局。

第四棒老妖對沮喪的冬瓜咧嘴傻笑，冬瓜沒好氣地說：
「別只會傻笑，打個全壘打給我看看！」
老妖還是傻笑，讓人搞不清楚他在想什麼。

幾分鐘後，冬瓜終於搞清楚了老妖在想什麼：
老妖完全同意冬瓜的建議。
不著急的老妖看準第四球揮棒，球應聲飛往左外野，流口隊的球員們不等球飛越全壘打牆就全部衝出來慶祝，慢慢跑回本壘的老妖被球員們圍起來又敲又打，三比一。

徐俊高飛球被接殺，何虎被三振，一局結束。

第二局，兩隊都沒有得分。
「教練，孫教練不來了嗎？他如果能在我們上場打擊前提醒一下有多好！」阿六代表球員們問杜濟民。
「是啊！昨天教那麼一下子，那能學會！」徐俊附和地說。
杜濟民搖搖頭沒回答，他也很想知道答案。

第三局，雙方都沒有突破僵局。

大水還是沒出現。

四局上，第一個打擊的是馬鞍山隊第三棒，秦旭光一個失投的曲球被對方打個正著，球往外野飛，擊中全壘打牆後反彈回來，野狗接到球傳向三壘，跑者一個滑壘安全上三壘。

第四棒上場第一球又打成三壘後界外球，球直接飛過全壘打牆，雖然不算，還是把流口隊球員嚇出一身冷汗。
阿六決定不和他硬拼，四個壞球把打者保送上壘，一三壘有人，無人出局。

第五棒打者選球非常仔細，一好兩壞後把球打到冬瓜和老妖之間的外野，三壘上跑者輕鬆得分，一壘跑者上二壘，一二壘有人，無人出局。
流口隊三比二領先，但是沒有人知道這個優勢還能保持多久。

從來沒有面對過這麼強大對手的秦旭光疲態已露，杜濟民叫了暫停，走向投手丘準備換投手。

比賽前杜濟民考慮過無數次眼前這個情況：
秦旭光撐不住的時候該換誰上場接替？
于順德不必想了，冬瓜腳傷沒有全好，董陽有隔場限制，實力不如秦旭光的馮志誠換上也沒用，老妖是唯一的答案，可是如果老妖把力氣全都用在投球上，打擊重心又沒了……
流口隊人手不足的問題，此時顯得更嚴重了。

（走一步算一步吧！）
沒有其他選擇的杜濟民揮手把老妖叫到投手丘來。

很久沒有在比賽中投球的老妖也不緊張，練投的時候投出好球就傻笑，投出壞球還是傻笑，只有阿六看得出其中的區別。

老妖以快速球為主，變化球不多也不靈光，第六棒打者似乎不怎麼怕老妖的快速球，一壞球後擊中第二個快速直球，徐俊撲向這個快速滾地球，球從徐俊和林威之間穿過，接替老妖上場守左外野的楊福生跑上來接到球，跑者通過三壘往本壘跑，林威指向本壘大叫：

「傳給阿六！」

楊福生使盡全力往本壘傳，阿六站在本壘前兩米，在三壘和本壘之間的白線上焦急等待，球以不算快的速度飛來，在距離本壘十米左右落地滾來，阿六蹲下接球，跑者剛好沖到面前，阿六毫不退縮用身體擋住對方，跑者一頭撞上阿六，阿六只覺得從左肩到胸口一陣劇痛，呼吸不順眼前一黑，整個人向後摔出，可是牢牢記住一件事：

球絕對不能掉！

球果然沒有掉，裁判高舉右手，跑者出局，阿六用身體保住了這一分！

當然楊福生的傳球也是功不可沒。

「好球！」

杜濟民身後傳來一個特殊的口音：

「對不起，昨晚喝多了，剛起床。」

杜濟民循著笑聲轉身先聞到一股酒味，只見大水眼睛腫腫的，一臉宿醉未醒的樣子，嘴裡還是不停地嚼著那種紅紅的東西。

「這麼不負責任的人怎麼當教練？」阿通搶先答話。

出乎阿通意料之外，大水沒有回答，臉上閃過一個痛苦表情，聳聳肩，轉身往球場外走去。

「大水！我們需要你幫忙！」杜濟民開口叫住大水。

「對不起，我不應該冒昧介入你們球隊的事，希望昨天下午的練習對小朋友們有幫助。」

大水講完話掉頭繼續往外走。

「大水，我沒有惡意。」本性善良的阿通看到大水失魂落魄的樣子覺得於心不忍，發現自己好像太殘酷了。

「你說的很對！」大水的笑容有點淒涼：

「我是一個不負責任的人，我應該付出代價！」

「大水，球員們都希望你能在他們上場前再叮嚀一下，這些事比賽後再說好嗎？」杜濟民說。

「抱歉，請你別介意。」阿通說。

「好！」大水爽快地回答：

「晚上陪我喝酒嗎？」

壘上跑者趁著混亂分別上二三壘，現在變成一人出局，二三壘有人，危機還沒解除。

第七棒第一球打成本壘後飛球，界外球，一個好球。

第二球偏高，一好一壞。

「杜教練，能不能叫投手把球壓低一點，這種高球太危險。」大水跟杜濟民說。

杜濟民點點頭，手放在口中吹了聲口哨，阿六轉頭看杜濟民的手勢。

「帥啊！」

大水打心底讚賞師徒二人之間的默契。

老妖球壓太低了，連續兩個壞球，一好三壞。

阿六比個暗號讓老妖再投一個壞球把打者保送，滿壘比較容易製造雙殺。

第八棒看準第一球揮棒，球往右外野飛，不遠但是很靠近邊線，野狗飛快跑向前接殺，他又往前衝了幾步才止住衝勁，眼看無法阻止對方得分，把球傳向二壘，也來不及，二壘跑者上三壘，三比三，兩人出局。

第九棒打者也是第一球揮棒，任剛接到滾地球踩壘包，四局上結束，三比三，流口隊領先優勢消失了。

四局下，第一個打擊是何虎。

前三球沒揮棒，一好兩壞，第四球飛來，何虎緊盯著球揮棒，球往遊擊手後方飛去，流口隊球員們大聲叫好，眼看球就要落地，轉身往後快跑的遊擊手一個魚躍身體幾乎變成水平狀態，左手伸出，球乖乖落進手套中，漂亮的接殺，一人出局。

杜濟民拍拍何虎：

「打的好！對方接的太好了，不是你的錯。」

阿六和楊福生都打中了球，馬鞍山隊完美的防守讓兩個人都無功而還。

四局下結束。

第五六兩局雙方都有安打，但是都無法突破對方嚴密的防守，六局結束，三比三。

流口隊雖然沒有得分，但是球員們在大水的現場指導下調整打擊方式，揮棒過程中的盲點隨著每一次上場打擊逐漸減少，幾乎人人都能把球打出去，比起以前動輒被三振好多了，球員們打擊漸入佳境，流口隊最大的弱點開始慢慢補強。

七局上，馬鞍山隊輪到第一棒打擊，他似乎已經習慣了老妖

雖然快速可是變化不大的球路，一好一壞後把球擊向左外野，一壘安打。

第二棒第一球出其不意觸擊，任剛快速上前接球回身傳給補位的何虎，封殺，跑者上二壘，一人出局，馬鞍山隊進入得分圈。

老妖的快速球對第三棒也無法造成威脅，第二球揮棒，球往中外野飛，冬瓜忍痛以他能達到的最快速度往回跑仍然來不及，球在全壘打牆前不遠落地，二壘跑者回本壘，打者上二壘，四比三，馬鞍山隊領先。

「有沒有變化球比較多的投手？」大水問杜濟民。

杜濟民搖搖頭，流口隊的投手群中只有董陽和于順德會的變化球比較多，董陽今天不能上場，于順德……

「第一天最先上場那個投手呢？」大水靈機一動。

「在那邊，我跟你說過他的問題啊！」杜濟民無奈的說。

「你能讓他上場投球，只要對方不得分，不管輸贏晚上我都請你喝酒。」阿通在旁邊插嘴。

「好！地方你選！」

大水那個蠻不在乎，帶著幾分無賴，讓阿通看不順眼的笑臉又出現了……，他走向休息區角落的于順德。

杜濟民又走上投手丘，流口隊球員們驚訝地發現，換上場的投手竟然是于順德！

第四棒站在打擊區一臉自信、微笑地看著于順德，阿六知道這不是能硬拼的對手，而且一壘本來就是空的，這時候應該把最強的打者保送上壘，專心應付下一棒。

阿六比出四壞球保送的暗號。

于順德點點頭表示理解，第一球，球快速往好球帶飛來，到了本壘前沒有轉彎，筆直進入好球帶略偏內側的位置，速度極快的直球，裁判高舉右手，好球。

　　打者沒想到這個球的速度竟然這麼快，連揮棒的念頭都沒有球就進了捕手手套，他驚訝的發現這個後援投手的球竟然比前面兩個投手快的多……

　　另一個比他還驚訝的人是阿六，于順德居然沒有按照兩個人溝通好的暗號投球。

　　阿六再比一次四壞球保送的暗號，于順德還是點頭同意，第二球往打者身體飛來，打者大驚之下身體往後一縮，球進入本壘前轉了出去，從本壘板正中間通過，進入阿六移過來的手套，裁判再度舉起右手，兩個好球。

　　這次阿六更驚訝了，不但是為了于順德再次不聽指揮，另一個原因是：

　　（他曲球的角度怎麼變這麼大？雖然不聽話，投的還真漂亮！）

　　阿六叫暫停走到投手丘，滿臉不高興地問：

　　「不是說好保送嗎？如果不是我反應快，這兩球都會漏接你知道嗎？」

　　于順德一臉倔強地說：

　　「我不是上來保送的！」

　　「這是戰術！懂嗎？」

　　「我只知道投球！」

　　「現在開始按照我的指揮投球！」

　　阿六說完轉身就往本壘走，不給于順德回答的機會。

　　阿六第三次比出保送的暗號，于順德還是點點頭，第三球快速往好球帶飛來，打者看清來勢猛力揮棒，球在球棒擊中之前往下墜落，從球棒下方通過本壘板，阿六來不及接球只能雙膝跪地用身體

擋住球，球碰到阿六的大腿往右側彈。

第三個好球捕手漏接，如果打者能比球先到達一壘算安全上壘，打者把球棒一扔往一壘飛奔，二壘上跑者同時往三壘跑，阿六把面罩一甩沖去撿球，腦袋在這一瞬間轉了一圈：

封殺一壘比較有把握，可是跑者上了三壘，下一棒只要擊出一支短程安打就能得分，如果落後兩分，流口隊離晉級就更遙遠了，可是如果傳三壘，封殺跑者的機會實在太低，萬一封殺不成，變成一人出局一三壘有人，情況就更糟糕了。

阿六在這短短的幾步路時間裡做了決定，撿起球往一壘傳，任剛腳踩在壘包上焦急的看著跑者和球都往自己快速接近，跑者起跑在先，球在距離一壘不到五米的地方追上來，幾乎無法判斷人和球何者會先到，任剛右腳踩在壘包上，左手盡量往球的方向伸出……

「碰」球進手套，跑者沖過壘包，裁判沒有猶豫，高舉右手，封殺出局。

另一邊跑者上三壘，兩人出局，等於是一支成功的犧牲觸擊。

阿六又走到于順德面前，兩眼緊緊盯著個子比自己高的投手，兩個人對看了一會，阿六說：

「我做我的暗號，你投你的球，如果沒讓他們得分，以後我聽你的，如果讓他們得分，晚上我一定找你算賬！」

「只要不是保送就照你的意思投！」于順德的口氣非常堅決。

現在這個情況當然不必再用保送戰術，阿六知道第五棒也是打擊好手，想了一下做出曲球的暗號，于順德同意後投出，這次沒有自作主張，球到本壘板往外轉，打者揮棒，棒頭擦到球打成一壘邊的界外球，好球。

第二球是伸卡球，打者揮棒落空，兩個好球。

阿六很滿意于順德聽話的表現，當然自己的配球還是要記首功咯！

阿六比一個外角壞球的暗號，于順德搖搖頭，阿六再比一個內角偏低的壞球，投手還是不同意，阿六火了，比一個中間偏低好球，投手終於點頭了。

于順德慢慢的做動作，每一個細節都很完整，球出手，這是阿六見于順德投過最快的一球，不遜于董陽的快速球，打者的球棒還沒揮到正前方，球已經進入阿六手套，三振出局。

「投的好！可是以後還是要聽我的！」
阿六瞪著于順德堅定的說。

七局下，流口隊最後一次進攻至少要得三分，否則就被淘汰。
第一個上場打擊的是第八棒剛換上的楊福生，下一棒林威也是弱棒，情況似乎不太樂觀。
大水跟楊福生耳提面命一番，第一球，出棒，球棒準確擊中球，球往中右外野之間飛，看起來落點很好，無奈臂力不夠強的楊福生無法把球送遠，速度極快的中外野手跑上前接殺，一人出局。

林威緊張得臉色發白，大水悄悄地問杜濟民：
「有人能代打嗎？」
杜濟民搖搖頭，老妖和秦旭光被換下不能再上場，董陽和馮志誠的打擊還不如林威，換了也沒用。
腦筋已經打結的林威也不知道有沒有聽清楚大水說的話，站在打擊區身體微微顫抖，投手連投兩個快速直球都沒揮棒，第三球猛力一揮，球棒和球差了一大截，三振出局。

球員休息區內一片死寂，再一個出局數流口隊的驚奇之旅就結束了。

大水跟野狗交代幾句，按著野狗的肩膀說：

「有一句棒球術語叫『二死後復活』，不要以為兩人出局就完了，即使只剩下一個好球數我們都還有反敗為勝的機會！」

野狗低吼一聲給自己加油，走進打擊區揮動幾下球棒，投手投出，野狗沒有揮棒，壞球。

第二球還是沒揮棒，球轉進好球帶，一好一壞。

第三球，野狗壓低重心，用推打方式輕輕把球擊向左外野，球從遊擊手和三壘手之間低空掠過，一壘安打。

球員們有了一點精神，冬瓜站了起來，他突然發現自己好像有機會上場打擊了。

任剛聽完大水的交代往打擊區走，冬瓜的聲音傳過來：

「鍋子，你一定要上壘，讓我來打贏這場比賽！」

任剛本來就不是沖動型打者，不是很中意的球跟少揮棒，等到一好三壞，第五球看起來有點低，他決定不打，裁判舉起了右手，兩好三壞。

任剛驚訝的收回準備拋出球棒的手，乖乖回到打擊區。

關鍵的球投出，任剛揮棒，界外球。

再投一球，又揮棒，還是界外球。

任剛連打四個界外球，失去耐性的投手終於投出一個壞球，保送上壘，一二壘有人。

懊惱的投手踢了兩下投手丘地面的泥土，發泄一肚子怒氣，只差一個好球就能結束比賽，沒想到被這個打者纏鬥成四壞球保送，馬鞍山隊教練立刻叫了暫停，走進球場和投手捕手討論了一會，幾分鐘後決定不換投手。

冬瓜夢寐以求的時刻到了，他想像過無數次自己最後一擊讓球隊反敗為勝，他要享受那一擊的快感，要享受跑壘的歡呼，要享受隊友們擊掌拍頭的樂趣，要成為隊友們誇讚崇拜的對象，這個話

題肯定可以持續很久，回到學校也會被廣為流傳，成為校史上的佳話………

大水問過杜濟民冬瓜的狀況後問：
「你的左腳能承受揮棒後的力道嗎？」
冬瓜瀟灑一笑：
「一定要承受住，不然要它幹嘛？」

第一球太低，壞球。
第二球看起來很對胃口，冬瓜盯住球全身力量集中在腰部，扭腰轉身揮臂翻腕，虎虎生風的揮棒，球往外轉，沒有擊中，冬瓜只覺得左腿一陣疼痛，全身力量都壓在受傷未愈的左腳上，勉強撐住身體沒有跌倒，一好一壞。
第三球偏外側，一好兩壞。
第四球又往中間飛來，冬瓜再一次全力揮棒，球往下墜，又揮棒落空，這一次冬瓜受傷的左腳沒撐住身體，膝蓋一軟差點跌倒，兩好兩壞。
流口隊的球員們發出一陣驚呼，杜濟民跑過去，冬瓜站起來很堅決的對教練說：
「我沒問題！」

下一球是壞球，兩好三壞，決定流口隊命運的時刻到了。

大水跟杜濟民說了幾句話，杜濟民叫暫停走上前跟冬瓜說話，冬瓜露出笑容。

關鍵球投出，靠好球帶內側，冬瓜輕輕揮棒，球飛到三壘的邊線外，界外球。
下一球靠好球帶外側，冬瓜又是輕輕揮棒，球滾到一壘邊線外

296

側，又是界外球。

投手深呼吸穩定情緒，捕手走上來安撫他幾句。

球投出來，快速直球，對著好球帶略偏外側的位置飛來，這是冬瓜等了很久的球，他毫不猶豫以最標準的姿勢把全身每一分力量都集中在棒頭，快速轉動的棒頭擊中快速飛來的球，球往中外野飛去……

剛才大水眼看只剩最後一個好球的機會，他知道經驗豐富的對手絕對不會給冬瓜正中間的球，以免被擊出長打，甚至全壘打，一定會用好球帶邊角的球對付冬瓜，讓他不揮棒被三振出局，揮棒又無法有效擊出長打，所以他請杜濟民告訴冬瓜，看到自己不喜歡的好球就把球輕輕碰出界外，讓投手失去耐性後，多半能等到自己喜歡的球，這時候就全力揮棒。

冬瓜感覺球棒紮實擊中球，左腿劇痛同時傳來，他咬緊牙關強忍劇痛撐住左腳讓身體繼續轉動完成收棒動作，左腳再也承受不了全力揮棒後的力道，往前一撲雙膝跪在本壘板上，他忍著疼痛抬頭看球，球繼續往外野飛……

雙方球員都沖出休息區，人人都盯著飛行中的球，中外野手往全壘打牆跑，球還在飛，中外野手跑到木牆邊，抬頭看準球落下的位置，彎腰曲膝貼著全壘打牆全力跳起，從流口隊球員休息區的方向看來球好像進入了他高舉的手套……。

中外野手落在地上，站起身困惑的張開手套，裡面沒有球，球落在全壘打牆外……。

六比四，流口隊逆轉獲勝。

現在的情況是：

蚌埠隊三戰三勝，流口隊、馬鞍山隊、安慶隊三隊互相之間的戰績都是一勝一負，三者之間的勝負分：

安慶隊負二，正一，總分負一。

馬鞍山隊負二，正二，總分零。

流口隊負一，正二，總分正一。

流口隊僥幸又驚險的晉級。

當冬瓜一拐一拐的慢慢跑回本壘時，所有球員一沖而上，把他壓在地上，冬瓜大叫：

「不是這樣慶祝的！」

沒有人聽到，包括他自己。

「下午阿六和于順德在球場上差點吵起來你知道吧？」

兩位教練討論完明天毫無懸念的出賽名單後，阿通問杜濟民。

「知道啊，阿六怪于順德不聽指揮。」

「可是結果很好啊。」

杜濟民聳聳肩：

「我們運氣好，于順德封鎖了對手，又恢復了信心，沒有更好的結果了。」

「那時候你怎麼沒介入？」

「可以不回答嗎？」

「下午大水和他說了些什麼？」

「不知道，問問大水吧，你不是要請他喝酒嗎？」

「約好了，九點鐘在賓館對面的沙縣小吃，他希望你也去。」

「你跟他說我還要準備明天的比賽。」

「少來這套，我也認為你應該去。」

「讓青青陪你去吧，你們兩個還能趁這個機會多聚聚。」

「青青說這是我們男人的事，她留下來監督球員們就寢，免得他們太興奮又不肯睡，影響明天比賽。」

阿通突然想到一件事：

「醫生姐姐應該知道我們晉級了吧？」

杜濟民把手機交給阿通，螢幕上顯示柯雲的號碼已經儲存了，阿通瞄了一眼，還真是不折不扣的短信：

「加油。」

05

「我要向你們兩位致敬，你們把球員的基本動作調教的很紮實，所以一點就通。」

大水舉起酒杯，不等另外兩個人回答一口乾掉，兩位教練只好舉杯喝乾，大水拿起酒瓶再替三個人倒滿，又舉起杯子：

「這一杯要感謝你們兩位，接納我加入你們。」

話說完又是一口乾掉，兩個人跟著乾杯，大水毫不浪費時間，馬上又把三個酒杯倒滿：

「祝我們球隊所向無敵，冠軍在望。」

大水第三杯下肚，杜濟民猶豫地看著阿通，阿通毫不考慮地舉杯跟進，杜濟民只能再乾一杯。大水習慣性地再把杯子倒滿，舉起酒杯又要講話，阿通伸手阻止了他：

「輪到我了！」

連續三杯大水最愛的高度二鍋頭下肚，阿通平日的斯文和拘謹消失了大半：

「我為我的態度向你道歉。」說完一口乾掉，豪氣不在大水之下，大水開心的喝掉自己杯中的酒，轉頭看到愁眉苦臉的杜濟民拿著酒杯沒喝，大聲說：

「小肚肚！」這是他給杜濟民取的綽號。

「人生難得幾回醉，慶祝我們認識聚在一起，一定要喝掉！」

杜濟民無奈，只能乾杯，阿通和大水高聲叫好，阿通接著說：

「這一杯謝謝你今天幫我們贏球。」

三個人都乾了。

「這一杯敬你對棒球的專業，希望因為你加入讓我們一直打到全國大賽！」

第六杯下肚。

阿通和大水兩個人同時看著杜濟民，不勝酒力的他舌頭都大了：

「我……我只能再喝……喝這……一杯了，明……明……明天總要有……有一個人清……清醒吧！」

另外兩個人不再勉強他，自顧自的開始找理由互敬，過不了多久老闆送上第二瓶酒，兩個人剛喝下一杯，青青走進來，看見阿通兩眼迷茫的樣子就知道此人已經喝的差不多了，先跟大水微笑點頭打個招呼，然後轉頭對阿通說：

「我要回學校了，你們明天還有比賽，不能喝醉哦！」

語氣中有關心有責備更有感情，阿通還沒回答，大水搶先說：

「阿通，你的女朋友氣質真好，一起坐下聊聊，我們這瓶喝完就結束了。」

阿通也說：

「大水幫我們打贏了今天的比賽，等一下喝完我送你回去。」

青青也不放心，點點頭坐下，大水問：

「妳喝一點嗎？」

青青搖搖頭，大水也不堅持，舉起酒杯：

「阿通，祝你們幸福快樂，真羨慕你們！」

說完一飲而盡，阿通也陪了一杯，青青問：

「大水哥，你的家人在這裡嗎？」

大水搖搖頭，臉上閃過痛苦的表情，伸手從牛仔褲後口袋掏出一個皮夾，打開拿出一張照片，看了一會才遞給青青，照片中有一個蠻漂亮的女人，左右各有一個小孩，一男一女都是大大的眼睛、

圓圓的臉，非常可愛，青青看完遞給阿通時說：

「你太太好漂亮，小孩也很可愛，你的家庭一定很幸福。」

阿通遞給杜濟民時說：

「你太太一定很溫柔，就和我們青青一樣。」

杜濟民看完還給大水時說：

「你怎麼捨得離開他們來這裡墾荒？」

大水又看了一會照片，小心翼翼收進皮夾，拿起酒杯自己乾了一杯，用哀傷的語氣說：

「我們離婚了！」

「我小學三年級開始打棒球，從小到大都是球隊裡的明星球員，除了捕手之外任何位置都遊刃有餘，打擊也是第四棒的不二人選。」

說完捲起袖子，露出手臂上碩大結實的肌肉：

「我那天說打球沒有天分是開玩笑的！」

大水臉上露出苦澀的笑容，拿起酒杯又乾掉：

「高中時候我入選臺灣的青年棒球代表隊，因此被保送進入棒球重點大學，又被一支職業棒球隊選入二軍，很多球評都估計我一年內就能成為一軍的正式球員，所有人都看好我的前途，認定我未來一定是職業球隊的當家球星之一。」

他舉起空酒杯，聽得入神的阿通趕快替他倒滿，陪他喝掉，大水繼續說：

「我加入二軍三個多月，在一場比賽中左膝蓋韌帶斷了，做完縫合手術後還得面對痛苦漫長的復建過程。就在我幾乎撐不下去打算要放棄的時候，認識了我太太，她學的是運動傷害中的復建專業，剛到醫院實習就分配到輔導我做復建。」

大水臉上出現溫馨的笑容：

「她鼓勵我、幫助我、陪我一起做單調枯燥的復建運動，就這樣，我熬過來了，她當然也成了我的女朋友！」

這次是得意的笑容：

「一年後，我回到球場，比以前更努力，我發誓要用最好的表現來報答她，要盡快升上一軍，要賺很多錢，要給她最好的生活！」

「半年後，我如願升上一軍，經過幾場替補出賽後，我憑實力坐上先發三壘手和第二棒的位置，我的夢想快要實現了！」

「在擔任先發的第十七場比賽，我永遠記得清清楚楚，是第十七場！」

大水又喝了一杯，這次阿通沒有陪他：

「我的韌帶又斷了，還是同一個地方，醫生說他只能把受傷的地方接起來，可是我永遠不可能復原了！」

雖然這是多年前的事，在場的三個人還是忍不住為大水感到難過，阿通正想找話安慰他，大水揮揮手繼續說：

「還是她陪我走過這一段暗淡痛苦的日子，在復建的過程中她建議我，既然不能在球場上出頭，乾脆轉到幕後協助球員。我聽了她的話，發奮苦讀半年，終於轉到運動心理系，希望將來做輔導球員的工作，這樣也不會離開我最愛的棒球。」

「大學畢業、服完兵役後，我們結婚了，我回到以前的職業隊擔任訓練員兼心裡諮詢師，這個工作可以稍微彌補我不能再打球的遺憾。」

「在當時，運動員的心理諮詢和輔導是一個全新的行業，我非常努力地工作，不斷從工作中學習，進步很快。我的目標是未來成為頂尖的運動心裡諮詢師。」

「隔一年，兒子出生了，再隔一年多，女兒也來了，我們夫妻兩人都有正當工作，雖然收入不高可是生活穩定，那是我這一生中最幸福快樂的日子！」

大水從牛仔褲前面口袋掏出一個皺巴巴的小塑膠袋，拿出一顆橢圓形的綠色果實放進嘴裡嚼了起來，不久嘴巴四周出現紅色的汁液，阿通皺起眉頭問：

「你嚼的是什麼東西？紅紅的好惡心！」

大水也不生氣：

「這叫檳榔，在臺灣很多人都吃，你要不要試試？」

杜濟民生怕阿通喝了酒腦袋不清楚一口答應，趕快說：

「我在書上看過，檳榔能提神，可是吃多了有得到口腔癌的危險。」

他知道此話一出，青青絕對不會讓阿通嘗試，阿通果然搖頭，大水不以為意地說：

「對，這東西沒有任何好處，可是臺灣大部分的棒球選手都吃，和美國的棒球選手嚼煙草一樣。」

「你為什麼要吃？」

青青問。

「我戒好幾年了，前幾天我的合夥人從上海帶回來幾包，吃完就沒了。」

「後來怎麼會離婚？」青青把話題拉回來。

「我女兒兩歲那年，臺灣的職業棒球發生了非常嚴重的打假球事件，當時如果不徹底遏制這個歪風，臺灣的職業棒球可能就完了。經過一段時間調查後，我被牽扯進去，最後聯盟決定從重處分，所有參與其中的人都被開除，永不錄用。」

「你是被冤枉的嗎？」青青緊張地問。

「我失業後想去學校球隊當教練，可是沒有人願意接受有不良記錄的人。」

大水沒有回答，自言自語似地繼續說：

「兩年內我被拒絕了無數次，四處碰壁的日子磨光了我的意志力，我開始喝酒，剛開始只是借酒澆愁，慢慢地變得無法自拔，後來每天喝得爛醉如泥，太太多次勸我無效後也放棄了。我自己一個人靠朋友接濟一段時間，在走投無路的情況下只好回到離開多年的鄉下老家種水果。」

大水一口氣說完，呆坐在椅子上，連酒都忘了喝，阿通看得於

心不忍，拿起酒杯勸他：

「休息一會兒，咱們喝一杯！」

大水表情呆滯，機械化的拿起酒杯喝乾，繼續說：

「我這輩子除了棒球什麼都不懂，每天早睡早起、拿鐮刀鋤頭的日子過沒多久就受不了。又回到臺北靠打零工過日子，還是每晚喝得大醉，過一天算一天，有幾次喝太多，早上爬不起來耽誤了工作，後來連打零工的機會都沒了。」

聽他說話的三個人都忍不住為他難過，一個前程似錦的年輕球員，竟然在短短幾年內淪落到每天醉生夢死甚至三餐不繼，應該很少有人能夠承受這樣的打擊吧！

「所有的朋友都怕了我，不敢和我接觸，我連借錢的地方都沒有，有一次實在餓得受不了，剛好看到有一家人窗戶沒關好就溜進去，打開冰箱大吃一頓還順手拿了一些錢。」

青青發出一聲驚呼，大水好像沒聽到似地往下說：

「有一次就會有第二次，從此以後我也不找工作了，專找沒人在家的空屋下手，膽子越來越大，我也知道總有一天會被抓到，可是我還有什麼辦法呢？也許潛意識裡覺得，被抓到是最好的解脫吧！」

青青不忍心再聽下去，緊緊握住阿通的手，阿通感覺到她的手在微微顫抖……

「不到三個月我就被抓了，法院判了我兩年半，這件事還上了報紙，當然不是我以前經常出現的體育版！」

大水自嘲地大笑，另外三個人無論如何也笑不出來。

「我關了一年半假釋出獄，原因是在獄中表現良好，哈哈！天知道，我在裡面認識了一堆朋友，耳濡目染之下功力大增，我們幾個在裡面的結拜兄弟差不多同時出獄，我們擬了一個計劃打算出來後大幹一票！」

青青再也受不了，站起身以顫抖的聲音說：

「我要回學校了，你不必送我，你們別再喝了！」

不等阿通回答拿起包跑出去，阿通站起來又坐下說：

「我要聽你說完。」

大水淒涼一笑：

「她好單純，你一定要好好對她！」

阿通還來不及回答，青青又跑進來：

「我要聽你說完。」

竟然和阿通一字不差。

「我以為不會有人來接我出獄，走出大門看到的第一個人竟然是我太太……對不起……是我前妻，這麼多年過去了，我還是改不過口。」

「我們兩個人都哭了，她告訴我願意再給我一次機會，願意再等我三年，她不要我賺大錢，只要我不再喝酒，有正當工作，我答應她，告訴她三年內我一定會有自己的事業，如果做不到就永遠從人間消失，她和孩子們永遠不必再為我牽腸掛肚！」

「這是多久以前的事？你怎麼又喝酒了！」青青氣憤地問。

「前年九月，剛好一年半。」他沒有回答第二個問題：

「我沒有和獄中的朋友聯絡，應該說我躲著他們，怕他們跟我聯絡。」

「我當時唯一的出路還是回鄉下種水果，我回到老家讓年老的父母在家養老，接下果園的工作，每天早上天還沒亮就到果園工作，天不黑絕不回家。第二年夏天我的果園結實纍纍，眼看就是大豐收。」

說到這裡，大水的眼眶竟然泛出淚水：

「收成前一個月，十年來最大的颱風從臺東，我的老家，我的果園，我唯一出路的地方登陸。」大水哽咽地說不下去，緩了一下繼續說：

「颱風半夜登陸，我在家裡坐立不安，整個晚上聽著外面的風雨聲無法合眼，挨到天剛亮，颱風還沒完全離開，我冒著狂風暴雨去果園，只看到滿地落果，老天爺一顆都沒有留給我！」

青青的淚水和大水的眼淚同時掉下來，大水站起來走到門口，過了一會回來：

　　「對不起我失態了……就在我最絕望的時候，同村一個小學同學從大陸回來，他告訴我，打算到祁門種蜜柚，可是資金不夠，問我願不願意投資，我在無路可走的情況下說服父母把果園賣掉，帶著錢來祁門，表示我破釜沉舟的決心，不成功絕不回去！」

　　「你還沒說為什麼又喝酒了？」青青真是鍥而不捨。

　　「批租土地開墾土地，還有其他所有費用遠遠超過我們當初預估，加上一些錯誤的判斷和投入，資金消耗的速度快到無法想像，到上個月底，我們的資金只能再支撐三到四個月了。」

　　「啊！」青青發出一聲驚呼。

　　「我的合夥人前幾天去上海找人借錢，昨天晚上對方打電話告訴他不能借給我們，如果沒有錢，我們很快就會倒閉，我們過去一年的心血和投資眼看就要泡湯，我再也不會有翻身的機會了，永遠不能回到我太太和小孩身邊了，我不喝酒還能怎麼辦？」

　　「喝酒能解決問題嗎？」青青問。

　　「何以解憂？唯有杜康！」沒想到大水竟然還會吊古文。

　　「那你不是又走回老路子了？」

　　杜濟民從來沒聽過青青用這麼嚴厲的口氣說話。

　　大水沒有回答，嘆口氣，拿起酒杯乾掉，四個人都沒再說話，過了一會大水打破沉默說：

　　「比賽打完再去想這件事，未來三天我不再喝酒，保持最佳狀態，目標是冠軍。」

　　阿通站起來準備去結賬，突然想到：

　　「你跟于順德說了什麼，讓他肯上場投球？」

　　「我答應他不告訴任何人，除非他肯自己告訴你。」

　　「你有把握讓他後天再上場嗎？」這是阿通最擔心的事。

「我試試吧！」

大水用樂觀的口氣回答。

青青實在憋不住了：

「你不是球員，怎麼可能參加打假球？他們一定是冤枉你的！」

「錯！參加打假球的不一定都是球員，球員只是球場上的執行者，還有很多人負責聯絡球員、安排假球內容、收錢、發錢等等，事情可多了！」

現場一片沉默，每個人都在細細品味大水這番話，最後還是青青忍不住：

「你有沒有參加？」

大水沉默了一下：

「我今天本來不打算跟你們說我的過去，可是你們接納我，把我當朋友，我不能不誠實面對你們，才會說這麼多。如果你們不放心我或者瞧不起我，沒有關係，只要告訴我，我隨時可以離開，我不會怨你們，還是永遠感謝你們，把你們當朋友。」

大水頓了一下：

「我想為家人多賺一點錢才受不了誘惑加入，這是我這輩子做過最後悔的事！」

圓夢

01

最後一階段採用單淘汰制，第一輪的賽程是：
A1 — D2，B1 — C2，C1 — B2，D1 — A2。
流口隊是B2，第一場遇上C組冠軍滁州隊。

大清早的比賽本來就不容易吸引觀眾進場看球，何況是兩支前途不被看好的球隊，開賽前球場的看臺空蕩蕩的看不到幾個人。

令人愉快的是大水竟然比球員還早到球場，自己在場邊拉筋活動。

杜濟民把所有球員集合起來，兩位教練和大水站在一起：
「我現在正式介紹孫教練。」
「孫教練好！」
球員們禮貌地向已經相處了兩天的教練問好，大水開心地鞠躬回禮。
「孫教練曾經是臺灣的職業棒球選手，相信過去兩天大家都從他那裡學到了一些打擊技巧和經驗。」

球員們先露出驚訝的表情，然後都點頭表示同意。

「在這次比賽剩下的賽程中，孫教練會加入我們球隊，協助我們爭取最好的成績。」

「Yeah……！」

大水走上前一步，清了清喉嚨：

「大家早！」

「教練早！」

「其實杜教練和高教練已經給各位打下了非常好的基礎，我只是提供各位一些臨場經驗，同時提醒大家該注意的細節。」

大水習慣性頓了一下：

「我希望每個人在每一場比賽開始前都要先讓自己歸零，不管以前表現好壞，把一切忘掉。每一場比賽都從零開始，必須要全神貫注在每一個動作的細節和過程，把過去學到的發揮出來，如果滿腦子都裝著以往好或是不好的表現，不注意眼前該面對的細節，過去的表現一定會成為自己的包袱，使自己以一種保守或是畏縮的心態面對比賽，缺乏進取和突破，會限制自己的能力，影響臨場表現，大家知道我的意思嗎？」

「知道！」

「好！我們去打敗他們！我們只有一個目標，就是冠軍！」

阿通低聲問杜濟民：

「你讓他正式加入教練團？」杜濟民點點頭。

阿通猶豫一下說：

「如果你們兩個意見不同，聽誰的？」

杜濟民哈哈大笑：

「你猜！」

抽到先攻的流口隊幾乎沒有懸念地排出今天陣容：

第一棒：袁興（右外野）

第二棒：任剛（一壘手）

第三棒：王東平（中外野）

第四棒：周立群（左外野）

第五棒：徐俊（遊擊手）

第六棒：何虎（二壘手）

第七棒：江正（捕手）

第八棒：董陽（投手）

第九棒：林威（三壘手）

大水看完對方投手練投後和野狗低聲說了幾句話，野狗走進打擊區。

第一球，野狗突然改變站姿球棒輕輕觸球，球往一壘方向滾，一壘手沒想到第一球就是觸擊趕快往前跑撿球回傳給補位的二壘手，速度極快的野狗早已踩過壘包衝到一壘後面了。

流口隊的球員們大聲叫好，大水看到阿通質疑的眼光，收起笑容說：

「這個投手球速雖然快，可是控球不穩，先上壘影響他的情緒。」

野狗在一壘上不安分的來回移動，做出準備盜壘的動作，投手很不爽的看看他，再看看打擊的第二棒任剛，和捕手確認暗號後投出，球明顯偏低，壞球。

第二球，又是壞球。

捕手走上前和投手講了幾句話，第三球往好球帶中間飛來，任剛揮棒擊中球，球越過二壘手頭上落在中外野手面前，野狗一口氣跑上三壘，任剛上一壘，流口隊有個很好的開始。

本來杜濟民今天不排冬瓜上場，想讓他好好休息，調養一下昨

天全力揮棒後又稍微崩裂的傷口，可是拗不過抵死不從的冬瓜和據理力爭的阿通兩個人的堅持，加上自己贏球的渴望，還是把昨天獲勝大功臣排在他熟悉又喜歡的第三棒。

冬瓜滿面春風站在打擊區，腦袋裡塞滿了昨天全壘打的快感和隊友們的恭維，現在全壘打牆看起來近在咫尺，身材高大的對手在他眼中顯得非常渺小。

第一球冬瓜全力揮棒，他有十足把握能把球轟到遠處，球棒還沒擊中球就抬頭往全壘打牆看去，快速飛來的球突然下墜，球棒擦到球上緣，球快速往內野滾，遊擊手往前跑兩步接到球，經驗豐富的他沒有傳球，先盯著三壘上的野狗，野狗乖乖退回壘包，遊擊手一個大轉身揮臂，球飛快進入二壘手手套，二壘手快傳一壘，雙殺，兩人出局，大好的得分機會立刻消失。

冬瓜一時之間還無法接受這個事實，站在一壘後面，直到杜濟民揮手才慢慢走回休息區。

老妖對冬瓜露出一口白牙，正找不到地方出氣的冬瓜把打擊手套丟到老妖身上說：

「笑什麼？你打給我看！」

老妖用更多的白牙回應。

老妖向來都不著急也不貪功，穩如泰山地站著，非要等到自己喜歡的球才出棒，一好一壞後，他喜歡的球終於出現了，是一個往外側轉出去的曲球，老妖輕輕推打，球越過三壘手往左外野手方向飛去，在任何人看來這都是一個一壘安打。

野狗開心地往本壘跑，流口隊球員們高興地大叫，大水揮動緊握的雙拳……

左外野手以不可思議的飛快速度衝上前，一個飛撲，在球即將落地前把球收進手套，三人出局。

休息一天的董陽，體力似乎恢復了，投球威力絲毫沒有減弱，每一球都以阿六指定的球路投到預定位置，第一局便讓對方三上三下。

　　二三局流口隊擊出兩支不連貫安打沒得分，滁州隊在董陽的正常發揮下都是三上三下，三局結束零比零。

　　「為什麼我們的打擊都連貫不起來？」阿通問大水。
　　「棒球就是這樣，如果每一次進攻都那麼有效率還得了？」大水笑嘻嘻的回答。
　　「如果我們能做到，不就所向無敵了嗎？」阿通的口氣充滿了憧憬。
　　「唉！讀書人就是不食人間煙火！」杜濟民忍不住插嘴。
　　「有了『水』還做不到嗎？」阿通不甘示弱地回擊。
　　杜濟民不跟阿通抬槓，問大水：
　　「你覺得冬瓜的腿沒問題嗎？他剛才兩次打擊左腿好像都用不上力。」
　　「他還是太想揮出長打，用力過猛，如果放輕鬆應該沒事。」
　　「你不是每次都告訴他別太用力嗎？」阿通親耳聽到大水對冬瓜的叮嚀。
　　「還陶醉在昨天全壘打的光環裡吧！」大水還是那副嬉皮笑臉的樣子，這一點倒是和冬瓜很像。
　　「讓我來罵罵他！」
　　阿通自告奮勇出頭。

　　四局上，流口隊輪到老妖打擊，老妖第一球揮棒，球往右外野飛，接殺。
　　第五棒徐俊不斷擊出界外球和投手纏鬥了十個球，終於等到四

壞球保送上壘。

經過過去幾個月艱苦的鍛鍊和充分的營養，何虎長高長壯了很多，體型和半年前完全不同，體能和力量的增強，使得他的打擊威力不可同日而語。

何虎選球能力向來很好，兩個壞球後終於等到快速直球揮棒，球從一二壘之間滾過，徐俊一口氣跑到三壘，一人出局，一三壘有人。

第七棒阿六最近打擊狀況很差，很久沒有擊出安打了，第一球投出，阿六迅速收棒轉身用球棒輕輕觸球，球往三壘方向滾，三壘手衝上前接到球的時候徐俊滑進本壘，三壘手只能傳向一壘封殺阿六，兩人出局，何虎上二壘，流口隊一比零領先。

大水拍拍接下來打擊的董陽肩膀說：
「別把力氣浪費在打擊上！」
董陽點點頭。
阿通忍不住笑出來對大水說：
「您就別擔心董陽的打擊了！」
董陽果然一如既往迅速被三振出局，一比零。

四局下兩人出局後第三棒擊出滾地球林威失誤，上一壘。
董陽面對第四棒，僅用三個球，快速直球、滑球、伸卡球，連續三次揮棒落空，三人出局。

杜濟民讚賞的看著跑回休息區的董陽，大水讚賞的看著杜濟民，阿通得意的看著大水問：
「你在這個年紀有這麼強嗎？」
大水搖搖頭說：

「我很優秀，他是天才！」
轉頭看著杜濟民説：
「還有好的啟蒙教練！」

五六兩局，流口隊只擊出一支安打，滁州隊因為流口隊失誤上一壘，都沒有後續的火力支援，六局結束，流口隊還是一比零領先。

七局上，流口隊留下一個殘壘，沒有得分。
流口隊只要能守住七局下滁州隊的最後進攻就能進入四強。

阿六靈活多變的配球和董陽神乎其技的投球相得益彰，滁州隊三上三下，流口隊進入四強賽。

02

半決賽的對手是 D 組冠軍蕪湖隊，他們擊敗另一支強隊阜陽隊取得半決賽資格。
流口隊和蕪湖隊的比賽排在早上九點，下午一點是另一組的半決賽，由曾經把流口隊打的潰不成軍的蚌埠隊出戰 A 組冠軍合肥隊，這也是普遍被看好最有冠軍相的兩支球隊。

抽到後攻的流口隊，排出的陣容除了投手之外都和昨天一樣：

第一棒：袁興（右外野）
第二棒：任剛（一壘手）
第三棒：王東平（中外野）
第四棒：周立群（左外野）
第五棒：徐俊（遊擊手）

第六棒：何虎（二壘手）
第七棒：江正（捕手）
第八棒：于順德（投手）
第九棒：林威（三壘手）

今天球場上多了一些觀眾，大部分是來替蕪湖隊加油的，還有一些安徽省棒球界的人，他們倒是為了流口隊而來，大家都想看看這支來自從沒聽過名字的山區小鎮的球隊為什麼能在不被看好的情況下，一路跌跌撞撞殺進半決賽，跌破所有專家的眼鏡。

此外還有二十幾個人是楊老闆臨時不知道從哪裡找來的加油部隊，這些人看來對棒球毫無興趣，在看臺上嗑瓜子、聊天、打瞌睡、發短信、打鬧亂跑⋯⋯，估計打算混過這兩三個小時就拿錢走人，有這樣的觀眾出現也算是球場奇觀了。

杜濟民從沒見過像今天這樣神采奕奕、兩眼放光的于順德⋯⋯

于順德投出第一球，打者沒有揮棒，球偏低了一點，壞球。
第二球速度極快，偏外一點，兩個壞球。

第三球又是快速直球，球進壘的位置非常刁鑽，比較靠近打者內側但是還在好球帶內，打者稍微猶豫一下揮棒，球棒擦到球，球飛到捕手右後方界外，一個好球。
第四球還是往同樣位置飛來，打者身體稍微退後一點揮棒，球在本壘前往外轉，揮棒落空，兩好兩壞。
第五球看似好球，打者揮棒，球棒擊中這個外角滑球上緣，何虎輕易接起滾地球傳給任剛，一人出局。
于順德開心的對一二壘手點頭，他需要這個滾地球來證明自己的控球能力！

第二棒打擊技巧極好，和投手纏鬥了十一個球，終於等到四個壞球保送上壘。

第三棒是不同類型的球員，人高馬大的他只要是球棒能揮到範圍內的球都毫不猶豫全力猛打，第一球第二球都打成界外球。

第三球阿六刻意吊一個偏出好球帶外側的球，沒想到這位大哥腳步往本壘方向一跨，踩在本壘板上揮棒，球棒結結實實擊中球，球飛到左中外野之間變成二壘安打，老妖快步撿起球毫不遲疑往三壘傳，球準確進入林威手套，跑者停下腳步，二三壘有人，蕉湖隊一局上就出現得分的好機會。

流口隊內野球員全都聚集在投手丘前，自己都覺得好笑的于順德搖搖頭說：

「第一次碰到這種事，只能算倒楣！」

徐俊說：

「算他運氣好！不會每個人都這麼好運！」

阿六贊許地對于順德微笑，于順德變了，變成熟了。

會議結束後三位外野手往全壘打牆移動一些，因為接下來打擊的是蕉湖隊第四棒，也是隊上全壘打王。

第一球，打者揮棒，球棒從球的上緣揮過沒有擊中這個伸卡球，好球。

第二三球都是壞球，第四球速度很快，打者揮棒稍微慢了一點，球棒沒有擊中球心，擊成一二壘之間的近距離高飛球，何虎接殺，兩人出局。

球員們高聲叫好，于順德顯然也很滿意自己的表現，握拳給自己打氣後繼續投球。

第五棒身材小了不止一號，一時之間無法適應好球帶大幅縮小

的投手連續投了兩壞球，第三球終於調整過來，球往好球帶中間筆直飛來，打者似乎也在這等這一球，輕輕揮棒把球推向中間，球在二壘後方落地，冬瓜一點時間都沒耽誤也來不及阻止蕪湖隊二三壘上的跑者衝回本壘，兩分打點的一壘安打，蕪湖隊領先。

阿通的心像是被針狠狠刺了一下，倒不完全是為了丟掉兩分，他怕于順德承受不了失分的打擊又要出狀況了！他看著兩位教練，大水一臉輕鬆，阿通忍不住問：

「喂！你好像一點都不擔心嘛！」

大水搓搓雙手，滿不在乎地說：

「你看河馬的樣子，需要擔心嗎？」他很快就知道了每個人的綽號。

阿通看著場內的投手，于順德確實有些失望的表情，可是沒有和上次一樣失魂落魄的神情出現，他再看看杜濟民，後者對他聳聳肩，對大水做了一個頂禮膜拜的姿勢，阿通也只能將信將疑、提心吊膽地看場上發展。

迅速調整心情的于順德面帶微笑轉了一圈，讓所有隊友都知道他沒有被擊垮，阿六贊許地對他比一個大拇指，兩個人確認暗號後對第六棒打者投出第一球，略微靠近打者內側的快速球，沒有揮棒，裁判舉起右手，好球。

第二球往中間飛來，打者揮棒，球棒擦到下墜中的伸卡球上緣，球軟弱的滾到投手面前，于順德撿起球傳一壘，封殺，一局結束，蕪湖隊二比零領先。

第一局就讓對手得兩分，流口隊球員休息區內沒有沮喪的氣氛，冬瓜以大哥的口吻對野狗和任剛說：

「你們兩個都想辦法上壘，哥一棒就把分數打回來了，千萬別誤事！」

阿六説：

「你少吹牛，能打出安打就行！」

冬瓜正要回嘴，大水伸手制止兩個人的鬥嘴，對野狗和任剛説：

「這個投手的球不是特別快，可是變化幅度很大，不要揮大棒，出棒時間比平常稍微晚一點點，看清楚球的變化方向，用推打把球敲到內外野之間！」

野狗按照大水的指導，仔細觀察前兩球，果然球速不快，可是到本壘板前有很大幅度的轉彎，一好一壞後對第三球揮棒，球棒擊中這個曲球的側面，球滾到一壘方向，一壘手向右移動接到球，傳給補位的投手封殺出局。

任剛也是第三球出棒，打成遊擊手面前的滾地球，也被封殺在一壘前。

冬瓜口中念念有詞往打擊區走，大水叫住他説：

「你多看一兩球再打，他們兩個看了兩球就以為能抓到球，沒那麼簡單！」

冬瓜瀟灑的向大水揮手走進打擊區，這次倒是很聽話，兩好兩壞後第五球才揮棒，可惜還是滾地球，二壘手流暢地接傳把冬瓜封殺，三人出局。

「這個投手這麼厲害！」阿通試探地問大水，他想知道這傢伙是不是像他表面上這麼篤定。

「打完一輪你就知道了！」大水胸有成竹地回答。

「如果他們不換投手的話！」杜濟民補上一句。

「在他們換投手前打他們個措手不及！」

大水很有把握地説。

二三局兩隊都沒有得分，四局上越投越好的于順德讓對手三上

三下，四局下流口隊輪回第一棒野狗。

「看了三局，搞清楚了沒？」大水的話有點挑釁的味道。

野狗點點頭，沒有回答，大水說：

「你站在打擊區最前面，看準球就打，還是用推打！」看到野狗迷惑的表情，大水說：

「這個投手的球前面變化不大，都是進本壘板之前才開始轉，你往前站可以在球剛開始要轉的時候出棒，球的變化角度就沒那麼大了！」

野狗恍然大悟，興奮的大喊了一聲，快步走進打擊區。

「前三局你為什麼不說？」阿通埋怨的問大水。

「他們沒有打過一次講也沒用，現在正是時候！」

聽過大水解釋後，性格穩重的野狗更不急了，更仔細的觀察選球，一好兩壞後第四球揮棒，球棒扎實擊中這個剛開始要轉的球，球飛越遊擊手頭上在外野手和遊擊手之間落地，一壘安打。

流口隊球員休息區歡聲雷動，這支安打證明了大水的功力，大家都知道得分機會來了。

任剛也是謹慎型的球員，等到第三球揮棒，球從一二壘手之間快速滾過，早就離開壘包的野狗一溜煙似的跑上三壘，任剛上一壘。

蕉湖隊教練叫暫停，召集場上球員開個簡短的會，三位流口隊教練最擔心的事沒有發生，蕉湖隊沒有換投手。

右手不停轉著球棒的冬瓜神氣活現的走進打擊區，背後傳來阿六的叫聲：

「拿出真功夫給我們看看！」

冬瓜對阿六嗤之以鼻，腳下倒是不含糊的站在打擊區最前面，第一球飛過來，冬瓜揮棒，球應聲沿著左邊邊線往左外野飛，左外

野手拼命往球的方向跑，很明顯來不及了，大家興奮的等球落地，野狗幾乎快要到本壘了，停在本壘前回頭看球，只等球落地就往前走幾步踩壘包……

球終於落地，可惜落在白線外面，界外球，否則是有兩分打點的安打。

冬瓜懊惱的走回本壘前撿起球棒，大水的聲音響起：

「再晚一點點揮棒！」

這句話可說是一語驚醒夢中人，性急的冬瓜還是早了一點出棒才會擊成左邊界外球。

下一球低球冬瓜沒揮棒，看來投手也被剛才那一球嚇到了又連續投了三個壞球把冬瓜保送上壘，現在無人出局滿壘。

蕉湖隊又叫暫停，這次教練毫不考慮換了投手，阿通看新上場的投手球速比前面那位投手快很多，緊張兮兮地問：

「這下怎麼辦？」

「繼續敲安打啊！」杜濟民接話。

大水用力點頭，然後把老妖叫過來面授機宜。

老妖露著兩排白牙在打擊區揮動球棒，冬瓜大叫：

「傻大個！把牙齒收起來好好打球！」

白牙露的更多了……

第一球，壞球。

第二球，好球。

第三球，好球。

第四球，壞球。

第五球，揮棒，球往右外野飛……

這球飛的不遠，野狗回三壘，準備外野手接到球立刻往本壘衝，他判斷這個球的距離，自己有十足的把握能衝回本壘得分。

外野手接到球，野狗起步開始跑，兩隊球員們都緊張地看著跑者和球比速度。

野狗邊跑邊轉頭看外野手傳回來的球，顯然這位外野手右臂遠比一般人強壯得多，球來的速度比他估計的快太多了，野狗不敢冒險，在距離本壘還有五六步的地方魚躍撲壘，衝力讓胸部在地面上快速往前滑行，手往前伸出，捕手接到球的手套也同時轉過來對著他的手做觸殺動作……

野狗不知道是自己先摸到本壘板還是捕手的手套先觸碰到自己的手，感覺上好像是同時發生，他趴在地上抬頭看裁判，裁判考慮兩三秒後做出野狗最不想看到的動作：

高舉右手，觸殺出局。

場上局面立刻改觀，老妖這個不夠遠的高飛球沒有變成高飛犧牲打，反而造成野狗搶本壘失敗，流口隊沒有得分，從滿壘無人出局變成二三壘有人兩人出局，得分突然變得遙不可及。

連老妖這麼好脾氣的人都忍不住把打擊頭盔重重摔在地上，自己一個人走到休息區角落坐著生悶氣。

神情明顯輕鬆了很多的投手看好暗號投出第一球，徐俊突然在完全沒有準備動作的情況下把球棒一橫輕輕點到球，球緩慢的沿著三壘邊線往前滾……

兩人出局之後的犧牲觸擊是非常少見的戰術，因為防守球隊只要能把打者封殺在一壘，三壘跑者即使衝回本壘得分也無效，一支訓練有素的球隊要抓觸擊的打者向來都不是難事。

正是因為這個原因，蕪湖隊球員完全沒有想到徐俊這出其不意的觸擊，三壘手先是一愣，急忙起步往前跑，腳程很快而且早有準備的任剛比他早起步，三壘手撿到球的時候，任剛已經踩到本壘板了，另一邊徐俊也衝上一壘。

短短幾分鐘之內情勢又變了，冬瓜順理成章上三壘，徐俊則趁著本壘前一陣混亂溜上二壘，流口隊扳回一分，得分機會沒有消失。

　　「你這個觸擊用得太妙了！」興奮的阿通忍不住用力拍大水肩膀。
　　「我沒有叫他觸擊！」
　　大水老老實實地回答。

　　何虎前兩球都是壞球，第三球，何虎推打準確擊中球，球穿過遊擊手和三壘手之間滾到外野，兩分打點的一壘安打，三比二，流口隊反超。
　　下一個打擊的阿六擊出遊擊區滾地球被封殺結束第四局。

　　五局上，蕪湖隊第一棒擊出高飛球被野狗接殺。
　　第二棒又和投手纏鬥了八個球，終於逮到于順德的一個失投，敲出一壘安打。
　　第三棒擊出內野高飛球被徐俊接殺，兩人出局。

　　第四棒今天還沒有擊出過安打，他把球棒揮舞得虎虎生風，緊盯著于順德，一臉你敢不敢投給我打的挑釁神情，于順德按照阿六配球，吊了兩個邊邊角角的球給對方，精明的打者都沒揮棒。
　　第三球是滑球，打者擊成一壘後方界外球，一好兩壞。
　　于順德第四球投的很好，伸卡球，打者果斷揮棒，于順德和阿六兩個人同時暗喜：
　　（吊中了！）

　　第四棒是蕪湖隊的右外野手，也就是剛才接到老妖的高飛球長傳本壘觸殺野狗那位臂力超強的球員，球棒擊中球之後立刻改變方

向往前平推，強大的力量使得被擊中的球沒有像前一位打者一樣飛得很高，反而變成平飛球筆直往遠方飛，冬瓜和老妖都往球的方向奔去，跑了幾步後兩個人都絕望的停下腳步，他們發現這顆球絕對不可能被追到，這顆超遠距離的平飛球飛過了全壘打牆，落在超過木牆至少二十米地上，兩分全壘打，四比三，蕪湖隊又超前了！

阿通的心又被針扎一下，他往于順德那邊看去，投手面無表情地站著，阿通緊張了，他記得上一次于順德崩潰前就是這個樣子，他推杜濟民一下，杜濟民立刻走進球場。

「教練我沒事！我只是在想，他是怎麼辦到的，我這一球投的很好！」

杜濟民看著于順德的眼睛，知道他不是亂講，于順德已經能夠坦然面對挫折，冷靜分析原因了，于順德正在往一個優秀投手的路走去！

第五棒擊出高飛球被接殺，結束蕪湖隊進攻。

五局下和六局上雙方都沒得分，六局下流口隊輪到第二棒任剛打擊。

任剛也採取「纏」字訣，壞球不打，不滿意的好球想辦法打成界外球，磨了九個球後也混到了四壞球。

冬瓜今天打得很悶：

（身為球隊大哥，這次總該輪到我要要威風了吧！）

他也不想知道其他人是否認同他這個自封的大哥，反正自己認為是就是！

冬瓜靜下心來仔細選球，第四球揮棒，球飛過一壘手上方落地，一壘安打，任剛一口氣跑上三壘，不貪功的冬瓜果然為球隊做出貢獻：

（大哥做給你們看了，大家學著點！）

同樣鬱悶了很久的老妖也決心出口惡氣，第一球偏低沒揮棒，一壘上的冬瓜一溜煙跑上二壘，老妖只要打出一支安打就能再度超前了。

老妖心裡想的可不是安打，第二球雖然以低角度進壘，他如法炮製看準來球猛力揮棒後拉起平推，球往中外野飛，中外野手一直跑，跑到全壘打牆邊停下腳步回頭伸手，剛好把球收進手套。這一球夠遠了，任剛輕鬆回本壘得分，冬瓜跑上三壘，成功的高飛犧牲打，四比四，打平了。

投手面對第五棒徐俊也是以低球為主，避免再被敲出高飛犧牲打，第三球徐俊揮棒，他的技巧和臂力都遠不如老妖，這一球沒能拉起來，球往遊擊手方向滾去，遊擊手跑上前接球快傳一壘封殺，兩人出局，現在高飛犧牲打也沒用了，只有安打才能得分。

何虎是剛才讓比分反超的功臣，現在更覺得自己責任重大，他小心翼翼處理每一球，經過一番纏鬥後，投手無奈的投出四壞球保送。

大水對下一棒阿六連比帶講了半天，阿六戴好打擊頭盔，大步跨進打擊區。

投手現在不必擔心高飛犧牲打，第一球曲球，沒有揮棒，好球。
第二球壞球。
第三球揮棒打成捕手後方的界外球，兩好一壞。
第四球壞球，兩好兩壞。
第五球往中間飛來，看起來稍微低了一點，可是這就是剛才大水提醒阿六要打的球……。

阿六球棒揮動的方式和平常不一樣，球棒擊中球以後立刻由平

揮變成往下重壓，這個原來應該是沿著地面往遊擊手方向滾動的球受到向下壓擊的力量，重重撞擊地面後高高彈起，以超過人體兩倍的高度往前方飛，原來往前墊步準備接滾地球的遊擊手錯愕的看著這個高彈跳球從自己頭上飛過在身後落地，冬瓜邊跑邊叫兩腳一起用力踏上本壘板，阿六站在一壘上振臂高喊，流口隊球員們興奮的程度就更不必形容了！

本來是必死的滾地球因為彈跳高度的變化形成一支安打，為流口隊打回寶貴的一分，五比四，流口隊再度領先。

阿通這次沒有講話，緊緊抱住大水……

下一棒，于順德在教練授意下草草揮棒、結束進攻，杜濟民要他保留體力，全力封阻蕉湖隊最後進攻。

七局上，蕉湖隊輪回第一棒，于順德和阿六確認暗號後投出，打者揮棒，三壘後方界外球，一個好球。第二三球都是壞球，第四球揮棒，球從一二壘之間穿過，一壘安打。

第二棒打者上場，杜濟民把右手拇指和食指扣成圓圈放在口中，阿六聽到口哨聲，轉頭看教練，杜濟民比一個暗號，阿六會意點頭，然後對于順德比一個暗號，投手大惑不解地搖搖頭，阿六又比一次，于順德頓了一下，終於領悟地點點頭。

第一球，很低，打者沒有揮棒，壞球。

第二球投出前，阿六又比一次那個只有在練球時候才出現過的暗號，于順德投出。

這個球沒有往本壘飛，而是一個很靠外側而且非常高的球，打者本來已經做出了觸擊準備動作，發現根本不可能碰到這個球，於是收回原先準備觸擊的球棒。

一壘上跑者在投手球出手的一剎那，起步往二壘跑，這是打

跑戰術，一旦發動就無法停止，通常戰術發動後打者無論如何都要想辦法觸擊到球，可是這一球實在偏太多了，即使跳出去也碰不到球，打者只好放棄。

阿六在于順德球出手的一瞬間，站起身體移動到外側，接到這個離譜的超級壞球後立刻快速傳向移動到二壘的徐俊，球像長了眼睛似的筆直進入蹲在壘包上等球的徐俊手套，徐俊接到球身體迅速往左旋轉，擺動的手套碰觸到正在滑壘的跑者小腿，觸殺出局！

蕪湖隊本想利用觸擊把一壘跑者送上二壘，然後寄望三四兩個強棒擊出安打。

沒想到杜濟民識破對方的打跑戰術，又準確猜中發動戰術的時機，指揮阿六帶動于順德和徐俊配合，投手投出打者碰不到，可是有利於阿六接球傳球的超級壞球，化解了對方戰術還造成一人出局，不但改變了球場上的形勢，對於雙方氣勢的消長，更有極大的影響。

大水對杜濟民眨眨眼，杜濟民報以微笑，兩個人惺惺相惜，盡在不言中。

這次成功的誘敵之計解除了于順德的後顧之憂，士氣大振的投手連投兩個好球，又以一個大幅度的滑球讓打者揮棒落空，三振出局，兩人出局。

蕪湖隊第二棒的打擊技巧和選球能力都是同齡球員中的佼佼者，前幾次打擊讓于順德吃足苦頭，這一次三振出局不但使蕪湖隊反敗為勝的機會大大降低，更讓于順德扳回顏面，一吐胸中悶氣。

第三棒絲毫沒有改變打擊習慣的想法，還是看到球就打，阿六配了四個邊邊角角的球都被他連揮帶砍打成界外球，唯一好處是球數一直停留在兩個好球沒有壞球，投手不用擔心投出壞球。

阿六知道絕對不能讓體力已經出現下坡跡象的于順德再度面對下一棒，也就是剛才擊出全壘打的第四棒，為了避免夜長夢多，無論如何都要讓比賽在第三棒手上結束。

阿六想了一下，比一個讓投手大吃一驚的暗號，看到于順德詢問的表情，阿六堅決地又比一次，于順德果斷地點了點頭，堅定而謹慎地做完每一個準備動作，球出手了……

已經習慣打壞球，而且認定投手不會投好球給自己的打者驚訝地發現這個球竟往好球帶正中飛來，他稍一猶豫，球已逼到眼前了，他趕快揮棒……

于順德以畢生之力投出的這個快速直球不但速度奇快，在進入本壘前還帶一點加速的尾勁……。

臂力驚人但是打擊技巧並不出色的打者從沒見過這種快速球，加上剛才稍一猶豫，錯失了最佳揮棒時間，球棒才剛開始轉動，球已帶著巨大的響聲進入阿六的手套裡！

場內場外所有流口隊的球員不約而同往投手丘衝去，正在仰天狂喊的于順德突然發現自己被人架了起來，再也控制不了的眼淚順著臉頰滑落在周圍抬著自己的隊友們頭上和身上，沒有人發現……

就算有人發現，又有誰在意？

03

「成者為王，敗者為寇」，這句話用在球場上真是再恰當不過了。

球賽結束後十分鐘，杜濟民的手機開始響個不停……

該打來的，不該打來的，統統打來了……

杜濟民根本沒法計算到底接了幾通電話，更別提電話的內容是什麼了，他只記得明天的決賽會有很多人來球場加油……

該來的，不該來的，統統都會來……

杜濟民忙著接電話的同時，球員們盡情地歡樂慶祝，瘋狂的行列中當然少不了阿通和大水的身影，于順德和隊友一一擁抱道謝，讓他最窩心的一句話是平常話最少的董陽說的：

「你是最棒的鬥士！」

這就是他想要做的：一個永遠打不垮的鬥士！

球員們回到賓館後都興奮地無法靜下來溫習功課，平常抓緊學業從不妥協的杜濟民這次倒是很人性化地不再勉強大家，只交代球員們不准過分打鬧，然後便與另外兩位教練去球場看另一組半決賽。

兩支強隊的對抗果然精彩，雙方攻守有序，打得難分難解，兩隊交互領先兩次，最後合肥隊以六比四逆轉擊敗蚌埠隊，取得明天的決賽權。

合肥隊全隊像是已經得到冠軍似地興奮得不得了，因為從球隊實力和歷屆戰績來比較，名不見經傳，比賽過程中球運遠遠強於球技的流口隊，根本沒有取勝的可能。

下午由大水主導打擊訓練，加強球員對一些特別狀況下不同打擊方法的掌握。

傍晚球員在賓館大堂集合準備吃晚飯，兩個大花籃進入視線。

「祝賀流口棒球隊勇闖決賽！」冬瓜一個箭步衝上前，大聲念出花籃上紅紙條的字。

「包子，是你爸爸送的！」阿六看到贈送者的名字。

楊福生不好意思地抓抓頭。

「喂！包子！跟你多說花籃沒用，送點好吃的來才能激勵士氣啊！」冬瓜說出了大家的心聲。

楊福生正在尷尬的時候，一個聲音轉移了大家的注意力：

「高教練！」總台的接待員從櫃檯裡探出頭，滿臉笑容地看著阿通。

外表斯文、彬彬有禮、談吐不俗的阿通很容易得到女性同胞的好感，為此，杜濟民還特別提醒過阿通要自我控制別闖禍，千萬別和顧文彥那個花心大蘿蔔一樣。

「剛才楊先生打電話來交代餐廳不必準備晚餐，他會請人送比薩和炸雞來。」

「Yeah……」

球員們爆出一陣歡呼，楊福生如釋重負地趕快溜進電梯。

「我早跟你們說過打勝仗的好處了吧……」

先知先覺的冬瓜又準備訓話了。

「教練！我媽媽來了！」

董陽沒敲門就衝進杜濟民的房間，打斷了三個教練的賽前會議，董陽也只有媽媽出現的時候才會一口氣講這麼多話。

大水只覺得眼前一亮，一個罕見的美女出現在門口，阿通聽杜濟民說過董陽的媽媽有多漂亮，今天還是第一次見到，兩個人同時瞠目結舌地呆坐在椅子上，一下子回不過神來。

「杜教練，辛苦您了！」

悅耳又有磁性的聲音讓兩位教練如沐春風，雖然話是對著杜教練說，可是也讓他們深深感到過去的辛苦實在太值得了！

「哪……哪……的話……話……呢！都……都……是球員們……們的努……努……力……」

上次杜濟民和董陽媽媽聊了比較久，兩個人熟了以後，結巴的毛病基本消除，這麼久不見，一時之間不能適應，老毛病又發了。

「我本來前幾天就要來看球的，可是臨時有事走不開，中午董陽打電話給我，我立刻丟掉手邊的事趕來了，這麼重要的比賽我們都應該要參與，您說對嗎？」

「當然啦！」阿通恢復了書生的瀟灑本色：

「您應該多來看董陽的比賽，他一見到您整個人都不一樣了，您來加油他一定能發揮得更好！」

「您一定是高教練吧！董陽常常提到您，真是要謝謝您了！」轉過頭看著大水問：

「您是大水教練吧？董陽說您對打擊很有一套呢！」

「不敢不敢！是球員們悟性高，還有他們兩位教練把基礎打的好！」

大水站得筆直，嚴肅又認真地回答，從來沒見過大水這麼正經八百的講話，他那無法改變、玩世不恭表情，跟他現在說話的態度語氣及內容實在搭配不起來，這反而把大家都逗笑了。

「教練！你們要不要吃董陽媽媽帶來的巧克力？」

阿六嘴巴塞滿巧克力，手上捏著一盒包裝精美的糖果，講話含糊不清地跑進房間。

「每個人吃三顆就好了！阿六你去把巧克力收起來，明天再發給大家！」

面對球員，杜濟民立刻變得思路清晰、言語流暢，阿六乖乖走回房間執行命令，嘴巴翹得可高了。

「我和董陽聊聊就走，不耽誤你們開會，咱們明天見！」

阿通和大水依依不捨地看著超級美女挽著超級投手的手臂消失在眼前，直到杜濟民乾咳兩聲後才緩緩坐下，想盡辦法集中精神回到剛才的議題。

「教練！我媽媽來了！」

開不到十分鐘的會，這次是楊福生打斷了會議。

文成公主還是和以往一樣落落大方地慢步走來，先和三位教練點頭微笑，接著很自然地走到唯一一張空著的椅子邊從容坐下，一切都是那麼優雅自在。

「您一定是大水教練！謝謝您給小朋友們的指導，否則一定

不會有今天的成績！」

她和董陽媽媽是兩種完全不同的典型，兩個人唯一的共同點是：她們講的每一句話，做的每一個動作，都令人感到自然而愉快。

歷經滄桑、飽受折磨的大水，當初因為看了流口隊的比賽，非常欣賞流口隊球員們良好的基本動作和打球態度，這才一時興起毛遂自薦想協助球隊更上層樓，沒想到全隊上上下下都真心接納他，把他當成球隊的一份子，更沒想到這些純真的球員們早就把他加入教練團的消息告訴了所有家人，讓他們的家人也都接納他、尊重他，大水打心裡感受到一種前所未有的溫暖，他能感受到這些人對自己的喜愛，他開始享受融入一個和諧大家庭的感覺。

他對文成公主點頭微笑，沒有講話，怕一開口會控制不住已經在眼眶裡打轉的淚水。

「杜教練，辛苦您了！」文成公主向杜濟民微微點頭：

「福生他爸爸前幾天跟您講話很不禮貌，我已經講過他了，他今天不好意思來這裡，要我給您賠不是，明天到球場，他會親自給您賠禮，您可千萬別記在心裡啊！」

杜濟民面對文成公主可不會結巴了，他爽快地回答：

「只要球隊能打出好成績，這些小事都不值一提。」

一陣嘈雜的歡呼聲從走廊傳來，打斷了正要講話的文成公主……

「教練！醫生姐姐來了！」

冬瓜第一個衝進來，杜濟民腦袋一熱，不由自主站起來，那個朝思暮想的笑臉在球員們的簇擁下出現在門口……

杜濟民本能地往前邁一步，又突然發現了什麼似地慌亂停下腳步，反倒是柯雲很大方地說：

「杜教練，恭喜你了！」

「醫生姐姐，你再不來，我們杜教練就沒有戰鬥力了！」

任何人都聽得出阿通語氣裡的不懷好意。

柯雲以一個微笑回應阿通，然後對著另一位教練說：

「大水教練，謝謝您了！」

恢復正常的大水笑嘻嘻地說：

「醫生姐姐，你把『心藥』帶來了吧！」

　　九點不到，球場裡已經坐了滿座，一壘旁邊流口隊休息區上方是流口隊的觀眾席，這是流口隊參加比賽以來，觀眾最多也最熱情的一次，連流口隊賽前練習都能得到掌聲和叫好聲。

　　好久不見的吳校長陪著眾領導們坐在最靠近球員休息區的看臺上，看起來年輕了好幾歲的吳校長談笑風生，逗的領導們笑口大開樂不可支。

　　楊老闆和跟班們陪著一群穿著體面的人坐在領導群旁邊，再過去是文成公主柯雲董陽媽媽及公主的隨從們，接著是一群一群敲鑼打鼓的鄉親，他們不知道從那裡得到家鄉球隊進入決賽的消息，大家自發組成啦啦隊來到球場。

　　青青和一群同學也混在人群中，他們拉著自製的布條和旗幟，整齊劃一的加油口號和動作特別引人注意。

　　「杜哥，任剛還在拉肚子，我看是上不了場了。」阿通氣急敗壞地走過來。

　　昨天晚上的比薩、炸雞加巧克力讓任剛從半夜開始瀉肚子，一大早吃了柯雲臨時去藥房買來的藥，到現在還是沒有好轉。

　　「柯醫生怎麼說？」

　　「她說可能還要兩、三個小時才能止住。」

　　「不需要住院嗎？」

　　「任剛不肯去，柯醫生說應該沒問題。」

　　「讓老妖守一壘，楊福生守右外野，野狗守左外野。」

　　有柯雲在，杜濟民就放心了。

第一棒：袁興（左外野）
第二棒：何虎（二壘手）
第三棒：王東平（中外野）
第四棒：周立群（一壘手）
第五棒：徐俊（遊擊手）
第六棒：江正（捕手）
第七棒：楊福生（右外野）
第八棒：林威（三壘手）
第九棒：董陽（投手）

調整後的陣容出來了，抽到先攻的流口隊聚集在球員休息區，大水慎重的說：

「按照昨天下午練習的方法打，任何人都別貪功，一定要磨到投手失去耐性！」

野狗在觀眾們的吶喊聲中走進球場，合肥隊的先發投手身材高大，投出第一球，快速直球，野狗沒有揮棒，好球。

合肥隊人數更多的觀眾爆出如雷的歡呼叫好聲，鑼鼓敲的大家耳朵嗡嗡作響。

第二球快速飛來，稍微偏外側一點，野狗判斷也是一個好球，他按照昨天下午練習的訣竅輕輕揮棒，球棒擊中球下緣，球往捕手後方高高飛起，可是距離不遠，捕手把面罩一丟，快步跑往球的方向舉起手套，等球落下穩穩把球接進手套，一人出局。

何虎第一次打第二棒這麼重要的位置，忐忑不安的站在打擊區，信心滿滿的投手投出第一球，稍微低了一點，壞球。

第二三球都被何虎輕輕打成界外球。

第四球投出，何虎再揮棒，球飛到右外野流口隊的觀眾席上，

有人撿起球高舉在手上接受其他人歡呼，然後丟回場內，這可不是美國大聯盟，界外球不會送給觀眾當紀念品。

何虎不是一個天分很高的球員，正因為如此，他比大多數人都努力，在艱苦家境中成長的他也比大多數人更能吃苦，更聽從教練指導，正確的觀念和扎實的基本動作就是對他長期苦練的最好回報。

對於昨天下午的特訓，何虎當然一如既往的認真聽努力練，已經有了相當基礎的他很快就掌握了訣竅。

投手又投了三個球都被何虎打成界外球，他對這個看來一點都不起眼、死纏爛打的小子感到有點不耐煩了。又投了一個好球，還是一樣的結果，這下投手真的發火了，一個非常靠近打者身體的快速球飛過來，何虎身體往內一縮，球從肚子旁擦身而過，觀眾席發出一陣驚呼，這一球如果打中可夠何虎受的了，大水表情大變，腳步一抬就要衝出休息區，杜濟民眼明手快一把抓住他……

何虎神色自若的看著投手再投出一球，輕輕把球推到左邊的白線外，又一個界外球！

捕手叫暫停，走到投手丘前面低聲講話安撫投手情緒，然後回到本壘後，比賽繼續。

畢竟是身經百戰的球員，投手的情緒穩定下來後立刻投出一個大角度快速滑球，何虎揮棒速度沒跟上，三振出局，投手贏了這一回合的對抗。

何虎懊惱地走回休息區，大水拍拍他肩膀說：

「幹得好！這樣下去他投不了幾局的！」

冬瓜對剛才那個差點打中何虎的貼身球非常不爽，口中念念有詞地走進打擊區，眼睛盯著投手的每一個動作，第一球投出，大幅

度的伸卡球出了好球帶，壞球。

第二球偏內側，又沒揮棒，沒想到球轉進了好球帶，一好一壞。

第三球揮棒，球棒擦到球上緣，球滾到捕手後方，界外球，兩好一壞，冬瓜這一球可不是故意要打成界外球，他猛力揮棒想敲一支長打替何虎出氣，可惜漂亮的伸卡球讓他不能如願以償。

投手再投出，冬瓜再揮棒，球往外野飛去，左外野手慢跑幾步接殺，三人出局。

董陽站上投手丘立刻展現非凡的氣勢，舉手投足之間充滿大將之風，面對人高馬大的對手毫無懼色，第一局就投出兩個三振，一個滾地球封殺，輕輕鬆鬆地化解了合肥隊的進攻。

董陽快步走回休息區，突然聽到：
「董陽加油！」
「9號！你是最棒的！」
「多投幾個三振！」
「……」
「……」
觀眾席上響起一陣陣叫聲，董陽嚇的趕快逃回休息區，沒有人想到他已經有這麼多粉絲了！

老妖上場，他從比賽開始到現在，一直無法擺平內心的掙扎。

向來聽話的他牢牢記得教練交代多打界外球的策略，可是對自己打擊信心十足的他又控制不了想和投手一較高下的衝動，他眉頭深鎖，白牙也不見了，站在打擊區渾身不自在，平常操控自如的球棒突然重逾千斤，幾乎握不住。

第一球是快速直球，這是最對胃口的球路，他本能的想揮棒，腦袋裡突然閃過大水的話，球棒動了又停，球碰的一聲進入捕手手

套，好球。

老妖四肢僵硬動作遲緩的表現讓投手心裡一樂，這個傢伙看來是個腦部發育和身體發育成反比的大個子，非好好戲要他一下不可！

第二球往外側飛，老妖又經歷了一次天人交戰，這一猶豫球到了面前，球在進入本壘前突然往內轉通過本壘進入捕手手套，兩個好球。

第三球靠內側，老妖又表演了一次優柔寡斷畏首畏尾的打擊方式，這個轉進好球帶的曲球湊滿三個好球把老妖送回休息區。

其實大水不是叫球員每個球都打成界外球，而是沒有把握的球才這樣處理，老妖腦筋轉不過來，誤會教練的意思，才會這樣束手束腳的被三振。

第五棒徐俊理解能力比老妖強，打擊能力遠遠不如老妖，乖乖按照大水交代老老實實的把能打中的球都送到界外，糾纏了十一個球之後終於被保送上一壘。

休息區的流口隊球員們附和著觀眾席發出的歡呼聲大聲叫囂，徐俊是第一個達成教練指示的打者。

接下來的阿六和楊福生就沒有徐俊的打擊功夫了，兩個人先後被接殺和三振，二局上結束，雖然沒有得分，可是證明了對方投手在不耐煩情況下會出現控球不穩的現象。

大水的策略似乎是正確而且可實現的。

經過了幾場比賽磨練，已經沒有絲毫怯場的董陽，在媽媽注視下，把他在果園裡練出來打斑鳩的本事發揮的淋漓盡致，眼中對手的球棒就像一根又一根阻礙他手中風火雷飛行路線的樹枝，他操控

手中的風火雷，或左轉或右轉或下墜或側移，隨著樹枝的擺動時快時慢、忽高忽低，無論樹枝怎麼擺動，絲毫不會影響他把風火雷準確招呼到盜取他們父子兩人用汗水換來的豐碩果實的鳥群，而阿六張開的手套就是那一隻又一隻貪嘴的斑鳩。

看臺上的觀眾為董陽的精彩表現喊啞了喉嚨，拍腫了手掌，合肥隊的打者們對董陽變幻莫測的球路一籌莫展，三上三下結束第二局。

三局上流口隊繼續執行纏鬥策略，第八棒林威充分發揮打不死的精神，合肥隊的投手被搞的心浮氣躁耐性全失，林威被保送上壘。

第九棒董陽在教練保留體力的考量下，胡亂揮棒很快就被三振。

第一棒野狗剛才又跟大水討教了揮棒訣竅，這次下定決心非把投手搞的七竅生煙不可！

野狗把身體壓低，讓好球帶儘量縮小，球棒把這個已經夠小的區域守的密不透風，凡是飛進來的球一律碰到界外，絕無例外，七個球以後投手完全失去耐性，第八球筆直往野狗身上飛來，野狗慌忙往後一仰，球擊中了順勢抬起的左手臂，野狗一聲慘叫，拋掉球棒，捧著被擊中的手臂蹲在地上，杜濟民眼明手快，一把抓住打算往外衝的大水，阿通和冬瓜快步跑去看野狗。

「請裁判制止這種會造成球員身體傷害的行為！」站在本壘板右邊的杜濟民嚴肅地說，主審裁判點點頭，看著站在本壘板另一邊的合肥隊教練：

「張教練，希望你能約束球員，不要再發生這樣的事件！」

「我的球員不會故意投觸身球，這是失投。」

「第一局已經發生過一次了！」為了保護自己的球員，杜濟民難得出現咄咄逼人的語氣。

「張教練，不管你怎麼説，如果再發生一次，我會強制你換投手！」

看到主審裁判堅決的態度，合肥隊教練只能點頭，然後召集球員重新佈置防守，面對一人出局，一二壘有人的局面。

沒有大礙的野狗在一壘上左右移動，企圖干擾投手投球，投手看看乖乖待在二壘上不敢亂動的林威，完全不理野狗，他心裡很清楚：

（二壘不跑，你能往哪跑？）

第二棒何虎剛才和投手的交手雖然以三振出局結束，可是過程中給投手帶來很大的困擾，他還是堅決執行纏鬥策略，打算讓投手火冒三丈。

畢竟是身經百戰經驗豐富的投手，在剛才教練的安撫和指導之下又恢復了平日的穩健，以精準的快速球應付何虎，兩好一壞後又以一個大角度的伸卡球把何虎三振出局。

「這個投手真的很棒！這麼快就能控制情緒恢復水準。」杜濟民由衷地讚歎。

「是啊！看來我們要調整策略了。」大水説。

「不再打界外球了嗎？」阿通問。

「虛虛實實！」杜濟民説。

好勝心和自信心都極強的冬瓜實在很想和眼前這位除了董陽以外，他面對過最強的投手好好較量一下，他以懇求的眼光看著大水，大水看看杜濟民，杜濟民和大水兩個人同時點點頭，冬瓜興奮的連跑帶跳進入打擊區。

第一球是壞球，顯然投手以為冬瓜也是要上來打界外球，先吊他一個球。

接下來是好壞球各一個，一好兩壞。

第四球飛來，冬瓜看準球路猛力一揮，把這個曲球打成一二壘之間的平飛球，流口隊球員們興奮的大叫，反應快速動作敏捷的二壘手往左跑幾步，看準球飛行的方向和高度全力跳起，他在驚人的彈跳力和準確的判斷力配合下，在全場觀眾和球員的面前把這個幾乎不可能接到的漂亮平飛球收進手套，合肥隊的觀眾席爆發出如雷的掌聲和歡呼聲，流口隊這邊則是一片惋惜聲。

　　三局下，董陽維持高水準發揮，合肥隊連續三個人被三振出局，流口隊的觀眾們把鑼鼓敲得震天響。

　　目前雙方雖然是零比零，可是從前三局的表現來看，流口隊略占居上風，董陽更是威風八面，把合肥隊的主力投手也是去年最有價值球員的風采完全比了下去。

　　「我說杜教練啊！我們球隊的表現實在太精彩了，您看看領導們都很開心呢！」
　　正在和球員講話的杜濟民不用轉頭也知道誰來了，他還來不及回話，另一個熟悉的聲音響起了：
　　「杜教練，我已經想好長期培養球隊的計畫了，比賽後我們好好聊聊！」
　　（如果沒拿到冠軍，還談不談呢？）
　　杜濟民當然不會這樣問楊老闆，轉過身來，禮貌的對走進球員休息區的兩個人點頭，然後拉著大水說：
　　「這位是新加入的孫教練，他對我們的幫助很大，沒有他，我們不可能打到決賽。」
　　風風光光來探班的兩個人自然是一陣客氣話，杜濟民不再理他們，繼續和球員們講話。
　　看著大水世故老練的和初見面的兩個人寒暄說笑，阿通暗想：
　　（這傢伙可以當球隊的公關！）

四局上，老妖第一個打擊，還是兩眼茫然的上場，垂頭喪氣的回休息區，一人出局。

　　第五棒徐俊和第六棒阿六都經過一番纏鬥後上壘，可是接下來的楊福生和林威都被三振出局，流口隊又留下殘壘。

　　四局下合肥隊第一棒三振，第二棒擊出右外野高飛球，利用楊福生失誤跑上二壘，董陽不慌不忙的把下兩個打者都三振出局，合肥隊也是留下殘壘，可是至少有球員站上壘包了。

　　「前四局，對方投手總共投了九十七球，董陽投了五十五球。」阿通拿著大水要求他做的統計表格說。

　　杜濟民和大水都樂了，大水說：

　　「這一局該有突破了！」

　　通常青少年棒球投手一場比賽的投球數都不超過一百球，即使在特殊狀況下也很少超過一百二十球，這是為了保護青少年球員尚未發育成熟的肌肉，一般教練採取的慣例。而且以青少年球員的體能來說，投到一百球以上，球速和控球都會逐漸衰退，即使不換投手，也不見得能發揮正常水準。

　　這就是大水所說應該要有突破的原因！

　　五局上，第一個打擊的董陽一如既往的被三振出局，又輪到第一棒的野狗了。

　　野狗又使出他的獨門絕技，面對第一球完全沒有準備動作把球棒一橫，觸到球後拔腿就往一壘跑，動作一氣呵成，沒有浪費一點點時間。

　　可惜球沿著左邊白線滾了五六米後碰到地面上的小石頭，改變方向出了界外，早已衝過一壘的野狗只能乖乖回本壘重新打擊，一

個好球。

　　現在防守球員都有了防備，內野手防守位置往前移動一些，外野手也相應往內野移動一點，　這一招顯然不能再用了。

　　野狗全神貫注注意投手的動作，第二球放過，是個壞球。

　　第三球揮棒，界外球。

　　第四球沒揮棒，壞球。

　　第五球揮棒，球從投手左側滾過，經過二壘到外野，這場比賽雙方出現的第一支安打，野狗上一壘，他用安打回敬剛才的觸身球。

　　流口隊觀眾席的熱鬧程度不必細表，球員休息區裡也是歡聲雷動。

　　何虎是今天讓投手最傷腦筋的打者，他毫不客氣繼續使用纏字訣，投手應付這個打者已經夠頭痛了，一壘上的野狗不又規矩的跑來跑去，分散自己注意力，投手在兩面受敵的情況下投出四壞球，流口隊又是一二壘有人，一人出局。

　　和前一局不同的是：

　　接下來輪到的是流口隊長打能力最好兩個打者。

　　這一次冬瓜沒有問教練，他知道該怎麼做。

　　冬瓜沒有急著揮棒，他知道現在時間對自己有利，投手多投一球，體力就會下降一些，自己和隊友擊中球的機率就大得多。

　　冬瓜第四球揮棒，球棒擊中變化幅度明顯不如前幾局的這個滑球，球快速往二三壘之間滾去，遊擊手往右飛撲，整個人趴在地面上攔住這個強勁滾地球，來不及站起身，趴在地上右手一拋，球往站在壘包上的三壘手飛去，球和野狗幾乎同時到達壘包，全場觀眾都站起來等裁判做出判決。三壘裁判舉起右手，兩人出局，這個局面對雙方而言實在差別太大了。

冬瓜站在一壘上，氣的幾乎要發狂，他這兩次打擊都非常漂亮，不論球的方向和距離都接近完美，可是在對手無懈可擊的防守下硬生生被化解了。

從另一個角度看，遊擊手能夠完成這個漂亮的防守也是機緣巧合，他接到球以後趴在地上，唯一有可能傳球的方向只有三壘，他如果起身傳一壘根本來不及封殺冬瓜，這就會是一壘安打，如果不是剛好有二壘往三壘跑的野狗，這一擊就不會有人出局，這只能說是球運吧！

兩人出局，一二壘有人。

流口隊休息區裡，大水問準備上場打擊的老妖：

「剛才那兩次為什麼打不好？」

「我……我不會打界外球。」老妖小聲回答，他怕教練責怪他。

「你會打什麼球？」

「把球打得遠遠的，越遠越好！」老妖心虛地說：

「就像以前杜教練教的那樣！」想不到反應慢如周老妖者，也懂得把杜濟民拉出來墊背！

大水哈哈一笑：

「你現在上去希望怎麼打？」

「像以前那樣打！」這一次聲音大多了。

「好！可是你要保證把球打到全壘打牆外面！」

老妖狠狠的點無數個頭，久違了的招牌白牙終於重現江湖！

合肥隊教練叫暫停走到投手丘，防守球員聚集在一起聽教練講話，一陣指指點點後，比賽繼續。

一見到老妖就樂了的投手，心情輕鬆的面對這個剛才連續兩次被他玩弄於股掌之間的傻大個，信心十足的他沒有注意到傻大個的眼神已經從迷惘變成堅決了！

第一球沒有揮棒，漂亮的曲球，從內側轉進好球帶，一個好球。

第二球沒有揮棒，漂亮的切球，從外側轉進好球帶，兩個好球。

投手信心十足的投出第三球，他有點累了，不想和這個傻頭傻腦虛有其表的大個子浪費時間耗下去，這一球就要解決打者，回到休息區讓手臂放鬆一下，準備應付後面的比賽。

（我是去年的MVP，今年還要拿到這個獎，風風光光地畢業！風風光光地去重點高中打球！）

老妖把前兩次的怨氣和委屈統統發洩在這一擊，在擊中球的一霎那他就知道，自己實現了對大水的承諾……。

合肥隊的外野手站在原地看著球飛過木牆，他們根本沒有試圖去追球，多年累積的經驗在球飛出來的一霎那就告訴他們這是一支飛出牆外很遠很遠的全壘打！

合肥隊教練心猛地往下一沉，他剛才叫暫停是因為平常很少被擊出安打的投手竟然被連續擊出落點極佳的球，雖然在固若金湯的防守之下沒有失分，可是王牌投手體力衰退的跡象非常明顯，一定要和第一愛將溝通一下，瞭解狀況。

聰明的投手當然知道教練的顧慮，好勝心和自信心同樣強烈的他堅決要求繼續投球，而剛好下一個上場打擊的又是那個呆頭呆腦的第四棒……

（讓他投完這一局再說吧！）
這是去年MVP堅持的結果……
一念之差……

球場內的氣氛變成兩個極端，一邊鴉雀無聲，另一邊鑼鼓喧天………

合肥隊換了投手，徐俊對新上場的投手毫不客氣地敲出安打，站上一壘，接下來，阿六打出一個高飛球被接殺，三人出局，流口隊三比零領先。

五局下還是沒有人能突破董陽的五指關，三上三下。

六局上流口隊也是三上三下。

六局下，董陽面對第一個打者投出了今天第一次四壞球保送。
杜濟民不是容易緊張的教練，可是這次他果斷地喊出暫停，走上投手丘和董陽小聲交流，拍拍他肩膀。
董陽擦擦汗，想了一下，立刻恢復正常水準。接著，三名打者很快出局，六局結束，流口隊距離勝利越來越近了。

七局上，第一個上場打擊的是野狗，他完全沒有因為大幅領先而放棄，依然謹慎選球穩定揮棒，果然擊出一支安打。
接下來的何虎擊出高飛球被接殺，冬瓜擊出滾地球造成雙殺，三人出局。

七局下，合肥隊第一個上場打擊的是第三棒，他不斷告訴自己一定要把握這次機會為球隊吹響反攻的號角，他看著董陽那支讓全隊吃足苦頭的左手，緊緊盯住那支手的每一個動作，手舉起來了，手放在頭後面了，手揮動了，手中的球飛出來了……
投手的每一個動作看起來都是輕鬆自然節奏分明，一點都不費力，可是從那支手中飛出來的球卻快的不可思議，真是令人難以置

信的結合！

打者看著球往好球帶中間飛來，快速轉動身體揮動手臂扭轉手腕，可是期待中球棒擊中球的震動沒有出現，因為球在進入本壘前突然以讓人意想不到的角度斜飄進打者的內側下方……

在今天的比賽裡，這種場面不是第一次出現，也不會是最後一次……

董陽帶給全場的震撼還沒有結束，第三棒打者連揮三次球棒都是同樣的結果：

揮棒落空！

現場觀眾們都已經坐不住了，所有人全部站起來，他們不在乎手掌拍疼、喉嚨喊啞，用最原始、最真實的方式表達他們對這支來自鄉下的球隊的支持，尤其是對這個眉清目秀、舉止斯文、球速超快、球路犀利投手的喜愛。

流口隊的休息區也沒有人坐著，大家都知道當董陽全力投入比賽的同時，也宣告球隊正一步一步邁向勝利！

此刻，全場心情最激動的是場上那位技驚四座的投手的啟蒙教練……

杜濟民相信自己見證了一個巨星的誕生！

和第四棒的對決，再一次為董陽的出色表現做了背書……

揮棒，落空！

揮棒，落空！

揮棒，落空！

現在連合肥隊的觀眾都站起來了，他們不再為合肥隊打者的

出局發出歎息聲，不再奢求合肥隊能夠從董陽手中擊出安打，不再把球場上的勝負放在心裡，他們欣賞而且沉醉在這個投手的魔力之中，董陽的表演完全征服了他們，他們期待看到董陽更神奇的表演！

合肥隊換上了代打，這是全隊最高大最粗壯的球員，球棒被他揮舞的虎虎生風，看來被他擊中的球絕對不會飛的比剛才周老妖那一球近，顯然合肥隊教練冀望出現一支全壘打，挽回一點面子。

第一球……
揮棒，落空！
流口隊的觀眾區響起了歡呼聲。

第二球……
揮棒，落空！
合肥隊觀眾區也響起了零零星星的歡呼聲。

第三球……
揮棒，落空！
全場響起了震耳欲聾的歡呼聲。

球場內的每一個人，不論是那一隊的支持者，都如癡如醉的為董陽的完美表現鼓掌喝彩，他們對這位投手的喜愛超越了地域和球隊的界限，情緒因為一個優秀球員而沸騰，不在乎這個球員屬於那一支球隊。
這就是運動的魅力！

董陽的球技和魅力把流口隊帶向全國大賽。

攻頂

01

六月初的上海在豔陽照射下已經有夏天的感覺了。

過去六個星期，楊老闆投資大水的果園，解決了迫在眉睫的財務問題，讓大水能心無旁騖的參與訓練。

顧文彥在小嵐的反對下堅持來球隊兩次，每次待一個星期，四個人分工明確同心協力，根據過去比賽發現的缺失擬定訓練計畫，每個階段結束後立刻視需要調整訓練內容，球員們的努力就更不在話下了。

六個星期的訓練結束後，從教練到球員各個信心滿滿、體力爆表，摩拳擦掌準備在全國大賽中大顯身手。

資源不再匱乏的流口隊提前八天來到上海，在杜濟民大學時代的啟蒙老師黃教練安排下，借用上海對外貿易學院的場地做大賽前的最後訓練。

每天早上做個人體能訓練攻守練習和球隊防守配合，下午就和

對外貿易學院的棒球隊打練習賽，晚上則是四個教練和黃教練一起檢討球隊和個人缺失，作為隔天訓練的重點，緊湊的安排讓四年沒回來的杜濟民完全沒有時間為舊地重遊而多愁善感，反倒是顧大情聖在茶餘飯後的少數空檔時間經常一個人悶坐發呆，不知道是在回味當年的豐碩戰果，還是懺悔過去的年少輕狂……

四個人每天晚上和黃教練一起討論球隊當天發現的缺失，然後擬定新的訓練內容，希望好好利用最後這幾天讓球隊的弱點盡可能減少。

黃教練雖然有些觀念比較老舊，畢竟累積了幾十年經驗，對某些問題的看法和年輕人完全不同，也讓四個年輕人學習從不同角度看問題，使大家考慮的層面更寬廣。

「還有一個問題！」

第五天晚上，黃教練回家前脫口而出，四個人同時轉頭看老教練，老教練慢條斯理地說：

「關於對手的情況，我們一無所知。」

也許是因為有關單位事前的大力宣導和鼓勵，也許是因為近年媒體大幅增加對棒球的報導和轉播，或許兩者都有功勞，這次參加全國青少年棒球錦標賽的球隊空前踴躍，全國三十一個省，市，自治區全部到齊。

為了提高小球員們的參賽興趣，並增加比賽場次，達到鍛鍊球技的目的，主辦單位採用三階段的賽制，第一階段把三十一支球隊分為八組打循環賽，每組前兩名進入第二階段，這十六支球隊分成四組再打循環賽，每組前兩名進入第三階段，共八支球隊打單淘汰賽，連贏三場就是全國冠軍。

最有人情味的安排是每一階段未能晉級的球隊還能打友誼賽，這樣的賽程讓每一不同階段被淘汰球隊可以和實力接近的對手有切磋球技的機會，能夠增加信心，提高對棒球的興趣，另一個收穫則

是以球會友，達到推廣棒球運動的目標。

杜濟民從來沒見過這麼大的場面，佈置簡單隆重的體育館內人潮洶湧，幾乎全國所有重要媒體都到場，抽籤儀式在攝影機和鎂光燈的注視下快速進行……

第一階段分為一到八組，流口中學代表的安徽隊和天津隊，湖南隊，寧夏隊抽到第四組，其中只有天津隊實力較強，晉級應該不成問題。

可是如果輸給天津隊以第四組第二名晉級，就會進入第二階段的Ｃ組，必須面對第五組和第六組的第一名球隊，預期會是國內兩支傳統強隊：

第五組的江蘇隊和第六組的河北隊。

在這兩支球隊夾擊下流口隊晉級第三階段的機會可說微乎其微，流口隊最好的機會就是得到第四組第一名，然後進入第二階段的Ｂ組，預期的主要對手是第三組第一名的超級強隊廣東隊，這樣拼個Ｂ組第二名進入第三階段的機會就大得多。

「這麼説來，您可是抽了個上上簽咯！」

阿通略帶調侃的口氣引起了大水的見義勇為：

「這種多球隊的大比賽，沒有所謂的好簽或壞簽，怎麼算都會碰到強隊，躲也躲不掉，唯一的方法就是自己爭氣，打好每一場比賽。」

「打好每一場比賽是一定的，可是誰說沒有好簽或壞簽？當年我們如果不是抽到死亡之組，也不會打了四年連一個獎盃都沒混到了！」

顧文彥這麼多年來一直認為大四那年錦標賽賽程的安排有問題，才害得他們在眾多強隊圍攻下失去晉級機會，直到現在想起當年的連續苦戰還憤憤不平。

「我不認為那年賽程有問題，是我們自己沒打好，你記得那一場對……」

杜濟民的話立刻被顧文彥高亢的語調打斷：

「好啦！你又要怪我沒看暗號了是不是？你別忘了……」

「住嘴！你們兩個還沒吵夠啊？多少年了，還在為這件事自尋煩惱！怎麼永遠長不大呢？」

老教練嚴厲的口氣立刻讓房間安靜了下來，兩個人賭氣似的各自把臉轉向一邊，誰也不看誰，房間裡只聽到兩個人氣呼呼的喘息聲。

阿通和大水對看一眼，兩個人各自朝那一對賭氣的投捕搭檔走去。

阿通走到杜濟民面前，擺出西子捧心的姿勢說：

「柯……柯醫師，我……我被氣……氣得心……心疼，您幫……幫……幫我看……看……看……」

杜濟民大怒，跳起來往逃向大水的阿通追去，剛好看到大水在顧文彥面前掀起Ｔ恤露出啤酒肚，肚皮上用粗馬克筆劃了一個五官俱全的人臉，只見那張不太美麗的臉對著顧文彥擠眉弄眼，豐富的表情搭配細聲細氣的嗓音：

「Johnny！你最棒！你是我的英雄！」

Johnny是顧文彥的英文名字，這句話是大帥哥當年的眾佳麗中，公認聲音最嗲的小潔經常掛在嘴上的口頭禪，經過杜濟民添油加醋轉述後，現在已成為三個人消遣顧文彥的標準台詞，只是從來沒有以這種形式出現過。

杜濟民呆了一下，突然爆出大笑，笑得抱著肚子、彎下腰，阿通也笑得坐在地上，連黃教練都忍不住露出那一口老年人少見的白牙，顧文彥強忍了一會，終於開始笑，越笑越大聲，笑到眼淚都流了出來………

幾個人笑到筋疲力盡、氣喘吁吁地坐的坐，躺的躺，休息了一會，杜濟民起身走到顧文彥面前伸出手，顧文彥笑嘻嘻地站起來，張開雙臂一把抱住他的好搭檔，兄弟兩人一陣捶打嬉笑……

「大水，你這一招是從哪裡學來的？」阿通邊擦眼淚邊問。

只見大水愁眉苦臉地說：

「這是我準備在小肚肚和醫生姐姐結婚典禮上表演的，這下可好，要想新節目了！」

「你怎麼知道醫生姐姐會答應嫁給大聖人？」

阿通和大水還沒有對杜濟民的綽號達成共識，兩個人各叫各的。

「我當然知道！你要打賭嗎？」大水挑釁地問。

「我們所有人的期望完全相同，有什麼可賭的？」

「阿通說的對！只有一個大白癡還沒搞清楚，再不積極點也不知道別人還有沒有耐性等咧！」

以顧文彥的情場資歷，絕對比任何人都夠資格講這句話。

「你為什麼不傳授一些經驗給濟民？」

黃教練的語氣中有惋惜，辛酸，無奈，憤慨……

　

當年，顧文彥剛進校隊時表現出來的優異體能和投打天賦，讓畢生心血投入棒球，無時無刻不在尋求可造之材的黃教練驚艷不已，他把全部精力花在這個難得一見的人才身上，從基本動作開始，每個細節都親自指導反覆要求，期待這個似乎是生下來就註定要打棒球的小子能夠早日成熟，替學校爭取好成績，然後進入國家隊，最終成為職業球員，到美國職業棒球大聯盟大放異彩，為自己的教練生涯劃上完美句點。

沒想到，被寄予厚望的天才球員只認真練了半年，就把心思轉移到球場外面，瀟灑帥氣的外表，幽默風趣的談吐，優異精湛的球技，讓顧文彥理所當然地成為校內最受女性歡迎的白馬王子，他也迅速表現出對異性的興趣，從此展開精彩豐富的獵艷之旅。

在這種情況下，還期望顧文彥的球技繼續進步再做突破無異於癡人說夢，黃教練無數次苦口婆心，始終無法改變顧文彥的行為，在無數次的勸告和無數次的失望後，黃教練終於遺憾地放棄了培養中國第一個大聯盟球員的夢想……

「教練，這麼多年來，我一直想跟您講一件事。」

顧文彥收起笑臉嚴肅地說。

「嗯……」

「我知道您很不諒解我，但我只能說，打職業棒球不是我的夢想，我喜歡棒球，享受打棒球的樂趣，可是我從不打算把棒球當作工作，沒有辦法勉強自己把打棒球當作終生職業，我錯在當年沒有對您坦誠說出真正的想法，我這一輩子都感激您對我的付出和期待，很抱歉讓您失望了！」

顧文彥的話讓房間再度陷入一片死寂，三個人面面相覷，沒有人敢抬頭看黃教練的表情，五個人僵在當場，過了很久之後才聽到黃教練一聲沉重的歎息，大家屏住呼吸等黃教練開口。過了一會，黃教練又發出一聲歎息，又等了一會，黃教練終於開口，語氣比四個人想像得輕鬆很多：

「文彥，我很高興你終於把心裡話說出來，也許是我太期望證明自己當教練的能力，一廂情願地想替你安排未來的路，沒有考慮你的想法，我也很抱歉讓你忍耐了那麼久。」

顧文彥呆了一下，眼眶裡充滿了淚水，從椅子上跳起來衝上前，緊緊抱住同樣熱淚盈眶的老教練……

02

因為比賽場次太多，這次全國大賽總共安排了十一天賽程，從六月十號星期三到星期五，這三天是第一階段，星期六休兵一天。星期天到下星期二的三天是第二階段，下星期三再休息一天。下星期四到下星期六這三天是第三階段，六月二十號星期六早上是三、四名之爭，下午是冠軍戰，全國觀眾將會在中央電視臺體育頻道上目睹今年國內最好的兩支青少年棒球隊爭奪冠軍。

不論順利晉級或是無法晉級打友誼賽，每一支球隊都要在十一天裡打八到九場比賽，對小球員們的體能是一大考驗，可是這也是

他們提高球技增加比賽經驗的最佳機會。

　　第四組球隊第一階段賽程選在桂林路的上海應用技術學院，星期二下午是流口隊賽前熟悉場地時間，球員們一進入校園就對綠意盎然的環境讚不絕口，球場的紅土和草皮軟硬適中，唯一缺少的是觀眾看臺，但是以第一階段的比賽來說，就算有看臺，恐怕也是白搭。

　　流口隊三場比賽的對手分別是：湖南隊、天津隊、寧夏隊，這個賽程對人手不足的流口隊是大利多，教練團可以把董陽排在第二場，出戰實力最強的天津隊，第三場面對實力最弱的寧夏隊，則可讓主力球員充分休息，準備第二階段比賽。

　　五個人討論後，排出第一場比賽的防守位置和打擊順序：

第一棒：袁興（右外野）
第二棒：任剛（一壘手）
第三棒：王東平（中外野）
第四棒：周立群（左外野）
第五棒：何虎（二壘手）
第六棒：徐俊（遊擊手）
第七棒：江正（捕手）
第八棒：秦旭光（投手）
第九棒：林威（三壘手）

　　打擊順序和前面幾次比賽不同的是，把何虎和徐俊的位置對調。
　　經過幾個月集訓，何虎的身高、體重、球技都有飛快成長，現在的他比起八個月前完全變了個人，長高長壯，整個人散發出無比的活力和自信，黑黝黝的皮膚配上靈活的眼神，十足是個充滿魅力的大男生模樣。

他的打擊技巧不斷進步，終於得到教練團信任，把打擊順序提前到第五棒，希望能延續周老妖的打擊火力，增加得分機會。

湖南隊小朋友們練習棒球時間不長，動作和技巧都還有待磨練，兩隊在友好氣氛下打完比賽，流口隊八比一擊敗湖南隊，取得第一場勝利，秦旭光完投七局，達成教練團的目標，為後面比賽的投手調度留下很大的空間。

第二場對手是天津隊。

比賽開始，先攻的流口隊球員們擠在休息區旁邊，第一棒野狗揮動著球棒走向打擊區。

「野狗！讓我們瞧瞧大水教練偷偷教你的絕招！」冬瓜大喊，大家跟著在一旁起哄。

野狗微微一笑，走進打擊區，阿六大叫：

「野狗！你站錯邊啦！」

最後階段集訓，大水根據野狗能夠左右開弓和速度奇快的特色，建議他改用左手打擊，因為左手打擊站在本壘板右邊，距離一壘比較近，可縮短跑壘距離，同時專心練習推打，擊中球以後，利用速度和距離縮短的優勢跑上一壘。

野狗在集訓中進步很快，上壘率大大提高，現在是驗收成果的時候了。

野狗專心看著天津隊高大的投手，投手看好暗號投出第一球，快速直球，從中間進入本壘板，一個好球。

流口隊的休息區裡發出了輕微的鼓噪聲，球速真快！

第二球，偏內角的壞球。

第三球往中間飛來，進入本壘前稍稍往內彎了一點，野狗把球

棒往外推出，球棒的中段擊中球，球平平的往一壘後方飛去，標準的推打。

可惜球棒擊中球的位置不好，是一個軟弱無力的平飛球，一壘手退後幾步手套一伸，輕輕鬆鬆把球撈進手中，接殺出局。

第二棒任剛三振出局。

冬瓜看到球就猛揮棒的毛病還是沒改，連續三次揮棒落空，第一局結束。

董陽投球還是令人放心，快速球和各種變化球都能按照阿六要求，準確投到指定的位置，一局下天津隊兩個三振，加上一個內野滾地球，很快結束了這半局。

流口隊接下來幾局的進攻幾乎完全熄火，除了周老妖兩次打擊分別擊出零星安打，林威趁對方遊擊手失誤上一壘，其他人無法突破天津隊投手封鎖，六局結束沒有人踩上過二壘，沒有給天津隊造成任何威脅。

防守方面，在董陽強勢投球下，天津隊連一支安打都沒擊出，只利用何虎傳球失誤上一壘，共吃了十一次三振，打擊同樣乏善可陳。

又是一場投手戰。

七局上，流口隊進攻，大水和顧文彥咕噥了一會兒，顧文彥對第一個上場打擊的老妖說：

「你站靠近本壘一點，別打外角球，逼他投內角球，球一出手馬上往外站，把球轟到牆外去！」

這是和對手鬥智，老妖前兩次打擊都看準外角球打出安打，對方絕對不想再給他機會，現在老妖往本壘板方向站，表示他準備

打外角球，捕手一定會配內角好球讓他來不及調整揮棒姿勢吃下好球，或勉強出棒打成界外球，先搶下好球數，再用投手最拿手的快速球解決這個難纏的打者。

老妖按照教練指示站好，第一球投出，偏低的壞球。

第二球出手，老妖立刻雙腳往後移動，兩眼緊緊盯住球，果然往內角飛來，老妖扭腰轉動身體，感覺球棒擊中球的一刹那，手腕一翻，球隨著清脆的擊球聲往左外野飛去，很高很遠……

流口隊球員們立刻衝出休息區，他們看過太多次老妖把球打到牆外，看這個球飛行的高度和距離，錯不了，一定是大家期待已久的全壘打。

球果然飛出全壘打牆，可惜偏左兩米，落在線外，界外球。
流口隊教練和球員們同時發出惋惜聲。

這一球把天津隊的教練打出了休息區，走進球場召集球員討論了一會兒，比賽重新開始，捕手往打擊區外一站，投手連續把球投給站著的捕手，故意保送，天津隊不願硬拼。

老妖滿臉無奈慢跑上一壘，何虎走進打擊區。

第一球，球棒一橫點到球，球沒有按照他的計畫沿邊線滾，而是往三壘方向高高飛起，往本壘跑的三壘手側身對著一壘方向，左手接球右手取球舉手揮臂，球快速飛向一壘……

何虎觸擊，老妖低頭快跑，得意的站上二壘後，驚訝的看到裁判判他出局，這才知道球飛進了三壘手手套，雙殺！

第六棒徐俊擊出滾地球被封殺，七局上結束。

七局下，天津隊首先上場的第二棒擊出內野高飛球，一人出局。

第二個打者是第三棒，三振，兩人出局。

　　第三個打者是第四棒，前兩次打擊雖然沒能擊出安打，可是都能把球打到外野，絕非泛泛之輩。

　　第一球在本壘板前快速下墜，沒有揮棒，猜中了，壞球。

　　第二球往正中飛來，揮棒，球在本壘板前往打者內側橫移，界外球，一好一壞。

　　第三球又是往正中飛來，揮棒，球往外側滑去，棒頭碰到球的邊緣，界外球，兩好一壞。

　　第四球，打者猛力一揮，勉勉強強擦到球的上緣，球落地，界外球。

　　阿六腦袋迅速轉了一下，這小子這麼難纏，變化球都難不倒他，目前兩好一壞球數領先，先用一個好球帶邊緣壞球釣他一下試試看，說不定能讓他揮棒落空。

　　阿六比出暗號，董陽想了一下，點點頭。

　　球投出來往正中飛來，打者緊盯著球，看著球往外飄去，人高手長的他迅速往外移動，球棒順勢揮出……

　　球的確按照董陽和阿六的意思飄出好球帶，可是他們兩個人都疏忽了打者的身體條件，這位比周老妖還高出將近一個頭，雙手特別長的特大號球員，他的好球帶比一般人要大得多，加上他向外跨了一步，這個好球帶外面的壞球對他來說是偏外側的好球，是他最喜歡打的球……

　　球被擊中了，遠遠的飛向左外野，周老妖跑兩步停下來，不需要追了，這是一支連周老妖都打不出來的超遠距離全壘打。

　　董陽第一次在比賽中被擊出全壘打，不是投不好，也不是失投，而是打者身材太高大，能夠藉由移動身體位置把本來就大的好

球帶再擴大，使得故意投出的壞球變成好球，出其不意地擊出再見全壘打。

董陽和阿六都沒有犯錯，打者利用天賦擊敗了他們。

一比零，天津隊獲勝。

第三場。
流口隊毫無意外地擊敗寧夏隊。

星期六是休息日，早上練球下午讓球員們休息，四個人在房間裡等阿通看下階段賽程後回來討論。
阿通大吼著衝進房間：
「你們相信嗎？第六組第一名竟然不是河北隊，是福建隊！」
真是大冷門！
顧文彥問：
「比數？」
「五比零。」
「哦！差距不小！」大水說。
「有人看過福建隊比賽嗎？」黃教練問。
四個人同時搖頭，黃教練說：
「各位，這就是前幾天我提出的問題，關於對手的情況，我們一無所知。」
「真的分不出人手……」
黃教練打斷杜濟民的話：
「我知道這是我們目前沒有能力解決的問題，但是我必須告訴大家我們的盲點在哪裡。」

03

第二階段比賽場地在華東理工大學。

球場狀況很好，一壘和三壘的球員休息區外還有臨時搭建的觀眾席，美中不足的是地形限制，右外野全壘打牆的距離比標準場地短了四米左右。

「你在想什麼？」顧文彥看到杜濟民對著全壘打牆發呆。

「跟你想的一樣！」杜濟民頭也不回地說：

「這個球場對左打者有利，左打者比較容易擊出全壘打，我們沒有左打者佔不到便宜，如果對方有好的左打者是個大威脅。」

「有一個消息告訴你。」大水拍拍杜濟民肩膀，表情出奇凝重：

「剛才有一個人跟我打招呼，嚇了我一跳……福建隊總教練。」大水喘口氣：

「是我剛進職業隊的指導學長，全明星中外野手，受傷提早退休後擔任業餘隊教練，因為表現出色，後來進入職業隊擔任防守教練，幾年後成為主教練。」

「我出事後不再和棒球界的朋友聯繫，一直以為他還在臺灣當教練，沒想到三年前他全家移居到廈門。兩年多以前，他兒子念的學校成立棒球隊，請他擔任教練，他又找了兩個以前的隊友幫忙訓練，這支球隊由他們幾個一路帶到現在，難怪這麼強！」

杜濟民想了一會兒說：

「他的弱點是什麼？」

大水一聽，心裡不禁為杜濟民的冷靜和頑強喝采！

不論多好的教練，多強的球隊，都不可能沒有弱點，福建隊的教練再優秀，球隊再強，也不可能找不到弱點，問題是流口隊的教練們能不能在這麼短的時間裡找到。

「他比較保守，喜歡穩扎穩打，不愛冒險，我們如果能保住不失分，再出一些奇招，就有勝算。」

04

先攻的福建隊第一棒就是左打者，顯然經驗豐富的教練們也發現，右外野全壘打距離比較近。

對前一場失利耿耿於懷的董陽，出賽前做足了心理建設，他很清楚自己對球隊的重要性，也知道今天如果再輸就代表球隊晉級機會非常渺茫，所以他現在腦袋裡只有一個目標，那就是控制好每一個球。

第一棒顯然是不容易對付的打者，連續揮棒落空兩次後，立刻改變打擊策略，採用破壞性打法，只求把球觸碰成界外球，目的是等投手不耐煩，心情浮躁下造成失投，同時消耗投手體力。
「投一個內角球釣他！」
打者連打了三個界外球後，阿六叫暫停走到投手丘對董陽説話，通常阿六不會這麼沉不住氣，可是今天這場比賽的重要性非同小可，他不打算冒任何風險。
董陽第六球投出，往左打者的外側飛，打者看準來球依樣畫葫蘆，球棒輕輕揮出想再打一個界外球，球以不可思議的角度往打者內側飄進來同時往下墜落，打者驚訝的發現球進了捕手手套，揮棒落空，三振出局。

在三十度以上的氣溫下全力投球，不流汗才奇怪，董陽低下頭，用袖子擦去額頭的汗水，聽見流口隊的球員休息區裡傳來一陣歡呼聲，抬頭看到幾個星期不見的媽媽正坐在看臺上跟自己揮手，旁邊有醫生姐姐、楊太太、楊老闆、吳校長……還有一群自己見

過和從沒見過的人，他開心地向媽媽揮手，看臺上人群也紛紛向流口隊第一投手兼超級明星揮手……

顧文彥單手按在欄杆上，輕輕一跳、瀟灑地躍上了看臺，先跟本來就認識的楊老闆夫婦和吳校長打招呼，接著走向旁邊穿牛仔褲、白T恤、紮著馬尾、不施脂粉，臉上帶著淺淺笑容的女孩：

「醫生姐姐好，我是顧文彥。」

「顧教練好，久仰大名，果然聞名不如見面！」柯雲說話同時大方地伸出手和顧文彥握了一下。

顧文彥轉頭對旁邊的流口鎮第一美女說：

「您一定是董陽的姐姐吧？」

董陽媽媽臉上薄施脂粉，微笑著說：

「顧教練，您只要教小朋友們球技，千萬別教他們油嘴滑舌哦！」

第二棒是右打者，董陽把球儘量投到打者內側，第二球造成二壘方向的內野滾地球，何虎接球傳球，乾淨俐落的把打者封殺。

第三棒又是左打者，董陽第一球仍然投到外側，只見打者伸長手臂輕巧的擊中球，利用強勁臂力把球拉往右外野，野狗往後跑幾步轉身抬頭，左手高舉穩穩的接住這個球，三人出局。

流口隊加油團興奮地大吼大叫，杜濟民和大水兩個人對望一眼，他們看到了觀眾們看不到的隱憂：

福建隊球員們能利用技巧把球拉到右外野，實際上，野狗接到球的位置距離全壘打牆不到五米，萬一碰到力量更強勁的打者……

上一場比賽野狗還是用左手打擊，擊出兩支飛越二壘手頭上的一壘安打，可是他心裡很清楚那是因為對方投手實力不強，今天比賽才是真正考驗自己打擊實力的時刻。

一好一壞後，第三個球揮棒，球棒擊中這個下墜球的上緣，二

壘手接起這個軟弱的滾地球傳向一壘，封殺出局。

「教練，你確定我還要用左手打嗎？」沮喪的野狗回到休息區後的第一件事就是找大水提出心中的疑惑。

「你打的很好啊！為什麼要換？」

「我總是沒辦法把球打出去。」

「你知道原因嗎」

野狗搖搖頭。

「你的習慣還沒調過來，重心太靠前，球棒揮出的角度比較高，容易擊中球的上緣，上一場因為對手球速慢，這個問題不明顯，今天碰到球速快的投手就無法有效擊中球了。」

「你以前沒講過這個問題啊！」

「你以前練習的時候沒有這個問題啊！可能是比賽太緊張了吧！」

「你為什麼說我打的很好？」

「你自己不覺得打的很好嗎」大水故意逗野狗，野狗一臉痛苦地搖搖頭。

「你揮棒很流暢，動作也很協調，哪裡不好了？」

「沒有安打！」

「別急，很快就會有的！」

兩個人講話同時，何虎擊出高飛球被接殺。

冬瓜嘴裡嚼著口香糖，把球棒揮得嘩嘩響，大咧咧地走進打擊區，福建隊投手投出，冬瓜揮棒，球應聲往左外野飛去，又高又遠，左外野手一直退後，退到全壘打牆邊停了一下突然跳起，手套在全壘打牆上方把球撈下來，這一支全壘打硬生生被左外野手沒收了。

「這哪像青少年棒球隊的水準？」顧文彥感慨地說。

二局上，三人出局。

二局下，福建隊做了令人意外的調度，換投手！

「教練，這是什麼投球方法？」冬瓜問大水。
大水看了正在場上練投的新任投手說：
「這叫低肩側投，這種投手的球速不快，可是變化幅度比較大。」
「他們教練發現我們不怕快速球，想試試這種球路是不是有效。」顧文彥補充。
「也未免換的太快了吧！」阿通不屑的說。
「他知道壓不住，不想等局面失控才換投手，這沒什麼不對。」杜濟民說。

老妖看著球飛來，這種球速對他來說實在是太容易打了，他看著來球輕鬆揮棒，沒想到球在本壘前竟然以極大的幅度往下墜落，揮棒落空。
第二球往老妖的身體筆直飛來，老妖嚇了一跳，身體往後仰，球突然往本壘轉進來，好球！
第三球往本壘中間飛來，老妖判斷球一定會往外飄，站在原地不動，可是球竟然筆直飛進捕手手套，三振。

脾氣溫和如周老妖者也發作了，他邊走回休息區邊把打擊頭盔重重摔在地上，嘴裡不知道念些什麼東西，任剛和他錯身而過伸出的手掌也不理。

任剛和徐俊也同樣應付不了新投手，分別以三振和滾地球出局。

三四局，在雙方投手有效壓制下都是三上三下。

五局上福建隊進攻又是三次三振出局。

　　五局下老妖上場，他憋了一肚子氣打算好好對付剛才羞辱自己的對手。
　　第一球，老妖沒有揮棒，球飄向外側，一個壞球。
　　第二球又沒有揮棒，大幅度的下墜球，兩個壞球。

　　福建隊教練叫暫停走上投手丘，所有內野防守球員聚集過來，過了一會兒，教練走向主審裁判，又換投手了。

　　「這又是什麼投法？」冬瓜問。
　　「下鉤球！他用各種不同球路混淆我們。」

　　新任投手的出手點比剛才的投手更低，像是由下往上拋，不但進壘點低，球還會不規則的左右亂飄，打者根本搞不清楚球的走向，想要準確擊中球心絕對不是簡單的事。

　　老妖看著第一球慢慢飛過來，壓低重心猛力一揮，球突然往內側轉，球棒勉強擊中球，三壘手往前跑兩步接住這個慢速滾地球，傳一壘封殺。
　　接下來任剛和徐俊也都擊出滾地球，五局下結束。

　　六七兩局兩隊還是無法越雷池一步，流口隊第一次打延長賽。

　　「你還能投嗎？」
　　杜濟民問董陽。
　　董陽沒有回答，堅定點一下頭，沒有人會懷疑他想要獲勝的決心。

八局上，三上三下。

八局下，福建隊又換投手，這個投手人高馬大，用高壓投法，球速很快，因為出手點高，球進壘的角度和一般投手不同，左手投球的他滑球的變化角度很大，進壘後變成右打者的內角球，福建隊教練又一次擊中流口隊軟肋。

四次打擊碰到四個不同投手的老妖被不同的球路混淆了，又一次無功而還，只見老妖臉上五官擠成一團，眼看就要瘋了，大水以前見過一些球員因為一場比賽表現不好而對自己失去信心從此一蹶不振的大有人在，趕快把老妖拉到一邊輕聲安慰……。

任剛和徐俊也無法適應新任投手的高壓快速球，第八局很快就結束了。

董陽拿了手套就往外走，杜濟民叫住了他：
「答應我一件事，手臂有任何不舒服一定要告訴我。」
董陽點點頭，杜濟民不放心的加上一句：
「不要拿自己的手臂開玩笑！」
董陽微微一笑，走出了球員休息區。

不滿十五歲的青少年在這種氣溫下投九局的確很吃力，九局上董陽的球速慢了一些，阿六看在眼裡也無能為力，只能多配變化球，儘量不要以直球硬拼。
董陽投了十一個球才把打擊最弱的八九兩棒解決。

杜濟民再也忍不住了，走進球場，摟著董陽的肩膀輕聲說：
「我想看你再投二十年的球！」
董陽無奈的在全場觀眾掌聲中沮喪的走回休息區。

秦旭光走上投手丘，練投結束後，看著阿六的暗號投出，壞球。

　　第二球還是壞球，第三球揮棒，球往中外野飛，冬瓜毫不費力的接殺。

　　九局下，流口隊又是三上三下。

　　第十局，福建隊輪到第二棒，第一球出其不意觸擊，任剛衝過來撿起球傳給到一壘補位的秦旭光，慢了一步，腳程極快的打者安全上壘。

　　第三棒面對第一球又來一次觸擊，自己被封殺在一壘，可是順利把隊友送上二壘。

　　福建隊的戰術很清楚，先佔上得分圈，寄望下兩棒打者能出現一支安打，先搶下一分，也許這一分就是決定今天勝負的關鍵。

　　第四棒似乎下定決心要擊出安打，非等到有把握的球不輕易出棒，放過第一個稍微偏內側的好球，第二球是壞球，第三球又是偏內側的好球，還是沒揮棒，兩好一壞。

　　阿六發現打者不喜歡內角球，第四球又配了內角球，打者不得不勉強出棒，三壘方向滾地球，林威接到球，看著二壘上的跑者沒有立刻傳出，跑者趕快回壘，林威右臂一揮，球準確飛進了任剛手套，兩人出局。

　　福建隊教練又叫暫停，這次換代打，打者身材不出色，不像是能一棒定江山的強力打者。

　　阿六一點都不敢大意，指示秦旭光投一個靠內側的球，沒有揮棒，好球。

　　阿六配球策略很正確，內角球最不容易被擊出長打，即使被擊

中也很可能會變成內野滾地球，對方得分機會相對低的多，對不瞭解的打者投內角球是相對安全的。

第二球阿六配了一個偏外角的球，打者揮棒，球飛到一壘後方，界外球，兩個好球。

現在阿六非常確定這位打者跟剛才第四棒一樣，不擅打也不愛打內角球，安心的比了內角球的暗號。

最後階段的集訓，秦旭光雖然沒有學會新球路，可是控球能力大有進步，在體力充沛的情況下，大都能把球投到他想要的位置。

這一球準確投到了阿六要的位置，偏內側的球，還在好球帶裡面。

打者似乎早就知道這一球會是內角球，秦旭光球出手他的身體立刻往外側移動一些，這一點距離已經足夠讓他得到理想的揮棒空間，球棒擊中球的中心，球在鋁棒的清脆擊球聲中往三壘後方飛，林威往後退，老妖往前衝，球在兩個人中間落地，二壘上跑者以驚人的速度穿過三壘，在老妖把球丟回來之前踩到了本壘，一比零。

這一分是福建隊教練利用豐富經驗臨機應變搶來的，他指示代打者假裝不會打內角球，又故意打外角球，目的是引誘捕手配內角球，讓已經準備好了的打者逮到機會揮出關鍵安打，終於打破僵局。

杜濟民安撫球員們的情緒後，秦旭光順利解決下一棒打者。

十局下，流口隊如果不能得分，比賽就要結束了。

流口隊第一棒野狗打擊，他打定主意一定要上一壘，最有把握的選擇就是觸擊，利用速度上壘。

野狗放過第一球，好球。

第二球觸擊，球棒觸到了球，可是這個球旋轉的尾勁把球帶到

界外，兩個好球。

　　兩個好球後如果觸擊成界外球就是出局，現在野狗沒有觸擊的機會了。

　　第三球往好球帶飛來，野狗揮棒，球在一壘後落地延著邊線一直滾，流口隊今天第一支安打，二壘安打。

　　歡呼聲響起，流口隊出現了得分機會。

　　野狗站在二壘上深深吸口氣，不是因為剛才全力跑壘，這支安打紓解了他幾天來的壓力，自己面對強勁的投手還是能擊出安打！

　　任剛擊出內野高飛球被接殺，一人出局。

　　從來不知緊張為何物的冬瓜，一如既往地以救世主的姿態上場，他對投手笑了笑，看準第一球揮棒，界外球，第二球壞球，第三球揮棒落空，第四球壞球，兩好兩壞。

　　第五球揮棒，球穿過一二壘之間，野狗拔腿狂奔，臂力極強的右外野手揀起球直接往本壘傳，捕手蹲在原地不動，球落在面前一個彈跳進入手套，他轉身手套順勢往做出滑壘動作的野狗身上揮去，野狗在強大的衝力下撞在捕手身上，兩個人一起跌在地上，全場的人都瞪著裁判等待判決……

　　裁判高舉右手，觸殺出局！

　　球場兩邊觀眾兩極化的反應形成鮮明對比，野狗不可置信地站在本壘邊，以他的速度還無法得分，只能說福建隊右外野手的傳球水準實在太高，兩人出局。

　　冬瓜趁亂跑上二壘，流口隊還沒有絕望。

　　老妖走進打擊區。

　　一壞一好後，又是一壞一好，兩好兩壞後，又是一壞，兩好三壞，所有人都坐不住了，每個人都緊張的看著球場內兩個球員如何

處理這個關鍵球。

投出，揮棒，球飛到左外野，福建隊左外野手跑的再快也來不及接，流口隊的球員們都興奮的跳了起來，球在邊線外不到兩米的地方落地，界外球。

歎息聲和歡呼聲再次形成鮮明的對比。

投手再投，沒有揮棒，四壞球保送，一二壘有人，何虎上場打擊。

投出，沒有揮棒，一個好球。

再投，一個壞球。

第三球，揮棒，平飛球，從投手身邊飛過穿越二壘壘包，二壘手和遊擊手都沒有撲到，冬瓜毫不考慮往本壘衝，中外野手把球傳回本壘，球速夠快可是方向偏了一點，捕手往右橫跑幾步接到球往回跑，冬瓜衝過本壘得分，一比一。

徐俊內野高飛球被接殺，十局結束，兩隊還是不分勝負，比賽進入第十一局。

精神大振的秦旭光很快解決了福建隊第七棒和第八棒，這時候福建隊又換代打，又是一個左打者，秦旭光和阿六交換了意見後投出，揮棒，界外球。

再投，壞球。

第三球，揮棒落空，兩好一壞。

信心滿滿的秦旭光看好暗號，準備好要投一個自己最拿手的擦過好球帶邊緣的快速滑球，他有十足的把握打者絕對打不到這個變化角度犀利的球，可是又不得不揮棒，打算用一個漂亮的三振結束這一局。

流暢地做完熟悉的動作，用了比平常多一點的力氣，因此最後一步跨出了比平常大一點的步伐，一腳踩下突然覺得腳下泥土是鬆的，這是一塊在正常情況下不會踩到的土地，這時候已經來不及收

手，一驚之下球脫手往本壘飛去，沒有期待的速度，更沒有預期的變化角度，可是卻飛向本壘正中間，打者怎麼可能放過這麼友善的球？

對流口隊來說一點都不悅耳的擊球聲伴隨著球往右外野飛，野狗往全壘打牆飛奔，到了牆邊，他蹲下看準球來的方向全力跳起，球落下來，碰到野狗張開的手套邊緣彈出去，全壘打！

杜濟民擔心的事發生了，如果在標準場地，野狗會毫無困難地接到這個球，可是福建隊善用場地特性，換上左打者逮住投手的失投球擊出這支全壘打，這可說是運氣，也能說是教練靈活的調度。

二比一，流口隊這一邊立刻又陷入愁雲慘霧中。

經過隊友們鼓勵，狀態恢復的秦旭光成功解決了下一棒。

流口隊輪到打擊最弱的七八九棒，這肯定是考慮換代打的時機，問題是，第七棒阿六是全隊唯一合格的捕手，如果換上代打，等一下如果還有防守機會，那也必須要更換捕手了，所以還是由阿六上場。

阿六也想效法對方先上一壘再伺機得分的模式，第一球就觸擊，球延著三壘邊線滾，經驗豐富的內野手在投手球出手後就往本壘移動，縮小防守圈的結果是三壘手迅速接起球傳向一壘，速度不夠快的阿六被封殺，一人出局。

這時候流口隊換上楊福生代打，大水對他再三叮嚀，楊福生倒是看不出緊張的樣子，不慌不忙的選球，一好兩壞後揮棒，球應聲往中外野飛去，中外野手往前衝，左手平伸手套開口朝上，在腰部以下把球接住，兩人出局。

秦旭光是流口隊最後一個進攻機會，第一球，壞球。

第二球揮棒，球往右外野飛，右外野手退後幾步，看著球落下的方向，往左移動兩步，穩穩地把球接進手套，三人出局。

　　這一場勢均力敵、動人心魄的比賽終於結束了，筋疲力盡的雙方球員在場中排隊輪流握手，教練們也一一握手致意，福建隊的教練和大水擁抱後緊緊握著杜濟民的手說：

　　「杜教練，沒有人會相信這是一支只經過九個月訓練的球隊，你真是令人敬佩！」

　　「謝謝，我們還有太多需要學習的地方，希望有機會能向你請教！」

　　兩個人惺惺相惜，盡在不言中。

　　領導們對勝負倒是很坦然，大家紛紛誇讚球隊的表現，鼓勵球員們後面兩場比賽好好表現，為安徽省爭光……，種種鼓勵的話也不必細表，只見吳校長跟在領導們旁邊，耳裡聽著領導們的好話，嘴巴笑得合不攏，不斷拍著杜濟民的肩膀表示親切，適時接上一兩句鼓勵的話，把長者風範發揮得淋漓盡致。

　　「杜教練，我決定要好好培養我們這支棒球隊，一定要成為國內最強的球隊！希望你擬定一個長期訓練計畫，回去以後我們好好聊聊！」

　　楊老闆看著正在和文成公主說話的兒子，意氣飛揚的說，顯然今天輸球毫不影響他對球隊的信心和興趣。

　　意興闌珊的杜濟民沒有因為得到讚賞和鼓勵而開心，他不痛不癢地回應圍繞四周的人們，直到一個熟悉又遙遠的聲音傳來：

　　「杜教練，開心點，我們雖敗猶榮。」柯雲不知道什麼時候來到身邊。

　　「我擔心晉級的問題。」杜濟民兩眼發光，像是一剎那間全身

上下注入了大量興奮劑。

「我們才成軍九個月，只要打好每一場比賽，我相信沒有人會在意是不是能晉級，這樣的成績已經非常難得了。」柯雲像是不放心似地又加上一句：

「別給自己這麼大的壓力！」

杜濟民看著眼前這個溫柔又善體人意的女孩，心情一陣激動，柯雲從來不會和其他人一起出現在慶功歡樂的場合，她永遠是在自己情緒低落，最需要幫助的時候出現，用最直接、最簡單的方式激勵自己，這樣的女孩打著燈籠也找不到，自己何德何能能夠得到她的關愛，自己又真的白癡到要錯過她嗎？

杜濟民下定決心，鼓足勇氣：

「柯……」

杜濟民嘴巴張開，看著柯雲的眼睛一陣心慌，一口氣接不上又講不出話了，兩個人站在當場……

一直在旁邊觀察，想伺機助摯友一臂之力的顧文彥看到杜濟民雙眼發光、躍躍欲試的樣子，心裡一陣寬慰，心想這小子總算還沒到不可救藥的地步，也不枉跟本情聖同窗一場……，想不到過不了三秒鐘又打回原形，他心急如焚地張口大叫：

「Tell her！」

不叫還好，一叫之下，兩個人更尷尬了，柯雲轉身往球員堆中走去，眨眼之間就被球員們團團圍住看不見身影，只剩杜濟民呆呆站在原地。

顧文彥搖頭歎息說：「朽木不可雕！」

轉身和大水兩個人搭著肩膀去找阿通看比賽記錄了。

流口隊輸掉這場比賽，接下來的比賽絕對不允許再有任何閃失，否則只能打包走人。

「反正明天也只有于順德能上，咱們背水一戰，不管輸贏，打一場漂亮的比賽！」

阿通的話引起另外四個人的一致讚賞，得意之餘順口問投手教練：

「你跟于順德談過了吧？他的心裡狀態如何？」

「他已經等得不耐煩了，我相信明天會有最佳表現。」顧文彥回答。

「你好像很有信心？」

「這麼好強的人悶了這麼久，爆發力一定很可怕，你們相信吧？」

無錫是國內的棒球搖籃之一，今年的江蘇隊又是來自這個傳統的強隊產地，實力自然不在話下。

江蘇隊教練顯然看了昨天那場十一局大戰，第一棒就是左打者，看來他也不打算放棄利用這個場地特性的機會。

等待已久的于順德終於上場，他上場前做足了準備，從暖身到每一個投球細節都不馬虎，積蓄已久的體力、苦練已久的技巧都等著爆發，站在投手丘上全身散發出的力量和自信，讓人無法懷疑他求勝的意志。

面對先攻的江蘇隊，出匣猛虎似的于順德第一球是快速直球，他昨晚和阿六商量好了一開始就要給對方一個下馬威，這一球是他過去九個月苦練加上積壓許久的情緒的結合，球閃電似的往本壘飛去，打者猛力揮棒，連邊都沾不上，好球。

第二球速度稍慢，打者再次揮棒，球輕飄飄的往外轉，漂亮的曲球，揮棒落空，兩個好球。

第三球又揮棒，球在本壘前大幅度下墜，揮棒擦到球的上緣擊成滾地球，何虎接球傳球封殺。

于順德和阿六交換一個會心的微笑，他們知道于順德不可能每一球都投出這種速度，也不可能每一球都有這麼漂亮的變化幅度，更不可能從頭到尾都保持這種控球水準，可是他們知道以自己現在的實力，再強的對手也不能視他們為無物，再強的對手也不可能輕易擊敗他們。

第二棒右打，選球比前一位打者慎重多了，于順德用了六個球才讓他擊出高飛球被接殺。

第三棒還是右打，把第三球打到右外野，野狗在全壘打牆邊接殺這個引起流口隊場內場外一陣驚慌的球，第一局三上三下，可是對手好像都能擊中于順德的球。

後攻的流口隊沒有改變昨天的打擊順序。

昨天的二壘安打讓野狗恢復了信心，不再像前幾天那樣盲目揮棒，選中一個偏外側的快速球揮棒。

球如願往右外野飛，可惜不夠遠，接殺。

任剛擊出滾地球，封殺。

冬瓜擊出高飛球被接殺，一局結束。

第二三兩局，兩隊都是三上三下，兩位投手都表現很好。

四局上，江蘇隊第一棒上場，把于順德投出的第一球打向中右外野之間，第一支安打出現。

第二棒沒有打算觸擊，穩穩的看著于順德投球，毫不著急的選球，一好兩壞後揮出一支穿越遊擊手和三壘手之間的強勁滾地安打，一二壘都有跑者。

流口隊內野手們聚會討論了一會兒，于順德繼續投球，第三棒在一好一壞後，擊出一二壘之間滾地球，何虎接球傳給到二壘補位

的徐俊，徐俊踩壘後立刻傳向一壘完成雙殺，兩人出局，二壘上的跑者趁機上三壘。

第四棒屬於孔武有力型的打者，揮棒速度極快，是那種沒有投手想試試他能把自己的球打多遠的球員。

阿六當然也不想讓于順德試，第二局面對這位打者，于順德按照阿六的配球以一個大幅度的下墜伸卡球讓他擊出滾地球封殺，阿六覺得這一次應該換個配球方法。

第一球內角高球，壞球。

第二球外角曲球，好球。

第三球又是內角球，沒有剛才那球高，如果不揮棒肯定是好球，打者果然揮棒，球棒的中間部分擊中球，一個速度不快距離不遠的高飛球，可是卻飛向三壘和左外野之間的邊線，林威和老妖都往球落下的方向衝，無奈這個球的落點實在太刁鑽，球落在兩個人之間的邊線旁邊，三壘上的跑者回本壘得分，打者上一壘。

阿六的配球沒有錯，內角球讓打者擊出短程高飛球是理想的結果，這樣的高飛球能夠有這麼好落點的機率非常低，而且還能幫助隊友得分，這也只能說是球運了。

于順德沮喪地猛踢地上的泥土，他知道自己和阿六都做的很好，沒有人犯錯，氣的是自己的運氣怎麼老是這麼差，這種事為什麼總是發生在自己身上？

第五棒趁于順德情緒不穩，把一個失投的伸卡球打成穿越一二壘之間的滾地安打，又是一二壘有跑者，杜濟民趕緊叫暫停走進球場裡，左手搭在于順德肩上，輕輕地說：

「好投手和普通投手的區別不在於是否被擊出安打，而是看他能不能穩定情緒，控制場面。」

于順德深深吸了幾口氣，對杜濟民輕聲說：

「教練你放心，我能挺過去！」

于順德立刻以投球證明他的決心，第六棒擊出一壘前滾地球被任剛接住踩壘封殺出局，江蘇隊留下一二壘殘壘，四局上結束，流口隊落後一分。

流口隊休息區，四位教練和球員們把手搭在旁邊人的肩上圍成一個圓圈，杜濟民問：
「于順德今天投得好不好？」
「好！」
「投得好應該有什麼結果？」
「贏球！」
「他一個人能贏球嗎？」
「不能！」
「誰能幫他贏球？」
「我們！」
「你們是誰？」
「流口隊！」
「流口隊！」
「加油！加油！加油！」

輪回第一棒野狗打擊，他和打擊教練大水低聲討論一會兒，走進打擊區。
前兩球一好一壞，第三球是內角偏低的球，野狗把球棒由下往上輕輕往一揮，球棒中段擊中球，球飛過一壘手頭上落地，落點非常好的一壘安打。
流口隊的休息區開始興奮了，球員們高聲叫好，顧文彥以贊許的目光對著大水點點頭，大水眨眨眼表示回報，轉頭跟杜濟民說了幾句話，杜濟民想了幾秒鐘，點了點頭。

任剛聽完教練交待，在打擊區擺出準備觸擊的架勢，只領先一分的江蘇隊當然不希望流口隊利用觸擊站上得分圈，內野防守球員都往本壘方向移動幾步，縮小防守圈。

第一球投出，根本沒有打算要觸擊的任剛身體往後一縮，球棒順勢揮出，棒頭準確擊中這個在好球帶中間往下墜落的伸卡球，球緩慢無力的飛出，三壘手高高躍起碰不到球，球往左外野滾，野狗踩過二壘往三壘跑，左外野手揀起球傳給補位的遊擊手，野狗安全上三壘。

這個短距離的平飛球在正常情況下一定會被三壘手接殺，可是三壘手往前移動準備防守觸擊，原來的位置空出來無人防守，造成安打，流口隊欺敵策略成功。

一三壘有人，無人出局。

冬瓜對大水的叮嚀點頭如搗蒜，走進打擊區後試揮了幾下球棒，完全沒有觸擊的打算。

第一球沒出棒，好球，第二個是壞球。

第三球快速飛來，冬瓜揮棒，球往外側滑，揮棒落空，兩好一壞。

冬瓜笑了笑，還是一派輕鬆的樣子，第四球比第三球慢，冬瓜把身體重心往下壓，球棒由下往上全力揮出，鋁棒擊球的清脆聲引起流口隊球員們的歡呼聲，球飛的很高很高，往中外野飛去……

冬瓜看到這一球的球速，立刻判斷這是一個下墜伸卡球，壓低重心把球棒由下往上揮擊，都是為了有效擊中這個球。

鬼靈精的冬瓜猜中了，也擊中了，球飛的很高，可是太高了，高到影響了距離，中外野手往前幾步穩穩把球接進手套，然後不浪費任何時間立刻把球傳向本壘。

野狗看到這個球高高飛出去，立刻回到三壘，左腳踩著壘包右腳彎曲，兩眼緊盯飛行中的球。

球落進手套，野狗拔腿狂奔，全場觀眾安靜無聲的注視著場內人和球的競賽……

野狗沒有轉頭看球，他看到捕手的準備姿勢就知道球快到了，在驚人速度帶領下，他從眾人意料不到的超遠距離起跳，以跳水姿勢雙手伸直身體淩空往前撲向本壘……

在眾人驚呼聲中，野狗從蹲在地上的捕手頭上飛過，頭前腳後在空中畫出一個弧形後雙手著地，身體同時往右傾斜右肩落地順勢利用衝力往前翻滾，在地上滾了兩圈後輕巧的站了起來，毫髮無損！

他著地的同時，左手剛好壓在本壘板上！

一比一。

流口隊休息區裡，野狗成了英雄，大家圍著他，敲頭的敲頭，拍肩的拍肩，不僅僅是因為他奮不顧身搶回一分，更因為他那不可思議的淩空魚躍，大家嘆服崇拜之餘，七嘴八舌地要他傳授技巧，只有冬瓜以前所未見的冷靜語氣說：

「你們別想啦！兩條腿怎麼能跟四條腿比？」

士氣大振的球員們大聲給接下來打擊的老妖打氣，老妖以招牌白牙回報。

第二球是偏外側的快速球，老妖揮棒擊成左外野二壘安打，任剛和老妖分別占上二三壘，一人出局，流口隊還是有很好的得分機會。

第五棒何虎擊出高飛球，任剛跑回本壘，兩人出局，二比一。

第六棒徐俊擊出滾地球被封殺，第四局結束。

第五六兩局，兩隊各自擊出零星安打，都無法得分。

七局上，江蘇隊輪到第八棒，這時候教練走向主裁判，換代打。這位代打球員體型不算高大，可是揮棒速度很快。

投球數超過一百球的于順德看不出累的跡象，六月的高溫對求勝意志超強的他似乎沒有任何影響，到了第七局還能保持和第一局差不多的球速，不會給阿六的配球造成困擾。

面對代打的對手，于順德和阿六絞盡腦汁用了八個球才讓他擊出高飛球被接殺，一人出局。

第九棒又是代打，一個左打者，把快速直球打成左外野一壘安打，沉寂已久的觀眾們又看到希望，大聲為江蘇隊打氣。

第一棒第四次上場，他連續擊出四次界外球後，把外角滑球擊向二壘，球從何虎和徐俊兩個人中間穿過，冬瓜往前衝接到球抬起頭看到一壘上的跑者已經通過二壘往三壘跑，迅速傳向在三壘前焦急等待的林威，林威蹲在跑者通往三壘的路線上擋住壘包，球和跑者同時到達，林威剛把球接進手套就感覺一股巨大的力量撞上來，那是跑者在滑壘衝力的帶動下直接撞上了林威的右側肩膀，林威一聲慘叫，只覺得右邊肩胛骨一陣劇痛，右手好像和肩膀脫離了似的沒有任何知覺，痛得摔在地上，球從鬆開的手套中滾出來，跑者的腳從林威倒地後讓出的空隙中觸碰到壘包。

安全上壘！

看臺上的柯雲情急之下顧不得形象，拉著看臺邊緣的鐵欄杆把身體垂下往下看一眼，估計兩腳離地大約三十公分，深深吸一口氣雙手放開墜落地面，雙腳觸碰地面同時膝蓋迅速彎曲泄掉下墜的力量，毫不耽誤時間立刻站起身往三壘跑……

「還好，只是肩膀脫臼，休息兩個星期就好了！」柯雲的話讓所有人鬆了一口氣。

現在要面對另外一個問題。

「野狗守三壘，楊福生守右外野。」阿通建議。

顧文彥，大水，黃教練紛紛點頭，杜濟民走向裁判提出換人名單。

現在一，三壘有人，一人出局。

第二棒揮舞著球棒走進打擊區，強烈的企圖心寫在臉上。

于順德用袖子擦了擦流到脖子上的汗水，表情還是很平靜，沒有任何緊張的樣子，完全看不到以前遇到危機就焦躁不安的失控狀態，這應該就是經過許多歷練後變成熟的表現吧！

于順德第一球剛出手，一壘上跑者拔腿往二壘跑，阿六接到這個偏內側的壞球同時站起身，振臂把球傳向二壘打算阻止對方盜壘，阿六球出手的同時，三壘上的跑者起步往本壘跑。

雙盜壘戰術。

如果捕手不傳二壘，跑者理所當然推進一個壘包，如果捕手傳二壘，三壘上跑者可趁機跑回本壘。

流口隊訓練的時候，曾經假設過各種不同情況，演練對付雙盜壘的戰術，在目前狀況下，標準處理方式是不理會對方盜壘，專心對付打者，以免忙中有錯造成失誤，反而給對方得分機會。

阿六眼角瞄到一壘跑者往二壘跑，腦袋沒轉過來本能的站起身把球傳向二壘，球剛出手心裡大叫一聲（不好！）立刻意識到自己犯了大錯！

阿六匆忙中出手，球在二壘前三米左右落地，補位到二壘的徐俊忙亂中也做出錯誤判斷，沒有往後退穩穩接住落地後反彈的球，

而是身體往前趴想接球，球在伸直的手套前落地，反彈過二壘往中外野滾，跑者滑進二壘後一看機不可失，拔腿往三壘跑，冬瓜接到球的時候跑者已經安全到達了。

原來三壘上的跑者當然早就為江蘇隊跑回第二分。

二比二，雙方再度平手。

江蘇隊的球員們和觀眾們無不歡聲雷動，為這得來全不費工夫的分數雀躍不已。

懊惱不已的阿六重重敲了自己腦袋兩下，于順德若無其事地走向阿六，只見阿六一臉愧疚，頻頻向投手鞠躬哈腰，反而是于順德不斷拍阿六肩膀嘴裡輕聲講話，顯然在安慰他，兩個人溝通了一陣子，于順德重新回到投手丘。

現在三壘有跑者，一人出局，打者的球數是一個壞球。

于順德投出，打者揮棒，球滾向遊擊手和三壘手之間，徐俊和野狗同時往球的方向跑，速度比較快的野狗左手一伸把球撈進手套，兩個墊步減低速度，右手同時伸進手套握住球一個急轉身高舉右手面對已準備接球的阿六，打算傳球封殺往本壘衝的跑者，這時候令所有人驚訝的事發生了：

球從野狗的右手飛了出來，不是往阿六飛去，而是以一個小弧度往後方飛去……

球從因為緊張而滿手是汗的野狗手心裡滑掉了！

三比二，江蘇隊又取得領先。

這次于順德安慰的對象變成野狗。

還是一人出局，一壘有跑者，士氣高昂的江蘇隊選手們不斷互

相打氣，打擊實力強大的第三棒在隊友們加油聲中信心滿滿的進入打擊區。

可是流口隊的投手還沒有被擊敗。

于順德第一球就飆出一個超快的直球，打者驚訝的看著投手，一個好球。

阿六比一個暗號，于順德想了一下搖搖頭，阿六再次比出同樣的暗號，于順德又想了一下，再次搖頭，阿六很堅決的再比一次，于順德終於點頭了。

這一球還是快速往好球帶中間飛來，打者快速揮棒，球往打者內側彎進來，球棒下端擊中球，球往剛才同樣的方向滾，野狗和徐俊同樣快速往球跑去，同樣又是野狗先到達球滾過來的位置……

這是當年顧文彥最拿手的切球，球進入好球帶的時候會往右投手的右側轉彎，變成偏右打者內側的球，即使被擊出去也會形成內野滾地球，這是製造滾地球造成雙殺的最佳球路之一，最後階段集訓，顧文彥特別要求于順德練習切球，就是希望在這種關鍵時候派上用場。

于順德剛才不肯投切球的原因是他對這個球路還沒有十足的把握，擔心失投，這個顧慮其實是對的。

阿六則有不同看法：

第一，他希望能快速解決打者，以免于順德的體力不斷流失。

第二，以他對于順德的瞭解，他知道好勝心超強的于順德在這個關鍵時刻一定能成功投出漂亮的切球。

事實證明阿六對了，打者果然擊出滾地球，問題是，野狗能不能處理好這個球？

速度比較快的野狗同樣左手一伸把球撈進手套，兩個墊步減

低速度，右手同時伸進手套握住球，這次他沒有轉身，右手輕輕一拋，球往補位到二壘的何虎飛去，何虎左腳踩在壘包上接到球，轉身揮臂，球像子彈般飛向一壘手，任剛右腳踩著壘包左手伸直，球準確地鑽進張開的手套中，雙殺！

　　七局上結束，流口隊還有一次反攻機會。

　　輪到第六棒徐俊打擊，大水摟著他的肩膀說：
　　「放鬆心情，像練習時候一樣打！」
　　大水這樣說是有道理的，徐俊是全隊練習和比賽落差最大的球員，練習時候打擊率高的嚇人，比賽時候卻低的氣人，幾位教練分析下來的結果是：
　　他太緊張了！

　　徐俊閉上眼睛調整呼吸，讓腦袋放空，感覺沒有繃得那麼緊了，走進打擊區。

　　第一球揮棒，並不是這個球對他的胃口，而是他怕時間一長自己又緊張了，球棒擊中了球，球從二壘上方飛過，一壘安打，徐俊站在一壘上長長吐了一口氣，終於在重要時刻有了貢獻！

　　阿六不是容易緊張的人，他的問題是打擊技巧不夠全面，除了直球以外，其他球路都打不好。
　　投手蹲下重新綁好鞋帶，站起身擦擦汗，第一球投出，球往阿六身上飛來，是一個失投，反應極快的阿六腦筋一轉，身體往後閃的動作慢了一點點，球擊中左肩，觸身球，保送一壘，徐俊上二壘。
　　一，二壘有人，無人出局，形勢非常有利。

　　杜濟民看了一下阿六被擊中的地方，有點紅腫，沒有大礙。

剛剛被換上來守右外野的楊福生上場打擊，看臺上的楊老闆夫婦還有他們的跟班們大聲為他加油，很少在這麼重要時刻上場的楊福生倒是看不出緊張的樣子，試揮幾下球棒，專心看著投手。

　　前兩球一好一壞，第三球往好球帶飛來，楊福生全力揮棒，球應聲而出，筆直往外野飛，中外野手和左外野手都往球跑，可是都來不及了。

　　球在兩個外野手之間，全壘打牆前面不到五米的地方落地，左外野手先揀起球直接往本壘傳……

　　二壘上的徐俊看到球飛出去的方向就知道這是一支安打，不等球落地拔腿狂奔，阿六也跟著往前跑，左外野手球出手的時候徐俊已經快到本壘了，阿六也即將踩到三壘，三壘旁邊的跑壘指導員是秦旭光，他不停的轉動右臂要阿六繼續衝，阿六咬緊牙關通過三壘往本壘跑，球在本壘前十多米的地方落地，在地面上彈了幾下往本壘和一壘之間滾去，捕手往右移動幾步接到球，回過身來阿六衝過本壘了！

　　四比三，兩分打點的再見二壘安打，流口隊反敗為勝，楊福生成了大功臣！

　　看臺上的觀眾雖然不多，可是吼叫聲卻響徹雲霄，這麼精彩又艱難的勝利讓觀眾們興奮萬分！

　　流口隊的休息區裡，球員們瘋狂的歡笑慶祝，楊福生當然成為大家歡呼叫好的核心，九個月前無人理睬的醜小鴨瞬間變成人人誇讚的天鵝。

　　「阿六的功勞才大呢！」冬瓜不服氣的大叫，大家都轉頭看著他，冬瓜大聲說：

　　「你們以為他躲不過那個失投球？他用的是苦肉計，他沒有把

握能擊出安打，寧願讓球打換個保送，讓鍋子上二壘，否則包子那支二壘安打能不能得到兩分還不知道呢！」

大家這才恍然大悟，以阿六的反應速度，怎麼可能閃不過那個速度並非特別快的球，原來他是用自己的皮肉之痛為球隊爭取更好的得分機會。

杜濟民清了清喉嚨，大家都注意聽著：

「每個人在球場上都要把自己的能力發揮到極限，全力爭取勝利，可是不應該犧牲自己的安全或健康換取勝利，我不希望再看到類似的情況發生！」

「我們和江蘇隊都是一勝一負，福建隊兩勝，四川隊兩敗，明天的比賽是關鍵，有好幾種可能性發生。」

晚上教練開會時間，阿通分析小組賽的現況：

「先說如果我們贏，四川隊三敗被淘汰，另一組福建隊贏，我們和福建隊都晉級；如果江蘇隊贏，我們三隊都是兩勝一負，就要比勝負分決定那兩隊晉級。」

「如果我們輸，另一組江蘇隊贏，就是福建和江蘇晉級，如果福建隊贏，我們和江蘇隊四川隊就要比勝負分決定晉級的球隊。」

「真複雜！」大水大叫：「我最怕這種三角關係！」

「大情聖可喜歡啦！」杜濟民挑釁似地斜眼瞄著顧文彥，大情聖作勢要打，杜濟民笑嘻嘻地躲到一邊。

「唉！年輕的時候不讀書，現在知道後悔了吧！」阿通無限同情地看著大水搖搖頭。

「喂！本人從小就是明星中的明星，可忙了，哪像你們這種什麼都不會的書呆子，只能念書！」

「哈！上次喝醉酒講了幾百遍後悔沒念書的是誰？」阿通毫不示弱反擊。

「你們不談正事我可要回家睡覺咯！」黃教練打了個哈欠：「這兩個星期被你們這幾個小子整得覺都沒睡好！」

「結論是，我們一定要贏！」顧文彥堅決地說。

「廢話！不管能不能晉級，每一場球都要贏！」大水逮到他的語病，立刻開火。

「你們不是有打假球嗎？我怕你把壞習慣帶來了！」顧文彥的話夠狠了，另外幾個人都擔心大水承受不了。

大水歎了口氣，神情黯然地說：

「有些事情一生錯一次就夠了！」

顧文彥也覺得自己的話太過分，他滿懷歉意地說：

「對不起，我不是有意傷你！」

「沒事！兄弟！」

「結論是……，秦旭光主投？」阿通用懷疑的口氣問。

杜濟民看了黃教練一眼，老先生眯著眼睛輕輕點了點頭，杜濟民說：

「從兩個角度看這個問題：第一，我們已經告訴秦旭光明天他上場，現在換人對他是個大傷害。第二，如果我們晉級下一輪，我希望董陽能投第一場比賽。」

「還有……」

大水說：

「如果秦旭光頂不住，董陽可以救援，下一場比賽于順德又可以上場了。」

「我們必須要誇獎文彥一下。」黃教練難得開口了：

「他能在短短的一個多月裡把順德的球技提升到今天這個程度，更難得的是他情緒控制這麼好，實在不簡單！」

「這個我真的不敢居功！」

顧文彥此話一出，另外三個人立刻噓聲大起，人人都不敢相信自己的耳朵，此人何時變的這麼謙虛了？

　　「于順德和何虎是我見過最認真最努力的球員，他們對自己的要求遠遠高過教練對他們的要求，你只要教他們一點東西，他們就會盡最大努力去做好，帶這兩個人一點都不費心！」

　　顧文彥誠懇的說，杜濟民和大水兩個人在一旁頻頻點頭，他們都有同樣的看法。

　　「是啊！難怪他們兩個是進步最快的球員！」

　　阿通完全同意另外三個人的意見，還有一件事在他心裡放了一個下午，現在必須要弄清楚：

　　「杜哥，你下午說比賽中要全力發揮，但是不可以為了求勝利犧牲自己的安全和健康，你認為發揮和犧牲的區別在那裡？野狗那個撲回本壘的動作算不算冒著犧牲的危險？」

　　這句話問到了所有人的心裡，連黃教練都睜大眼睛等著杜濟民的答案。

　　杜濟民想了一下說：

　　「在拼鬥的過程中非故意受傷，是全力發揮，故意用身體去換取有利的結果是犧牲！」

　　「所以野狗算是拼鬥，阿六算是犧牲，各位是否同意我的觀點？」

　　「如果球員在做出所謂的拼鬥動作之前明知道這個動作非常危險，極有可能受傷，他還是做了，也受傷了，這算是拼鬥還是犧牲？」

　　阿通那著名的打破砂鍋問到底的精神又出現了。

　　杜濟民嚴肅而堅決地回答：

　　「我們都不希望球員受傷，可是受傷本來就是運動的一部分，如何拼盡全力同時避免受傷，是每一個運動員都必須要嚴肅面對的，可是如果為了怕受傷而放棄拼鬥，絕對不是運動精神的表現，那也就失去比賽的意義了。」

　　第三場的對手是四川隊。

流口隊六比二獲勝。

流口隊兩勝一負完成第二階段賽程，現在必須等福建隊和江蘇隊比賽的結果才知道能不能進入第三階段比賽。

球員們都不願意回賓館休息，一定要在現場看攸關晉級的重要比賽，杜濟民拗不過全體球員加上三位教練的一致要求，只能同意讓大家留在球場看比賽。

（就當作是現場教學吧！）

江蘇隊四比一獲勝。

三隊都是兩勝一負。
江蘇隊，勝三分負一分，總計正兩分。
福建隊，正一分負三分，總計負兩分。
流口隊，正負分都是一分，總計零分。
江蘇隊和流口隊晉級。

幸運之神沒有離開。

流口隊進入全國大賽的第三階段，全國只有八支球隊能夠進入決賽，這表示流口隊已經是國內的一流強隊了！

登峰

01

經過連續三天激烈比賽，球員們可以休息一天，星期四開始單淘汰，晉級的八隊沒有一支弱隊，輸一場就打包回家，可以預見比賽的激烈程度一定遠遠超過前兩個階段。

球員休息日可不是教練們的休息日，進入八強賽球隊的教練們要利用這個難得的緩衝時間仔細研究費盡心力收集來的對手資料，分析對手的優點弱點，試圖瞭解對方每一個球員的特點，想盡辦法制定擊敗對手的策略，找出擊敗對手的最佳方式。

流口隊教練們沒有另外七支球隊的教練們那麼忙……，雖然他們渴望和其他球隊的教練們一樣忙……，一個星期以前困擾他們的問題沒有解決：

他們沒有另外七個對手的資料……一點都沒有。

決賽第一場的對手是廣東隊，他們手中關於廣東隊的唯一資料是：

這是國內青少年棒球的超級強隊，在國內外得過無數冠軍，輝煌的記錄在國內沒有其他任何球隊能相提並論，至於廣東隊球員是高是矮是圓是扁則一概不知。

在這種情況下，流口隊的教練們只能從自己球隊的角度擬定策略，這也算是另類的瞎子摸象吧！

上午練球結束，教練們帶著球隊回到賓館，準備洗澡吃午餐，賓館大堂的值班經理叫住了杜濟民：

「杜教練，剛才有人送來這個信封，指定要親手交給你。」

在賓館住了將近兩個星期，賓館上上下下的員工和流口隊都熟得不得了，他們由衷喜歡這一群天真純樸、開朗善良的小球員和平易近人的教練們。

杜濟民道了聲謝，接過信封，裡面似乎空無一物，仔細一摸，信封底部有一個小小的長方形物體，杜濟民看到信封中間寫著「杜教練親啟」，字體很粗曠，再往下看，信封角落畫著一隻彩色的小鳥，杜濟民心臟一陣狂跳：

一隻畫眉鳥！

他只認識一個和畫眉鳥有關係的人。

杜濟民快步走回房間打開信封，裡面是一個USB，立刻打顧文彥的手機：

「帶電腦來我房間，現在！」

顧文彥是這一群人中唯一有手提電腦的人。

USB最先出現的畫面是一排老舊的房子，像是某個學校的校舍，畫面很快的跳到一個棒球場，裡面有兩支球隊在比賽，因為拍攝距離太遠，看不清楚是那兩支球隊，這時候畫面突然中斷，幾個教練面面相覷，都搞不清楚這支影帶的目的是什麼。

幾秒鐘後畫面又出現了，這次距離近了內容也清楚了，顯然拍攝的人找到了理想的位置和角度，幾位教練全神貫注看了一會，阿通大叫：

　　「是廣東隊的比賽！」

　　另外三位教練也發現了，幾個人對看一眼，顧不得吃午飯立刻投入這個只有杜濟民知道來源的比賽錄影。

　　幾個人越看越心驚，廣東隊不僅各個身材高大壯碩，人人防守動作純熟，打擊技巧全面，團隊默契良好，教練團的戰術靈活多變，球員執行精準，怎麼看都不像是和流口隊同樣水準的球隊。

　　「這支球隊能打青年組了！」顧文彥感歎地說。

　　「明天怎麼打？」阿通掩不住他的憂慮。

　　「小肚肚說過『任何一支球隊都有缺點』，只要找出他們的缺點就有機會。」大水樂觀地說。

　　「再看一次，大家一起找！」杜濟民毫不浪費時間，敲打鍵盤準備重新播放錄影：

　　「今天晚上我們必須先給球員們一些心理建設，免得明天到球場看到對手就先喪氣了。」

　　球員晚自習時間也是教練們的會議時間，今晚教練們只經過簡單討論就決定了明天出賽陣容：

　　第一棒：袁興（三壘手）
　　第二棒：何虎（二壘手）
　　第三棒：王東平（中外野）
　　第四棒：周立群（左外野）
　　第五棒：任剛（一壘手）
　　第六棒：楊福生（右外野）
　　第七棒：徐俊（遊擊手）

第八棒：江正（捕手）
第九棒：董陽（投手）

和以前一樣，教練們對於出賽名單幾乎沒有什麼選擇，流口隊總共有十三名球員，減掉一名傷兵林威，兩名上一場出賽過的投手秦旭光和馮志誠，和下一場的投手于順德，剩下九個人一個不剩統統排進先發名單。

決賽場地在上海師範大學，流口隊比賽時間是早上九點，球場上整齊細緻、密密麻麻、綠油油的草皮讓人賞心悅目，軟硬適中的紅土地踩上去非常舒適，球員休息區設備齊全，看臺座椅也乾淨寬敞，這樣的球場對球員和觀眾都是一種享受。

今天的觀眾比起前兩階段多了很多，流口隊休息區旁邊看臺上的人數也比以前多出了不少，除了領導們的老面孔和楊老闆的相關團隊外，還有一些沒有組織，三三兩兩散坐在看臺上的人，他們的穿著打扮和上海這個中國時尚之都完全不相稱，沒有加油的標語旗幟，也找不到帶頭呼喊加油的人，看起來像是在上海工作，從不同管道得到消息趕來為流口隊加油的安徽鄉親。

另一邊的規模可大了，廣東隊休息區旁邊觀眾席上密密麻麻的人群把看臺上擠得水泄不通，標語旗幟漫天飛舞，整齊劃一的加油口號聲震耳欲聾，顯然是有組織、有紀律、有經驗的啦啦隊，看來實力超強的廣東隊在全國各個角落都有不少粉絲。

「各位，等一下我們要和從未遭遇過的最強大的對手比賽。」杜濟民看著似乎信心不足的球員們：

「我相信每個人腦袋裡想的都和我一樣。」

球員們用困惑的眼光看著教練，杜濟民頓了一下，眼光掃過在場的每一個人：

「我們能贏嗎？」

看著球員們茫然的表情，杜濟民說：

「問題不是我們能不能贏，問題是，我們想不想贏？」

「想！」

球員們的回答倒是很堅決。

「我們怎麼贏球？」

杜濟民低聲自言自語，大家都看著他，他停了一會：

「黑皮，你告訴我答案？」

「嗯……，好好防守，不要失誤。」徐俊支支吾吾地回答。

「野狗，你說呢？」

「就是… 就是…，傳球要快，跑壘要快，還有……，得分要快……」

袁興的話引起一陣笑聲。

「阿六呢？」

「互相提醒，注意補位。」

「老妖？」

「呃……呃……呃……」

老妖摸著頭，呃了半天還沒答出來，一邊的冬瓜替他回答：

「多打幾支全壘打！」

球員們爆出一陣大笑，氣氛輕鬆不少。

「鍋子？」

「注意暗號，確實執行戰術。」

任剛毫不猶豫的大聲說。

「冬瓜？」

「打擊不要貪功，最重要的是幫助隊友繼續往前推進。」

杜濟民露出笑容：「剛才說的大家都能做到嗎？」

「做得到！」

「什麼？我沒聽到？」

「做得到！」大聲多了。

「什麼？」

「做得到」球員們一起吼出來。

「今天誰投球？」

「董陽！」

聽到董陽的名字，球員們的聲音立刻興奮起來。

「董陽，你怕不怕廣東隊？」杜濟民問。

「不怕！」

「嗯？」

「不怕！」董陽大聲又堅決地回答。

「我們想不想贏？」杜濟民大聲問。

「想！」球員們齊聲大喊。

「會不會贏？」

「會！」喊聲更大了。

「誰想贏？」

「流口隊！」

「誰要贏？」

「流口隊！」

「誰會贏？」

「流口隊！」

響徹雲霄的吼叫聲，讓所有在場的人都轉過頭來一看究竟，當然也包括了廣東隊的球員們。

02

比賽即將開始，阿六在休息區裡一再看昨天做的筆記，那是教練們對廣東隊每一個打者的習慣和弱點做的分析，阿六希望教練們花了整個下午看錄影的心血能夠提升自己的配球，有效壓制打擊火力超強的廣東隊。

董陽一個人坐在休息區角落，低頭閉目像一尊雕像似的一動不動，隊友們都儘量聚集在休息區另一邊，輕聲講話以免打擾他。

過去九個月流口隊經歷了數十場比賽，休息區的氣氛從來不曾像現在這樣凝重。

廣東隊先攻，阿六收好筆記本拿起手套往外走，突然想到董陽還在角落，回頭一看，董陽站了起來，對阿六微微一笑，兩個人並肩走進球場。

阿六按照教練交代，避免和廣東隊硬拼，儘量不配直球以免被揮出長打，即使偶爾配一、兩個直球也都在好球帶邊緣，絕對沒有中間直球出現。

董陽精準的控球沒有辜負阿六的精心配球，一次又一次地按照阿六要求的軌道，把球投進捕手等待著的手套中，每一次都閃過企圖心旺盛的打者來勢洶洶的球棒。一局上，就在三個三振出局的歡呼和驚歎聲中結束。

一局下，流口隊進攻，在廣東隊投手快速直球和大幅度變化球壓制下，三個人分別以滾地球高飛球三振結束，令教練們感到滿意的是，三個人都很耐心選球，沒有胡亂揮棒。

前三局在兩位投手的精彩表現中結束，兩隊都沒有安打。

流口隊無法擊出安打似乎在意料之中，教練和球員們沒有特別的情緒波動。廣東隊的休息區裡氣氛就大大不同了，賽前完全沒把對手放在眼裡的教練和球員們開始低聲討論場上發生的事，他們無法相信這支毫不起眼的球隊中，一個名不見經傳的投手，竟然能夠讓身經百戰、冠軍呼聲最高的廣東隊連續九名打者無人站上一壘。

隨著比賽進行，廣東隊教練們的心情越來越沉重，他們發現沒

有收集對手資料是天大的錯誤，他們將全部精力放在幾支過去有過輝煌戰績的球隊上，從來沒想到竟會和這樣的對手打得難分難解。

　　讓廣東隊球員們不解的是，面對實力如此強勁對手，教練們為何連例行的賽前分析都沒做⋯⋯

　　成軍以來第一次享受賽前分析好處的流口隊球員們則是信心滿滿地接受教練們隨著比賽進行更新的指示，現在他們知道自己在廣東隊面前非但不是不堪一擊，甚至還有獲勝的可能。

　　廣東隊打者經過五局的煎熬還是沒有任何安打，這可能是隊史上第一次出現的情形。

　　六局上情況還是沒有改變，廣東隊三上三下。

　　六局下，第七棒徐俊打擊。
　　廣東隊投手還是維持高水準的投球內容，兩好一壞後投出第四球，從第一局開始就一直默默觀察投手球路的徐俊判斷這是一個會在本壘前下墜的伸卡球，降低身體重心，球棒略往下壓平平揮出，球棒擊中球上緣，猛烈揮擊讓球重重撞在地面，高高彈起朝遊擊手方向飛去，遊擊手迅速往後退用力躍起，球從手套上方飛過，在後方十米處落地，高彈跳球，徐俊擊出今天比賽第一支安打。

　　這是大水一再要求球員們一定要學會的打擊方式，在徐俊的正確判斷下果然發揮效果。

　　打擊能力一般的阿六在廣東隊投手面前討不到便宜，連續兩次揮棒落空。
　　第三球偏外角，顯然想引誘阿六揮棒，幸好阿六雖然打擊一般，對投手心態的判斷卻是一流，沒有上當。

第四球，阿六快速改變握棒方式，棒頭輕輕一點，球緩慢往一壘滾，投手衝過來撿起球傳向一壘封殺阿六，徐俊安全上二壘。

阿六在兩好球的情況下冒險用觸擊，表示他對自己的觸擊很有信心，另一方面也可以說他對自己的打擊實在沒有信心，只好鋌而走險。

對打擊沒興趣也沒信心的董陽此生第一次認真打擊，兩好球後，沒有把打者放在眼裡打算儘快解決董陽的投手投出一個正中間快速直球，揮棒，擊中了，球往一二壘之間滾，二壘手接到球往三壘看，徐俊快到了，只能傳向一壘封殺董陽，兩人出局。

三壘有跑者，可是在兩人出局的情況下流口隊沒任何戰術可用，只能硬碰硬靠打擊得分。

野狗和球員們一一擊掌走進打擊區，廣東隊投手還是威風凜凜、毫無倦容，野狗腦袋裡有一個聲音不斷反覆響起，那是上場前最後一個和他擊掌的冬瓜附在他耳邊講的話：

「你不是常說，想拿下冠軍盃獻給救你一命的杜教練嗎？」

野狗知道這是回報冒險把自己從深山裡救回來的那個人的最佳機會，雖然那個人從來不認為他做的事值得一提。

野狗耐心等待，第四球往好球帶中間飛來，球速沒有剛才的直球快，野狗判斷這是滑球，左手打擊的他身體往後稍微退一點，球棒略微由下往上揮擊，這是他苦練了幾個月的打擊方式。

鋁棒擊中球的聲音一點都不清脆，方向也不太好，往二三壘之間飛去，遊擊手和三壘手都往這個看起來不高也不遠的飛球跑，野狗用強大臂力推出的平飛球持續不斷的尾勁讓球往前多飛一小段距離，這一小段距離已足以讓兩個快速跑來的內野手接不到球，遊擊手眼看球馬上要落地，縱身一躍撲向已呈弧線往下墜的球，手套前

緣碰到球，可是球沒有進入手套中⋯⋯

徐俊跑回本壘得分，野狗站在一壘上握拳振臂歡呼，流口隊的
啦啦隊和休息區的球員們無不欣喜若狂，能夠讓廣東隊六局打完得
分掛零，已經非常不可思議了，現在竟然還能領先，這簡直是夢中
也不敢想的情形！

何虎擊出滾地球被封殺，六局下結束，一比零。

七局上，廣東隊換代打。
阿六看到代打球員的背號，腦袋裡立刻閃過昨晚教練分析廣東
隊球員打擊特性的時候，特別提到這位打者，45號⋯⋯
這個打者非常會打曲球和下墜伸卡球，因為他臂力特別強，
能把原本可能是界外或高飛的球拉回來變成有效的長打甚至全壘
打⋯⋯。
阿六對這位球員印象特別深，現在碰到了！

第一球快速直球，打者急忙揮棒還是趕不上球速，好球。
第二球又是往中間飛來的快速球，已有準備的打者再次揮
棒，沒想到球快到本壘板的時候突然變慢，又一次揮棒落空，兩個
好球。

大水看了顧文彥一眼說：
「這個變速球投的比你好多啦！」
顧文彥得意的說：
「名師出高徒，有什麼好奇怪？」
「好像你來之前董陽就會投變速球了，是不是？」阿通插嘴。
「你不懂！大聖人教他一點皮毛，我讓他融會貫通，這叫做循
序漸進！」

一快一慢兩個球把打者搞得頭暈腦脹，叫暫停退出打擊區活動一下筋骨，第三球投出，打者還沒反應過來，球已進入捕手手套，裁判高舉右手，三振。

　　這一球比第一球還快，就是要和打者對決。

　　阿六右手食指高高舉向天空，連董陽這麼含蓄的人都開心地握拳給自己打氣，球場內流口隊球員們和看臺上為數不多的啦啦隊歡呼聲更是久久不散。

　　「阿六球配得好！」顧文彥忍不住誇讚。

　　「投得更好！」大水說。

　　杜濟民瞪了他們一眼，這兩個人一下鬥嘴，一下互相吹捧，好似不磨磨牙就難過。

　　廣東隊又換上代打，一個沒有在錄影裡出現過的左打者，阿六從他站的角度和揮棒動作判斷是以技巧為主的智慧型打者，教練派他代打的目的應該是想先以安打上壘，再寄望後面的打者用長打送他回來得分。

　　阿六先讓董陽投一個偏打者外側的曲球，打者揮棒，打成三壘後方界外球，一個好球。

　　第二球，打者沒有任何準備動作突然把球棒一擺，棒頭在球上輕輕一點，球緩緩往三壘方向滾，野狗速度極快衝上前右手揀起球，抬頭揮臂傳給一壘的任剛，動作乾淨俐落。

　　可是野狗畢竟不是專職的內野手，快速跑動中傳球的準確度比原來的三壘手林威差了一截，球在任剛左前方三步左右落地，任剛的身體幾乎平貼在地面上，伸展到了極限，還是眼睜睜看著球從身邊彈過，撞到看臺下方牆壁後滾向右外野。

　　打者踩過壘包往二壘跑，過來補位的何虎和右外野手楊福生都衝向球，楊福生揀起球傳給徐俊，打者已經安全到達了。

廣東隊這一次奇襲不但達到效果，還利用野狗傳球失誤多推進一個壘包，可謂收穫豐富。

　　流口隊的內野手全部在投手丘前聚集，阿六除了安撫隊友們的情緒之外，還要重新佈陣，準備面對廣東隊最強的三四棒兩位打者。

　　第三棒剛才兩次打擊分別把董陽兩種不同球路的球，打成外野高飛球，雖然都被冬瓜神乎其技的防守接住，可是他成熟全面的打擊技巧令人印象深刻。

　　阿六這次決定用不同球路對付他：

　　（幸好董陽會的球路多！）

　　第一球是大幅度的下墜伸卡球，沒揮棒，壞球。

　　第二球是偏內側的快速直球，還是沒揮棒，一好一壞。

　　第三球往中間飛來，打者揮棒，球突然往右打者外側橫向移動，球飛到一壘後方，界外球，兩好一壞。

　　第四球快速飛來，到本壘前突然變慢，變速球。

　　打者又揮棒，還是無法準確擊中球，球飛到一壘後方，界外球，還是兩好一壞。

　　打者雖然沒能擊出有效的界內球，可是這個在阿六計畫中原本應該把他三振出局的變速球沒有達到目的讓阿六大感意外。

　　第五球快速進入本壘後往打者內側下方飄去，位置低了一點，沒有揮棒，兩好兩壞。

　　（真會選球！）

　　阿六心裡不由得對打者豎起大拇指。

　　第六球到本壘前突然大幅度往外飄，打者猛力揮棒，球往右外野飛，很高但是不遠，楊福生跑向球的落地方向，看來是十拿九穩的接殺，楊福生興奮的抬頭看球張開手套，腦袋裡出現等一下慶祝的情景，腳下一絆往前撲倒，球落在身後，摔得灰頭土臉趕快爬起

來，回頭找球，耽擱的時間已足夠二壘上的跑者通過三壘衝過本壘壘包，一比一，打者上二壘。

失誤一直是流口隊揮之不去的夢魘，高飛必死球變成二壘安打，流口隊再一次付出代價。

董陽在原地慢慢轉了一圈、揮揮手，告訴隊友們自己沒問題，面對第四棒打者投出第一球。

這位打者是技巧和力量兼具的好手，阿六不願意給他太好的球，配球以好球帶邊緣的球為主，

一番折騰後球數兩好兩壞。

第六球投出，到本壘突然下墜，打者全力揮棒拉平後往前推，在強大臂力驅動下球高速往右外野和中外野之間飛，冬瓜和楊福生朝著落點狂奔，流口隊所有球員屏住呼吸……

跑了幾步以後大家都看出來楊福生顯然追不到球，冬瓜速度又加快了，球開始往下墜落，落點非常好，兩個外野手都鞭長莫及，如果落地就是二壘安打，似乎沒有任何情況能阻止廣東隊得分……

冬瓜抬頭看一眼調整方向，像啟動加速器似地再跑幾步，利用衝力突然跳起，身體在半空中完全伸展開來，伸直左手張開手套迎向快速落下的球，球分毫不差地進入手套。

永遠有無限潛力的冬瓜，再一次演出職業級水準的防守！

冬瓜在地上翻個身後立刻站起來，高高舉起左手……

第五棒迅速被三振出局。

七局下，第一個上場打擊的是剛才做出職業級動作的冬瓜，冬瓜走出休息區全場觀眾響起如雷的掌聲和歡呼聲，但令冬瓜驚訝的

是，連廣東隊的觀眾們都在替他鼓掌。

冬瓜揮手答禮，暗自下定決心：

（哥不是只會防守，哥最強的是打擊！）

冬瓜是標準的人來瘋，人越多掌聲越多就越有鬥志，精神抖擻站進打擊區，身材高大的投手在眼中突然變的又瘦又小，意氣飛揚的他此刻覺得世界上沒有自己打不到的球！

第一球，偏低的壞球。

第二球，太靠內側，不打，兩個壞球。

第三球在本壘前有往外飄出去的趨勢，冬瓜快速果斷揮棒，球棒扎扎實實的擊中了球，球往左外野飛去，看起來好像很遠……

似乎是永恆的幾秒鐘後球場上人數不到十分之一的觀眾們爆出了驚天動地的呼喊聲，全壘打！

二比一，比賽結束。

在冬瓜夢境中出現過無數次的再見全壘打真的出現了，而且是在如此重要的比賽中。

今年全國青少年棒球錦標賽的最大冷門！

第一次參賽的流口隊擊敗實力強勁的廣東隊，進入半決賽。

午餐時候，球員們興高采烈地回味剛才比賽的點點滴滴，冬瓜理所當然又成了主角，只見他口沫橫飛、唱作俱佳地大吹大擂，隊友們都以崇敬的態度看著聽著，任由他吹得天花亂墜。

反觀另一個勝利大功臣董陽則是一如既往靜靜坐著，像個隱形人似地不發表任何意見，偶爾對冬瓜的演出露出讚賞的笑容，完全沒有和冬瓜爭功勞、搶出風頭的意念。

幾位教練則低聲討論明天可能的對手，教練們最遺憾的是早上

騰不出人手去另一個場地，觀察上海隊和浙江隊的比賽……

「杜教練，您的快遞！」

球隊剛走進賓館大門，大堂經理的聲音就遠遠傳過來，看來他注意大門口的動靜很久了。

「畫眉鳥先生！」

阿通興奮地大叫，搶先衝到大堂經理面前伸手接過信封：「杜教練親啟」。

上面的字和畫眉鳥跟前一封完全一樣，裡面也是一個長方形的USB，阿通交給杜濟民，幾位教練迅速回到杜濟民房間立刻打開電腦，影像出現了，球場裡出現的果然是上海隊，對手是浙江隊，這是今天早上的比賽！

拍錄影的人顯然有了經驗，距離角度都掌握得很好，同樣有了經驗的杜濟民直接把錄影跳到比賽結果：

上海隊贏了，明天的對手是有絕對主場優勢的上海隊！

杜濟民並非沒有耐性的人，會迫不及待想先知道結果的原因是要知道對手是誰，知道對手後，等會看錄影時才能專注在明天的對手上，不必浪費有限的時間去記錄分析另一隊的資料。

幾位教練邊看邊討論，花了一個下午的時間，終於完成上海隊球員特性和戰術特色的重點摘要，教練們盡了最大努力，在有限時間裡根據僅有的比賽錄影，完成他們能力範圍內能做到的最好結果。

「再這樣下去，我的白頭髮都要冒出來了！」

重視儀表的大帥哥伸個懶腰、摸摸前額、自艾自憐地說，頗有美人遲暮的滄桑悲情。

「那才有成熟男人的味道，有什麼不好？」大水向來以自己的白髮為傲。

「成熟指的是心靈，頭髮灰白是蒼老！」顧文彥一臉同情地說。

看到黃教練剛好舉起手梳理頭上那幾根碩果僅存的花白頭髮，顧文彥趕快補上一句：

「您和他不一樣，您是成熟！」

晚飯前，教練們花了一個多小時給隊員們做賽前分析，最後杜濟民神色輕鬆地說：

「明天替上海隊加油和替我們加油觀眾的比例大概是一百比一，差距可能更大……。」

「……這種場面我們見多了，對不對？」

球員們有的點頭，有的搖頭。

「縣裡的比賽在那裡打？」

杜濟民看著馮志誠。

「海陽鎮。」

「我們最後一場跟誰打？」

「海陽中學。」

馮志誠當然記得，因為他的家族有很多人在那裡，晚上慶功宴還是在他叔叔餐廳舉行的。

馮志誠的答案一出來，又有幾個人點頭了。

「市里的比賽在那打？最後一場碰到誰？」

「黃山市！屯溪隊！」

冬瓜大叫，那場比賽的勝利關鍵是他發動的完美雙殺，當然不會忘記。

現在幾乎所有人都點頭了，除了周老妖。

「省裡比賽在那？冠軍戰對誰？」

杜濟民看著老妖，那場比賽老妖擊出決定勝負的全壘打，沒理由不記得。

當然還有另一個原因……

……他是目前全隊唯一還不知道杜濟民講話重點的人。

「合肥！嗯⋯嗯⋯是不是合肥隊！」

「不是！是南京隊啦！」冬瓜氣呼呼地說。

在隊友們的大笑聲中，老妖恍然大悟摸摸腦袋，露出白牙說：

「對啦！是合肥隊！」

「我們有好幾次和主場球隊在冠軍賽碰面的經驗，明天的情況沒什麼不同，對我們來說一點都不陌生。」

杜濟民看著大家：

「經過今天的比賽，我相信我們有能力擊敗任何對手！重點是我們有沒有決心！」

看到球員們表情的人都不會懷疑這群小朋友求勝的決心。

「所以，明天大家不要被任何聲音干擾，專注在比賽中，發揮正常水準。記住！觀眾會為表現精彩的球隊加油，我們的目標不僅僅是贏球，還要贏得觀眾的掌聲！贏得觀眾的尊敬！」

又是早上九點，同一個場地，先攻的流口隊還是提早到球場暖身，今天除了投手換成于順德以外，其他陣容和昨天一模一樣：

第一棒：袁興（三壘手）

第二棒：何虎（二壘手）

第三棒：王東平（中外野）

第四棒：周立群（左外野）

第五棒：任剛（一壘手）

第六棒：楊福生（右外野）

第七棒：徐俊（遊擊手）

第八棒：江正（捕手）

第九棒：于順德（投手）

八點半以後觀眾陸續入場，為主場球隊加油的觀眾越來越多，很快就把上海隊休息區上方看臺擠得水泄不通，球場工作人員把比

較晚入場的觀眾引導到流口隊休息區上方的觀眾席，流口隊少數的觀眾只好集中在球隊正上方幾排座位上，雙方人數懸殊的程度猶如小蝦米和大鯨魚，幸好文明的中國觀眾不像英國足球迷那樣暴力不理性，雙方相安無事。

上海隊先發投手球速非常快，直球的尾勁極強，很難抓住準確擊球點，連曲球都往外飄出去後還帶著很強的尾勁，讓擊球難度更高。

讓打者最難適應的是體型本來就高大的他站在突起的投手丘上用高壓方式投球，球由高處往下進壘，打者不改變揮棒角度很難擊中球，能夠擾亂打者正常揮棒的方式和節奏。

上海隊投手這種與眾不同的球路和超快速直球搭配，果然有效的擾亂流口隊球員們，一局上打擊的野狗、何虎、冬瓜三個人都無法掌握揮棒節奏和角度，分別被三振和兩個封殺出局。

「這個投手的球太快了吧？」阿通感歎地說。

「如果他多會幾種變化球就麻煩了！幸好到目前為止，我只看到曲球。」顧文彥說。

「通常這種投球方法，最主要的球路就是直球和曲球兩種，不會有太多變化。」大水胸有成竹地說：

「有沒有注意到，他的曲球不穩定，投好的時候尾勁很強威力十足，如果投不好會往外飄的很遠，放掉不打變成壞球的機率很高，他最主要的武器還是直球！」

「你能找到破解方法嗎？」阿通著急地問。

「快速球有什麼破解方法？抓住擊球點就行了！」大水輕描淡寫地回答。

「說的簡單！怎麼抓住擊球點？」阿通很不滿意大水的答案。

「怎麼抓住擊球點？平常練習的還不夠啊？」

大水也很不滿意阿通的問題：

「平常球員們都做的很好，現在突然碰上這個投手球速太快，出手方法又不一樣，一下子適應不了，只要能平心靜氣看清楚球的來勢去向，怎麼會打不出去？」

杜濟民制止了還想抬槓的阿通說：

「其實直球難不倒我們的球員，只要揮棒速度再快一點就能打出去了！」

「或者……揮棒前準備的時間多一點……」

顧文彥低聲喃喃自語。

一局下，于順德的表現也不遑多讓，他的球速雖然不如上海隊投手，可是數種不同球路在阿六針對打者特性的巧妙搭配下，讓上海隊三位打者也無法找到擊球節奏，三個人都迅速出局，第一局結束。

「阿六，球配的好！」

顧文彥拍拍捕手的頭。

「謝謝教練，昨天對打者的分析做得太精確了！我好像跟他們都熟得不得了！」

第二局開始，流口隊球員們在教練授意下改變打擊策略專挑直球打，其他沒有把握的球不輕易揮棒，老妖選中兩個快速直球揮棒，因為球速太快都打成界外球，雖然無法擊出安打，可是逼得捕手不得不搭配曲球以免被抓住擊球點，也因為如此讓選球精準的他等到四壞球保送上一壘。

反應靈敏的上海隊教練立刻叫暫停，交代捕手改變配球策略，以快速球為主，偶爾搭配幾個變化球，目的是減少壞球率。

快速直球掌控能力極好的投手也沒讓教練失望，都能準確把直球投到好球帶中各個不同位置，採取同樣打擊策略的任剛放掉兩個看起來比較偏，可是都進入好球帶邊緣的球，兩好球後一個快速直

球讓任剛揮棒落空，三振。

第六棒楊福生第一球揮棒，擊出一壘後方界外高飛球被一壘手接殺。

第七棒徐俊把一個偏外側的快速直球擊出，可是臂力不夠只能擊成一二壘間滾地球，封殺出局，二局上結束。

二局下上海隊第四棒擊出一壘安打，後面三位打者都無法突破阿六和于順德的完美搭配，連續三個三振，二局下結束。

第三局兩隊都是三上三下。

四局下，上海隊以一支安打，一次盜壘，一支觸擊，一支高飛犧牲打攻下一分，一比零領先。

五六兩局，于順德在阿六巧妙配球下投的得心應手，幾種拿手變化球發揮得淋漓盡致，上海隊只出現一支安打，沒有得分。

另一方面，上海隊投手精準的快速球搭配偶爾出現的變化球也讓流口隊打者一籌莫展，六個打者沒有人上一壘。

前六局，流口隊沒有擊出任何安打，只有老妖被四壞球保送上過一壘，完全被上海隊投手封鎖。

六局結束，上海隊一比零領先。

七局上，流口隊最後進攻機會，如果不能得分，驚奇之旅就結束了。

第一個打擊是選球精準的何虎，第一球偏外側，沒有揮棒，

壞球。

第二球還是偏外側，揮棒，球飛到一壘後方的看臺上，好球。

第三球往中間飛來，球在本壘前突然大幅度往外轉出去，不成功的曲球，沒有揮棒，壞球。

第四球稍微偏內側，何虎揮棒，球突然往下墜落，球棒擦到球上緣落在本壘後方，界外球，好球。

這是投手今天第一次出現下墜伸卡球，速度不快幅度不大，應該難不倒何虎，可是在打者沒有準備的情況下卻發揮出奇制勝的效果，搶到好球數，是捕手靈活配球的成果。

第五球閃電般飛來，何虎揮棒，球速極快，球棒揮空，人在原地轉了一大圈，用力過猛失去重心，一個踉蹌幾乎摔在地上，三振。

顧文彥腦中靈光一閃，似乎看到了什麼值得注意的細節，可是又隱隱約約講不出來，皺著眉頭把投手剛才的動作絲毫不漏地在腦中不斷重播……

流口隊還剩下兩次進攻機會。

冬瓜這次打擊倒是戰戰兢兢沒有嬉皮笑臉。

第一球沒有揮棒，球從好球帶外面滑過，壞球。

第二球偏內側，沒有揮棒，兩個壞球。

第三球揮棒，成功的曲球，揮棒落空，好球。

第四球偏外側，沒有揮棒，球擦到好球帶邊緣，兩個好球。

第五球往中間飛來又大幅度飄出去，曲球，沒有揮棒，壞球。

兩好三壞。

第六球，冬瓜眼睛一花，球進入捕手手套，裁判高舉右手，兩人出局。

流口隊球員們各個目瞪口呆，從沒見過這麼快的球，連董陽都

驚訝地張大嘴巴，杜濟民和大水對看一眼，心想，這那是青少年球員的球速？

只有一個人臉上露出驚喜的笑容，那就是投手教練顧文彥。

不斷觀察投手一舉一動的顧文彥，從剛才讓何虎揮棒落空那一球的準備動作中發現，投手在投出超快速直球之前似乎有一個不太一樣的小動作，可是又無法很清楚說出那是什麼動作。

冬瓜打擊的時候，他更仔細觀察投手每一個細微小動作，把投手的出手動作切割成幾個階段，仔細比對每一階段的每一個細微之處，分析冬瓜和投手僵持的前五次投球後，沒有找到結論，直到第六球，就是那個不像青少年選手投得出來的快速球出現時，情況不同了……

顧文彥發現：

當投手左腳抬起的那一剎那，如果右肩稍稍下沉，這個球一定是超快速直球！

何虎揮棒落空那球出現了這個小到幾乎無法察覺的動作，把冬瓜三振出局的超快速球又出現這個習慣性動作，這一球讓他百分之百確認自己的一貫理論是對的！

顧文彥和大水之間有一個一直無法得到共識的觀點：

顧文彥認為，任何人都會有一些無法改變也無法掩飾的習慣性動作，大水則堅持，這些習慣性動作可以經過訓練來改變、掩飾，兩個人都旁徵博引地舉出很多例子支持自己的觀點，可是都無法說服對方。

一分鐘之前，幾乎已要放棄自己觀點的顧文彥現在的狂喜不僅是因為找到可能突破投手封鎖的關鍵，另一個原因是他證實了自己的理論。

這個震驚全場的快速球反而給流口隊帶來一線希望。

連續的問題快速閃過顧文彥腦袋：

（為什麼球速特別快的球，大部分都會進入好球帶靠近中間的位置？）

這個疑問立刻有了答案：

因為投手必須用盡全力才能投出這麼快速的球，任何人都不可能在用盡全力追求速度同時，還能準確掌控球的進壘點，所以，他必須對準好球帶正中間投球，讓球的進壘點有一些允許偏差的空間，以免失控變成壞球。

（為什麼總是在兩個好球後出現？）

沒有人能每一球都投出這麼快速的球，所以保留到和打者一球定勝負的時候才使出殺手鐧。

（有沒有方法擊中這麼快的球？）

有！如果專注在預判的進壘點上，球出手後就對準來球揮棒，有很大的機會準確擊中。

（有什麼要注意的細節？）

很多！這就交給打擊教練處理了。

（下一個打者是誰？）

老妖！

（全隊還有誰的打擊比他強？）

……

流口隊休息區裡，唱作俱佳、連演帶講的顧文彥把投手的每一個動作，巨細靡遺地演練給球員們看，大水則解說最佳出棒時間點。

流口隊最後一個打擊者也是最後一個希望，第四棒周老妖，兩位教練反覆叮嚀後，顧文彥拍拍老妖肩膀：

「你很久沒有打出全壘打了，敲一支給大家瞧瞧！」

此時此刻，全壘打是最好或許也是唯一的解決方案。

大水挑釁似的加上一句：

「你沒忘記怎麼打吧？」

反應向來不快的老妖呆了一下，第一個反應是露齒一笑，突然發現不對可是來不及收回笑容，黑黝黝的臉不哭不笑地僵在那裡，知道教練用意的冬瓜狠狠補上一句：

「要不要哥教你？」

老妖遲疑一下這才似懂非懂地瞪了冬瓜一眼，一言不發，轉身走進場內。

03

流口隊的最後反擊。

勝利在望的投手越投越起勁，一開始就飆出一個超快速球，老妖沒有揮棒，好球。

流口隊休息區一陣譁然，剛才教練口沫橫飛講了那麼久，老妖竟然就這樣放過了這個機會！

這次連杜濟民都沉不住氣了，叫了暫停走進球場，老妖一臉茫然、傻乎乎地站在原地。

「你有沒有注意投手肩膀剛才沉了下去？」

「哦！那就是顧教練說的肩膀下沉啊？」

杜濟民呆了一下。

（此人的反應……）

「等一下看到這個動作就打，知道嗎？」

「哦！」

一直盯著投手動作的流口隊休息區的球員們看著投手左腳抬起，右肩輕微往下沉了一點點，每個人都心裡大叫：

（打！）

老妖果然揮棒，球棒果然擊中球，球往右邊界外飛去，兩個好球。

揮棒慢了一點！

投手罕見地連續投出兩個超快速球，顯然不打算拖延時間，想盡快結束這場比賽。

第三球，老妖球棒揮動，又硬生生停住，球往外飄出去，壞球，兩好一壞。

幸好老妖球棒沒有出去，否則流口隊的旅程就結束了。

捕手做一個暗號，投手很乾脆地點頭同意，投手高舉雙手、抬起左腳，手放下來的同時，右肩不自覺地往下稍稍一沉，吃了兩次虧的老妖深深吸一口氣，看著投手的手揮出，手腕壓下，兩眼緊緊盯住球飛來的方向，對準球全力揮動球棒，清脆的擊球聲讓全場觀眾不由自主地站起來看著球往外野飛，向來內斂不輕易表現情緒的老妖，雙手握拳高高舉起，因為在球棒和球接觸的一剎那，他就知道這是久違了的全壘打。

從第一局開始就讓流口隊打者一籌莫展的超快速球，在顧文彥細心觀察下找到破解方法，老妖精確的執行為流口隊打回寶貴的扳平分，一比一。

以為已經投出這場比賽最後一球的投手呆呆站在投手丘旁邊，不敢相信有百分之百把握要結束比賽的超快速球竟然會被轟到全壘打牆外，觸手可得的勝利就這樣飛掉，全場鴉雀無聲的啦啦隊們也垂頭喪氣坐在椅子上，只有上海隊教練神色自若走進球場把球員們召集起來……

上海隊沒有換投手，投手給任剛的第一球又是超快速球，任剛猛力一揮沒跟上球的速度，好球。

二三兩球都是壞球，第四球出手前肩膀又下沉了一點點，任剛這一次把揮棒的節奏加快一點，球應聲飛出，從二壘上平平飛過，任剛上一壘。

上海隊換投手了，新上場的投手身材小了一號，球速也比較慢，可是變化球的種類多，變化幅度也很大，不擅打變化球的楊福生一好兩壞後打成內野滾地球，封殺，三人出局。

七局下，上海隊進攻，狀況還是很好的于順德絲毫不顯疲態，連續變化球搭配快速球很快結束了上海隊攻勢。

進入延長賽，現在兩隊比的不僅僅是球技，還有體能和意志力。

八局上，徐俊第一個上場打擊。

大水發現這位投手變化球幅度極大，不容易揮出安打，可是從另一個角度來說，因為變化幅度太大，球進入好球帶時變成壞球的機率非常高，也就是說，如果打者判斷準確，不亂揮棒，就會增加投手的壞球數，逼得投手在好球數落後的情況下，不得不放棄大幅度的變化球，這就讓打者有比較好的打擊機會，所以和這位投手對陣的勝負關鍵在於選球的精確度。

投手的優勢同時也是他的弱點。

徐俊被調到第七棒是因為打擊狀態低迷，可是他選球還是很精準，他牢牢記住教練的叮嚀，每一球都全神貫注，沒有十足把握絕

不揮棒，果然等到四壞球保送上壘。

　　阿六選球不比徐俊遜色，可是打擊能力就差多了，在好球數領先的情況下把一個幅度不大的滑球打成三壘方向滾地球，徐俊被封殺在二壘，自己上一壘，一人出局。

　　于順德打擊一直不差，原因很簡單：
　　投入的練習時間非常多。
　　眼神銳利臂力強勁。
　　自己是投手，對球的判斷比大多數人準確。

　　于順德遵照教練指示不隨便揮棒，仔細觀察每個球，一好兩壞後看準一個稍偏內側的球揮棒，球在剛要往外轉的時候被球棒扎扎實實擊中，平平地往左飛，在三壘後落地，落點剛好在邊線內，球沿著邊線往看臺方向滾，撞到左外野看臺下方後轉向滾到球場內，疾奔而來的左外野手來不及調整方向，眼看著球從身邊經過，只得趕快掉頭往回跑……
　　一壘上的阿六用盡全身力氣往前衝，場邊大聲為他加油的隊友們驚訝地發現，阿六的速度竟然變快了！
　　阿六快速踩過二壘稍微抬頭，只見三壘手站在壘包邊焦急地看著左外野手轉身追球，三壘的跑壘指導員秦旭光快速轉動右臂示意阿六往本壘跑，氣喘吁吁的阿六咬緊牙關把身體裡每一分力量都釋放出來，雙腳更快速踩過地面，在身後留下揚起的灰塵……
　　阿六從三壘手身邊跑過右腳準確踏過壘包，重心往左轉，快速通過秦旭光往本壘衝，感覺自己的肺要炸開了，他張開嘴巴大口吸氣，耳朵裡傳來自己粗重的喘息聲，前方的捕手往右移動幾步，身體蹲下左手往前伸，阿六知道左外野手傳回來的球在自己身後不遠的地方隨時會進入捕手手套，一股不知道從那裡來的力量從身體內爆發出來，雙腳不可思議的又加快了擺動頻率……

阿六閃電般通過捕手身邊，左腳重重踩過本壘板，耳邊的喘息聲沒有消失，另一個聲音輕易地壓過了喘息聲，他聽到的是休息區的隊友和觀眾席上為數不多的觀眾合力發出，遠遠超過正常音量的吼叫聲……

二比一，于順德適時的二壘安打加上阿六媲美野狗的跑壘速度，為流口隊在延長賽裡取得領先。

一人出局，攻勢還沒結束，野狗上場，二壘上的于順德在壘包上左右移動擾亂防守，投手看好暗號投出，壞球，于順德回到壘包。

投手和捕手溝通後開始做投球準備動作，于順德慢慢離開壘包往三壘方向移動，投手突然大轉身把球往二壘丟來，于順德大吃一驚轉頭，二壘手不知道什麼時候溜到二壘後方，球進入手套，來不及回二壘的于順德只能往三壘跑，二壘手在後面追了幾步把球拋給站在前方的三壘手，觸殺出局。

離壘太遠的于順德在上海隊的防守陷阱下被夾殺，兩人出局，無人在壘。

懊惱不已的于順德坐在休息區悶不吭聲，拉大比分差距的機會因為自己大意而消失，顧文彥走過來坐在身邊說：
「別難過，贏一分就夠了！」
「我氣的是怎麼會犯這麼愚蠢的錯誤！」
「得到教訓就值得！記住你最重要的工作是什麼！」
「我不會讓我的失誤害球隊輸球！」

野狗擊出遊擊手前滾地球被封殺，八局上結束。

八局下，上海隊輪到第一棒，于順德用了五個球才讓他擊出高飛球被接殺，一人出局。

第二棒更不好對付，纏鬥七個球之後擊出安打上一壘。

杜濟民叫暫停走進球場，他的擔心是正常的，這種溫度下投到第八局不可能不累，他必須做正確決定以保持領先優勢，還要考慮投手狀況，不能為了一場比賽給投手的手臂造成無法彌補的傷害。

「我沒問題，讓我投完這場比賽。」于順德堅定地說。

杜濟民知道現在若把于順德換下會讓他抱憾終生，他以任何人都無法不同意的態度說：

「你已經投了一百一十二球，一百二十球是極限，到時候不論場上情況如何，我都要把你換下來！」

轉頭對捕手說：

「阿六，不可以因為八球的限制改變配球策略！」

阿六當然想贏球，而且比任何人都希望球隊中最努力的于順德成為勝利投手！

第三棒的第一球是從打者內側往外飄的曲球，揮棒擊中，球穿過遊擊手和三壘手之間滾向左外野，一壘跑者輕鬆跑上二壘，一二壘有人，一人出局。

于順德還有七個球可投，完投的機會越來越渺茫，休息區旁邊，秦旭光繼續暖身。

第四棒第一球，沒有揮棒，球進壘位置偏低，壞球。

第二球曲球，沒有揮棒，球飄出好球帶，兩個壞球。

第三球快速飛來，揮棒擊中，球飛向右邊界外，一好兩壞。

第四球又是快速直球，揮棒，球又飛到右邊界外，揮棒還是慢了點，兩好兩壞。

第五球還是快速直球，打者沒有揮棒，球偏高了一點，兩好三壞。

于順德只剩下兩個球，看來沒有完投的機會了。

第六球又是快速直球，打者揮棒，球應聲往三壘飛，野狗跳起來沒接到，平飛的球在現場觀眾歡呼聲中飛過野狗在三壘後方落地……

阿通心裡一陣刺痛，閉上眼睛不願意看到結果……

聽到身邊球員們的叫好聲，張開眼睛一看，三壘延伸線邊的裁判做出界外球的手勢，球幸運的剛好落在邊線外，有驚無險逃過一劫。

還是兩好三壞，于順德最後一球。

阿六比了一個連投手教練都看不懂的暗號，于順德立刻點頭同意。顧文彥聳聳肩雙手一攤，回答杜濟民詢問的眼神，兩個人滿腹狐疑把視線轉回球場。

于順德今天最後一球，又是快速直球！

連續第五個快速直球！

難道他除了快速直球其他什麼都不會？

還是阿六對于順德其他球路沒有信心，只敢讓于順德投快速直球？

打者可沒時間想這些事，對準來球猛力揮棒，他有十足把握把這一球轟遠遠的，他已經完全抓到投手快速直球的球速了。

出乎所有人意料的事發生了，這個以極快速度飛來的球竟在本壘前往下墜落，打者急速揮動的球棒擦到球上緣，球從投手右側往二壘方向滾，遊擊手徐俊往左橫移幾步接到彈起的強勁滾地球，右手同時伸進手套拿球往移動到二壘的何虎輕輕拋去，慢步跑動的何虎左腳踩在壘包上身體急速往左旋轉右臂大力一揮，球以優美的弧

線飛向站在一壘的任剛，任剛左手接球順勢看一眼，打者還在三步以外，他跳起來振臂高呼，雙殺！

下墜伸卡球是製造滾地球造成雙殺的有利武器，這麼快速的球還能有下墜弧度則極為少見，阿六在連續四個直球後要于順德投他們兩個人私下練習很久，可是沒有十足把握的球路是極為冒險的決定，可是在投手體能下降，對手又極度難纏的情況下，這種非常罕見的球路卻取得了出奇制勝的效果。

以為已經掌握投手球路的打者把這個球當直球打，造成雙殺，讓勝利投手于順德剛好在第一百二十球達成完投的心願。

流口隊進決賽！

看臺上領導們個個欣喜若狂，完全不顧形象像小孩子似地又叫又跳，吳校長更是顧不得平常的拘謹，忘情地跟每個人擁抱……

楊老闆張開雙臂把坐在他兩側的兩個朋友緊緊攬住，兩個人被他有力的臂膀勒得呼吸困難，雙手亂揮，彷彿隨時都會窒息……

楊太太、董陽媽媽、柯雲三個人抱在一起喜極而泣……

為數不多的流口隊啦啦隊們人人盡情歡呼，像是每個人都中了彩票似的……

不論場內、場外的流口隊球員都衝到投手丘和隊友們擁抱，大家把于順德簇擁在中間摸頭、拍肩，于順德開心地向每個人道謝，他知道這場比賽勝利不是他一個人的功勞……

另一場半決賽，北京隊出戰曾經和流口隊打得難分難解的江蘇隊，勝隊明天和流口隊爭奪冠軍。

全隊留在球場觀戰，不僅僅因為教練們需要收集這兩隊資料，另一個原因是想讓球員們先認識明天的對手，而且觀看這樣高水準

的比賽對球員成長有極大的幫助，任何一個教練都不應該放棄這樣的大好機會。

北京隊不愧是和廣東隊分庭抗禮的國內青少年棒球兩強之一，攻守表現都在江蘇隊之上，一路領先以六比二獲勝。

返回賓館路上，球員們七嘴八舌地討論剛才的比賽，從球員個人能力到團隊配合，每個人都有自己看法，幾位教練則不發表意見，在一旁聆聽球員們討論，他們驚訝地發現這些平常看似懵懵懂懂的小朋友們對棒球的瞭解遠遠超過自己想像，顯然球員們私下花了很多時間收集並討論有關棒球的各種知識及技巧，難怪這些小朋友對訓練內容能夠這麼迅速理解和吸收，這也是流口隊整體實力進步如此快速的主要原因之一。

另一件讓幾位教練欣慰的是：
看過實力強大的北京隊比賽後，球員們關心的是對手的優缺點，討論的是如何找出並突破對手的弱點，沒有被對方的氣勢和各種優勢嚇到。

這是一支持續成長中的球隊！

走進賓館，大堂經理按照慣例送來一個信封，不同的是，這次是一個大牛皮紙袋，幾個人回到房間，杜濟民打開這個沉甸甸的袋子，把他最期待的 USB 先拿出來，然後再拿出另一個信封，阿通看著這個厚厚的長立方體說：
「看起來像錢！」
杜濟民打開纏繞的膠帶把裡面東西拿出來，果然是三疊百元大鈔。
「三萬塊！哇！大手筆！」阿通興奮地大叫。

第一疊鈔票上夾著一張紙條，阿通拿起來大聲念：

「鄉親之光，繼續努力。」

杜濟民看著黃教練，老教練皺著眉頭沒說話，現場氣氛突然變沉悶，還是阿通先打破沉默：

「下午看過北京隊比賽了，還要看錄影嗎？」

「當然要！一定有很多我們沒注意的細節，不要辜負別人好意。」

杜濟民趕快接話，希望改變這個尷尬的情況。

令大家意外的是，錄影內容不是剛才的比賽，是北京隊前面幾場比賽挑選後的片段，大部分是北京隊各個球員打擊和不同投手投球的鏡頭。

「真聰明！讓我們能看到北京隊幾位不同投手的特色！」顧文彥越看越開心。

「製作這個 USB 的人不但細心，還對棒球相當瞭解。」大水讚賞地說。

「濟民，山上回來後你和畫眉鳥先生一直保持聯絡嗎？」

黃教練終於開口。

向來奉公守法重視品德紀律的黃教練擔心自己愛徒和有不法行為的人來往，搞到自毀前程身敗名裂，前兩天的錄影帶雖然讓他覺得不妥，可是對方出於善意而且沒有任何非法之處所以也就接受了，可是現在出現大筆現金，情況又不同了。

「沒有，從來沒聯絡，我也很驚訝他對我們的情況這麼清楚，更沒想到裡面會有錢。」

「錄影帶收下，把錢還給他。」阿通說。

「從頭到尾沒見到人怎麼還？」顧文彥說。

「問大堂經理啊！他一定見過。」阿通的推測頗有邏輯。

「早問過了，每次都是不同人，送完就走，去那找人？」大水說。

「大堂不是有監控錄影嗎？調出來看不就知道是誰了？」阿通對自己的推理能力頗為自豪，以現代福爾摩斯自居。

「對！看完錄影到南京東路上找人！這個主意真不錯！」顧文彥一臉贊許的表情。

「每次都是不同的人就表示他不希望被我們找到，我猜送信封來的人不一定認識他，說不定是在街上付點錢請人送過來的，我認為不可能找到他。」大水說出他的推測：

「這些錄影花了很多心血和時間，是有計劃的，絕對不是臨時起意！」

「我猜他是關心家鄉的孩子和球隊。」杜濟民終於開口了。

「他怎麼知道我們能打進冠軍賽？他又怎麼知道我們會碰到那些對手？」

阿通說出大家共同的疑惑，大家都搖搖頭。

「錢怎麼辦？」

沒有人回答這個問題。

冠軍戰前夕，流口隊的球員在總教練堅持下，持續他們過去幾個月不曾改變的作息。

球員們按照慣例帶自己房間的椅子到隊長阿六房間排好，每個人看自己的書，只有偶爾出現低沉的討論聲打破安靜，經過幾個月運作，球員們完全理解並享受這個習慣帶來的好處，不會因為教練們不在而破壞這個特殊又難得的傳統。

輕輕的敲門聲打破沉寂，楊福生看一下手錶：

「九點，治療時間！」

球員們發出一陣興奮的怪叫，門被緩緩推開，柯雲帶著熟悉的

笑容走進來。

　　這是球員們每天最快樂的時刻，沒有受傷的人也不肯離開，大家擠在柯雲周圍看她仔細替受傷的隊友按摩紓解或換藥包紮，大家你一句我一句房間裡笑聲不斷，和剛才晚自習時間有天壤之別。

　　「你一定要側身睡覺，不要壓到這邊肩膀，過幾天就不用吊繃帶了。」

　　柯雲檢查完最後一個傷兵林威脫臼後還沒完全恢復的右肩，重新吊好繃帶，站起身對著球員們說：

　　「好了，今天大家好好休息，明天打一場好球！」

　　「等一下！」

　　阿六站在椅子上大聲說：

　　「我要講幾句話！」

　　「各位隊友！去年的現在你在做什麼？」

　　「在田裡除草！」

　　「整理果園。」

　　「打零工。」

　　「帶小羊去看病。」

　　「……」

　　「……」

　　「去年九月開學的時候，你對畢業後有什麼打算？」

　　「去上海打工。」

　　「在家裡種田。」

　　「上海太遠了，我要到合肥找工作。」

　　「從來沒想過。」

　　「可能會繼續念書吧？如果考得上……」

　　「……」

「……」

「你現在的打算呢？」
「我要繼續打球！」
「我也是！」
「我以後要打職業隊！」
「我的球技不好，不一定能繼續打球，可是我一定要繼續念書。」
「我也是！再困難我也要念下去！」
「……」
「……」
「……」
「……」

「什麼原因改變了你？」
「棒球！」
「對！」
「對！棒球！」
「我以前考試沒有及格過，加入球隊後我一次比一次考的好，我現在知道我也能念書！」
「以前同學都瞧不起我，現在我的成績比他們都好！」
「我現在是村子裡成績最好的，村裡的小朋友都要我教他們功課，爸媽開心的不得了！」
「……」
「……」
「……」
「我以前一直以為我這輩子會在田裡度過，可是現在我有了方向，我會努力去完成，即使不成功也值得，至少我試過了！」
「我一直不敢面對陌生人，不敢一個人出去，現在我有勇氣有

自信面對任何人任何事！我會走出去！」

「呃……呃……，大家都知道……」

楊福生站起來吞吞吐吐的說：

「我……呃……我從小就沒有朋友，不……不是我不想交朋友，我比任何人都想交朋友，我看到你們一群一群，每天開開心心在一起玩羨慕的不得了，我好想加入你們。」

他低下頭想了一會，然後仰起頭：

「可是我不知道怎麼和別人相處，我不知道怎麼交朋友！別人看我什麼都不缺以為我過的很開心，其實我什麼都沒有！沒有快樂，沒有自由，沒有朋友，只有一堆沒有生命的東西陪我，沒有人知道我願意放棄所有的東西換來一群好朋友！」

楊福生眼眶濕潤用哽咽的聲音一口氣說了這麼多話，大家都靜靜看著他：

「我剛加入球隊的時候，很小心學習怎麼和大家相處，努力想融入球隊，成為球隊一份子，我擔心大家會排擠我，把我趕出球隊，沒想到每個人都願意容忍我教導我接納我，讓我成為團隊的一份子，是球隊改變了我，不……是球隊救了我！我不知道該怎麼感謝大家……」

楊福生再也講不下去，低下頭雙手掩面，阿六走過去摟著他的肩膀說：

「大家告訴我，包子是不是我們的好隊友？」

「是！」

「是不是我們的好朋友？」

「是！」

楊福生放開雙手抬起頭，一點都不在意隊友們看到自己臉上的淚痕，堅定地說：

「你們永遠是我最好的朋友！永遠！」

「大家告訴我，是誰帶給我們這一切？」阿六問。

「杜教練！」所有人異口同聲的說。

「是誰說服你父母，讓你能打球？」

「杜教練！」老妖回答。

「是誰幫你家收魚，讓你們過了個好冬天？」

「杜教練！」任剛回答。

「是誰把你從山上救下來？」

「杜教練！」野狗回答。

「是誰在雪地裡救了你？」

「杜教練！」何虎回答。

「是誰給了我們未來，給了我們希望？」

阿六大聲的問。

「杜教練！杜教練！」

柯雲靜靜看著、聽著，微翹的嘴角和晶瑩的眼角說明她看見了，也聽見了……

「明天，各位，就是明天！」阿六緩了一下：

「我們要用全國冠軍獎盃回報杜教練！我們要把冠軍獎盃交到杜教練手上！我們要讓他知道我們多感謝他！我們要他帶我們繼續走下去！好不好？」

「好！」

「杜教練！杜教練！杜教練！」

球員們忘情大喊……。

「好了！」

阿六高舉雙手，房間裡迅速安靜下來。

「你手上的傷好了沒？」

「好了啊！」徐俊回答。

「誰幫你治好的？」

「醫生姐姐！」

「你的腿傷好了沒？」

「好了呀！」冬瓜回答。

「誰幫你治好的呀？」

「醫生姐姐！」

「誰沒有受過傷？」

每個人都搖搖頭。

「受傷怎麼辦？'

「找醫生！」

「找那位醫生？」

「柯醫生！」

「她在哪裡？」

「在這裡！」

大家都指著柯雲。

「誰在這裡？」

「柯醫生！」

「誰？」

「醫生姐姐！醫生姐姐！」

阿六再次高舉雙手，大家安靜下來，他看著柯雲，誠懇的說：

「醫生姐姐，我們希望杜教練帶我們繼續走下去，也希望你能一直陪著我們，照顧我們！」

「一定會！」

柯雲堅決的說。

「還有一個要求！」

「我可不一定答應哦！」

柯雲滿懷戒心地回答。

「不會太難啦！」

阿六笑著説：

「下星期六是杜教練大學同學會，你能不能陪他去？」

「他滿腦子都是球隊的事，誰知道打完比賽後又要忙些什麼了？」

柯雲沒有拒絕……

04

決賽日，午餐後，全隊集合走到球場。

「杜哥，我想到那三萬塊怎麼用了！」阿通走到杜濟民身邊。

「三萬塊？」思緒一時還沒轉回來的杜濟民，心不在焉地回答。

「畫眉鳥先生那三萬塊啊！」

「哦！怎麼用？」

「我們可以成立一個基金會，贊助球員以後念書的學費！」阿通興奮地說：

「這三萬塊只是起步，我們還可以向外募款。」

「這個主意倒是不錯！」

講到幫助小朋友念書的事，杜濟民精神就來了。

「要不你和楊老闆談談，看他能不能贊助。」

「好！比賽結束找個機會和他談談，其實我們每個人都可以捐款，不論金額大小，積少成多就是一股力量。」

這種事杜濟民就願意找楊老闆了。

「我去找大帥哥拋磚引玉，我們幾個人他最有錢！」

阿通邊說邊往在隊伍後面和大水講的口沫橫飛的顧文彥走去。

隊伍剛走進校門口，遠遠看見球場入口前黑壓壓站滿了人，野狗開心地說：

「今天這麼多觀眾，我們可要出風頭了！」

「希望其中有幾個人是替我們加油的！」冬瓜感慨的說。

不能怪冬瓜這怎麼說，根據過去比賽的經驗，除了領導們和楊老闆團隊以外，絕大多數觀眾都是替對手加油的。

隊伍走到人群前不遠的地方，任剛突然叫出來：

「那邊有一個流口隊加油的旗子！」

「旁邊還有一個！」徐俊也看到了。

「有好多！」馮志誠大叫。

這時候人群中有人大喊：

「流口隊來了！」

原本嘈雜散亂的人群立刻圍過來，此起彼落的呼喊聲傳過來：

「流口隊加油！」

「你們最棒！」

「流口隊冠軍！」

大感意外的球員們，看到替自己加油的觀眾無不興奮異常，大家含笑揮手答謝，隊伍繼續往前走，人群很有默契自動散開，讓出通路。

入口處還有一群人，秦旭光眼尖，一眼看到一個熟悉的身影，衝上前一把抱住一個衣衫襤褸、頭髮花白的婦人大叫：

「媽！」

這一叫驚醒了所有球員，每個人都開始在人群中找自己的親人……

野狗看到了爸爸，任剛的父母都來了，阿六也找到最疼自己的叔叔……

阿通一聲歡呼衝進人群中抱住青青，青青後面站著阿通笑得合

不攏嘴的父母……

　　現在只剩下杜濟民、顧文彥、大水、董陽、于順德五個人站在原地，大水聳聳肩說：

　　「大帥哥每天都能見到家人，我的家人在臺灣，本來就不可能來，你們三個人要不要自己抱抱？」

　　雖然是開玩笑，可是任何人都聽得出他聲音中的苦澀。

　　杜濟民還沒回答就看見爸爸微駝的身影從球場旁邊建築物走出來，媽媽飽經風霜的臉跟著出現，他顧不了另外幾個人，快步跑上前……

　　「我的父母工作很忙，每天都要加班，他們不可能來。」

　　于順德哽咽地說。

　　「我爸爸從來沒有離開過老家。」

　　董陽背對著兩位教練，顯然不想讓他們看到自己的表情。

　　寶馬引擎的怒吼聲由遠而近，大家把目光轉向疾馳而來的楊老闆座車，車在球場前的路邊停住，後門打開，一個中年人快速跳下來往四周張望，一個中年婦女接著下車……

　　于順德放聲大哭，那對中年夫妻循著聲音看見于順德，兩個人發出一聲歡呼跑過來……

　　大水摟著董陽，不知道該說些什麼安慰的話，只見楊老闆、文成公主後面跟著一個矮壯黝黑的男人，從隨後而來的奧迪車上下來，那個男人穿著一身嶄新但不怎麼合身的衣服，不斷在身體兩側揉搓的雙手顯示他內心的不安，焦慮猶疑的眼神毫不保留地告訴世人，他對自己毫無信心，可是這一切都不能阻止流口隊超級投手朝他飛奔而去的腳步……

　　「兄弟，你還有我！」

顧文彥摸摸大水的頭、摟住大水肩膀，這個全隊唯一落單的人點點頭，紅著眼眶看著杜濟民兩手摟著父母走過來：

　　「大水，見見我爸媽！」

　　「楊老闆，謝謝你！」
　　杜濟民帶著敬意說：
　　「我能想像您花了多少心思和時間完成這件事……」
　　「……這是全世界最好的禮物！」

　　「小事！」楊老闆笑著說：
　　「杜教練。」
　　楊老闆以前所未有誠摯謙卑的口氣說：
　　「我要感謝你改變了楊福生，謝謝你改變他的生活擴大他的視野，謝謝你讓他融入這個團體讓他這輩子第一次擁有自己的朋友，我發自內心感謝你帶給我兒子的一切。」
　　楊老闆伸手阻止想要講話的杜濟民：
　　「我還要感謝你挽救了我的婚姻，說出來不怕你笑，我和楊太太過去幾年是一對名存實亡的夫妻，我們和陌生人的不同只是我們之間多了一張結婚證書，因為你的球隊，我們有了交集，給了我們重新瞭解對方的機會，讓我們重新發現了對方，現在我們更珍惜這個婚姻這個家庭，這都是球隊給我們的。」
　　「相對於你給我們的一切，我做的實在算不了什麼！」

　　董陽媽媽按照慣例走到看臺邊，蹲下身子打算和董陽講幾句話，可是董陽沒有和以前一樣走過來，她一臉狐疑地看著最靠近看臺的冬瓜，冬瓜對著她身後的入口努嘴，董陽媽媽回頭看到董陽在看臺入口對自己招手，她快步走過去，大投手握著她的手說：
　　「媽，我從來沒要求你做什麼事吧？」
　　「嗯？」大美女一時沒會過意。

「我要你見一個人。」

董陽拉著媽媽往看臺入口的樓梯走去，兩個人走下樓梯轉個彎，一個身材矮小、滿臉不安的男人畏畏縮縮地站在柱子旁邊，兩眼看著地面，身體四肢不自然地彎曲著，一看就知道此人緊張得不知所措。

董陽轉頭看媽媽，這個村里鄰居口中愛慕虛榮、拋夫棄子的女人楞了一下，接著做出一個讓即將在全國青少年棒球錦標賽冠軍戰出賽的投手大感意外、終生難忘的動作……

她走向那個外表和自己天差地遠的男人，張開雙臂抱住他……

她感覺到懷中這個男人身體的顫抖，她緊緊抱住他，聽到懷中男人低沉的、若有若無的啜泣聲，她把那個比自己矮半截男人的頭放在肩膀上，讓那個多年來忍受他人冷嘲熱諷閒言閒語，傾其所有悉心養育和自己毫無血緣關係的孩子，外表醜陋毫不討喜的男人盡情宣洩累積多年的辛勞和委屈……

杜濟民默默看著兩眼泛紅的董陽回到休息區，兩個人交換眼神沒有講話，過了一下，杜濟民微微一笑：

「準備好了？」

董陽張開雙臂抱住教練，輕輕說：

「你是真正的冠軍！」

「各位觀眾，這是中央電視臺體育頻道，在上海為各位轉播全國青少年棒球錦標賽決賽。」

轉播員清亮的口音從轉播台的麥克風傳到全國無數個家庭的電視裡：

「這是第一次真正意義上的全國比賽，因為參賽球隊都是從最基層的區縣級選拔賽一路過關斬將打進全國大賽，這三十一支球隊經過兩輪激烈的比賽，只有八隊能夠參加最後的單淘汰賽程，連贏

兩場後才能進入今天的總冠軍賽，這兩支球隊絕對是今年國內最有實力最出色的青少年棒球隊。」

「今天的比賽由北京豐台隊出戰安徽流口隊，各位都知道豐台隊是國內傳統的棒球強隊，曾經在國內外贏得無數次冠軍。最令人意外的是安徽流口隊，這是一支從來沒有出現在全國舞臺上的球隊。」

轉播員緩了一下：

「實際上，這是一支成軍只有九個月的球隊，更特別的是球隊中每一位球員的學業成績都名列全班前十名，這在國內各項運動的學校球隊中是極為少見的！」

轉播員又停了一下，以嚴肅的口氣說：

「各位觀眾！一支成軍只有九個月同時注重學業成績的球隊，能夠打進全國比賽的冠亞軍賽是前所未見的，不管今天比賽結果如何，我們必須要對這支球隊的球員和教練獻上最崇高的敬意！」

兩隊賽前練習結束了，觀眾席爆滿了，比賽即將開始。

休息區裡，球員們圍成一個弧形，杜濟民從左向右逐一看過每個人的眼睛，慢慢的說：

「九個月以前，如果有人告訴我，我會教一群安徽山區裡的孩子們打棒球，我會認為他瘋了！」

球員們發出一陣笑聲。

「六個月以前，如果有人告訴我，這群孩子每個人的學業成績都排在全班前十名，我也會認為他瘋了！」

半數球員臉上出現得意的笑容。

「三個月以前，如果有人告訴我，這群孩子會引起全國的關注，我還是會認為他瘋了！」

球員們高舉雙手和左右兩邊的隊友互相擊掌。

「三天以前，如果有人告訴我，這群孩子會出現在中央電視臺上，我會認為中央電視臺瘋了！」

球員們哈哈大笑，旁邊幾位教練也笑了出來。

「三個小時以前，如果我告訴別人，這群孩子的親人們會來上海看他們比賽，我會認為自己瘋了！」

球員們臉上出現了感激驕傲幸福的複雜表情。

「現在，如果任何人告訴我這件事情，我會告訴他，那是這群孩子應該得到的！」

杜濟民再次逐一看過每個人的眼睛，堅定的說：

「三個小時以後，這群孩子將成為全國冠軍！」

兵強馬壯的北京隊抽到先攻，從第一棒開始，每一位打者都是人高馬大孔武有力，揮起球棒虎虎生風，令人望而生畏。

中等身材的阿六站在打者旁邊看起來又瘦又小，只見他笑容滿面、指揮隊友調整防守位置，非但沒有絲毫畏懼，反而顯得氣定神閑、信心滿滿。

身材瘦削的董陽不慌不忙地以流暢的動作投完規定的練投數，然後高舉左手在投手丘上繞一圈給球員們打氣，半蹲身體看清楚捕手的暗號後投出第一球。

球出手後快速往本壘飛來，打者對準球揮棒，球進入好球帶前以令人驚訝的大幅度往下墜落，揮棒落空。

流口隊休息區上方看臺上爆滿的啦啦隊積蓄已久的高亢情緒立刻爆發成震耳欲聾的歡呼聲，中間還夾雜著鑼鼓敲擊聲，球賽剛開始，現場氣氛就進入沸騰狀態。

昨天下午看球時，自己仔細觀察加上幾位教練賽前分析的協助，阿六對北京隊球員的打擊習慣非常熟悉，用靈活多變的配球，配合董陽變化多端準確無比的投球，讓北京隊三上三下。

一局上結束，有些觀眾就喊啞了喉嚨，可是一點都不影響他們

繼續吼叫的意願。

流口隊的陣容除了第九棒換成投手董陽之外，其他球員的防守位置及打擊順序和昨天完全一樣。

一局下，流口隊三個打者也都無功而還。

二局上，楊福生失誤，北京隊第四棒上壘，接下來三個人全部被三振出局。

二局下，老妖擊出高飛球被中外野手接殺。
第五棒任剛在一好一壞後擊出飛越一二壘之間的安打，上一壘。

快速球本來就對楊福生的胃口，在強烈的求勝欲望下讓他更專注打擊，一好球後第二球是一個強有力的快速直球，楊福生一棒揮出正中球心，球往二壘後方飛，任剛快速通過二壘往三壘跑，三壘邊的跑壘指導員秦旭光看到中外野手往前跑彎腰準備接球，趕快比出停止的手勢，任剛邊跑邊回頭看，發現中外野手還沒接到球，決定繼續往本壘跑。
秦旭光錯愕的看著任剛沒有按照指示停在三壘，立刻大聲叫任剛停止，可是來不及了，捕手瞄一眼離本壘還有三分之二路程的任剛，看著中外野手助跑幾步右臂一揮，球離手筆直往自己飛來，他往右小跑幾步蹲下身體左手穩穩把球接進手套，立刻起身往左跑剛好和全力衝來的任剛撞在一起，兩股巨大衝力碰撞下體型瘦削的任剛被身強體壯的捕手撞的往外摔出去，右腳著地身體隨著壓下，右膝在側彎的不正常姿勢下承受了身體全部重量和撞擊力量，任剛感到一陣劇痛從右膝傳來，忍不住哀叫……

球員們把任剛抬回休息區，從看臺上飛奔而來的柯雲，仔細檢

查任剛右膝後搖搖頭對杜濟民說：

「韌帶拉傷，通常要休養五到六個月。」

「能不能完全恢復？」

杜濟民關心的不是這一場比賽，而是球員的未來。

「看治療的情形。」

柯雲凝視著杜濟民：

「你真的和其他人不一樣！」

　　兩人出局，楊福生在二壘，流口隊得分的大好機會在任剛急躁的強攻下失去了。

　　徐俊打擊，內野高飛球被接殺，二局結束。

　　「老妖守一壘，馮志誠守右外野，楊福生守左外野。」

　　阿通的想法和大家不謀而合，馮志誠和滿臉痛苦的任剛擊掌後拿起手套跑到右外野。

　　第三局兩隊都是三上三下。

　　四局上，野狗失誤，北京隊第二棒上壘，董陽再度發威投出三個三振。

　　四局下，何虎被四壞球保送，冬瓜三振，老妖也是四壞球保送，接著兩個人都被三振。

　　第五局兩隊都是三上三下。

　　兩位投手都有超水準演出，現場觀眾看得如癡如醉。

六局上，北京隊第一個上場的第九棒被三振出局。

輪到第一棒，阿六知道這位打者不善打下墜球，第一球配伸卡球，董陽投出，球到本壘前竟然沒有往下墜落，變成進入好球帶正中間速度不快的直球，打者用力揮棒，球飛向左外野和中外野之間，北京隊今天第一支安打。

阿六不解的看看董陽，流口隊的超級投手尷尬地笑了笑，做了一個抱歉的表情，阿六點點頭，董陽也是人，任何人都會有失手的時候！

下一個打者，阿六做暗號，董陽投出，伸卡球，揮棒落空，好球。

第二球，董陽左手在手套中停留了一會，沒有立刻投出，阿六詫異的放下手套看著投手，董陽臉上表情有點奇怪，又停了一下終於投出來，打者又揮棒，還是沒有擊中這個變速球，兩個好球。

阿六判斷前天才投過一場比賽的董陽應該是累了，所以刻意拉長每一次投球的間隔時間，放慢回傳球和做暗號的速度，給董陽多一點緩衝時間調整體力。

第三球阿六配一個快速球，他想在兩好球後儘快解決打者，節省董陽的體力。

董陽點頭同意，球如閃電般進入阿六手套，裁判高舉右手，好球！三振出局！兩人出局。

阿六滿意的對董陽點點頭：

（畢竟是董陽，這麼快就恢復了！）

阿六從手套中把球拿出來準備回傳給董陽，手往上舉起的時

候不經意看了一眼手中的球，突然發現白色的球上有一小塊深色汙跡，他好奇地仔細一看，臉色大變，那是一塊還沒乾的血跡！

只間隔一天兩場高強度比賽，董陽手指的皮膚因為過度使用磨破了！

阿六心裡一陣酸痛，知道剛才那個伸卡球失投的原因，也知道董陽放慢投球速度的原因，不是董陽累了，而是董陽的手指受傷了！

他可以想像董陽皮膚磨破之前忍受了多少痛苦，也可以想像董陽皮膚磨破以後強忍疼痛投球需要多大的意志力，而這一切只有一個目的：

拿下冠軍！

阿六抬頭看著董陽，董陽左手放在手套裡，不想讓任何人看見他正在用力壓住傷口以免血流出來，董陽看到阿六的表情，對阿六輕輕搖搖頭，意思很明顯：

（不要告訴教練！我要投完這場比賽！）

剎那間，阿六腦袋轉過兩個完全不同的念頭：

（我們要拿下這場比賽，董陽必須繼續投下去！）

（如果董陽繼續投下去，可能對他的手指造成永久性的傷害，會毀了他的未來！）

他腦海裡瞬間閃過無數畫面，從球隊組成到大家笨手笨腳地追球，無數次在寒風中豔陽下的苦練，第一次參加比賽，第一場勝利，杜濟民的耐心，阿通的細心，柯雲的愛心，顧文彥的帥氣，大水的豪邁……

一切都是為了今天這場比賽！

我們一定要拿下冠軍！

（董陽不能下場！）

阿六再次舉起右手，準備把球丟給董陽……

這時候，更多畫面進入腦海：

大熱天裡董陽汗流浹背地在果園裡施肥，自己兩腳踩在泥濘的稻田裡除草，野狗扛著乾柴在雜草叢生的山中小徑喘氣，冬瓜在危機四伏的陡坡上撿拾獼猴桃……

我們唯一的出路是什麼？

不能讓一場比賽毀了董陽的手！

阿六知道該怎麼做了。

「教練！」

杜濟民拍拍董陽肩膀，董陽理解地點點頭，在全場觀眾如雷的掌聲中往休息區走去，走了兩步停下來，轉身對旁邊的阿六笑了笑，然後張開雙臂抱住阿六，阿六也緊緊抱住他，兩個人不用說話，他們知道對方的想法，也理解彼此的做法，沒有任何事會在他們之間造成誤解。

觀眾的掌聲更響了，還夾雜著各種誇獎聲鼓勵聲，不管是那一支球隊的支持者，每一個人都被董陽出神入化的投球技術和堅定強大的求勝意志感動，此時此刻沒有競爭沒有勝負，只有讚賞只有鼓勵，董陽徹底征服了現場觀眾。

柯雲小心翼翼地把董陽左手中指包紮好，對從看臺上跑來的董陽生母和養父微微一笑說：

「皮膚磨破，指甲有點外翻，會很痛，最多一個月就能完全復原了。」

董陽媽媽心疼地把董陽抱在懷裡，像哄小孩似地不停在他耳邊

輕聲細語，董陽爸爸則站在一邊說不上話也插不上手，只能不停地在身體兩側搓著雙手。

這一次杜濟民反而一點都不緊張，像是早就知道董陽不會有事似地在一邊和另外幾位教練講話。

「教練，我……我可以嗎？」秦旭光的聲音有點發抖。

「為什麼不可以？」顧文彥反問：

「你練了多久？」

「九個月。」

「于順德練了多久？」

「九個月。」

「他昨天投的好不好？」

「很好！」

「他可以投的這麼好，你為什麼不可以？」

「我……我也不知道……」

「你做得到，放開去投球，投出練習時候的水準就夠了！」

北京隊士氣高漲，因為對方王牌投手下場了，北京隊教練對接下來的第三棒講了一些話，打者信心滿滿走進打擊區，看來流口隊的好運用完了。

秦旭光第一球投的有點離譜，差點打到打者。

第二球更離譜，球在本壘前五米左右落地，阿六趴到地面還是沒擋住，暴投，跑者上二壘。

阿六叫暫停，走到投手丘和秦旭光講話，緩和他的情緒，流口隊的內野手也都圍過來給投手打氣，秦旭光做幾個深呼吸、擦擦汗，然後再做幾個放鬆肌肉的動作，球員們各自回到自己的防守位置。

第三球往好球帶中間飛來，打者猛力揮棒，他在兩個壞球後還積極揮棒，這是因為他有十足把握能夠擊出安打……

這是秦旭光少數有把握的變化球之一，切球。

阿六判斷這位打擊能力極強的打者會積極搶攻，所以用切球引誘打者揮棒，希望這個往內角移動的球能讓打者擊出內野滾地球或近距離高飛球。

這一球果然被擊成近距離的高飛球，不是往內野飛，而是飛向三壘後方看臺，界外球。

守三壘的野狗看到球飛行的方向立刻往三壘邊的看臺跑，他判斷這是一個界外球，他知道在實力如此接近的比賽中，任何一個球都有可能改變比賽結果，也知道除了董陽，流口隊任何一位投手都不可能封鎖打擊實力強大的北京隊，他知道流口隊已經沒有投手可換，任何一個出局數都能幫秦旭光支撐久一點……

他知道任何一個界外球都不能輕易放過……

球飛過三壘往左外野看臺方向飛，野狗回頭往上瞄一眼確定球飛不到看臺，轉頭全力奔跑，跑到離看臺牆壁還有三四米再抬頭看，然後借著衝力跳起來，人在半空中扭腰，身體往左旋轉左手舉起，這時候球剛好落下，野狗手套打開，球準確的進入手套中……

人在空中的野狗無法減緩身體前進的勢頭，接到球轉頭往前只見一片水泥牆迎面而來，本能的伸出右手擋在身體前面，突然一陣劇痛傳來，右手重重撞在牆上，可是經過這一下緩衝，大大減少了身體撞上牆壁的力量……

場內的隊友們看到野狗撞在牆上大驚失色，大家都往野狗跑來，楊福生和徐俊最先來到野狗身邊，野狗躺在地上右手軟弱無力

的垂在地面，左手高舉，楊福生「啊」的叫了出來，他發現野狗的右手腕在短短幾秒鐘內已經腫得像吐司麵包，野狗痛得面無血色用嘶啞的聲音說：

「告訴裁判，球在我手套裡！」

不需要流口隊的球員告知，裁判很清楚看到球在野狗高舉的手套中，接殺出局。

三人出局，北京隊留下二壘的殘壘，野狗奮不顧身的防守撞傷了自己右手腕，可是替流口隊解除失分危機，也幫秦旭光爭取到寶貴的出局數，讓他度過剛上場的不穩定狀態，為流口隊保留一線機會。

一直沒有離開球員休息區的柯雲再次搖搖頭，對杜濟民說：
「運氣好，沒有骨折，至少休息兩個月！」
然後帶著無奈的笑容補上一句：
「應該不會有永久性傷害！」

這一次，教練們不必再為換人傷腦筋了，林威的傷本來就沒好，任剛第二局拉傷韌帶，董陽手指受傷，秦旭光接替董陽投球，現在加上一個野狗，全隊只剩下于順德一個人可換，根本不用討論，直接把換人名單交給裁判就行了。

六局下，流口隊三上三下。

七局上，于順德接替受傷的野狗守三壘，北京隊輪到打擊最強的第四棒上場，流口隊幾位教練討論了幾句，對阿六發出保送的指令。

打者在北京隊觀眾們不滿的鼓噪聲中，心不甘情不願地慢慢跑上一壘。

第五棒看準第一球猛力揮棒，球飛的又高又遠往右外野和中外野之間的外野深處飛，北京隊球員和觀眾都興奮的站起來，準備慶祝這個可能是兩分全壘打的長打。

冬瓜和楊福生都朝落點狂奔，流口隊所有球員都屏住呼吸盯著兩個外野手的腳步……

球發出一聲巨響擊中右外野和中外野之間的全壘打牆往回彈，快跑而來的冬瓜彎腰把球接進手套中，毫不考慮轉身把球傳向本壘，他只有一個想法：

不讓對方得分！

二壘安打，一壘跑者跑過三壘，球也快飛到本壘了，他停下腳步，無人出局，二三壘有人，這麼好的得分機會，以北京隊的打擊實力，任何一位打者都有能力協助隊友得分，沒必要冒險往本壘跑。

第六棒在隊友們和觀眾的加油聲中進場，幾乎完全失去信心的秦旭光手腳發抖的做完準備動作投出，壞球．第二球再投，又是壞球。

阿六轉頭看杜濟民一眼，總教練點點頭，阿六又做出保送暗號，這一局的第二次了。

從戰術角度來說，這個保送是非常正確的決定，原因有二：

第一：以秦旭光目前的狀態，在兩壞球情況下硬拼，很容易被對方擊出致命的安打。

第二：現在二三壘有人，不如讓對方滿壘，這樣防守的時候球傳到任何一個壘包都能造成出局，而且滿壘狀況下更容易製造雙殺。

……缺點是不太好看。

滿壘，無人出局，得分似乎已成定局，只是得幾分的問題……

杜濟民走進球場和秦旭光講話，他的想法是：

無論北京隊得幾分，秦旭光必須把信心和勇氣拿出來，就算輸也要輸得漂亮！

經過教練的激勵和開導，秦旭光情緒好像放鬆了一點，吼叫兩聲給自己和隊友們打氣，看好阿六的暗號，面對北京隊第七棒打者投出第一球。

球從打者內側飄向外側，沒有揮棒，好球。

流口隊球員們爆發出一片叫好聲，這是一個很常見的曲球，實在不足以讓隊友們這麼大聲鼓勵，但是這一球有特別意義：

這是秦旭光上場後投出的第一個沒有被打出去的好球！

這一球也讓秦旭光恢復了一些自信，握拳給自己鼓勵，準備投第二球。

球進入好球帶以前往下墜落，沒有揮棒，壞球。

雖然是壞球，可是秦旭光和阿六兩個人都露出滿意的表情，至少他投出了阿六要的伸卡球，表示他的控球能力恢復了一些。

第三球往好球帶中間飛來，打者揮棒，本壘後方界外球，兩好一壞。

又是秦旭光最拿手的切球。

經過這三個球，秦旭光雖然還沒有完全恢復正常，可是狀態已經好多了，他仰天舒了一口大氣，高舉右手再一次給大家打氣，投出第四球。

伸卡球，打者猛力揮棒準確擊中，平飛球帶著嘶嘶的破風聲往一二壘之間飛，眼看就要穿過流口隊的防線在外野落地，似乎沒有人能攔住這個一箭穿心的致命安打……

北京隊球員們的歡呼聲和流口隊球員們的驚呼聲還沒落下，

場上發生了極端的變化……

何虎不知道從那裡來的爆發力，像子彈般竄出來一個飛躍，輕巧地把這個強勁平飛球撈進手套，人還在半空中就把右手伸進手套握住球，落地的同時快速地把球傳給一壘的老妖，跑者看見何虎接到球趕快轉身往回跑，老妖接到球，跑者撲壘先碰到壘包，雙殺不成功。

一人出局，還是滿壘，危機沒有解除。

北京隊換代打，這位球員身材一般，揮棒動作非常流暢。

阿六仔細從記憶庫中搜尋資料，找到了！

不記得是和那一隊的比賽，他擊出過兩支安打，而且是面對兩種不同球路的變化球，可見他的打擊技巧非常全面。

阿六想了一下，決定試試快速直球，做好暗號後，秦旭光投出稍微偏低的快速直球，打者沒有揮棒，壞球。雖然是個壞球打者也沒有揮棒，可是阿六從打者的反應判斷，快速球應該是他比較不喜歡的球路，阿六決定再試一次。

這一球投進了好球帶，沒有揮棒，一好一壞。

第三球又是快速直球，偏外側，一好兩壞。

第四球還是快直速球，滑過好球帶外緣，還是沒有揮棒，兩好兩壞。

第五球從內往外飄出好球帶，沒有揮棒，兩好三壞。

關鍵時刻到了，雙方都在猜測對方的想法，典型的鬥智又鬥力。

滿壘，必須投好球，投手最有把握的球路是什麼？

答案很明顯：快速直球！

（你真以為我不會打直球啊？）

打者退出打擊區調整呼吸轉動身體，走回打擊區，全神貫注地

等著秦旭光下一個快速直球。

　　秦旭光看好暗號投出，球果然往好球帶中間飛來，打者流暢的扭腰轉動身體，揮動手臂翻轉手腕，完美的揮棒動作，可是預期中球棒和球撞擊的震動沒有出現，打者驚訝的發現球居然在進入好球帶前大幅度往下墜落，從球棒下方進入捕手手套。

　　揮棒落空，三振出局。

　　阿六和打者鬥智成功，他根據打者在錄影帶中的表現，用「削去法」判斷打者的喜好，測試出打者不善打快速球後，以好壞球搭配的方式指揮秦旭光連續投四個快速球，在取得領先的球數後用一個曲球吊打者，雖然沒有成功，可是讓打者深信投手最後一定會以快速球和自己對決，然後用一個大幅度的伸卡球讓打者揮棒落空，贏了這一次對決。

　　更重要的是製造了關鍵的出局數，現在兩人出局，北京隊必須擊出安打才能得分。

　　當然，及時恢復狀況的秦旭光也功不可沒，否則阿六球配得再好，也是白搭。

　　流口隊觀眾們瘋狂地歡呼鼓掌，對照北京隊觀眾的沉默，不明內情的人還以為流口隊已經獲勝了。

　　北京隊又換代打，這位打者身材高大強壯，看來北京隊教練在沒有戰術可運用狀況下，打算用兇猛的打擊給對手致命一擊。

　　阿六怎會不懂這個道理，配球異常謹慎，絕對不會讓投手投出輕易被擊中的球，秦旭光使出渾身解數投得全身大汗，終於熬到兩好三壞。

秦旭光這輩子最重要的一球投出，打者全力揮棒，球棒響亮的擊球聲，使全場立刻安靜下來，幾千雙瞪大的眼睛在幾千顆狂跳的心臟伴奏下注視著球飛行的方向，球快速往中外野飛去……很高很遠……百分之百是一支全壘打……

　　除非奇蹟出現……

　　本來就守得比較靠近全壘打牆的冬瓜抬頭看球同時往後跑，快要到全壘打牆的時候突然加速猛衝，腳尖在牆上踏了兩步後藉著衝力凌空而起，躍起的同時，身體在空中向右旋轉一百八十度，身體轉過來面對球飛來的方向，左手高高舉起，手套大大張開，飛行了將近一百米的球和跳到最高點的冬瓜分秒不差地在全壘打牆前的空中相會，球毫釐不差地進入冬瓜手套中，冬瓜雙膝彎曲落到地面，往前側翻肩膀著地翻了兩個跟斗後藉勢站起身，球緊緊握在手套中。

　　目瞪口呆的觀眾們這才爆發出驚歎聲，隨之而來的歡呼聲、惋惜聲夾雜著議論聲，讓整個球場就像是菜市場似地喧鬧不已，大家被這前所未見特技般的接球動作震撼了。

　　這就是流口隊等待的奇蹟！

　　七局下，只要得一分，就是全國冠軍！

　　第一個上場是老妖，不疾不徐走進打擊區，第一球投出，揮棒，球往左外野飛，又高又遠，場內所有人，不論是那一隊的球員和觀眾都站起來，全場靜悄悄地看著球飛過三壘手，飛過左外野手，飛近全壘打牆，從全壘打牆左邊飛過，落到隔壁的田徑場上，距離遠得嚇死人，可是落點在界外，老妖在滿場的歡呼聲和歡息聲中懊惱的撿起球棒，走回打擊區。

驚天動地的一擊讓北京隊改變策略，投手不再投快速球，改以邊邊角角的變化球閃避老妖那似乎無堅不摧的球棒，選球精準的老妖沒有亂揮棒，四壞球保送。

　　馮志誠被三振，一人出局。
　　楊福生擊出滾地球，老妖被封殺在二壘，自己上一壘。

　　兩人出局，看來得分希望不大了。

　　杜濟民和徐俊討論了幾句，然後向一壘的楊福生發出指令……

　　第一球，壞球。
　　第二球出手，徐俊突然轉身，右手握住球棒上方擺出觸擊姿勢，內野防守球員立刻往本壘移動，球到本壘前徐俊突然縮回身體，沒有出棒。
　　投手球還沒出手，楊福生就起步往二壘跑，徐俊的假動作讓捕手分心，影響了接球傳球速度，受到干擾的捕手雖然還是穩穩接到球迅速傳向二壘，但是喪失了一點點時間……只是一點點……球傳到二壘，防守球員接球轉身，楊福生滑壘閃過手套，左腳穩穩頂住壘包。

　　主審裁判舉起右手，一個好球。
　　二壘裁判平攤雙手，安全上壘。

　　剛才的情況是：一壘有人，兩人出局，只能孤注一擲盜上二壘，如果成功，一壘安打就有可能得分。

　　杜濟民不是愛冒險的教練，在無路可退的情況下發動這次盜壘是萬不得已的策略，經過前幾局苦戰，董陽、野狗、任剛三個人

受傷退場，七局上靠兩次神乎其技的防守勉強維持不失分，任何人都知道這種局面撐不了多久，因為秦旭光明顯壓不住對方打擊，從剛才北京隊的打擊狀況判斷，極可能就在下一局便能把秦旭光打爆……流口隊已無人可換……只能趁有人在壘時賭一把……失去這唯一的機會只有輸球……

杜濟民鋌而走險，成功了……

第三球曲球，揮棒，界外球，兩好一壞。
第四球往本壘中間飛來，徐俊判斷這是一個伸卡球，蹲低身體球棒平揮，球棒扎扎實實擊中往下墜落的球，球飛過三壘手上方，落在快速衝來的左外野手面前。

球飛出去同時，楊福生以自己都不敢相信的速度往前衝……

左外野手減速彎腰，不用手套，右手直接撿起還在滾動的球，沒有任何耽擱，墊兩步右手一揮，球在強勁臂力驅動下成一條直線往本壘飛去。

楊福生通過三壘，往冠軍……或是亞軍……奔去……

經驗豐富的捕手蹲在三壘和本壘之間最有利的位置，左腳穩穩貼在本壘板邊緣，伸出左手準備接球，情形和二局下觸殺任剛的狀況幾乎完全一樣……

球像是帶著眼睛似的飛進捕手張開的手套中……

狂奔中的楊福生沒有遺漏捕手的任何動作，他知道成敗在一線之間……

楊福生距離本壘還有五米左右往前撲，胸口在泥土地上滑行……

捕手持球的手套畫了一個弧度快速從右往左揮來，完美的防守動作！

高速滑行中的楊福生右肩一歪，身體斜斜往外滑，左手向本壘板方向伸展到極致……

捕手緊握著球的手套從楊福生幾乎貼在地面的頭盔上揮過，沒有碰到頭盔！

同時，楊福生的左手摸到了那塊五角形的木板……

半蹲身體、緊盯著本壘板的裁判沒有任何猶豫，雙手平揮，安全到壘！

野狗揮舞著綁滿繃帶的右手第一個衝出去，後面跟著阿六、秦旭光、馮志誠、董陽……

任剛跳起來一瘸一拐地跟著隊友們往躺地上狂吼的楊福生跑去……

顧文彥和阿通都衝出去了，連老教練都沒有留在他的籐椅上……

大水沒有衝出去，他張開雙手、仰頭向天，發出一種從沒聽過的低沉吟唱聲，像是一種只有在最神聖的儀式上才聽得到的聲音……

還有兩個人沒有衝出去。

杜濟民站在原地長長舒一口氣，沒有被勝利的狂喜沖昏頭，他

的腦筋一片清明……

　　杜濟民比這輩子任何時候都知道，此時此刻自己最想做的是什麼事！

　　他轉身面對球員休息區另一邊，看著另一個留在原地的人……

　　柯雲手上拿著半捲繃帶，似笑非笑、目不轉睛地看著流口隊總教練……

　　杜濟民張開雙臂，柯雲飛奔入懷……

後記

＊＊＊本報記者陸榮安徽省黃山市特別報導＊＊＊

　　贏得今年世界青少年棒球錦標賽冠軍的北京豐台中學棒球隊前天返國，在慶祝同時，大家是否記得六月在上海舉行的全國青少年棒球錦標賽中，豐台隊得到的是亞軍。記者採訪了今年的冠軍隊，安徽省黃山市休寧縣流口中學棒球隊的總教練杜濟民老師，請他回答一些讀者們想瞭解的問題：

　　問：首先請教您一個大概被問了無數次的問題，您為何把出國比賽的機會讓給豐台隊？
　　答：豐台隊的綜合實力原本就在流口隊之上，冠軍戰中我們有幾位球員受傷短期內無法出賽更削弱了實力，由實力比較強的球隊代表國家出賽，爭取好成績，這是合理的決定。

　　問：但是您在全國大賽中擊敗了豐台隊。
　　答：決賽那天我們掌握了僅有的一次機會，而豐台隊未能把攻勢串聯起來，我們因此贏得那場比賽，但是我還是要強調，豐台的綜合實力在我們之上。

問：您是否有受到任何壓力或關說？

答：我知道外界肯定會有這樣的聯想，甚至有人認為我得到了相當程度的好處，在此我要再度說明，這是我自發的想法，經過溝通後，學校及全體球員都支持我，在報備全國棒球協會後做出的決定。一切都是在透明和無壓力的情形下進行。

問：據瞭解，這段時間有很多大都市的學校對您的球員展開挖角動作，您的看法如何？

答：我們希望球員們未來在學業和球技兩方面都繼續成長，如果其他學校能夠提供更完善的求學和訓練環境，在家長和球員都同意的情況下，我們當然樂於看到球員去更有發展空間的環境。

問：您在資源極為有限的情況下，帶領這支僅僅訓練九個月的球隊得到全國冠軍，在訓練期間還大幅提高了球員的學業成績，這已經成為國內棒球界的傳奇。根據可靠消息，有很多學校提供非常優厚的條件邀請您擔任教練，請問您未來的動向如何？

答：再次感謝大家對我的厚愛，我會留在家鄉，繼續為基層棒球貢獻力量。黃山市擬定了一個長期培養各級球員，發展棒球運動的計畫，我很榮幸能加入執行團隊。我會陪著那些願意留在家鄉繼續打球的球員們一起進入高中，繼續求學和訓練，同時也歡迎其他學校喜愛棒球的同學們加入球隊。

我的搭檔高老師會留在流口中學，繼續培養球員，同時我們也會和其他中小學合作，共同為棒球紮根的工作努力。

問：豐台隊謝教練在返國的記者會中，特別提到感謝您把出國比賽的機會讓給他們，您有話跟他說嗎？

答：恭喜謝教練，豐台隊是今年全國最好的青少年棒球隊，世界冠軍是你們應得的。我知道謝教練也會帶領這一批優秀的球員進入高中，兩年後，我們在全國青年棒球錦標賽見！

微文學18

本壘板

作　　者—丁又培
封面設計—陳姿仔
內文排版—李宜芝、吳詩婷
主　　編—林憶純
行銷企劃—許文薰

第五編輯部總監—梁芳春
發 行 人——趙政岷
出 版 者——時報文化出版企業股份有限公司
　　　　　　10803台北市和平西路三段240號七樓
　　　　　　發行專線／（02）2306-6842
　　　　　　讀者服務專線／0800-231-705、（02）2304-7103
　　　　　　讀者服務傳真／（02）2304-6858
　　　　　　郵撥／1934-4724時報文化出版公司
　　　　　　信箱／台北郵政79～99信箱
時報悅讀網—www.readingtimes.com.tw
電子郵箱—history@readingtimes.com.tw
法律顧問—理律法律事務所 陳長文律師、李念祖律師
印刷—勁達印刷有限公司
初版一刷—2018年4月
定價—新台幣420元
行政院新聞局局版北市業字第80號
（缺頁或破損的書，請寄回更換）

時報文化出版公司成立於一九七五年，
並於一九九九年股票上櫃公開發行，於二〇〇八年脫離中時集團非屬旺中，
以「尊重智慧與創意的文化事業」為信念。

本壘版/丁又培作. --初版. – 臺北市：時報文化, 2018.04
　　456面 ;14.8*21公分

ISBN 978-957-13-7311-9 (平裝)

857.7　　　　　　　　　　　107000706

ISBN 978-957-13-7311-9
Printed in Taiwan